ULF

KVENSLER

SAREK

Traduit du suédois par Rémi Cassaigne

Éditions
de La Martinière

Titre original : Sarek

ISBN : 979-10-401-1426-0

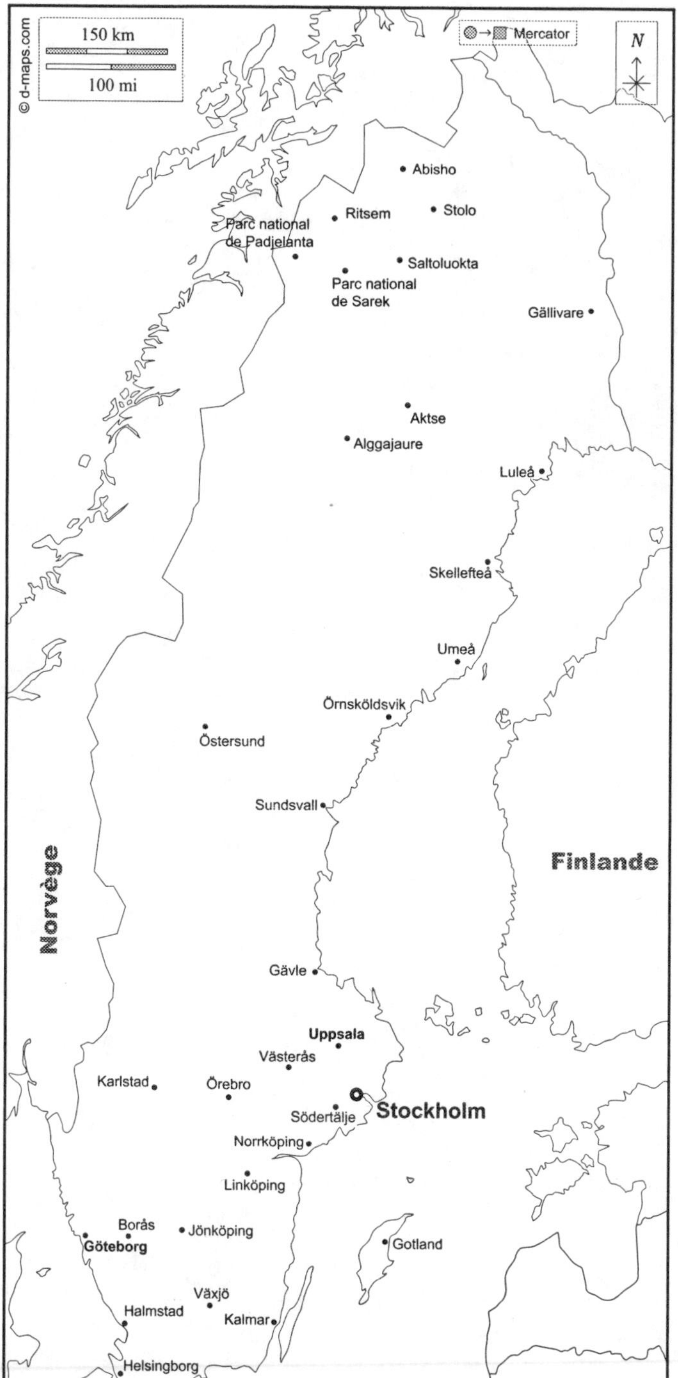
© d-maps.com
150 km
100 mi
Mercator
N
Abisho
Ritsem
Stolo
Parc national
de Padjelanta
Saltoluokta
Parc national
de Sarek
Gällivare
Aktse
Alggajaure
Luleå
Skellefteå
Umeå
Örnsköldsvik
Östersund
Sundsvall
Finlande
Norvège
Gävle
Uppsala
Västerås
Karlstad
Örebro
Stockholm
Södertälje
Norrköping
Linköping
Borås
Göteborg
Jönköping
Gotland
Växjö
Halmstad
Kalmar
Helsingborg
Malmö
Danemark

Pour Adam et Olivia

Communication radio entre l'hélicoptère ambulance et l'hôpital de Gällivare, 15 septembre 2019, 14 h 16.

« Nous avons chargé la femme à Aktse.

– Dans quel état est-elle ?

– Elle est en hypothermie, assez mal en point. Consciente, mais à peine.

– OK.

– Elle n'a pas de documents d'identité, mais dit s'appeler Anna.

– Oui.

– Contusions et écorchures sur tout le corps… Bras droit cassé. Nous lui donnons deux litres de cristalloïde.

– Une chute ?

– A priori, oui, mais elle présente aussi des marques de strangulation.

– OK.

– Mais c'est difficile à dire.

– On se prépare.

– Merci. Terminé. »

STOCKHOLM, JUILLET 2019

J'adore Stockholm à la mi-juillet. Les habitants du centre-ville fuient vers Gotland, à Båstad ou sur la Riviera, la ville entre dans sa torpeur estivale. On l'a un peu pour soi tout seul.

C'était un samedi soir, le soleil avait cogné fort toute la journée. Il faisait plus frais maintenant qu'il ne s'engouffrait plus jusque dans les rues minérales de la ville. J'étais à mon bureau depuis sept heures du matin et j'avais décidé de rentrer à la maison à pied pour prendre un peu l'air. À mesure que l'on s'éloignait du centre-ville, on voyait et on entendait de moins en moins de touristes. Les rues du quartier de Vasastan étaient presque désertes. D'ici quelques heures, à la tombée de la nuit, les fêtards afflueraient vers Odenplan, éméchés et bruyants. Mais alors, je serais couchée depuis longtemps.

Je me suis arrêtée pour poser la paume de ma main contre une façade ocre. Chaude comme un radiateur.

Je pensais prendre à manger en chemin, et j'ai appelé Henrik pour savoir s'il voulait quelque chose. J'ai commandé un poké bowl au saumon pour lui et un menu sushi onze pièces pour moi au restaurant japonais de notre quartier. Quand je suis passée récupérer les plats, le patron m'a saluée gaiement de la tête derrière son comptoir, après tout, nous y passions au moins deux fois par semaine.

J'ai continué jusqu'à notre porche avant d'entrer et de prendre l'ascenseur jusqu'au cinquième étage. Depuis le vestibule, j'ai appelé Henrik.

« Tu es là ?

– Salut... »

Sa réponse sourde venait du séjour. On entendait la télévision.

En entrant dans la cuisine, j'ai découvert les piles de vaisselle dans l'évier et la table de la cuisine en désordre. La tasse de café sale qui traînait à la place de Henrik, l'essuie-tout en boule, les miettes de pain.

Et j'en ai presque pleuré.

C'était samedi, j'avais travaillé plus de douze heures, comme presque tous les jours cet été, j'avais appelé Henrik pour lui demander ce qu'il voulait manger, j'avais commandé des plats que j'étais allée chercher, et il n'avait même pas eu l'énergie de sortir du canapé pour ranger après lui. Et encore moins de sortir des verres et quelque chose de frais à boire.

Il était en vacances et passait toutes ses journées à l'appartement.

Cette maudite cuisine géante avec de la place pour dix personnes. À quoi peut-elle seulement nous servir ? Nous sommes pathétiques.

La télévision s'est tue, et il s'est pointé juste après en traînant les pieds.

« Écoute, là, j'en ai vraiment ras le bol..., ai-je commencé, la voix tremblante d'irritation, je me suis occupée du dîner, tu ne pourrais pas au moins ranger la cuisine ? Le bazar que tu y as mis toi-même ? Ça aussi, c'est à moi de le faire ? »

Sans rien dire, Henrik a mis la tasse de café dans l'évier, jeté l'essuie-tout, pris la lavette et commencé à essuyer la table. À en juger par son langage corporel, c'était pour lui un effort presque surhumain.

J'ai soupiré, puis me suis servi un grand verre d'eau gazeuse.

« Je crois qu'il va falloir repousser pour la montagne. »

Henrik a relevé les yeux mais n'a pas prononcé un mot. Il s'est contenté de continuer à essuyer la table en silence.

« Je ne peux pas me permettre de m'absenter une semaine en ce moment, ai-je repris.

– Je vois.

– Je peux prendre des vacances début septembre à la place.

– Il faut juste voir si ça colle pour Milena.

– Oui, bien sûr. Je l'appelle. »

J'étais trop en colère et contrariée pour manger à la même table que lui. J'ai préféré prendre une longue douche à la place. Le jet brûlant a balayé une grande partie de ma frustration. Bientôt, j'ai regretté d'avoir engueulé Henrik. J'étais fatiguée, j'avais surréagi.

Nous nous sommes réconciliés plus tard dans la soirée, Henrik m'a adressé un sourire pâle quand je lui ai demandé pardon en l'enlaçant. Nous avons bu un verre de vin et regardé la suite d'une série sur HBO, serrés l'un contre l'autre sur le canapé. Je me suis endormie au milieu de l'épisode. Réveillée par le générique, j'ai embrassé Henrik et suis allée me coucher. Il est resté sur le canapé, fixant l'écran d'un regard apathique.

Comment en sommes-nous arrivés là ? Est-ce que je sais seulement encore qui est Henrik ?

Extrait de l'interrogatoire du témoin Anna Samuelsson 880216-3382, 16 septembre 2019, hôpital de Gällivare, conduit par l'inspecteur Anders Suhonen.

« Voilà... Ça tourne. Bonjour, Anna, je suis Anders.

– Bonjour.

– Je vous remercie d'accepter de me parler, je comprends que vous êtes épuisée et que vous souffrez, mais dans ce genre de situation, il vaut mieux faire le plus vite possible.

– Oui.

– Si vous vous sentez trop fatiguée, ou que vous avez trop mal, nous ferons une pause ou même remettrons à demain. Ça vous va ?

– Oui.

– Vous me promettez de me le dire ?

– Oui.

– Là, en ce moment, vous ne souffrez pas ?

– Ça va.

– Très bien. Quelques questions administratives d'abord, comme ça, se sera enregistré... Vous vous appelez ?

– Anna Signe Samuelsson.

– Numéro de sécurité sociale ?

– 880216-3382.

– Lieu de résidence ?

– Stockholm.
– Votre profession ?
– Je suis juriste.
– État civil ? »
Silence.
« Anna ? Êtes-vous mariée, célibataire, ou... ?
– Fiancée.
– Avec ?
– Henrik Ljungman.
– Était-il avec vous pendant ce voyage ? »
Silence.
« Henrik vous a-t-il accompagnée au Sarek ?
– Oui.
– Henrik Ljungman, vous disiez. Connaissez-vous son numéro de sécurité sociale ?
– 820302-7141.
– Très bien. Alors nous...
– Avez-vous trouvé Milena ?
– Non ? Milena... ?
– Tankovic. Elle est... quand... quel jour sommes-nous ?
– Lundi. Le 16 septembre.
– Hier... je crois... nous nous sommes séparées... »
Silence.
« Milena Tankovic ? Était-elle en vie quand vous l'avez vue pour la dernière fois ? »
Silence. Sanglots.
« Anna ? Est-ce que Milena était vivante quand vous vous êtes séparées ? »
Sanglots.
« Non... mais vous devez la retrouver...
– Elle n'était pas en vie ?
– Non... »
Sanglots.
« Milena Tankovic, disiez-vous ?
– Oui.

– Était-elle avec vous depuis le début de cette randonnée ?

– Oui.

– Connaissez-vous son numéro de sécurité sociale ?

– Non.

– Où vous êtes-vous séparées ? »

Silence. Sanglots.

« Je ne peux pas…

– Mais êtes-vous allées… vous avez été retrouvée près d'Aktse. Là, vous étiez seule. Savez-vous combien de temps vous avez marché seule ? »

Silence. Sanglots.

« Ou bien pensez-vous que nous pouvons aussi trouver Milena dans les environs d'Aktse ?

– Je ne sais pas…

– Mm… je vais chercher une carte. Comme ça, nous verrons si vous pouvez me donner une idée d'où peut être Milena. Et Henrik. Ça vous va ? »

Silence.

« Vous étiez bien tous les trois à marcher ? Vous, Henrik et Milena ? »

Inaudible.

« Comment ?

– Il y avait quelqu'un d'autre. »

Je sais exactement où et quand j'ai entendu parler de lui pour la première fois.

C'était le vendredi 30 août. Milena et moi déjeunions ensemble chez Miss Clara, sur Sveavägen. Le temps était ensoleillé et chaud, mais le fond de l'air était frais, et la lumière plus blanche que d'habitude : on sentait l'automne arriver. Nous nous étions retrouvées à midi à Naturkompaniet pour renouveler notre équipement. Nouvelle cartouche de gaz pour le réchaud, nouvelles chaussettes fines en laine, anti-moustique et rations lyophilisées.

J'avais réservé une table à une heure moins le quart. Une demi-heure plus tard, nous avions terminé et sirotions chacune un expresso. L'addition était payée, il aurait fallu que je me dépêche de retourner au bureau, une longue pause déjeuner comme celle-ci signifiait rester travailler le soir, même un vendredi. Mais Milena et moi ne nous étions pas vues depuis un moment et elle avait accepté au pied levé de déplacer notre voyage à septembre. Je ne voulais pas paraître trop stressée.

Elle a trempé ses lèvres dans son café et pris son élan.

« Au fait..., je voulais te demander quelque chose.

– Ah ? »

J'ai bien vu que ce qu'elle avait à dire la rendait nerveuse. Milena avait toujours été émotive, et voilà que le rouge montait à ses joues pâles. Elle avait changé de coiffure : ses cheveux blond foncé lui descendaient toujours jusqu'aux épaules, mais elle avait opté pour une frange, et son visage était encadré de douces mèches. Elle avait l'air plus féminine. Et toujours aussi gentille. Comme souvent, depuis des années, j'avais envie de la serrer dans mes bras.

« Alors voilà... » Elle a souri, presque contre son gré. « J'ai rencontré quelqu'un.

– Ah oui ? Super !

– Oui, c'est... c'est super. » Elle a souri à nouveau en inspirant à fond.

« Alors, qui c'est ?

– Il s'appelle Jacob. Je l'ai rencontré en ligne.

– Ah, d'accord. Génial, Milena ! » Je me suis penchée pour serrer un instant sa main dans les miennes. « Vous êtes ensemble depuis longtemps ?

– Un mois, tout juste. C'est assez nouveau.

– Raconte, qui c'est ? Qu'est-ce qu'il fait ?

– Il n'est pas juriste, en tout cas. Tant mieux.

– Ça a l'air d'être la perle rare.

– Il est un peu plus âgé que moi.

– C'est-à-dire ?

– Trente-huit ans.

– Quasiment le même âge », ai-je rétorqué. Naturellement, ce n'était pas vrai. Milena avait trente-deux ans, un an de plus que moi. Mais j'avais des collègues à peine plus âgées qui avaient commencé à paniquer, ou plutôt réalisé qu'elles allaient paniquer d'ici quelques années et qui s'étaient mises avec des hommes d'une cinquantaine d'années, récemment divorcés, avec encore des enfants à charge. Une recette fiable pour se compliquer l'existence. Jacob avait donc le même âge que Henrik.

« Il fait beaucoup d'escalade, de kitesurf et toutes sortes de sports extrêmes, a continué Milena. Là, vous avez un point commun. »

J'ai commencé à me demander si ce pouvait être quelqu'un que j'avais déjà rencontré.

« Il s'appelle Jacob comment ?

– Tessin.

– Jacob Tessin…

– Et donc il a l'habitude de la montagne. En randonnée et en escalade. Alors voilà, quand il a appris que nous partions pour Abisko, eh bien… il a demandé s'il pouvait venir avec nous. »

La question m'a prise au dépourvu, je ne savais pas quoi répondre.

« Ah, ai-je fini par lâcher.

– Je sais que ça arrive très tard, tout ça, a dit Milena. Alors je comprendrais tout à fait que tu ne le sentes pas.

– Si, enfin… c'est juste que la promiscuité peut être assez intense dans ce genre de randonnée, et on ne l'a jamais rencontré…

– Non, non, je comprends.

– Mais toi, tu voudrais qu'il vienne ?

– Oui. Bien sûr. C'est mon mec, quoi. »

Milena a souri, et moi aussi.

« Il faut que je pose la question à Henrik.

– Oui, évidemment.

– On part dans tout juste une semaine. Il peut prendre le train en marche, comme ça ? Il ne doit pas poser des jours de congé ?

– Non, ça marche pour lui.

– Il bosse dans quoi ?

– Il est consultant. Une boîte qui s'appelle BCG.

– Oui, oui, je connais… pardon, mais tu m'as rendue trop curieuse, tu n'aurais pas une photo ?

– Non, a dit Milena en sortant à contrecœur son portable de sa poche, c'est dingue, mais je n'en ai pas. » Elle a tripoté son portable comme s'il avait pu contenir une photo de Jacob qu'elle aurait oubliée.

« Pas grave, je me disais juste que s'il fait de l'escalade, ce genre d'activités, c'est peut-être quelqu'un que j'ai déjà rencontré.

– Mm, non, désolée, je n'ai pas de... »

Un court silence. J'ai souri à nouveau.

« Je vais en parler à Henrik, on se rappelle bientôt ? Je trouve super chouette que tu aies rencontré quelqu'un, Milena, vraiment.

– Merci.

– Et je suis drôlement curieuse de le rencontrer, crois-moi. C'est juste que... Il faut réfléchir à la chose, c'est tout.

– Non, mais je comprends. Et je veux dire, si vous ne le sentez pas, dites-le simplement. Il n'y a pas de problème.

– Ça marche. »

Nous avons quitté le restaurant et nous sommes séparées sur le trottoir en nous embrassant avec la promesse de se téléphoner d'ici la fin du week-end.

En retournant au travail, ma curiosité a pris le dessus. J'ai surfé sur le site de BCG et cherché « Jacob Tessin ». BCG, Boston Consulting Group, est un des cabinets de conseil les plus importants et prestigieux au monde. Sa réputation a été quelque peu écornée en Suède après son implication dans le fiasco du projet de nouvel hôpital Ny Karolinska, mais quand même. Beaucoup y postulaient, peu étaient élus. Ils travaillaient et gagnaient à peu près autant que nous, les avocats d'affaires. Les semaines de quatre-vingts heures n'y étaient pas inhabituelles. Les salaires annuels dignes de PDG cotés en Bourse non plus.

Mais je n'ai trouvé aucun Jacob Tessin. Ni de Jakob Tessin, ni avec les deux ou trois variantes orthographiques que j'ai pu imaginer. Cela ne m'a pas paru si bizarre que ça, beaucoup de sites ont des fonctions de recherche défectueuses, même si on pourrait attendre d'une société comme BCG qu'elle soit capable de mettre en ligne un site fonctionnel. Je savais qu'il était courant que des consultants de ce niveau se voient détachés pour des projets dans d'autres pays. Je suis alors plutôt allée voir sur Facebook, et là, il y était.

Jacob Tessin. Il était grand et mince, athlétique, avec une musculature que je ne connaissais que chez les adeptes d'alpinisme et autres sports d'endurance. Rien à voir avec des muscles sculptés sans but devant le miroir d'une salle de sport. Il avait des cheveux brun foncé coupés court et un teint hâlé. Il semblait être une de ces personnes heureusement loties qui ne prennent jamais de coups de soleil.

Presque toutes les photos le montraient pratiquant divers sports : à la montagne, en kayak de descente, équipé pour le kitesurf sur une plage. Trois gars alignés bras dessus, bras dessous en forêt avec des tenues de mountain bike, Jacob au milieu, tous crottés et heureux comme des gamins.

Nulle part on ne discernait son regard. Sur toutes les photos, il portait des lunettes de soleil sportives qui épousaient la courbe de sa tête et reflétaient le monde environnant dans toutes les couleurs de l'arc-en-ciel.

Puis j'ai trouvé une série de photos qui se distinguaient des autres : Jacob et deux copains en vacances dans un pays méditerranéen. Peut-être l'Espagne, ou le Portugal. Des photos de surf, de plage, mais aussi quelques-unes prises dans le centre historique délabré d'une petite ville, avec des ruelles étroites et des boutiques visiblement destinées aux touristes. Et d'autres prises le soir, dans une taverne, montrant Jacob et ses copains en terrasse. À l'arrière-plan, on distinguait une rue bien plus animée, avec des lanternes colorées et les lumières chaudes d'une autre terrasse. Je sentais presque la brise tiède sur ma peau, la légère ivresse après quelques verres de vin, la joie de vivre. J'avais envie de tout ça.

Et Jacob avait remonté ses lunettes de soleil sur son front. Il souriait à l'objectif. Ses yeux bruns brillaient.

Extrait de l'interrogatoire du témoin Anna Samuelsson 880216-3382, 16 septembre 2019, hôpital de Gällivare, conduit par l'inspecteur Anders Suhonen.

« Voyons voir… Si vous pouviez nous indiquer sur la carte, à peu près, où vous pensez que nous devrions rechercher Henrik et Milena. Et Jacob.

– Je ne sais pas…

– Essayons, Anna. Pas besoin de l'endroit exact. Le Sarek est vaste, alors si nous pouvions juste un peu diminuer la zone des recherches, ce serait bien. Nous vous avons trouvée ici. »

Silence.

« Et je suppose que vous arriviez à pied de l'intérieur du parc ? Vous marchiez donc vers l'est, comme ça ?

– Mm.

– Avez-vous longé cette rivière, là ? Vous vous en souvenez ? Aviez-vous la rivière sur votre droite ? »

Silence.

« Je crois.

– Et vous marchiez seule ? Ou l'un des autres était-il avec vous ?

– Milena… elle était avec moi, un peu.

– Donc Milena et vous avez un peu marché ensemble.

– Oui.

– Et donc… d'où arriviez-vous, vous vous en souvenez ? Êtes-vous passées à Rovdjurstorget ? »

Silence.

« Anna ? Vous rappelez-vous quoi que ce soit de ce qui s'est passé ? »

Silence. Sanglots.

« Bon, on a avancé, en ce qui concerne Milena, c'est bien. On s'en contentera pour aujourd'hui. Reposez-vous maintenant. Nous continuerons demain, si vous en avez la force. »

Silence.

« Et vous pourrez raconter dans l'ordre que vous voulez, à votre rythme. J'écouterai. »

« Ça fait tard, quand même, de mettre ça sur le tapis maintenant, a dit Henrik tout en pressant un citron dans le bol où il préparait la sauce salade. On part dans une semaine. »

On était vendredi soir. Henrik et moi faisions à dîner. Nous avions des invités. Après mon déjeuner avec Milena, j'étais partie tard du bureau et je venais d'arriver, mais Henrik s'y était mis sans m'attendre. Il aimait faire la cuisine, et le repas qui se profilait semblait lui avoir donné un peu d'énergie. Il en avait besoin. Depuis quelques semaines, il avait repris son travail à Uppsala, mais son apathie et son air obstinément terne perduraient.

Pour l'heure, un filet de saumon au gros sel cuisait au four, des pommes de terre nouvelles à l'aneth mijotaient dans une cocotte en fonte, au réfrigérateur attendaient des panna cotta et, sous un film plastique, un saladier de myrtilles marinées au sucre muscovado et au citron vert. Je hachais de la coriandre pour le ceviche de morue que nous allions servir en entrée. Deux bouteilles de sancerre étaient débouchées sur la table de la cuisine. D'autres attendaient au frais.

Je venais de raconter à Henrik mon déjeuner avec Milena, qu'elle avait rencontré un garçon et qu'il souhaitait venir randonner en montagne avec Milena, Henrik et moi. J'y avais réfléchi tout l'après-midi, et je penchais plutôt pour le laisser se joindre à nous.

« Absolument, ai-je répondu tout en mettant les feuilles

de coriandre dans un verre pour les tailler en pièces, mais en même temps, ils viennent de se rencontrer, elle n'a sans doute pas pu en parler plus tôt. »

Henrik n'a rien répondu. Ruminant en silence, il a rempli le moulin à épices électrique de poivre rose pour en saupoudrer son bol de sauce.

Après avoir vendu nos appartements respectifs pour nous installer ensemble, nous avions trouvé ce quatre-pièces de cent vingt mètres carrés, qui avait la particularité de ne pas avoir été rénové depuis vingt-cinq ans. Nous avions donc décidé de tout refaire. J'avais agi comme une véritable cheffe de projet, excepté pour la cuisine, qui était le domaine de Henrik. Nous avons gardé autant que possible ce qui faisait le charme d'origine de l'appartement : les lambris, les stucs au plafond, l'ancien parquet. Le tout complété avec du design scandinave moderne. Pas très original, mais joli et fonctionnel, et pas exagérément personnel, dans le cas où nous voudrions vendre l'appartement pour nous installer dans une maison plus tard.

Nous avons abattu un mur pour agrandir la cuisine et faire de la place pour une table généreuse. Four, frigo, congélateur, micro-ondes, machine à café, robot : tout était high-tech et élégant. Une des choses qu'appréciait Henrik quand il cuisinait, c'étaient les gadgets. Quand il préparait des œufs à la coque, il utilisait un thermomètre pour que leur température se maintienne à exactement 63 °C. Il adorait faire des crèmes brûlées, rien que pour sortir son chalumeau, un engin de pro totalement surdimensionné qu'il avait vu utilisé dans un restaurant branché. Depuis son portable, il pouvait régler la température du four, où qu'il soit dans l'appartement. Grâce à une autre application, il contrôlait la musique qui s'échappait de minuscules haut-parleurs camouflés dans la pièce. Une fois, j'ai compté : rien que dans la cuisine, on pouvait lire l'heure sur quatre écrans différents.

Ce n'est pas que je ne me plaise pas dans notre appartement. Mais il m'arrive parfois de me demander si mon désir de nature et de montagne n'est pas alimenté par un besoin de fuir les chiffres digitaux, les boutons et les menus de choix, ces trucs qui couinent et ces petits moteurs électriques qui ronronnent discrètement. Aller à la rencontre de quelque chose d'originel, quelque chose qui a toujours été là et y sera toujours. Curieusement, me sentir petite et insignifiante me procure le calme. La montagne ne s'intéresse pas à toi. Elle n'exige rien de toi non plus.

Henrik n'ayant visiblement pas l'intention d'ajouter quoi que ce soit, j'ai continué.

« En tout cas, je trouve difficile de dire non.

– Et pourquoi ?

– Milena a toujours été d'accord pour que tu viennes.

– C'est complètement différent.

– En quoi ?

– Enfin, elle me connaît. Elle me connaissait même avant toi. Là, il s'agit de quelqu'un dont nous ne savons absolument rien. »

Bien sûr, je comprenais son argument. Milena, Henrik et moi avions randonné de nombreuses fois ensemble, tout se déroulait selon des schémas éprouvés où nous avions chacun notre rôle. C'était un des rares moments de l'année où je pouvais me sentir totalement détendue. Aucune exigence de quelque performance que ce soit. Et prendre avec nous quelqu'un que nous ne connaissions pas, même de très sympathique, impliquerait qu'aucun de nous ne pourrait être aussi détendu que d'habitude. Et s'il était bizarre, voire carrément antipathique, cette semaine en montagne pourrait tourner au vinaigre.

« Quand nous avons voulu repousser de juillet à septembre, elle a tout de suite accepté, ai-je dit.

– Quand *tu* as voulu repousser.

– Oui, oui, quand *j'ai* voulu repousser. Peu importe. Mais je trouve un peu méchant de dire non, là. Jusqu'ici, elle n'a jamais demandé à emmener quelqu'un. Tu ne crois pas qu'elle y a réfléchi, au fait qu'il puisse s'intégrer ? Et même si ce n'est pas le type le plus sympa de la planète, nous pourrions peut-être faire un effort pour le supporter une semaine. Pour Milena. »

À nouveau, Henrik ne dit rien. Il continuait de touiller son bol d'assaisonnement. J'ai découpé la morue crue en jolis petits morceaux, puis j'ai fini par le regarder.

« Hein ? Henrik ?

– Oui, d'accord », a-t-il fini par lâcher. Il semblait fatigué.

J'ai jeté un coup d'œil à l'horloge digitale du four à micro-ondes. Les invités allaient bientôt arriver. La cuisinière bipa : les pommes de terre étaient prêtes. Dans un rougeoiement orangé, Henrik écarta la cocotte de la plaque vitrocéramique.

Aucun de nous ne dit plus un mot jusqu'à ce que les premiers invités sonnent à la porte, quelques minutes plus tard. J'avais l'impression qu'ils nous sauvaient l'un de l'autre.

Extrait de l'interrogatoire du témoin Anna Samuelsson 880216-3382, 17 septembre 2019, hôpital de Gällivare, conduit par l'inspecteur Anders Suhonen.

« Comment allez-vous aujourd'hui ?

– Ça va.

– Vous avez pu dormir ?

– Pas très bien.

– Vous avez eu mal ?

– Mm.

– Et maintenant ?

– Non. Mais je suis fatiguée.

– Je comprends. Commençons. Dès que vous sentez que vous n'avez plus la force, vous le dites. On fait comme ça, Anna ?

– Mm.

– Je vérifie juste que j'ai bien compris la situation. Henrik Ljungman et vous êtes fiancés ?

– Oui.

– Et Milena Tankovic et Jacob Tessin, ils forment aussi un couple ?

– Oui.

– Et comment vous connaissez-vous ?

– Nous nous sommes rencontrées à Uppsala pendant nos études de droit.

– Je vois.

– Et Milena connaît aussi Henrik d'Uppsala, il était enseignant dans notre faculté.

– Ah, d'accord. Donc vous trois, vous vous connaissez depuis longtemps ?

– Oui. Et nous allons passer une semaine à la montagne depuis des années.

– Quelles régions ?

– Les endroits classiques. Le triangle du Jämtland. Le GR Kungsleden depuis Abisko, l'ascension du Kebrekaise. En Norvège, une fois. Borgafjäll.

– Et à ces occasions, vous logez en refuge ?

– Oui, en général. Mais nous emportons toujours une tente pour pouvoir passer quelques nuits en montagne.

– D'accord. Si je vous demande ça, c'est que le Sarek est un peu plus rude, vous le savez. Et en septembre... On peut vraiment avoir du mauvais temps.

– D'habitude, nous partons en juillet. Mais j'ai bossé tout l'été, alors cette année, ça a été septembre.

– Je comprends.

– Et nous n'avions pas prévu d'aller au Sarek. Nous devions refaire Kungsleden, d'Abisko au Keb.

– Mais vous avez changé vos plans ?

– C'était l'idée de Jacob. »

Simon s'est adossé à sa chaise et a étiré ses longues jambes sous la table tout en vidant son verre de vin.

« Et vous, alors, c'est pour quand ? » a-t-il lancé d'un ton malicieux, à la cantonade, sans nous regarder ni Henrik ni moi. Des rires ont suivi. Nous venions de parler de connaissances communes qui se mariaient plus tard cet automne, nous étions tous invités.

Henrik a souri, avec une grimace, comme si la question était sensible.

« Euh, quel beau temps, n'est-ce pas ? a-t-il esquivé en saisissant la bouteille. Quelqu'un veut encore du vin ? »

À nouveau, des rires ont fusé autour de la table. Sa tentative de diversion surjouée avait fonctionné. En voyant Henrik plaisanter avec une telle décontraction à ce sujet, personne ne pouvait deviner que la question était réellement sensible.

« Tout vient à point à qui sait attendre, ai-je souri.

– Bla, bla, bla », a lâché Simon, ce qui m'a fait comprendre qu'il avait bu plus que d'habitude. Il était actionnaire du cabinet où je travaillais et nous avions disputé ensemble à deux reprises la régate Sandhamn-Utö. Sa femme Jennifer, directrice des relations publiques d'une société cotée en Bourse, lui a adressé un regard inquisiteur. Elle avait remarqué la même chose que moi.

« Henrik, a continué Simon, c'est toi qui hésites ? Tu crois que tu peux trouver mieux qu'Anna, c'est ça ?

– Simon…, l'a coupé Jennifer.
– Quoi ?
– Du calme.
– Oui, oui, je me calme. Parfois, il faut du calme, mais parfois, il faut aussi se grouiller un peu, par exemple, et ce n'est qu'un cas hypothétique, purement hypothétique, quand on est fiancés depuis deux décennies et que… »

Un chœur de protestations réunissant Jennifer, Erika, Olof et moi a couvert la voix de Simon. Henrik a baissé les yeux vers la table. Il souriait toujours, mais son sourire s'était figé.

Erika – son ancienne acolyte du Juridicum d'Uppsala, aujourd'hui professeure à l'université de Södertörn – l'a dévisagé, la mine presque soucieuse. Olof et elle étaient les seuls de la bande à avoir déjà des enfants.

« Simon, a répété Jennifer, un brin plus cassante cette fois.
– Bon, bon, pardon d'essayer d'avoir la réponse à la question que tout le monde se pose », a dit Simon.

J'ai regardé Henrik.

« Bien, comme ça, je sais qui rayer de la liste des invités », ai-je lâché. Henrik a esquissé un sourire forcé.

« Qui ça ? Quelle liste des invités ? » a demandé Mark. Valle et lui revenaient du balcon où ils venaient de fumer une cigarette. Mark était directeur des investissements dans une banque que nous avions aidée pour quelques grosses opérations. Valle, son mari, était chorégraphe.

« Simon ne sera pas invité à notre mariage, lui ai-je expliqué.
– Vous avez décidé d'une date ? C'est quand ? » a voulu savoir Mark.

Je me suis contentée de secouer la tête.

« Et sinon, vous partez à la montagne, cette année ? a demandé Erika, s'empressant de venir à notre rescousse.
– Oui, on part dans une semaine, a dit Henrik.
– Avec… comment s'appelle-t-elle, déjà ?
– Milena. Oui, tout à fait.

– On peut se marier à la montagne, vous savez ? » a glissé Simon, sans faire rire personne cette fois. Il était passé de drôle à lourd. Jennifer n'a rien dit, mais l'a fixé d'un air irrité.

« Et peut-être une personne de plus », ai-je dit en jetant un coup d'œil vers Henrik. C'était une perche lancée pour échapper à ce bavardage sur notre mariage, pour le moment remis *sine die*. Et je me doutais aussi que cela intéresserait nos invités. Henrik m'a lancé un regard noir.

« Ah oui ? Qui donc ? a demandé Erika.

– Milena s'est trouvé un petit ami. »

Mark a froncé les sourcils.

« Attends, c'est qui, déjà, Milena ?

– Tu as dû la croiser ici quelques fois, à des dîners, ai-je expliqué. Une vieille amie à nous, d'Uppsala. Cheveux châtains, un peu plus petite que moi.

– Mais oui, a fait Mark. Bien sûr. La femme silencieuse et mystérieuse.

– C'est elle que tu avais essayé de caser avec Truls Kofoed ? a demandé Simon.

– Non, je les avais juste placés côte à côte à un dîner.

– Mais c'est bien elle qui est toujours célibataire ? » a insisté Mark. Henrik semblait à présent irrité.

« Non, elle n'a pas toujours été célibataire.

– Ah bon ? ai-je dit.

– Non, a confirmé Henrik, pas du tout, elle a eu des mecs.

– Bref, ai-je repris, elle a rencontré un type qui s'appelle Jacob, qui bosse chez BCG et qui apparemment va souvent en montagne. Alors elle lui a proposé de venir avec nous.

– Mais vous ne l'avez jamais rencontré ? a demandé Mark.

– Non », a répondu Henrik.

Erika s'est tournée vers Olof.

« BCG, c'est bien là que travaille Jossan ?

– Oui. Il s'appelle Jacob comment ?

– Tessin, ai-je répondu. Jacob Tessin. »

Olof a paru chercher à se souvenir.

« Attendez… je suis parfois allé prendre des pots avec Jossan après le boulot. Jacob, ça me dit quelque chose. Il ressemble à quoi ?

– Grand et brun, ai-je dit. Qui est Jossan ?

– Mon cousin.

– Un grand inconnu brun », a répété Simon d'une voix suggestive, comme s'il lisait à haute voix un roman Harlequin. Personne n'a trouvé ça drôle, surtout pas Henrik, qui a bu une grande gorgée de vin. Je ne lui avais pas dit que j'avais cherché Jacob sur Facebook et que j'avais vu des photos de lui.

« Je crois vraiment que je l'ai déjà rencontré, a dit Olof. Ça me dit quelque chose.

– Si tu veux bien, tu pourrais demander à ton cousin quel genre de type c'est ? ai-je ajouté.

– Bien sûr. Jacob Tessin ?

– Oui.

– Bon… et qu'en dites-vous, alors ? Il peut venir avec vous ? » a voulu savoir Erika.

J'ai aussitôt regretté d'avoir abordé le sujet. Henrik et moi n'avions pas fini d'en parler, et voilà que la question allait être retournée dans tous les sens par nos amis éméchés et, dans le cas de Simon, complètement ivre. J'ai senti venir le moment où Henrik allait passer pour le grincheux qui manque de générosité.

« Nous n'avons pas décidé, ai-je dit. D'un côté, Milena n'avait encore jamais demandé à emmener quelqu'un au nord. Et j'ai repoussé le voyage parce que j'avais beaucoup de travail cet été, ce qu'elle a accepté sans broncher. Donc c'est un peu délicat de dire non. D'un autre côté… on est vraiment les uns sur les autres quand on est en montagne. Tous les trois, nous nous connaissons comme notre poche. Mais là, il faudrait prendre en compte quelqu'un qu'on n'a jamais rencontré. Ça n'est pas la même chose. »

Erika a opiné du chef.

« Je trouve même un peu bizarre que Milena demande ça. »

Évidemment tu es d'accord avec Henrik, comme toujours. Cette idée énervante m'a traversé l'esprit, mais c'était injuste, je n'avais pas dit qui de nous deux pensait quoi.

« Oui, mais si elle a rencontré un mec qui aime la montagne... Je ne crois pas que Milena prendrait le risque d'embarquer quelqu'un si elle n'était pas sûre que ça se passe bien avec nous.

– En tout cas, nous n'allons pas résoudre la question ce soir », a botté en touche Henrik. Tout le monde voyait bien qu'il était énervé.

« Non, on verra bien, ai-je rétorqué pour arrondir les angles, en me levant. Quelqu'un veut du café ? du thé ? »

Un murmure de soulagement s'est fait entendre : tout le monde était content de changer de sujet. Sauf Simon. Il vida son verre de vin d'une traite.

« Jacob Tessin... un vrai nom de branleur. »

Là non plus, personne n'a ri.

Le samedi du départ, nous nous sommes levés tôt pour faire les bagages. Tout l'équipement était prêt, il ne restait plus qu'à le faire entrer dans les sacs à dos.

Ça ne m'a jamais ennuyée de faire les bagages, surtout pour partir en montagne. Si je pouvais y consacrer tout mon temps, je crois que ça ne me dérangerait pas. Tout l'attirail qu'on utilise en randonnée me rappelle les moments forts de précédents voyages. Quand je fourre dans mon sac la petite bouteille que j'utilise pour du savon liquide, je sens le parfum de bois brûlé d'un vieux sauna m'emplir les narines, je vois un versant de montagne par une petite fenêtre.

Mais ce samedi-là, je ne pouvais pas me contenter de m'occuper des bagages, je devais aussi travailler, ce qui a rendu la journée morcelée et stressante. J'allais être absente une semaine et j'avais beaucoup de choses à boucler avant de partir. Ces journées en montagne sont les seules de l'année où je ne suis pas joignable, le reste du temps, clients comme collègues savent qu'ils peuvent m'appeler n'importe quand.

Tout au fond de nos sacs, nous avons mis nos vêtements de rechange, sous-vêtements thermiques et chaussettes, qui doivent à tout prix rester secs. Puis Henrik a fixé la tente sous son sac à dos, et en échange j'ai mis tout ce qui concernait la nourriture dans le mien. La plupart du temps, nous devions loger dans des refuges équipés d'une petite cuisine, ou au moins de plaques chauffantes. Mais nous comptions passer quelques nuits sous la tente, et nous prendrions tous nos déjeuners en plein air, à moins d'avoir de la pluie battante ou de la neige. Il nous arrive aussi de faire des pauses quand on trouve un bel endroit à flanc de montagne. J'ai donc embarqué la recharge de gaz et le réchaud Trangia avec tous ses accessoires, ainsi que des provisions : des flocons d'avoine pour faire du porridge au petit déjeuner, des soupes en sachet, des macaronis précuits pour épaissir la soupe, quelques plats lyophilisés. Quatre épices différentes. Du café en poudre, des noix et des raisins secs. Du chocolat et quelques paquets de bonbons.

Après les provisions, j'ai ajouté tout ce qui s'était avéré nécessaire lors de nos précédentes expéditions. Trousse de toilette, poncho, veste matelassée, bonnet et gants. Couteau multifonctions. Pour finir, j'ai mis la carte d'Abisko et du massif du Kebnekaise dans la poche caméra, bien protégée dans un étui étanche. Mon sac était prêt.

Je l'ai porté dans la salle de bains et posé sur le pèse-personne. 12.3 kilos. Un bon poids. Les premières années, mon sac tendait vers les 20 kilos, et c'était presque devenu pour moi un sport de réussir à réduire son poids d'année en année. Un faible poids donnait plus de confort pendant la marche, au prix cependant de quelques agréments une fois arrivés au bivouac. Henrik se chargeait volontiers de quelques kilos en plus pour profiter davantage de la soirée au refuge.

Une année, il avait emporté une bouteille de vin, malgré mes tentatives obstinées de lui faire entendre raison. Quand il l'avait débouchée au refuge de Singis, j'avais refusé d'en boire, pour affirmer la solidité de mes principes. Henrik et Milena en avaient pris chacun un verre, et avaient fini le reste le soir suivant. J'avais fait comme si je n'en avais pas tellement envie, et Henrik avait fait comme si se trimballer ce kilo en plus n'avait pas été pénible. Mais il n'avait plus jamais emporté de vin en montagne.

L'excitation du voyage me chatouillait le ventre. Nous devions prendre le train de nuit pour Abisko. De là, nous allions suivre le GR Kungsleden en descendant vers le Kebnekaise, et au niveau de Singis prendre l'embranchement vers le GR de Durling. Là, camper une ou deux nuits sous la tente, faire un sommet puis continuer par Vierranvūrri en descendant vers le refuge du Kebnekaise où nous nous reposerions quelques jours avant de rentrer. Je pourrai faire des excursions d'une journée dans la vallée de Tarfala si j'en avais envie, ou monter au sommet du Keb par la voie orientale, plus exigeante. Je savais que ni Henrik ni Milena ne seraient partants, mais je n'avais rien contre une journée de randonnée en solitaire. Je pourrais alors marcher à mon rythme, supérieur à celui de Henrik et Milena.

Sur les coups de cinq heures, Henrik et moi étions en tenue de randonnée. J'ai attaché mes cheveux blonds en queue-de-cheval serrée et enfilé mes baskets. Mes chaussures de marche étaient pendues par leurs lacets au sac. Je l'ai soulevé, balancé sur une épaule avant de le faire sauter pour faire passer l'autre bras. Henrik a fait pareil.

Nous avons fermé l'appartement derrière nous.

Nous sommes partis à pied vers la gare. Le beau temps se maintenait, l'air était léger, pur et chaud. La ville respirait à un rythme lent. Quelques flâneurs nous regardaient passer avec nos gros sacs à dos. Leur poids était familier et agréable, de nouveaux muscles étaient sollicités dans les jambes et le ventre tandis que le corps s'adaptait pour porter cette charge tout en gardant son équilibre. Je me sentais souple, forte et pleine d'énergie. Nous avons pris chacun un double expresso au parc Tegnérlunden, notre dernier bon café de toute la semaine. Il était délicieux et les oiseaux gazouillaient dans les arbres autour de la statue de Strindberg.

J'avais hâte de rencontrer enfin Jacob Tessin.

Le vendredi précédent, une fois les invités partis, Henrik et moi étions fâchés, et nous nous étions à peine parlé avant d'aller nous coucher. Henrik avait abordé le sujet le lendemain au petit déjeuner. Il était d'accord : nous pouvions difficilement refuser à Milena d'emmener Jacob. J'étais soulagée de ne plus avoir à argumenter à ce propos. Je lui avais dit que je comprenais exactement ce qu'il éprouvait, et que moi aussi, j'aurais préféré qu'il n'y ait que lui, Milena et moi, comme d'habitude.

« Si ça ne se passe pas bien, on partira tous les deux, les prochaines fois. »

Le dimanche venu, j'avais appelé Milena :

« Nous en avons parlé, et nous serions ravis que Jacob se joigne à nous.

– Ah, super », avait répondu Milena, d'un ton moins enjoué que ce à quoi je m'attendais. En même temps, elle n'était pas du genre s'épancher, mais j'espérais sans doute un peu plus d'enthousiasme. Elle avait probablement autre chose en tête, et je n'y avais plus pensé.

À mesure que le départ approchait et que les préparatifs devenaient plus concrets, le sujet Jacob était passé au second plan. Milena et lui n'étaient après tout qu'une petite partie de l'aventure. Et même s'il se révélait pète-sec ou taciturne, blagueur lourdingue ou simplement antipathique, il restait tant de choses qu'il ne pourrait pas m'enlever. Le contact avec la nature, la bonne fatigue après de longues heures de marche, le bon goût qu'avait alors la nourriture, les belles nuits de sommeil. Oui, il pouvait être source d'irritation. Non, il ne pouvait pas me gâcher mes vacances à la montagne.

Bien sûr, il aurait été naturel de se rencontrer un soir pendant la semaine avant notre départ, pour faire connaissance, mais le temps avait manqué. Nous allions à présent le découvrir d'ici quelques minutes, et c'était la curiosité qui dominait : qui était donc Jacob Tessin, le premier garçon que mon amie de dix ans me présentait comme son petit copain ?

Nous avons continué à descendre Upplandsgatan, dépassé Norra Bantorget et pris Vasagatan. Le bruit de la circulation y était plus fort, le flux des piétons plus dense dans toutes les directions. Vivement la montagne, où l'on n'avait jamais besoin de s'écarter pour éviter une autre personne.

Nous sommes bientôt entrés dans la grande salle d'attente de la gare centrale. Les pas et les voix se répercutaient sur le plafond voûté, très haut au-dessus de nos têtes, un écho que j'associais aux valises, aux billets de train, aux départs.

Et là-bas, au milieu, près de la rambarde circulaire, je les ai vus. Milena et Jacob.

J'ai d'abord remarqué sa taille. S'il m'avait déjà semblé grand sur ses photos Facebook, c'était encore plus frappant dans la réalité. Milena, pourtant de taille moyenne, semblait toute petite à côté de Jacob. Ma seconde impression fut également confirmée : il était athlétique. Son sac à dos était posé sur le sol en pierre, il portait un T-shirt sans manches, les mains dans les poches. Ses bras étaient musclés, noueux et bronzés. Sa posture, elle aussi, était athlétique : dos droit, torse en avant.

Il tenait Milena par la main. C'était mignon.

Il semblait avoir plus de trente-huit ans. Son visage bronzé de nounours était encadré d'épais cheveux brun foncé. Leur implantation était encore droite, pas de creux remontant sur le front. Mais les rides sur son visage, entre les sourcils, sur le front, la peau de son cou… je lui aurais plutôt donné dans les quarante-cinq ans.

Ai-je vraiment eu le temps de penser tout cela pendant les quelques secondes qu'il nous a fallu pour les rejoindre ? Ou ai-je complété avec des observations ultérieures ? Je ne sais pas.

J'ai souri en les saluant de la main. Le visage de Milena s'est illuminé et elle a agité la main à son tour. Jacob m'a souri lui aussi, un sourire dans l'expectative, un peu crispé. Il a lâché la main de Milena et s'est mis à piétiner sur place.

« Salut, c'est sympa de vous voir, ai-je dit avec un grand sourire, presque arrivée. Anna, ai-je continué en tendant la main à Jacob.

– Salut, salut, Jacob. »

De sa grosse main, il a serré la mienne. Sa paume était chaude et sèche. Il avait une poignée de main ferme. Il m'a souri, ses yeux brillaient. Je me suis tournée vers Milena.

« Salut ! C'est super, non ? »

J'ai ouvert les bras et Milena et moi nous sommes longuement embrassées.

« Ah, enfin, c'est le départ », a-t-elle dit. Derrière mon dos, j'ai entendu Jacob saluer Henrik.

« Et toi, tu es Henrik, je suppose ?

– Exact.

– Salut. Jacob. Ravi. »

Il y a encore une chose à laquelle je sais avoir pensé à ce moment précis.

Je le reconnais.

Nous nous sommes dirigés vers le train. Je bavardais avec Milena, mais je ne pouvais m'empêcher d'écouter d'une oreille ce qui se disait entre Henrik et Jacob qui marchaient juste derrière nous.

« Je suis désolé de m'être imposé comme ça, a dit Jacob. Je comprends que ça ne soit pas top avec quelqu'un qui... je veux dire, vous faites ça depuis des années, si j'ai bien compris.

– Ça ne fait rien, l'a rassuré Henrik. Tu es beaucoup allé en montagne ?

– C'est ma deuxième maison, on peut le dire.

– Tu es né là-bas ?

– Non, mais j'y vais à peu près tous les ans depuis mes quinze ans. Ski l'hiver, escalade l'été.

– Mm... nous sommes allés quelques fois faire du ski à Sälen. Mais surtout dans les Alpes.

– Ah ?... Non, moi je vais toujours à Riksgränsen. C'est mon endroit favori. Bon coin pour le parapente, aussi.

– Oh, oh... tu fais aussi de ce truc-là ?

– J'essaie, en tout cas. Mais Abisko, c'est super chouette pour la randonnée. Et le Keb. Vous l'avez déjà fait ?

– Oui. Ça devait être, quoi ? Il y a trois ans peut-être, la dernière fois. Quatre.

– La montagne, c'est un peu comme de la méditation pour moi. Au fond, je travaille beaucoup trop. Beaucoup de week-ends, tout ça. Alors ça fait du bien de partir, de penser complètement à autre chose pendant un certain temps. Recharger les batteries.

– Mm. »

Nous sommes arrivés sur le quai. Là, l'air était immobile, ça sentait le diesel et le métal chaud. Le trajet à pied depuis Vasastan m'avait donné chaud et j'étais déjà un peu en sueur.

Une fois devant notre wagon, nous sommes montés à bord. Le couloir était étroit, avec tous ces voyageurs souvent chargés de sacs à dos qui cherchaient leur place en arrivant dans le sens opposé. Mais Henrik et moi avons rapidement trouvé notre compartiment, des couchettes de première classe avec toilettes et douche privatives. Nous avons ouvert la porte coulissante et posé nos sacs par terre.

« Et voilà, on dort ici, ai-je annoncé. Et vous ?

– Ça doit être un peu plus loin, a répondu Milena. Nous ne sommes pas ensemble, Jacob a réservé l'autre jour.

– Quelle chance, alors, qu'il soit resté des places. »

Jacob m'a souri.

« Oui, c'était un peu de justesse. Sinon, j'aurais fait du stop. »

Mon regard a glissé vers Milena, qui souriait également, mais il y avait aussi quelque chose d'inquisiteur dans sa façon de me regarder. Elle devait essayer de deviner ce que je pensais de Jacob. J'ai alors proposé :

« On se retrouve dans une demi-heure au wagon-restaurant ?

– D'accord, très bien », a répondu Milena. Elle a continué à avancer, Jacob a souri et adressé un signe de tête à Henrik et à moi, mais surtout à moi, je crois. Puis il a emboîté le pas à Milena. C'est à ce moment que j'ai remarqué l'équipement d'escalade accroché à son sac à dos. Que prévoyait-il ? Rejoindre le sommet Nord par la crête ? Ou une randonnée autour du cratère du Tuolpagorni ?

J'ai refermé la porte coulissante et me suis affalée sur un

strapontin. Henrik était déjà assis sur la banquette en face de moi. Nous nous sommes regardés. J'ai fini par demander :

« Bon, alors... tu en penses quoi ?

– Il a l'air OK.

– Tu trouves aussi ?

– Mm.

– Je dois admettre que je suis un peu soulagée, en fait.

– Mm.

– Imagine qu'au bout de cinq minutes, on se soit dit, oh non, pas une semaine en montagne avec ce crétin, quoi. »

Henrik n'a rien répondu. Il semblait surtout fatigué.

« Tu n'as pas l'impression de le reconnaître ? ai-je demandé.

– Hein ? Non.

– Il y a un truc... dès que je l'ai vu, il m'a dit quelque chose.

– Tu l'as peut-être vu en photo ? avant ?

– Oui. Mais je ne pensais pas à ça.

– Non. Je ne vois pas. »

L'impression d'avoir déjà vu Jacob quelque part était fuyante. Dès que j'y songeais, que j'essayais de comprendre ce que je reconnaissais chez lui, elle se dissipait comme de la buée sur une vitre.

J'ai soupiré en regardant autour de moi. Nous étions dans notre compartiment de première, avec deux belles couchettes, une salle de bains rien qu'à nous, en route pour une semaine de randonnée en montagne. C'était un moment plein d'*énergie potentielle*, selon ma propre expression. Quand on est devant quelque chose d'absolument somptueux, mais qui n'a pas encore commencé. Souvent, ces moments-là sont meilleurs que la chose désirée elle-même.

Je me suis penchée, j'ai pris la main de Henrik en lui souriant.

« Tu veux la couchette du dessus, ou du dessous ?

– Aucune importance. Choisis, toi.

– OK. Alors je prends celle du dessus.
– Sauf qu'en fait tu préférerais celle du dessous.
– Non.
– Je prends la couchette du dessus.
– Arrête ton char. Je l'ai déjà réservée. »

Henrik m'a souri à son tour, s'est penché lui aussi, et nous nous sommes embrassés.

Ça va sûrement bien se passer, tout ça.

Le portable de Henrik a alors vibré dans sa poche. Il a déterré son téléphone et a lu le message qu'il venait de recevoir. J'ai vu une imperceptible ride se dessiner entre ses sourcils.

« Mm, a-t-il fait.
– Qu'est-ce qu'il y a ? »

Henrik n'a pas répondu tout de suite. Il a inspiré à fond et s'est redressé sur la banquette.

« Euh… C'est Erika.
– Qu'est-ce qu'elle écrit ?
– Elle écrit, voyons… *Merci encore pour l'invitation, c'était super cool de se voir… Olof a demandé à son cousin, il n'y a pas de Jacob Tessin chez BCG. Ça vaut ce que ça vaut. Amusez-vous bien en montagne.* »

Extrait de l'interrogatoire du témoin Anna Samuelsson 880216-3382, 17 septembre 2019, hôpital de Gällivare, conduit par l'inspecteur Anders Suhonen.

« Et comment avez-vous réagi en entendant ça ? »

Silence.

« Anna ?

– J'étais énervée par le comportement de Henrik.

– Ah oui ?

– Il en faisait toute une affaire.

– Je comprends.

– Je n'avais pas non plus trouvé de Jacob chez BCG en cherchant sur Google. Mais je n'ai pas trouvé ça si étrange.

– Non ?

– J'avais peut-être mal entendu quand Milena m'a dit où il travaillait. Ou alors il s'agissait d'une autre société qui s'appelait également BCG ?

– Je vois.

– Il y avait de nombreuses explications possibles.

– Mm.

– Nous l'avions quand même rencontré, à présent, et il avait l'air d'une personne sensée. À ce qu'il m'avait semblé.

– Comment Henrik voyait-il les choses ? »

Silence.

« On l'aurait presque cru prêt à interrompre le voyage et rentrer à la maison.

– Vraiment ? »

Silence.

« Nous avions pourtant… d'abord, Henrik s'était fâché que je veuille repousser le voyage. Nous avions passé l'éponge. Puis nous nous étions disputés à propos de Jacob. Pour décider si oui ou non il pouvait venir avec nous. Là encore, nous avions passé l'éponge. »

Silence.

« Un verre d'eau ?

– Oui. Merci. »

Silence.

« Attendez… Tenez.

– Merci. »

Silence.

« Ensuite, nous… nous avons rencontré Jacob, il était sympathique et m'a fait bonne impression. Puis est arrivé ce message et là, c'était comme si tout recommençait du début.

– Mm. Je comprends.

– Nous nous sommes disputés. »

Silence. Sanglots.

« Des détails stupides… mon Dieu…

– Voulez-vous prendre une pause ?

– Mm… »

Sanglots.

Quand nous sommes arrivés au wagon-restaurant, Jacob et Milena étaient déjà attablés. Jacob devant une bouteille de bière et Milena, un verre de vin.

« Ah, sympa, la fête a commencé à ce que je vois, ai-je lâché.

– Allez vous chercher quelque chose, on garde la table », a dit Milena.

Henrik et moi avons rejoint la queue. Le wagon-restaurant était vieux et décati, datant peut-être des années quatre-vingt-dix, mais avec un design rétro censé évoquer le luxe des années trente. La peinture était usée sur les boiseries et il y avait ici et là un trou dans le rembourrage des sièges.

Le wagon était bondé, et très mélangé : apparemment beaucoup de randonneurs comme nous, mais aussi une famille avec enfants qui montait peut-être rendre visite à un parent dans le Norrland et des types d'une cinquantaine d'années qui, à en juger par le volume sonore, s'étaient déjà enfilé quelques bières. Ceux qui venaient de réceptionner leur commande repartaient avec leurs plateaux chargés en pliant légèrement les genoux pour parer d'éventuels cahots du train, et tentaient de trouver une place. On avait le droit de se serrer avec des gens qu'on ne connaissait pas. J'ai vu Jacob et Milena expliquer aimablement à deux retraitées que les places à leur table étaient déjà occupées par des personnes qui faisaient la queue. Celle-ci ne faisait que s'allonger et emplissait à présent presque la moitié de l'allée centrale du wagon-restaurant. Je suis retournée proposer à Jacob et Milena de prendre aussi leur dîner, pour pouvoir manger ensemble sans perdre énormément de temps. Ils m'ont indiqué leurs commandes.

À la fenêtre filait un paysage plat, dans la lumière rasante d'automne. Des champs de chaumes, des bosquets, un taillis de bouleaux le long d'un fossé. Une voiture a roulé un moment sur une nationale parallèle à la voie ferrée, mais n'a pu maintenir l'allure et a disparu. Une petite ville avec un passage à niveau et une gare désaffectée. Des jeunes rassemblés autour d'un snack dans la rue. Ça filait, filait, filait.

Nous avons regagné la table avec deux plateaux débordants : deux portions d'émincé de renne-purée, une tartine à la crevette, un wrap de poulet, trois petites bouteilles de vin, une bière et quelques sachets de cacahuètes et de chips pour l'apéritif. Jacob a sorti son portefeuille pour payer son dîner et ses boissons en liquide, un billet de deux cents. Je n'avais pas de monnaie, mais je lui ai dit que ça s'équilibrerait sûrement au cours de la semaine.

Nous nous sommes réparti le contenu des plateaux. J'étais certaine que Milena sentait le silence qui s'était installé entre Henrik et moi. Elle savait que quelque chose clochait.

Jacob a décapsulé sa bière et demandé :

« Bon… et alors, vous vous êtes rencontrés comment, vous ? »

Il nous a souri gaiement, à Henrik et moi. Avait-il lui aussi senti la tension entre nous ? Était-ce là une tentative de nous amener à nous parler ?

Nous nous sommes regardés.

« Toi, ou moi ? ai-je demandé.

– Raconte, toi », a lâché Henrik d'une voix sourde.

UPPSALA, NOVEMBRE 2009

C'est jeudi soir à la Nation de Stockholm, l'un des treize clubs qui animent la vie étudiante à Uppsala – la soirée à ne pas manquer. Mais avant que la fête et la danse ne commencent dans l'aile moderne du bâtiment de l'association, une conférence doit avoir lieu dans la partie historique datant du milieu du XIXe siècle. « L'orateur du jeudi » est une des nombreuses vieilles traditions du lieu. Un invité fait une conférence d'une heure, puis on offre à l'orateur et à quelques personnes triées sur le volet de la soupe aux pois et du punch.

Et c'est la raison pour laquelle je dispose des marque-places autour d'une longue table dans le « petit salon » qui jouxte la salle des fêtes où se tient la conférence. Car c'est moi qui l'organise. C'est une mission inhabituelle pour une étudiante nouvelle à Uppsala et au sein de la Nation. Mais le trimestre était commencé depuis quelques semaines, et personne n'ayant manifesté d'intérêt pour cette tâche, je me la suis vue proposer par Carl, le premier secrétaire – le poste le plus élevé dans l'administration de la Nation. J'avais indiqué lors de mon inscription être prête à m'engager, je n'avais donc pas pu refuser.

Je m'en occupe depuis quelques mois maintenant, mais j'ai quand même le trac pour ce soir. Les orateurs qui décrochent la timbale sont naturellement ceux qui sont connus hors de l'université, hors d'Uppsala. Les fois précédentes, j'avais réussi à inviter une juriste connue pour ses interventions dans le débat public, ainsi qu'un chef d'entreprise en vue, grâce aux contacts de papa. Et quelques comiques, devenus célèbres par la télévision, qui avaient commencé leur carrière à la Nation de Stockholm. Mais cette semaine, je n'ai pas aussi bien réussi. L'orateur de ce jeudi est Henrik Ljungman, enseignant à la faculté de droit. J'ai cru comprendre qu'il était un peu une star à l'université : il a gagné une sorte de prix du meilleur conférencier et rédigé plusieurs manuels de droit, alors qu'il n'a pas encore trente ans. Il a également assuré quelques-uns des cours d'introduction pour les nouveaux étudiants en droit. Et c'est vrai, il est bon, meilleur que la plupart. Mais je ne peux pas dire qu'il m'ait subjuguée.

C'est donc un peu un pis-aller. Dans deux semaines, ce sera Kajsa Berqvist, médaille d'or olympique en saut à la perche. Un cran au-dessus.

J'ai abordé Henrik après un cours et lui ai demandé s'il voudrait bien être notre orateur du jeudi. Il a cligné des yeux et a tardé un peu à répondre, alors je lui ai proposé de déjeuner ensemble pour lui en dire plus. Il n'a sans doute pas trouvé d'excuse, au débotté, pour se défiler, je suppose. Nous avons déjeuné (ma nouvelle copine Milena était là aussi) et je lui ai fait l'article pour lui vendre la mission comme l'une des plus chics qu'on pouvait avoir à Uppsala, tout autant que de passer à la radio pour les causeries de l'été. Il a accepté sans grand enthousiasme.

Pendant le repas, j'ai trouvé Henrik un peu fermé, fuyant. Formel et poli. Difficile de croiser son regard. Est-il mignon ? Je ne sais pas. Il a un visage symétrique, lisse, pas de trace d'acné juvénile. Son teint tend vers le jaune pâle, comme chez quelqu'un qui bronze facilement au soleil mais reste toujours à l'ombre. Ses joues et son menton rasés de près ont une ombre à peine visible de barbe, ses cheveux bruns sont coiffés avec une raie de côté parfaite. Il doit sûrement mettre un peu de cire. Henrik n'est pas grand, plutôt légèrement en dessous de la moyenne, le corps un peu trapu. Chinos, chemise, veste. Docksides à semelle épaisse aux pieds : élégant mais traditionnel et, oui, un peu ennuyeux. Il paraît plus vieux qu'il n'est.

Bien que ses cours ne m'aient jamais transcendée, il est clair que c'est là qu'il est le plus à son avantage. Sa voix possède une profondeur virile, elle est assez forte pour passer dans un grand amphi, son corps et son visage semblent prendre vie. Son enthousiasme et son intérêt pour sa matière sont contagieux, je dois l'admettre. Ça devrait bien se passer.

Le premier secrétaire, Carl, fait une apparition alors que je pose les derniers marque-places.

« Salut Anna, tu es rayonnante », dit-il en posant la main sur mon épaule nue. Nous nous embrassons sur les joues, *smac-smac-smac*, à la française. Et je sais qu'il a raison. Je porte une robe noire sans manches, moulante, qui s'arrête juste au-dessus des genoux. Des bas en nylon et des escarpins noirs à talons hauts. Mes cheveux blonds en longue queue-de-cheval dans mon dos, de vraies perles aux oreilles. Je me sens élégante, féminine et désirable. Les garçons vont me regarder, ce soir, je le sais.

Comme Carl le fait en ce moment. Il est grand, blond et musclé, une sorte de Dolph Lundgren en plus jeune. Il porte un élégant costume sombre et une chemise blanche dont le col est nonchalamment déboutonné. En tant que premier secrétaire, Carl dispose d'un bureau personnel dans les locaux de la Nation. Il fait des discours amusants à chaque fête. Il sera économiste. Beaucoup de filles veulent coucher avec lui.

« Comment se présente le plan de table ? demande-t-il.

– Bien, je crois. Tu es assis là. En face de moi. Et tu as Laila comme voisine. »

Laila est l'inspectrice de la Nation, professeure de sciences politiques, une femme d'une soixantaine d'années.

« Parfait, dit Carl, comme ça, on pourra se faire du pied sous la table.

– Exactement, c'était aussi mon idée, dis-je en souriant, alors que ça ne m'avait, bien sûr, jamais effleuré l'esprit.

– Je n'oublierai jamais ce bal des cadets à Karlberg, où deux dames m'ont fait du pied en même temps pendant le dîner. »

Carl me regarde en souriant, attendant une réaction impressionnée.

« Wow, *busy night* !

– N'est-ce pas ? J'en avais presque une crampe à la cheville ! »

Après un rire convenu, je pose les derniers marque-places. J'aurais pu placer Henrik à côté de Laila et m'asseoir à côté de Carl, mais je ne l'ai pas fait. J'ai Henrik pour voisin de table, et j'en suis assez contente.

Il arrive une demi-heure avant le début de la conférence, alors que je suis en train d'installer l'ordinateur, le projecteur et l'écran dans la salle des fêtes avec un des techniciens du club. Le public commence à arriver. L'intérêt semble plus grand que je ne l'escomptais.

« Bonsoir », dit Henrik dans mon dos.

Je fais volte-face.

« Bonjour, bienvenue ! » Il tend la main un peu gauchement, mais je lui donne une rapide accolade. Il porte un costume sombre – impossible de dire s'il est gris ou bleu dans cet éclairage tamisé – avec une pochette en soie. Il sent bon. Je m'attendais à le voir se pointer dans son habituelle tenue de cours, chinos et tweed, et ça me fait un peu plaisir qu'il ait fait un effort.

« Comment vous sentez-vous ?

– Bien.

– On teste les transparents ?

– Bien sûr. »

Il pêche une clé USB dans la poche intérieure de sa veste, la donne au technicien qui la connecte à l'ordinateur. Les visuels de Henrik apparaissent bientôt à l'écran. On lui donne une petite télécommande pour les faire défiler.

« Wahou, ça, c'est high-tech. On est gâtés, ici.

– Bah, pensez-vous, dis-je en imitant pour plaisanter l'accent des quartiers sud de Stockholm, on se décarcasse. » Henrik sourit.

Les tests terminés, je lui propose quelque chose à boire en attendant. Il prendrait bien une bière légère, une Hof, s'il y en a. Je le guide vers le bar et nous passons devant le salon où nous devons dîner. Brutalement, je m'arrête.

« Euh..., après, il y aura de la soupe aux pois.

– Parfait.

– Et d'après mon plan de table, vous m'aurez comme voisine. Mais vous préférez peut-être être assis à côté de notre inspectrice, Laila Westerberg ?

– Non, non, ce sera très bien. Parfait.

– Sûr ?

– Oui. À moins que vous, vous ne vouliez changer ?

– Non, je veux être à côté de vous.

– Très bien. Comme ça, on a un plan. » Henrik m'a souri, et son visage s'est un peu animé et réchauffé, plus qu'il n'en avait montré lors du déjeuner quelques semaines plus tôt. Nous continuons vers le bar.

Pourquoi me suis-je donc arrêtée pour lui poser cette question ? Comme s'il était envisageable qu'il réponde : « Oui, merci, je veux bien changer. » Quant à moi, je préfère éviter d'être assise à côté de Carl. Parfois, je suis une énigme pour moi-même.

Vingt minutes plus tard, dans la salle des fêtes pleine jusqu'à la dernière place, le brouhaha est presque assourdissant, il se répercute entre les murs lambrissés chargés de miroirs et de portraits d'anciens inspecteurs, et les lustres en cristal disloquent le bruit en éclats aigus. Henrik et moi sommes assis côte à côte au premier rang, au plus près de l'estrade. Il est exactement 19 heures. L'impatience et le trac me tordent l'estomac, alors que ce n'est pas moi qui vais faire une conférence. Je pose la main sur le bras de Henrik, je le regarde et dis :

« On y va ?

– Quand vous voulez. »

Je monte sur l'estrade, je frappe dans les mains pour demander le silence.

« Bonjour… bienvenue… »

Le brouhaha s'estompe rapidement. Quelqu'un tousse, une chaise racle le sol en reculant.

« Soyez les bienvenus à la Nation de Stockholm. Ce soir, j'ai le très grand honneur de vous présenter un des conférenciers les plus en vue de l'université d'Uppsala, dis-je en souriant à Henrik, le plus jeune professeur à avoir jamais enseigné à la faculté de droit… Mesdames et messieurs, Henrik Ljungman ! »

Une acclamation assourdissante éclate, Henrik entre sur scène d'un pas énergique tandis que j'en sors. Il se tourne en souriant vers le public, lève les mains d'un air désarmant.

« Quelle présentation ! Je suis infiniment honoré d'être ici. Ça a toujours été un de mes buts dans la vie, depuis que je suis tout petit, d'être un jour l'orateur du jeudi à la Nation de Stockholm. »

Applaudissements et sifflets retentissent à nouveau. La flatterie fait son œuvre, même mêlée d'une touche d'ironie.

« Il y avait donc ça, reprend Henrik en comptant à présent sur ses doigts, devenir pompier et gagner cette tablette de chocolat géante à la loterie de Gröna Lund. Un sur trois, c'est déjà pas mal. »

Le public pouffe, rit, acclame. Il s'est passé trente secondes et il les a déjà dans sa poche, comme un comique de stand-up.

Ce soir, Henrik se surpasse. Il parle des origines de la législation sur la liberté d'expression en Suède, en parsemant son discours de nombreux exemples amusants, entre autres de satires du XVIIIe siècle. Nous apprenons que les auteurs de cette époque n'y allaient pas avec le dos de la cuillère quand il s'agissait de se moquer de Gustave III. Il parle environ trois quarts d'heure, moins que la plupart des orateurs du jeudi, pour laisser le public sur sa faim. On en veut davantage. Suit une longue séance de questions, où il se met à dialoguer avec l'assistance. Henrik est cultivé et vif, il a des associations d'idées et des formulations brillantes. Pensée et verbe harmonieusement unis. Et en même temps, il paraît à l'écoute. Il cherche à comprendre les questions qu'on lui pose.

Henrik est de loin le meilleur orateur du jeudi jusqu'ici. Tout mon trac a disparu, c'est un succès. Et je fantasme vaguement, sans formuler clairement la pensée, que c'est un peu grâce à moi. Que je l'ai mis de bonne humeur, à l'aise. Que c'est à moi qu'il veut montrer tout ça : regarde ce que je sais faire !

À huit heures et quart, il remercie, je me dépêche de monter sur scène lui tendre un imposant bouquet, une rapide accolade, je lance les applaudissements. Violentes acclamations qui meurent étonnamment vite, noyées par le raclement d'une centaine de chaises sur le sol. Tout le monde est pressé de rejoindre les bars qui viennent d'ouvrir.

Une demi-heure plus tard, nous sommes attablés dans le petit salon. Nous buvons de la bière fraîche en mangeant de la soupe aux pois bien chaude, l'humeur des convives est enjouée. La conférence de Henrik était le parfait début de soirée, attendent à présent cocktails, danse, fête et peut-être quelque chose de plus. Mais je veille bien à ne pas étendre les jambes sous la table.

Dans cette pièce également, les voix se répercutent entre

les murs lambrissés, et le volume sonore augmente encore. Je suis assise serrée contre Henrik, mais le bruit est si fort que nous devons nous rapprocher encore plus pour entendre ce que l'autre dit.

« Tu as déjà essayé le stand-up ?

– Non, jamais, dit Henrik.

– Mais... tu as lu un livre, ou quelque chose, sur les astuces des pros du stand-up ?

– Non. J'aurais dû ?

– Haha, non, évidemment pas, puisque tu as l'air de savoir faire de toute façon.

– Merci. Je prends ça comme un compliment.

– Oui, sinon je vais mal le prendre. *Skål !*

– Haha... *skål*, Anna. »

Je lève ma bouteille de bière vers lui, il lève la sienne et nous trinquons.

« Tu as été super bon.

– Merci. Ravi que tu sois contente. »

Henrik me regarde avec un éclat nouveau dans les yeux, et j'éprouve une complicité, comme si nous avions fait ça ensemble. Ce n'est bien sûr pas le cas, mais il me donne cette impression.

Peut-être suis-je déjà un peu ivre. Un peu, tout petit peu ivre. Peut-être que Henrik l'est lui aussi.

Carl tend à présent sa bouteille de bière par-dessus la table, il veut trinquer à son tour avec le roi de la soirée.

« *Skål*, Henrik ! Brillante conférence ! »

Même notre inspectrice Laila se joint à lui. Elle lève son verre de bière.

« Oui, c'était très, très bien. Dis, tu n'as jamais songé à te mettre plutôt aux sciences politiques ? »

Tout le monde rit, nous trinquons à nouveau.

« Rien que ta façon de commencer, reprend Carl, parler de tes trois buts dans la vie quand tu étais petit, très drôle. Lors des élections, ici, quand j'ai été candidat au poste de premier secrétaire, j'ai fait un discours où j'ai aussi parlé de mes rêves d'enfant, en racontant comment avec mon petit frère et les gamins des voisins nous jouions au gouvernement. J'insistais toujours pour être Premier ministre, haha. Ça n'avait rien d'un chef-d'œuvre rhétorique, mais en tout cas, j'ai été élu. »

Carl relève un peu les épaules et sourit modestement tout en nous regardant alternativement, Henrik et moi, prêt à récolter notre admiration.

« La concurrence n'était pas bien féroce », dit Laila avant de boire une gorgée de bière. Henrik et moi sourions à cette pique, et Carl comprend qu'il n'a pas d'autre choix que d'en rire lui aussi.

« Haha, non, c'est vrai, la Nation a dû se contenter de ce qu'il y avait », concède-t-il.

Laila lui tapote le bras.

« Pardon, tu t'en sors très bien, Carl. »

Carl se tourne à nouveau vers Henrik.

« Tu n'as jamais pensé devenir avocat de la défense ?

– Oh là là, fait Henrik, les offres de reconversion pleuvent ce soir… Quelqu'un aurait un papier et un stylo ? » Il feint de chercher son carnet dans sa poche. Je ris en posant ma main sur son bras.

« Je venais de lui demander s'il avait déjà essayé le stand-up », dis-je pour expliquer à Carl et Laila. Carl reprend :

« Je veux dire, avec ton talent rhétorique, tu ferais un tabac au tribunal. Et c'est bien payé. Ma tante est associée du cabinet Mannheimer Swartling. Elle gagne un pognon de dingue. Avec son mari, ils ont une maison de vacances près de Juan-les-Pins, sur la Riviera. J'y traîne un peu l'été. »

Nouvelle pause pour des réactions impressionnées.

« Non, il faut que j'y songe, dit Henrik en souriant.

– On gagne aussi bien sa vie comme professeur, dit Laila. Et Henrik aura un poste d'ici quelques années, donc je ne pense pas qu'il y ait lieu de s'inquiéter pour ses finances, Carl. »

Au bout de la table, Henning, le chef de chant, s'est levé. Henning a tout juste vingt ans, aussi beau qu'un prince sorti d'un conte de fées. Cheveux ondulés bruns rejetés en arrière, traits du visage purs, le rose aux joues visible malgré son teint bronzé. Grands yeux bleus. Et il chante comme un dieu, à la fois dans le chœur de la Nation et un groupe de rock qui se produit souvent dans les soirées étudiantes. Il se racle la gorge et dit, en s'inclinant légèrement vers toutes les personnes qu'il mentionne :

« Madame l'inspectrice, notre orateur de la soirée, monsieur Ljungman, monsieur le premier secrétaire et vous autres, vile piétaille... » Cette brusque entorse au formalisme déclenche les rires. Henning me regarde à présent avec son sourire de chérubin avant de reprendre : « Nous avons une longue liste de chansons à boire à écluser ici, ce soir, alors il faut nous y mettre, je commence même à stresser, figurez-vous. Commençons donc avec : "J'ai jadis songé à renoncer à boire". Vous y êtes ? »

Il donne la note, et tout le monde entonne avec lui. La belle voix de Henning couvre toutes les nôtres, mais nous chantons à tue-tête, de notre mieux.

Pendant le reste du dîner, nous ne parlons à peu près qu'ensemble, Henrik et moi. La conversation est fluide, facile et simple. Le droit, Uppsala, nos loisirs. Je raconte que j'aime la montagne, pour le ski en hiver et la randonnée en été. Henrik dit qu'il a fait pas mal de ski, mais jamais essayé la randonnée. Je lui dis que j'ai déjà vaguement envisagé avec ma copine Milena, que Henrik a déjà rencontrée, de partir une semaine vers Abisko l'été prochain, peut-être voudrait-il venir avec nous ? Je le dis à moitié en plaisantant, et Henrik répond sur le même ton. Oui, il devrait, dit-il, ça fait presque partie de la culture générale d'avoir randonné en montagne.

J'ai en permanence agréablement conscience d'être au centre de l'attention des convives, c'est vers nous deux que se dirigent tous les regards. Quand Henrik parle un moment avec Laila, par-dessus la table, Carl et Henning cherchent tous les deux à croiser mon regard. Je suis baignée de sollicitude.

Soudain, Henrik se penche en arrière et regarde sous la table. En face de lui, Carl rougit et se redresse sur sa chaise.

« Oh, pardon », murmure-t-il.

Je me mords la lèvre inférieure pour étouffer un sourire.

Et nous continuons à parler, Henrik et moi, de nos enfances, de nos parents, frères et sœurs. J'évoque mes frères adorés Erik et Gustaf, le grand et le petit, que j'ai passé toute mon enfance à manipuler et à martyriser. Henrik rit et dit que ça a dû être dur de m'avoir pour sœur.

J'ai envie de lui dire qu'il est tellement différent de mon père. Et que c'est tant mieux. Mais je m'abstiens, c'est trop intime.

Le dîner est fini, la plupart des invités ont déjà quitté la table. Un grondement retentit, qui semble faire trembler le bâtiment sur ses fondations. C'est la boîte de nuit qui ouvre dans l'aile nouvelle. Carl s'approche et se tourne vers Henrik.

« Tu m'excuses si je t'emprunte Anna un moment ?

– Pas de problème pour moi, mais tu devrais peut-être lui demander directement.

– Anna ? Vous permettez ? » Carl me tend la main, je hoche la tête.

« Je reviens tout de suite, dis-je à Henrik en me levant.

– Je fais un tour au bar, dit-il. Tu veux quelque chose ?

– Je veux bien un gin tonic », ai-je le temps de répondre avant que Carl m'entraîne hors du petit salon, un demi-étage plus bas, sur la piste de danse déjà bondée. Toute la structure de béton de la nouvelle aile fonctionne comme une immense caisse de résonance, on dirait que la basse de plomb provoque la distorsion des murs eux-mêmes.

Et j'aime ça. Carl me regarde avec un sourire idiot, il n'a

aucun sens du rythme et semble piétiner sur place plutôt que danser, mais je me fiche bien de lui, je suis un peu ivre et je ressens dans tout mon corps la vibration de la basse, comme le battement d'un deuxième cœur, j'entoure mes bras autour de ma tête, laisse mes hanches se balancer, je ferme les yeux.

Mon Dieu, ce que c'est bon.

Après quelques chansons, je crie à l'oreille de Carl que c'est quand même moi qui reçois, et je le plante sur la piste pour partir à la recherche de Henrik. Je le retrouve au bar. Il se retourne, un gin tonic dans chaque main, et m'adresse un grand sourire en me voyant arriver. Nous trinquons, buvons un peu, nous frayons un passage jusqu'à une table haute. Quelques garçons qui ont écouté sa conférence veulent aussitôt le couvrir de compliments, il leur parle poliment mais veille à m'inclure aussi dans la conversation.

L'ambiance du bar est agitée, Henrik et moi nous nous retirons dans le petit salon, où le niveau sonore est plus supportable. Au moment où nous allons nous asseoir à une table, Henning se présente et remercie très humblement Henrik pour sa fantastique conférence. Ne verrait-il aucun inconvénient à lui prêter Anna pour un moment ? Henning ne perd pas de temps, sa main est déjà doucement posée entre mes épaules. Je bois quelques sérieuses gorgées de mon gin tonic, je le tends à Henrik en lui intimant :

« Tiens ça. Et ne bouge pas d'ici.

– Compris. » Henrik sourit, mais pas moi, je lui fais les gros yeux pour lui faire comprendre que je suis sérieuse, il n'a pas du tout le droit de bouger de là. C'est aussi une sorte de compliment.

Il y a un peu moins de monde sur la piste, et Henning saisit l'occasion pour danser un boogie. Complètement à côté de la plaque sur la lourde pulsation électro, mais il a suffisamment confiance en lui pour passer outre. Je n'ai qu'une notion floue de comment danser le boogie, je n'ai dû essayer qu'une fois en sport au collège, mais je me laisse guider par

Henning, qui sait s'y prendre. Il m'attire à lui, me laisse partir, me fait tourner, m'attire à nouveau à lui, à présent d'une autre manière, ses bras enlacés autour de moi. Il me dit à l'oreille, si près que je sens ses lèvres sur ma peau :

« Tu suis comme une ombre. »

Nous nous amusons, Henning est séduisant, élégant, et il sent merveilleusement bon. Rien d'étonnant qu'il soit le plus grand tombeur de la Nation de Stockholm. Je n'ai en principe rien contre une aventure d'un soir, mais avec Henning ? Allez… Les ragots circuleraient avant même qu'il ait ôté ses boutons de manchette. Je préfère retrouver Henrik.

Il est assis à une table du petit salon, en compagnie de deux filles. Ils semblent tous les trois captivés par leur conversation. Mon cocktail est toujours posé sur la table, devant lui. Henrik s'illumine en m'apercevant, se lève pour aller chercher une chaise, mais je lui fais signe de se rasseoir, je me débrouille toute seule. Je traîne une chaise et m'installe de l'autre côté de lui par rapport à ses deux nouvelles admiratrices, que je salue gaiement avant d'attraper mon gin tonic et d'en boire une grande gorgée.

« Nous parlions justement de la conférence, que c'était super bien », dit la fille la plus proche de Henrik. Cheveux roux bouclés coiffés au bol qui encadrent un mignon visage de poupée. Sa jupe a glissé sur ses cuisses couvertes de nylon.

Mais dis-lui donc quelque chose qu'il n'a pas déjà entendu mille fois ce soir. Et baisse cette jupe, bordel, tout le monde voit ta culotte.

« Oh oui, c'était bien, dis-je. Vous êtes aussi en droit ? J'ai l'impression de vous reconnaître. »

Oui, elles font aussi du droit. Elles ne peuvent donc pas être complètement bouchées, et pourtant, elles ne paraissent pas se rendre compte qu'elles dérangent et devraient nous laisser tranquilles, Henrik et moi. La rousse, surtout, a l'air d'avoir du mal à comprendre. Elle déblatère comme si elle le connaissait depuis des années. Alors je finis par prendre Henrik par la main en me levant :

« Viens. On va danser. »

Je le tire de sa chaise et l'entraîne vers la piste sans lui laisser le temps de protester. Je ne lâche pas une seconde sa main avant que nous soyons plongés au cœur de la mer sonore assourdissante. Henrik bouge doucement, un peu raide, au rythme de la musique. La piste de danse n'est pas son élément naturel, mais là, je l'ai à nouveau pour moi toute seule.

Je vois son visage passer du jaune au bleu, puis du rouge au vert avant que la boucle lumineuse ne recommence. Le regard de Henrik reste fixé sur moi, il est chaleureux et plein de dévouement alcoolisé. À présent, je le trouve beau. Et comme ce n'est pas son visage en lui-même que je trouve beau, mais son expression, je me dis qu'en fait c'est son âme que je trouve belle.

Au bout d'un moment, il pose sa main chaude sur mon épaule et se penche vers mon oreille.

« Tu sais, je crois que je vais rentrer.

– Moi aussi. »

Je le dis sans réfléchir. Nous quittons la piste, passons devant le petit salon et la salle des fêtes, et descendons vers le hall d'entrée, où se trouve le vestiaire. Il y fait plus frais, c'est plus tranquille. La musique retentit encore dans mes oreilles. Il y a un peu la queue au vestiaire, nous attendons sans parler.

« J'ai l'impression d'être à moitié sourd, dit Henrik après un certain temps, avec un sourire de biais, en montrant son oreille.

– Mm », dis-je en lui souriant à mon tour.

Puis à nouveau : silence.

Je regrette déjà de lui avoir dit que je rentrais moi aussi. Il me trouve peut-être collante, pénible ? N'a-t-il pas papillonné du regard quand j'ai dit ça ? C'est tellement pathétique. Mais je ne peux pas revenir en arrière, j'aurais vraiment l'air con.

J'entends une voix familière derrière moi, c'est une des filles de la cafétéria qui s'est mise dans la queue avec une copine. Elle est réputée pour être une des pires commères de toute la Nation, une putain de cellule d'espionnage sur pattes. À la différence qu'elle diffuse plus d'informations qu'elle n'en recueille.

Et devant elle, nous voilà avec Henrik, muets comme des carpes, fixant le mur en faisant semblant de ne pas exister. Comme deux chiens surpris à faire une bêtise. Ça me gratte terriblement à la racine des cheveux, mais je n'ose pas lever la main.

On parie que ça va tout de suite commencer à jaser ? Merde, merde, merde.

Après ce qui semble une éternité, nous récupérons nos manteaux et pouvons fuir dans la nuit. La ville est enveloppée dans un brouillard d'automne froid et humide. Les réverbères jaunâtres sont des taches floues dans le noir. Au-dessus de nous, tout en haut de Drottninggatan, trône Carolina Rediviva, la bibliothèque universitaire, un puissant colosse du XIXe siècle. C'est comme entrer de plain-pied dans une peinture ancienne.

« Où vas-tu ? demande Henrik.

– Studentvägen.

– Je te raccompagne.

– Et toi, où vas-tu ?

– Eriksberg.

– Tu n'es pas obligé.

– Ne t'inquiète pas, c'est à peine un détour. »

Nous commençons à monter la pente de la bibliothèque. La fraîcheur de l'air nocturne caresse mon visage. Je me sens déjà mieux. Je ne sais pas pourquoi j'étais aussi stressée dans la queue du vestiaire.

« Tu as eu son numéro ?

– Quoi ? Qui ?
– La rousse. Qui trouvait ta conférence tellement géniale.
– Haha, non.
– Pas de chance…
– C'est… » Henrik hésite un peu avant de poursuivre, il semble chercher les mots justes. « Ça n'est pas très bien vu d'avoir des relations avec des étudiantes. Quand on est enseignant.
– Ah, d'accord… »
Nous marchons un moment en silence. Puis il reprend la parole.
« Tu n'as pas eu beaucoup la paix toi non plus.
– Mm.
– Carl m'a fait du pied. Je crois qu'il a mal visé. » Nous rions tous les deux.
– Carl est… comment dire ? Son propre plus grand fan.
– Le petit chanteur semble aussi intéressé, pour le moins.
– Henning ?
– Oui. Il a l'air de faire partie des Backstreet Boys.
– Backstreet Boys, mon Dieu, c'est le seul boys band qui te vient à l'esprit ?
– Désolé.
– Son grand-père faisait peut-être partie des Backstreet Boys », dis-je, en prenant le bras de Henrik pour adoucir la pique, mais aussi parce que j'avais envie de le toucher. Nous continuons bras dessus, bras dessous.
Il m'accompagne jusqu'à mon porche sur Studentvägen. Nous nous arrêtons.
« Voilà, c'est là que j'habite. »
Il m'entoure de ses bras. Je l'entoure des miens.
« J'ai passé une soirée fantastique, dit-il.
– Moi aussi. »
Nous restons ainsi dans les bras l'un de l'autre, longtemps. Nous nous balançons un peu. Va-t-il y avoir quelque chose de plus, et qui va prendre l'initiative ?

« Tu veux une tasse de thé ? » finis-je par proposer. Henrik soupire, et tarde à répondre.

« Ce serait merveilleux... mais est-ce que j'ai le droit de déclarer forfait ?

– Oui. »

Il se libère de notre étreinte, se penche en arrière et me regarde au fond des yeux.

« À bientôt. Tu es fantastique. »

Il me caresse la joue et sourit, puis me lâche et disparaît dans la nuit.

« Donc, tu t'es mise avec le prof, a résumé Jacob en me souriant.

– On peut dire ça. On a dû se cacher un bon moment. » J'ai regardé Henrik pour l'inviter à confirmer ou à glisser un commentaire, mais il est resté muet, sans croiser mon regard. Il a pris quelques cacahuètes sans quitter la table des yeux. Milena a pris une chips qu'elle a croquée pendant une éternité, elle aussi le regard baissé, à part pour jeter un coup d'œil à Henrik. Elle semblait embarrassée. La mésentente entre Henrik et moi était palpable.

« Et comment ça se passe, au boulot ? ai-je demandé à Milena. Ça n'a pas été un problème de partir comme ça, une semaine en septembre ? »

Nous étions tous soulagés de changer de sujet de conversation. Milena travaillait au service juridique d'une agence communale à Stockholm. Son chef lui avait plutôt été reconnaissant de déplacer une semaine de congé de juillet à septembre. À côté de nous, Jacob et Henrik se sont peu à peu mis à échanger leurs expériences de randonnées en montagne. Nous avons bu et mangé, et tout le monde autour de la table a fini par se détendre.

Jacob a plié sa serviette et posé ses couverts. Il a rempli son verre de bière, terminant sa deuxième grande bouteille. Il a regardé Milena.

« Il y a une chose que nous voulions vous demander »,

a-t-il dit. Milena restait silencieuse, mais semblait un peu tendue. « Toi, ou moi ?

– Vas-y, toi » a répondu Milena. Elle a bu une gorgée de vin.

« Voilà... On se demandait si vous ne voudriez pas plutôt aller au Sarek ? »

Henrik et moi l'avons dévisagé en silence. Que voulait-il dire ?

« Au Sarek ? Tu veux dire, là, maintenant ? ai-je fini par demander.

– Oui. J'y suis allé plein de fois, et pour moi, tant qu'on n'a pas fait le Sarek, on n'est jamais vraiment allé à la montagne.

– Sauf que c'est impossible. On a réservé les refuges, et tout, on ne peut pas juste... non », l'ai-je coupé.

Nous étions avec Jacob depuis environ deux heures, et voilà qu'il nous proposait de changer notre programme de randonnée. Programme que Milena et moi avions discuté en détail, en long et en large. Pour qui se prenait ce type ?

« Un refuge, ça se décommande, a dit Jacob. Je peux juste vous expliquer ? Si vous ne le sentez pas, on laisse tomber. Évidemment. »

Il s'est levé et a commencé à faire le ménage, a ramassé les emballages et les bouteilles vides et porté le tout aux bacs de recyclage. J'ai soupiré. Henrik ne disait rien, mais j'ai vu que Milena le scrutait pour deviner sa réaction. Des randonneurs, un garçon et une fille de quelques années plus âgés que nous, attendaient impatiemment dans l'allée centrale, chargés de leur plateau.

« Vous partez ? a demandé le garçon à Milena au moment où Jacob revenait avec d'autres serviettes.

– Non, on va rester encore un peu », a-t-il dit sans regarder le type, avant de se mettre à essuyer la table. La fille s'est énervée.

« Mais oui, profitez-en bien, prenez votre temps. »

Jacob lui a lancé un regard noir, mais la fille lui avait déjà tourné le dos, à la recherche d'une autre table. Il est reparti jeter les serviettes.

« Si vous ne voulez pas, on garde Kungsleden, comme prévu, a dit Milena. Ce sera aussi très bien. »

Qu'elle soit disposée à se plier aux désirs de Jacob m'agaçait également. J'avais plusieurs fois proposé un tour dans le Sarek, mais Henrik et Milena avaient toujours dit non. Et chaque fois, j'avais eu l'impression que c'était Milena qui était à la manœuvre. Non qu'ils se soient mis d'accord à l'avance, mais c'était comme une entente tacite, Henrik écoutait d'abord la position de Milena avant de la soutenir elle plutôt que moi. Mais voilà que Jacob était entré dans sa vie. Et quand il disait Sarek, d'un coup, elle acquiesçait.

Jacob est revenu, a sorti une carte de la poche latérale de son pantalon et l'a étalée sur la table devant nous. Elle couvrait le parc national Padjelanta, juste à l'ouest du Sarek. Nous avions plusieurs fois parlé d'aller y randonner, mais cela nous avait paru compliqué d'accès – une journée entière était perdue en transports – comparé à d'autres parcs offrant des randonnées comparables.

« Voilà comment on pourrait faire. Demain matin, on descend du train à Gällivare, a-t-il commencé à expliquer. De là, bus jusqu'à Ritsem, tout là-haut. Puis on prend un hélicoptère pour descendre jusqu'à Staloluokta. » Il a fait glisser son index sur la carte. « De Staloluokta, on se met en marche vers le parc, et on campe genre ici, près de l'Alajavrre. L'extrémité est. C'est la meilleure façon d'accéder au Sarek, c'est clair. Si tu pars de Kvikkjokk, par exemple, tu as une première journée de marche assez ennuyeuse rien que pour arriver au parc. Mais là, en revanche, c'est une très belle randonnée. Pas si plate que ça en a l'air comme ça sur la carte, mais pas non plus de relief pénible. Et puis tu as tout le temps le Sarek face à toi, tu vois les montages de loin, quoi. Tu te dis : attention, me voilà. »

Il m'a souri, mais je ne lui ai pas rendu et n'ai rien répondu non plus. Je sentais peser sur moi le regard inquisiteur de Milena.

« Ensuite..., a continué Jacob en retournant la carte pour que le Sarek soit visible, nous continuons vers l'Alggajavvre, pour entrer dans le Sarek après-demain. » Il a montré un lac dont une des rives séparait les parcs de Padjelanta et du Sarek.

On pouvait voir, rien qu'en jetant un bref coup d'œil à la carte, que le Sarek était nettement plus mouvementé que Padjelanta. Presque toute la partie centrale de la carte était couverte de zones alternativement brunes et blanches, avec des taches et des lignes bleues intercalaires. Les parties brunes étaient celles où les lignes de niveau étaient si serrées qu'on ne les distinguait pas l'une de l'autre. Les blanches étaient les glaciers : je savais que beaucoup des glaciers suédois se trouvaient dans le Sarek. Et en bleu, les lacs ou cours d'eau, avant tout le Rahpaädno, le puissant fleuve qui traversait la vallée de Rapadalen et débouchait en delta à l'extrémité nord-ouest du Lajtavrre. Les noms des hauts massifs montagneux aiguisaient l'imagination : Ruohtes, Tsähkok, Ålkatj, Ähpar, Skårki.

C'était un territoire sauvage, des milliers de kilomètres carrés sans chemins ni chalets, difficiles à pénétrer et qui ne pardonnaient pas. Ici, on pouvait sans problème marcher des jours sans voir une seule personne, surtout à cette époque de l'année, en septembre. Au milieu du parc, un téléphone de secours était indiqué. J'ai alors constaté que, depuis le coin le plus reculé du parc, il pouvait y avoir plusieurs jours de marche rien que pour s'y rendre.

« Ensuite, nous passons au nord le long du lac, pour entrer dans Alggavagge, a continué Jacob. La vue sur le lac est magique. Puis dans cette direction jusqu'à Sarvesvagge. Là, nous dressons le camp. Vue incroyable sur toute la vallée. Ensuite, nous poussons jusqu'à Rovdjurstorget, où nous pourrions rester une journée, tranquilles. Faire un sommet, s'il fait beau. » Il m'a regardée. « Tu n'as pas le vertige, si j'ai bien compris.

– Nous ne sommes pas équipés pour ce genre d'ascension, ai-je objecté.

– J'ai du matos pour nous encorder. Si on installe le campement un peu au nord de Rovdjurstorget, on peut monter en une journée au Stortoppen. Tu ne peux pas arriver plus haut au Sarek. »

Je ne voulais pas me l'avouer, mais la possibilité d'ajouter un peu d'escalade en cours de randonnée était... tentante.

« Mais on n'est pas partis faire de l'escalade, a dit froidement Henrik, c'est une randonnée.

– Il y a aussi, je veux dire... » Jacob regarda la carte. Le ton de Henrik lui avait un peu fait perdre contenance. « Il y a bien sûr des ascensions plus faciles, qui n'exigent pas d'équipement. Tu peux arriver par le Bierikjavrre et monter sur le Vuojnestjåhkka. » Son doigt a de nouveau parcouru la carte.

« Nous pouvons aussi nous diviser pour une journée, a proposé Milena en regardant Henrik. Vous deux pouvez faire une ascension, et moi je me repose par exemple. On l'a déjà fait. »

Henrik lui a jeté un coup d'œil, mais sans rien dire. Jacob a repris avec une énergie renouvelée :

« Rovdjurstorget, il n'y a rien de plus beau. On peut voir des ours, des loups, des gloutons et des lynx... On peut passer la journée à les observer aux jumelles, si on ne veut pas monter jusqu'au sommet.

– Tu m'as raconté que tu t'étais une fois fait courser par un élan mâle, a dit Milena en le regardant avec un petit sourire.

– Oui, ça a été le pire moment de ma vie. Là, j'ai vraiment eu peur.

– C'était là, à Rovdjurstorget ? a continué Milena.

– Non, c'était plus bas dans Rapadalen, je ne me souviens pas bien... Les plus grands élans d'Europe vivent au Sarek, vous le saviez ? a demandé Jacob en me regardant.

– Non, je ne le savais pas.

– Alors voilà. On faisait la pause de midi au bord du fleuve, on s'était allongés un moment pour faire la sieste, c'était en juin, il faisait super beau, et donc assez chaud. Mais bref, j'ai envie de pisser, alors je descends sur la rive en me disant que je peux bien pisser dans l'eau, après tout. C'est là que j'aperçois un putain de grand élan, en face, sur l'autre rive, avec des bois énormes, comme ça. » Jacob a écarté les mains. « Et il reste là à me fixer, la tête un peu baissée, comme ça. Moi, je me dis putain qu'il est grand, mais je n'ai pas peur ou quoi que ce soit, parce qu'il y a quand même toute la largeur d'un fleuve entre moi et ce grand mâle. »

Ses yeux brillaient à l'évocation de ce souvenir. Et je ne pouvais pas faire autrement que de me laisser prendre par la conviction qu'il mettait dans son récit.

« Et alors il commence à descendre dans l'eau, et je n'ai toujours pas peur, parce que je peux vous dire qu'il y a du courant, mi-juin, quand la fonte des neiges a commencé pour de bon. Mais voilà que cette saleté d'élan se met à nager. Et il nage vite. Là, je pige qu'il va être de mon côté en quelques secondes seulement et, dès qu'il aura pied, il se mettra à courir, et je serai foutu. Alors je tourne les talons et je me casse. Le truc, c'est que j'ai été tellement baba de voir l'élan se mettre à nager que j'en ai oublié de reboutonner mon pantalon, au bout de genre trois secondes, je me retrouve étalé sur les rochers, mon pantalon sur les genoux. Et là, j'entends le brame derrière moi, et ce monstre qui me fonce dessus... je me grouille de me relever et cours en essayant en même temps de rattacher mon froc, j'arrive à grimper dans les broussailles, mais elles sont si hautes qu'elles me montent au-dessus de la tête, avec dedans plein d'allées et de sentiers, c'est un vrai labyrinthe et l'élan me suit, en gueulant. Alors je me mets à courir dans ces allées et il me prend en chasse, c'est un peu comme la scène finale de *Shining*... sauf que l'élan n'a pas de hache. »

Milena a ricané, j'ai fait la moue.

« Tu t'en es tiré ?

– Oui, il a abandonné. J'ai eu de la chance. Ou alors, il voulait m'humilier un peu, juste ce qu'il fallait. » Jacob m'a regardée. « Ça serait quand même quelque chose, non, Anna ? Se faire courser par un élan mâle ? »

J'ai souri de biais. « Oui, ce serait top… Bon, nous avons déjà parlé du Sarek, non ? »

Milena a hoché la tête, Henrik se contentait toujours de fixer la table.

« Oui, Milena me l'a dit, a répondu Jacob.

– Alors voilà ce que je pense : très volontiers une autre année. Mais d'un point de vue purement pratique, je ne vois pas comment on pourrait changer nos plans maintenant, comme ça, abracadabra.

– Pourquoi pas ? a demandé Jacob.

– Pour commencer, nous n'avons pas à manger pour toute la semaine. Nous avons ce qu'il faut jusqu'au refuge du Keb, et là, nous comptons racheter des provisions.

– Il y a une boutique à Stalo, a répliqué Jacob. Le kiosque de Parfa. Ils ont tout ce qu'il faut. Plats lyophilisés, soupes, pain, tout.

– Et ils sont ouverts maintenant ? En septembre ?

– J'ai vérifié. C'est ouvert.

– Nous n'avons pas non plus assez de gaz.

– Ils en ont aussi à Stalo. Il y a une liste de tous leurs articles sur internet.

– Et l'hélicoptère, alors ?

– J'ai fait une pré-réservation pour un vol demain.

– Alors comme ça, tu as prévu d'avance qu'on marcherait dans ta combine ?

– Encore une fois, j'ai fait une pré-réservation, a patiemment expliqué Jacob. Ça représente quelques frais, que je prendrai bien entendu à mon compte si nous n'y allons pas.

– Et un téléphone satellite ? Il ne faut pas en avoir un, quand on va au Sarek ? »

Jacob a fouillé une des poches latérales de son pantalon et en a extrait un téléphone qui ressemblait à un modèle des années quatre-vingt-dix. Il l'a brandi aux yeux de tous.

« Une balise de secours. S'il se passe quelque chose, nous pouvons donner l'alerte.

– C'était ma condition, a glissé Milena.

– Je veux encore dire une chose, a ajouté Jacob. J'ai regardé les prévisions météo, le soleil va dominer sur le Sarek la semaine qui vient. Et ce n'est pas habituel en cette saison. Alors ça vaut vraiment le coup d'en profiter. »

J'ai regardé la carte étalée devant nous sur la table. Le bleu, le brun, le blanc, le suspense que cela promettait, l'aventure. Voir du jamais vu, quelque chose dont j'avais rêvé.

Bien sûr, au fond, j'en avais envie.

J'ai regardé Henrik :

« Euh…, bon, je crois que nous allons retourner dans notre compartiment discuter calmement de tout ça, et puis on pourra… »

Je n'ai pas pu terminer ma phrase. Henrik m'a interrompue.

« Sauf que je ne veux pas. » Sa voix était déterminée et un peu instable, un signe de colère contenue. Visiblement, il s'était renfrogné dans son coin sans que nous le remarquions. Le silence s'est fait autour de la table.

« Je suis monté dans ce train pour aller à Abisko et marcher sur le GR Kungsleden. Je n'ai pas l'intention de changer ça maintenant. Si vous voulez aller au Sarek, faites-le. Mais je ne suis pas intéressé.

– Alors on laisse tomber, s'est dépêchée de glisser Milena. On va à Abisko. »

Jacob s'est gratté la barbe sur le menton et dans le cou, tout en gardant les yeux rivés sur la carte. Il semblait faire un gros effort pour maîtriser sa déception.

« Est-ce que je peux juste…, a-t-il commencé, mais Milena l'a coupé :

– Jacob, on laisse tomber.

– Mais tu me laisses finir, oui ? » Sa voix était irritée, et son regard clouait Milena sur place. Elle s'est tue d'un coup. Jacob a inspiré à fond, s'est ressaisi. Il n'était pas encore prêt à abandonner la partie. Henrik a croisé les bras en se calant au fond de son siège.

« Alors voilà, a recommencé Jacob.

– Je ne veux pas ! » a glissé Henrik. Il ressemblait à un enfant buté, mais Jacob ne s'est pas démonté.

« Vous êtes montés au sommet du Keb. Rien au Sarek n'est plus difficile, si on en a envie. Non, ce qui est difficile et qui prend du temps là-bas, c'est de trouver le bon itinéraire, il n'y a pas de sentiers de randonnée balisés. Doit-on descendre dans la vallée, ou vaut-il mieux monter plus haut à flanc de montagne, ce genre de questions ? Et tout ça, je le sais, parce que j'ai déjà fait ce trajet plusieurs fois. Et donc finalement, ce n'est pas plus difficile qu'Abisko.

– Sauf que : je ne veux pas. Et je ne sais pas comment être plus clair. »

Jacob et Henrik se sont dévisagés dans un silence menaçant. La situation était bloquée. Milena semblait désemparée, elle ne devait rien oser dire après s'être fait taper sur les doigts. J'ai compris que c'était à moi d'essayer de calmer le jeu.

« Pourquoi ? a demandé Jacob.

– Pourquoi ? a répété Henrik.

– Oui. Donne-moi une bonne raison.

– Mais puisqu'il te dit qu'il ne veut pas, Jacob, ai-je glissé, il faut que tu t'en contentes, c'est tout… » Je n'ai pas pu aller plus loin avant que Henrik ne m'interrompe. Je l'avais rarement vu aussi indigné. Il a fixé Jacob d'un regard farouche :

« Nous faisons ça depuis dix ans, et paf, tu te pointes comme un diable à ressort une semaine avant le départ, et puis à peine le train parti de Stockholm, tu veux tout changer ? Qu'est-ce qui ne tourne pas rond chez toi ? Qui es-tu ? »

Il avait haussé la voix, si bien que la table de l'autre côté de l'allée a lorgné dans notre direction. Jacob a levé les mains en signe de capitulation, mais sans rien dire. Henrik ne le lâchait pas des yeux.

« Henrik..., ai-je tenté, mais il a continué :

– Je suis sérieux, là. Qui es-tu ? Anna dit que tu travailles chez BCG, mais j'ai une connaissance chez eux, et il n'y a pas de Jacob Tessin chez BCG. Alors qui es-tu ? »

Henrik, à quoi tu joues ?

Milena le dévisagea, interloquée. Jacob fronça les sourcils.

« Laissons ça, ai-je dit. Ça suffit. On y va ? » J'ai fait mine de me lever.

« BCG ? Mais de quoi tu parles ? » a dit Jacob d'une voix à présent plus sombre, un peu rauque. Il s'est tourné vers Milena. « Qu'est-ce qu'il veut dire ? »

Milena n'a rien répondu, elle semblait à présent presque effrayée.

« C'est peut-être moi qui ai mal entendu, ai-je dit. Mais il m'a semblé que tu m'avais dit que Jacob travaillait chez BCG. Quand on a déjeuné. Mais j'ai peut-être mal entendu. »

Le cou de Milena était écarlate. Avec des gestes calmes et mesurés, Jacob a sorti son portefeuille, d'où il a sorti une carte de visite. Sans un mot, il a posé la carte entre nous.

Sur la carte, il y avait un logo, avec les lettres BCV. En dessous, on lisait « Jacob Tessin » et encore une ligne plus bas, en un peu plus petit, « senior consultant ».

Henrik et moi avons fixé la carte.

« Oui, tu vois, ai-je dit. J'ai mal entendu. Pardon. Ma faute. » Puis le silence s'est fait. Ça a duré quelques secondes, qui ont paru une éternité.

Jacob a dévisagé Milena.

« Pourquoi tu racontes aux gens que je bosse chez BCG ? »

Milena n'a rien répondu, mais a posé sur Jacob un regard

que je ne lui avais jamais vu. Elle avait l'air blessée, mais aussi en colère, et effrayée.

« Mais Jacob, hé ! C'est moi qui ai mal entendu, ai-je insisté. Milena n'y est pour rien. Encore une fois, je te demande pardon. »

Henrik s'est raclé la gorge et redressé sur sa banquette. Sa colère s'était déjà dissipée. Sa voix était enrouée, presque brisée.

« Moi aussi, je m'excuse. Je ne sais pas ce qui m'a pris. » Il avait sûrement honte de ses accusations infondées contre Jacob, mais avant tout d'avoir perdu le contrôle en public. Ça ne lui ressemblait pas.

« Je suis consultant en informatique », a lâché Jacob en tentant de maîtriser sa colère. Milena a posé sa main sur la sienne, mais Jacob refusait encore de se réconcilier, il a retiré sa main et serré le poing.

Je comprenais qu'il soit en colère contre Henrik et moi, mais pourquoi aussi Milena ? Qu'avait-elle fait de mal ?

« Pardon, Jacob, ai-je répété. Vraiment. Pardon.

– Vous savez quoi… je vais chercher à boire, a dit Henrik en se levant. Je crois qu'on en a besoin. Moi, en tout cas, j'en ai besoin. Qu'est-ce que tu veux, Jacob ? J'ai vu qu'ils avaient du whisky et du cognac en mignonnettes. »

Jacob n'a pas répondu, pas même regardé Henrik.

« Je prends un autre verre de blanc, a lancé Milena.

– Moi aussi, ai-je glissé.

– OK, je prends un peu de tout… je te demande pardon, Jacob. J'ai été… je suis allé trop loin. »

Henrik est parti. L'affluence avait diminué, il n'y avait presque plus de queue. Jacob a regardé Milena et dit :

« En voilà un qui ne voulait pas de moi, en tout cas. » Assez fort pour être sûr que j'entende.

« Ça n'est pas vrai, ai-je dit, et je crois que j'étais presque convaincante. Mais il… parfois il s'accroche à des détails. »

Milena a caressé le dos de Jacob. « Il ne pense pas à mal. »

Jacob lui a adressé un sourire sarcastique, mais n'a rien dit de plus. Henrik est aussitôt revenu avec un plateau chargé de bière, de vin et d'une poignée de mignonnettes d'alcools. Plus quelques paquets de chips et de bonbons. Il a posé le plateau sur la table et s'est assis à côté de moi.

« Tirons un trait là-dessus. Et j'ai changé d'avis. Nous partons pour le Sarek. »

Deux heures plus tard, nous étions serrés sur la couchette de Henrik, en cuillères, et je sentais sa respiration calme et endormie sur ma nuque. Le compartiment était éteint, mais mes yeux s'étaient habitués à l'obscurité. Des rais de lumière filtraient par un espace le long du store et à travers une grille de ventilation en bas de la porte côté couloir. Le wagon berçait et secouait un peu. Les joints des rails produisaient une percussion rythmique, hypnotique. J'aurais dû pouvoir dormir. Mais le malaise résultant de la scène du restaurant ne me quittait pas.

Nous avions bu tout ce qu'il y avait sur le plateau de Henrik, mangé toutes les chips et les bonbons. Nous avions laissé Jacob disserter sur ses randonnées dans le Sarek, en plaçant des soupirs impressionnés tandis qu'il décrivait comment, avec quelques copains, il en avait réalisé la mythique traversée. Son humeur s'était largement améliorée. Au bout d'une heure, il s'était senti assez généreux pour aller chercher la tournée suivante. Nous avions encore bu, jusqu'à être tous un peu pompettes. Jacob avait lâché une plaisanterie à moitié scabreuse à mon intention, malgré la présence de Milena et Henrik. J'avais ri, ses yeux bruns brillaient.

Nous étions les derniers clients du wagon-restaurant, et nous nous étions séparés comme quatre amis en route pour l'aventure dans le Sarek.

Henrik était sans doute celui de nous tous qui avait le

plus besoin de cette petite cuite. Cela ne lui ressemblait tellement pas de perdre ainsi le contrôle. À jeun, il aurait été terrassé par la honte. Grâce à l'alcool, il semblait parvenir à considérer l'événement avec distance et humour. Dès notre retour dans notre compartiment, il donnait l'impression de n'avoir aucune réserve à ce que nous partions plutôt pour le Sarek. Presque comme s'il avait hâte.

Tout s'était arrangé aussi bien que possible. Pourtant, un malaise demeurait, quelque chose d'insaisissable. De quoi s'agissait-il ?

Je crois que la dynamique autour de notre table au restaurant m'était familière, me rappelant ma propre famille. Bien trop familière. Une personne perd son calme, et toutes les autres se mettent en quatre pour lui faire retrouver sa bonne humeur. Parce qu'on sait que si on ne le fait pas, tout sera juste cent fois pire, cette personne n'a aucune limite, elle va doubler la mise. Et ce sera un cauchemar.

Et puis il y avait cette histoire autour de l'employeur de Jacob.

J'étais pratiquement certaine que Milena m'avait dit BCG, le jour où nous avions déjeuné ensemble. Presque à cent pour cent. Une confusion entre B et P, d'accord. Mais entre G et V ?

Et que Milena se soit volontairement trompée pour se vanter que son nouveau mec bosse pour une boîte de consulting flashy : non, je n'y croyais pas. Complètement impensable. Ce n'était tout simplement pas le genre de Milena.

Restait la possibilité qu'elle ait mal entendu quand Jacob lui avait dit où il travaillait. C'était bien sûr tout à fait possible.

Ou bien…

Il avait dit BCG en espérant que personne ne flairerait le bluff. Et imprimé des cartes de visite BCV, au cas où… Dans ce cas, il était un peu idiot. Mais pour le moment, rien d'autre n'allait dans ce sens.

Le train a freiné. La pulsation des rails a diminué et s'est bientôt arrêtée avec une secousse comme un petit recul. Tout est devenu silencieux, à part un cliquetis dans le radiateur du compartiment. Henrik a continué à dormir. Doucement, pour ne pas le réveiller, je me suis glissée hors de ses bras. J'ai sorti mon portable et me suis assise sur le strapontin.

Je me suis connectée à l'annuaire des sociétés et j'ai cherché BCV. Il y avait plusieurs sociétés portant ce nom, entre autres un plombier, un grossiste de fournitures électriques et un magasin de musique à Falkenberg. Mais il y avait aussi dans la liste BCV-cabinet de conseil. J'ai cliqué dessus.

C'était une entreprise individuelle. Le chiffre d'affaires au dernier exercice comptable était 116 000 couronnes. Bénéfice 2 750 couronnes. Le propriétaire s'appelait Stefan Jakob Johansson.

Ma bouche est devenue sèche d'excitation. Si je m'étais sentie somnolente auparavant, j'étais à présent complètement réveillée. Avec la nette impression d'avoir soulevé une piste.

Qui es-tu vraiment, Jacob ?

Chiffre d'affaires 116 000, bénéfice 2 750. La différence était probablement le salaire du propriétaire de la société. 113 000 en masse salariale, en comptant les prélèvements sociaux. Cela faisait un salaire brut d'environ 7 000 couronnes par mois. En gros impossible pour vivre, surtout en habitant Stockholm. Certes, Stefan Jakob Johansson pouvait avoir d'autres sources de revenus, mais Jacob s'était présenté comme consultant chez BCV, c'était son gagne-pain.

Et n'avait-il pas dit à Henrik qu'il travaillait trop, souvent le week-end ? S'il travaillait autant pour 7 000 couronnes par mois, il était alors le consultant le plus sous-payé de Suède. Ou le plus inefficace.

Stefan Jakob Johansson. Est-ce toi, Jacob ?

Extrait de l'interrogatoire du témoin Anna Samuelsson 880216-3382, 17 septembre 2019, hôpital de Gällivare, conduit par l'inspecteur Anders Suhonen.

« Mais le matin suivant, vous êtes pourtant descendus à Gällivare.

– Oui.

– Alors que vous aviez commencé à avoir des doutes sur la véritable identité de Jacob. »

Silence.

« Qu'est-ce que j'aurais dit ? "Tu ne gagnes que sept mille balles par mois, je ne veux pas aller au Sarek avec toi" ? Ça me semblait compliqué.

– En effet… Vous n'en avez pas parlé à Henrik ? »

Silence.

« Non.

– Pourquoi ? »

Silence.

« J'ai eu peur qu'il change d'avis.

– Vous voulez dire, qu'il ne veuille plus aller au Sarek ? C'est ça ?

– Oui. »

Silence.

« Et je trouvais ça un peu inapproprié. Ce que j'ai fait pendant la nuit.

– Le fait d'avoir fait ces recherches sur Google, et…

– Oui. J'ai essayé de trouver des images de Stefan Jakob Johansson. Pour voir si c'était Jacob. J'y ai passé plusieurs heures.

– Mm, et au matin, vous avez trouvé ça exagéré ?

– Oui. »

Silence.

« Donc, nous sommes descendus à Gällivare. Mais… il y avait toujours quelque chose qui me tracassait.

– Je vois.

– Et alors j'ai retrouvé où je l'avais déjà vu. »

Le train s'est arrêté. Jacob a ouvert la portière et nous sommes descendus à Gällivare. Il était environ huit heures du matin, la couverture nuageuse grise était compacte, l'air humide et froid. J'ai frissonné. Nous n'étions pas nombreux sur le quai. La plupart des autres randonneurs présents à bord continuaient sans doute vers Abisko, plus au nord.

Nos sacs hissés sur le dos, nous avons rejoint à pied, juste à côté, le bâtiment en bois de l'ancienne gare, rebaptisé pôle d'échange de Gällivare d'où devait partir le bus une demi-heure plus tard. Nous avons eu le temps de rentrer nous réchauffer un moment. Nous n'avons pas prononcé beaucoup de mots. Jacob gardait ses lunettes de soleil malgré le temps couvert.

Le bâtiment était désert. Il y avait des bancs en bois pour s'asseoir. Un coin était aménagé en boutique où l'on pouvait acheter de l'artisanat local, quelques vêtements, des cartes et des guides. Un garçon tenait la caisse, malgré l'heure matinale, et je lui ai acheté une carte du Sarek. Sur une table étaient disposés un thermos à pompe, un pack de lait, des gobelets plastiques et un paquet de sucre en morceaux. Un avis indiquait que le café était en libre-service, un gobelet coûtait dix couronnes, comptant ou virement par Swich. J'en avais déjà bu dans le train au petit déjeuner, mais un matin morose comme celui-ci, tous les remontants étaient bons à prendre. J'ai swishé vingt couronnes et dit à Henrik qu'il pouvait aussi se servir. Un gobelet fumant à la main, j'ai regagné le banc où j'avais laissé mon sac à dos, et me suis assise, la carte du Sarek dépliée sur les genoux.

« Tu as pris laquelle ? a demandé Henrik.

– 1/50 000e », ai-je dit en le regardant arriver. Plus loin, j'ai aperçu Jacob devant un présentoir de bandanas et, soudain, je me suis souvenu.

Mon cœur s'est emballé. Mes tempes se sont mises à palpiter. Un accès de stress total.

Je le voyais de dos, de biais, et c'est sous cet angle que la mémoire m'est revenue. Curieusement, on imagine qu'on devrait d'abord se souvenir du visage d'une personne. Mais c'est comme ça que ça me revenait. Oui, bien sûr, c'était lui.

Après mon diplôme, j'ai travaillé au tribunal de Nacka. En tant que greffière. Ce qui consiste à préparer les procès, rédiger des ébauches de jugements, et autres. Au bout de six mois, on a la possibilité de juger soi-même des affaires simples, mais celle dont je me souviens se déroulait au tout début de mon stage, et il s'agissait d'un crime trop grave pour être confié à un greffier. Un cas de violences domestiques, et beaucoup des ingrédients n'étaient que trop connus : le couple, qui s'était rencontré en ligne, se connaissait depuis environ un an. La femme avait décrit combien elle était amoureuse au début, certaine d'avoir rencontré l'homme de sa vie. L'amour l'avait rendu aveugle sur la façon dont il avait peu à peu détruit sa confiance en elle, d'abord par de petites remarques innocentes sur ceci ou cela, ensuite par des avis de plus en plus tranchés et des exigences sur sa façon de s'habiller, de se comporter avec les gens, de s'acquitter des tâches ménagères. Son besoin de contrôle était excessif, et il était extrêmement jaloux. Il avait mis la main sur son téléphone portable, exigé d'avoir accès à son compte bancaire. Les frontières s'étaient déplacées, les agressions verbales devenues quotidiennes et les comportements malsains, habituels.

La première fois qu'il l'avait frappée, elle avait été choquée, l'avait quitté avant de déposer plainte. Il lui avait demandé pardon, l'avait priée et suppliée, lui disant qu'elle était le seul élément positif de sa vie, qu'il avait si peur de la perdre, qu'il savait qu'il avait un problème et qu'il allait le prendre à bras-le-corps. Elle était toujours amoureuse de lui. Ils avaient encore des moments, des jours entiers, peut-être, où tout était comme avant. Elle lui avait donné une deuxième chance. Elle avait retiré sa plainte. Après quelques semaines, ils étaient revenus à leur ancien schéma, une spirale destructrice et de plus en plus violente.

La lecture du rapport médical sur lequel se basait l'acte d'accusation était atroce. Hématomes sanglants à la tête. Fracture de la mâchoire. Marques de strangulation autour du cou. Coude fêlé, poignet cassé. Grandes ecchymoses aux bras, sur le dos et les cuisses.

J'ai aidé le juge à préparer le procès. Je ne me souviens pas avoir vu de photos de l'homme pendant ce temps. Mais le premier jour du procès, dans la salle d'audience, je l'ai vu. Il a été introduit capuche rabattue sur la tête pour masquer son identité. Je pouvais voir qu'il était de grande taille. L'avocat de la défense l'a conduit jusqu'à sa place dans la salle et, avant de s'asseoir, il a ôté sa veste et l'a pendue au dossier de son siège. Il avait une chemise blanche soignée et un chinos bien repassé. Cheveux bruns ondulés, teint hâlé, repousse de barbe bien taillée.

Est-ce qu'il s'agissait bien de Jacob dans cette salle d'audience ? Oui, j'en étais sûre. Il avait des cheveux plus courts aujourd'hui, et il s'habillait d'une tout autre façon, aussi ne l'avais-je pas reconnu tout de suite. Mais n'avais-je pas trouvé, dès la gare centrale à Stockholm, qu'il me disait quelque chose ?

Si je me rappelle bien, l'homme avait été condamné à trois ans de prison pour violences aggravées. Il ne s'appelait pas Jacob Tessin, naturellement, je m'en serais souvenue.

Pouvait-il s'appeler Stefan Johansson ? Je ne me rappelais pas. Mais il ne serait pas surprenant qu'il ait changé de nom pendant son séjour en prison. S'il souhaitait un nouveau départ à sa sortie, il ne voulait peut-être plus d'un nom rattaché à un casier.

J'ai regardé fixement dans la direction de Jacob, complètement perdue dans mes pensées. J'avais la bouche sèche et m'efforçais de respirer normalement. Mais Henrik a bien vu que quelque chose clochait.

« Qu'est-ce qu'il y a ? » m'a-t-il demandé.

Milena se dirigeait vers nous. Je ne pouvais rien dire pour le moment, j'avais besoin de temps pour réfléchir.

« Plus tard, ai-je murmuré.

– Vous trouvez Staloluokta ? demanda Milena en s'asseyant à côté de Henrik.

– Non, mais regardez, vous », ai-je répondu en leur glissant la carte. Henrik m'a adressé un regard appuyé, avant de diriger son attention vers la carte. Elle était imprimée recto verso, et Henrik et Milena l'ont tournée dans tous les sens pour trouver l'endroit par lequel nous allions entrer dans le parc.

Jacob faisait le tour de la boutique, tripotait les articles, sans remarquer que je ne le quittais pas des yeux. Je me suis demandé s'il venait de sortir de prison, ce qui expliquerait les faibles revenus générés par sa société de conseil. Je me suis livrée à une rapide approximation : j'ai commencé mon stage au greffe du tribunal au printemps 2015, ce procès a dû avoir lieu en avril, au plus tard en mai de cette année-là. Le jugement a pris force de loi au bout de trois semaines, Jacob pouvait avoir commencé à purger sa peine de prison avant l'été. Trois ans de prison, cela signifiait deux ans s'il s'était bien conduit et n'avait pas commis de nouveau crime en détention. Dans ce cas, il serait sorti à l'été 2017. Il y a deux ans. Certes, il pouvait avoir fait du grabuge à la centrale, tenté de s'évader ou autre et avoir eu une prolongation de peine, mais à ma connaissance, c'était assez inhabituel. Et l'homme qui avait été condamné n'était pas apparu comme un criminel professionnel, plutôt comme un individu assez bien inséré dans la société mais avec un rapport malsain aux femmes, au couple et à la violence.

Soudain, il a levé les yeux dans notre direction. Il portait toujours ses lunettes de soleil, impossible de savoir si c'était moi qu'il regardait, mais mon ventre s'est pourtant serré. Je me suis sentie prise sur le fait, et j'ai involontairement détourné le regard.

Jacob a commencé à marcher vers nous. Il a souri en remontant ses lunettes sur son front. Oh oui. Il m'a regardée. Je lui ai souri à mon tour, sans conviction.

Le bus partait dans un quart d'heure.

Extrait de l'interrogatoire du témoin Anna Samuelsson 880216-3382, 17 septembre 2019, hôpital de Gällivare, conduit par l'inspecteur Anders Suhonen.

« À présent, il ne s'agissait plus seulement de moi.

– Non ?

– Il s'agissait aussi de Milena.

– Mm.

– Henrik et moi, nous pouvions toujours renoncer. Mais si Jacob était bien celui que je croyais... Elle pouvait être en danger de mort.

– Je vois. »

Silence.

« Mais...

– Vous avez mal ? Anna ?

– Oui... je crois que l'effet des cachets commence à passer.

– Alors arrêtons-nous pour aujourd'hui. »

Silence.

« Anna ? Ça suffit pour aujourd'hui.

– Je veux juste dire... »

Silence.

« Je n'étais pas sûre à cent pour cent. Si je l'avais été, j'aurais pu dire à Milena... la vérité. Mais... je devais... »

Silence.

« Anna ? On arrête pour aujourd'hui.

– Oui. »

Le bus pour la montagne était moderne, à deux étages, avec des vitres légèrement teintées et de grands rétroviseurs qui dépassaient comme les antennes d'un bourdon. Il nous attendait, les trappes de la soute à bagages béantes. Nous avons chargé nos sacs à dos. À part nous, il y avait cinq autres randonneurs, un couple de Suédois et trois garçons que je supposais être des Italiens. Plus quelques retraités munis de bâtons de marche mais sans autre équipement : sans doute montaient-ils en excursion pour la journée à Stora Sjöfallet ou Ritsem. Nous étions peut-être quinze personnes, tout au plus. Il y aurait beaucoup de place dans le bus.

J'ai fait exprès de prendre mon temps. Si Henrik et moi étions les premiers à monter dans le bus, Milena et Jacob pourraient s'asseoir près de nous, et j'avais besoin de parler en privé avec Henrik. Une petite queue s'est formée devant le chauffeur qui vendait les billets depuis son siège. Jacob et Milena étaient devant nous. Nous étions les derniers à monter.

« Deux places pour Ritsem » a demandé Jacob en sortant une carte bancaire de son portefeuille. Quand il l'a ouvert, j'ai aperçu son permis de conduire et ressenti une décharge au creux du ventre. Si je connaissais son numéro de sécurité sociale, j'aurais une chance de pouvoir vérifier s'il avait un casier. Mais il a vite refermé son portefeuille, sans me laisser le temps de voir le moindre détail.

Le chauffeur, un homme maigre et nerveux qui semblait avoir atteint l'âge de la retraite, a tapé sur son terminal de caisse. Il parlait avec un accent du Norrland à couper au couteau.

« Ça fera 860 couronnes. »

430 couronnes par personne. Ce n'était pas donné. Jacob a introduit sa carte dans le lecteur et a saisi son code. Quelques secondes ont passé, puis le lecteur s'est mis à crachoter un ticket de caisse. Jacob a semblé interloqué.

« Bon..., a-t-il fait.

– Essayez encore, a dit le chauffeur, il arrive que ça coupe, avec la banque.

– Il y a de l'argent sur le compte », a dit Jacob, avec une conviction si appuyée qu'elle produisait l'effet inverse. Il a retiré la carte, l'a remise, a composé à nouveau son code et attendu.

Le lecteur a craché un autre ticket de caisse laconique.

« Mais bordel », grommela Jacob. Henrik et moi étions juste derrière, ce qui contribuait à son stress, à mon avis. Henrik s'était à moitié détourné, par tact. J'avais pour ma part le regard fixé sur le portefeuille dans la main de Jacob. Milena a sorti sa carte bancaire :

« Laisse, je prends. » Le chauffeur a déchiré le ticket et a entré à nouveau des billets pour Ritsem. Cette tentative de lui sauver la face ne mettait pas Jacob de meilleure humeur.

« Pourquoi ta carte marcherait et pas la mienne ? a-t-il demandé, en colère. Il y a de l'argent sur mon compte, je le sais.

– Nous avons des banques différentes », a tenté Milena. Le chauffeur les a regardés à la dérobée tandis que le terminal réfléchissait. Jacob n'en démordait pas.

« Mais non. Je suis chez SEB. Et toi ?

– SEB », dit tout bas Milena. Elle aussi était confuse de savoir que nous assistions à toute cette scène, aux premières loges. Elle voulait juste aider Jacob à sortir au plus vite de cette situation, mais il tuait dans l'œuf tous ses efforts. Henrik et moi avons échangé un coup d'œil.

« Ah ? Alors ça ne va pas non plus marcher, non ? » Jacob la fixait avec agressivité. Il dirigeait sa frustration du côté où elle rencontrerait le moins de résistance. Milena regardait obstinément le terminal. Jacob tenait toujours sa carte à la main, il allait finir par la ranger dans son portefeuille, ce qui me donnerait une nouvelle chance d'apercevoir son permis de conduire.

Le chauffeur, Milena et Jacob regardaient le terminal comme s'ils attendaient que le président du jury lise le verdict dans un procès à l'américaine. Un nouveau message est alors apparu à l'écran du terminal, je ne pouvais pas le lire, mais Milena a paru détendre quelque peu ses épaules. Le terminal s'est mis à cracher un reçu plus long. Le paiement était passé. Elle a fait une mine à Jacob en haussant les épaules, comme pour dire qu'elle aussi trouvait ça incompréhensible.

« C'est vraiment bizarre, putain », a lâché Jacob.

Le chauffeur leur a fait un sourire rayonnant.

« C'est comme ça, parfois, la liaison avec la banque va et vient », a-t-il assuré en déchirant le reçu pour le donner à Milena. Jacob a de nouveau secoué la tête avant de s'engager dans l'escalier qui montait à l'étage, en rangeant sa carte bancaire dans son portefeuille. Il le tenait devant lui, aucune chance de voir son permis de conduire. Et merde.

J'ai acheté nos billets et je suis moi aussi montée à l'étage. Jacob et Milena s'étaient assis tout à l'avant, là où on avait une vue panoramique. Jacob m'a fait signe de les rejoindre.

« C'est libre », a-t-il dit en montrant les sièges à côté d'eux. J'ai décliné avec un sourire.

« Non, je me mets là, ai-je décliné en m'asseyant à peu près au milieu du bus. Je vais essayer de dormir un peu. »

Dehors, les trappes de la soute se sont refermées et le moteur s'est mis à ronronner au point mort. Henrik est arrivé dans l'escalier et m'a cherchée des yeux. Il est venu s'asseoir sur le siège voisin.

« Je sais où je l'ai déjà vu. »

Il semblait interloqué.

« Hein ?

– Je sais où j'ai déjà vu Jacob. Je t'avais bien dit que je le reconnaissais. »

Je lui ai expliqué que cela datait d'un procès pour violences faites à une femme à l'époque où je travaillais au tribunal. Je lui ai aussi parlé de ma chasse nocturne d'informations au sujet de BCV et Stefan Jakob Johansson. Henrik semblait de plus en plus stupéfait. Ce flot d'informations était presque plus que son cerveau fatigué d'après-cuite pouvait absorber.

« Pourquoi tu n'as rien dit ? a-t-il fini par demander.

– Je ne voyais pas de raisons de m'arrêter là-dessus. Il ne gagne pas bien sa vie, il a un faux nom, et alors ? Mais là, c'est tout autre chose. »

Henrik a soupiré.

« Et qu'est-ce que tu veux faire, alors ? On arrête ?

– Il faut d'abord que je sois certaine que c'est bien lui. J'ai besoin de son numéro de sécurité sociale pour pouvoir faire une recherche dans Lexbase.

– OK...

– On a encore de la couverture réseau, on aura le temps de vérifier des trucs pendant le voyage en bus. Ça met quatre heures jusqu'à Ritsem. »

Henrik s'est frotté le visage. Il avait l'air encore plus fatigué qu'avant.

« Et s'il s'avère que c'est lui ? a-t-il fini par lâcher.

– Alors j'en parle à Milena. S'il a été condamné pour avoir brutalisé une femme, elle doit le savoir.

– Mais toi et moi, on arrête, de toute façon ? »

Le bus a lentement commencé à rouler, laissant l'ancienne gare derrière lui. Henrik me dévisageait, exigeait une réponse.

« Hein ? Anna ?

– Je ne sais pas ! Si Milena vient avec nous, oui, absolument. Mais sinon, je ne sais pas, il faut que je réfléchisse. »

Nous passions devant des immeubles laids de deux étages. Ce matin, Gällivare apparaissait comme une ville de pionniers glaciale et inhospitalière. Quelques baraques provisoires, dispersées sur la prairie. Le ciel bas comme un couvercle gris, pressé contre le toit des maisons. Nous avons quitté l'agglomération, le bus a fait un virage à quatre-vingt-dix degrés et pris de la vitesse. Nous avons dépassé la station de ski de Dundred.

Y avait-il un moyen de savoir si Jacob avait été condamné sans disposer de son numéro de sécurité sociale ? J'avais quelques heures devant moi, mon smartphone, et avec un peu de chance, une couverture réseau jusqu'à Ritsem. Je devais essayer.

Nous avons bientôt laissé les zones habitées derrière nous. La grand-route était à peu près déserte, une coupure rectiligne à travers les sapins. Le bruit de moteur assourdi de ce bus moderne et le balancement souple de sa suspension empêchaient de se rendre compte à quel point il roulait vite.

Je me suis connectée à Lexbase, un site qui rend accessible en ligne les jugements prononcés par la justice suédoise. Je ne l'avais encore jamais utilisé. Comme beaucoup de juristes, je trouve la plateforme discutable : ce site étend le principe de transparence au-delà de sa raison d'être. Mais là, je n'avais aucun état d'âme à m'en servir.

J'espérais qu'il serait possible de chercher les jugements d'un tribunal donné durant une période donnée – mais ce n'était pas le cas. On était obligé de renseigner le nom ou l'adresse des personnes. Sans grand espoir, j'ai saisi « Jacob Tessin » domicilié à « Stockholm », en laissant vide le champ du numéro de sécurité sociale. Aucun résultat. « Stefan Jakob Johansson », pareil. J'ai essayé d'autres domiciles, des communes périphériques de Stockholm, en combinaison avec le nom : Nacka. Solna. Gustavsberg. Botrkyrka. Salem. Aucun résultat.

« Il y a bien un site qui publie les condamnations pour crimes sexuels et ce genre de choses, non ? ai-je demandé à Henrik.

– Pourquoi crois-tu qu'il ait été condamné pour crime sexuel ?

– Je ne crois pas ça. Mais ils publient peut-être aussi les condamnations pour violences. »

Après quelques recherches sur mon smartphone, je suis tombée sur *criminels.se*, exactement le genre de site que je cherchais. On y épinglait les pédophiles et autres délinquants sexuels en publiant leur nom et, quand c'était possible, leur photo. La tonalité générale du site était désagréable, on y soulignait toutes les deux lignes que les criminels d'origine étrangère étaient surreprésentés dans les cas de délinquance sexuelle. Mais je ne pouvais pas m'arrêter à cela dans la situation présente. Dans la catégorie crime sexuel, on pouvait effectuer une recherche par zone géographique. On trouvait des centaines de cas. D'autres catégories y étaient aussi répertoriées, comme les auteurs de violences faites aux femmes. J'ai cliqué sur l'onglet, mais il n'y avait pas de répartition géographique. Il s'agissait en tout d'une vingtaine de cas répartis sur plusieurs années, et donc d'une infime fraction de toutes les personnes condamnées pour violences faites aux femmes pendant cette période. J'ai parcouru les cas décrits, mais pas de Jacob parmi eux, ni personne qui lui ressemble.

C'était donc encore une impasse. J'ai regardé ma montre : nous roulions depuis déjà une bonne heure. Encore trois heures avant d'arriver à Ritsem. À cette vitesse, je ne comprenais pas comment ça pouvait prendre autant de temps, alors que nous étions déjà plus qu'à mi-chemin. Mais je ne me plaignais pas : chaque minute m'était précieuse.

Sur notre gauche, on apercevait à présent un beau lac entre les sapins, à l'eau couleur de plomb sous un ciel de plomb.

Il fallait que je change mon fusil d'épaule. J'ai commencé à réfléchir à ceux qui travaillaient au tribunal de Nacka à la même époque que moi. Les greffiers étaient certainement partis depuis longtemps. Les juges pouvaient encore être en poste, mais seraient probablement difficiles à joindre et réticents à m'aider. Non, il fallait que je m'adresse à quelqu'un du secrétariat. Quelques personnes y travaillaient depuis longtemps. J'avais un bon contact avec certaines des plus jeunes, de mon âge, il était possible qu'elles aient changé mais il y avait moins de mobilité parmi les secrétaires que chez les juristes diplômés. Je pensais à une personne en particulier.

J'ai cherché sur Google le numéro du tribunal de Nacka, et j'ai appelé. On m'a répondu au bout que quelques sonneries.

« Bonjour, je suis Anna Samuelsson, me suis-je présentée, j'ai travaillé au greffe du tribunal de Nacka, il y a quelques années de cela.

– Ah bon ? a répondu gaiement la réceptionniste, ravie. »

Elle n'avait pas l'air de reconnaître mon nom. Le service du standard était peut-être externalisé.

« Je cherche à joindre Ellen Runström, elle travaille au secrétariat, ai-je repris.

– Un instant s'il vous plaît. »

Après un clic, le silence s'est fait à l'autre bout du fil. Quelques secondes plus tard, la voix est réapparue.

« Ellen Runström, c'est bien ça ?

– Oui, tout à fait.

– Écoutez, je ne trouve personne à ce nom, vous êtes sûre qu'elle travaille toujours ici ? »

Et merde. Ellen m'aurait sûrement aidée.

« Non, je ne suis pas sûre… attendez, que je réfléchisse à quelqu'un d'autre. »

À qui m'adresser à la place ? Aucun autre nom ne me venait avec autant d'évidence que celui d'Ellen. Mais il y avait aussi cette femme un peu plus âgée, comment s'appelait-elle, déjà ?

« Euh, pouvez-vous me passer Christina Pettersson, ou peut-être Persson… mais je crois que c'est Pettersson.

– Mm, nous avons une Christina Pettersson, qui est assesseure, est-ce à elle que vous pensez ? »

Christina Pettersson, mais oui. Une juriste carrée et dénuée de toute générosité. Elle ne prendrait jamais sur son temps pour m'aider. J'ai répondu :

« Non, ce n'est pas elle. Je pensais à une secrétaire ?

– Ah, alors j'ai aussi une Anneli Pettersson, est-ce que ça pourrait être la bonne personne ?

– Oui, c'est ça, Anneli Pettersson.

– Très bien, je vous la passe, un instant.

– Merci. » Les tonalités se sont succédé, l'une après l'autre. L'attente semblait interminable. Finalement, un clic.

« Non, désolée, personne ne répond. Mais elle n'a pas laissé de message d'absence, voulez-vous que je réessaie ?

– Oui, merci. »

La réceptionniste m'a à nouveau connectée au poste d'Anneli. Les sonneries ont continué.

Le bus a quitté la route, et le chauffeur a annoncé dans les haut-parleurs :

« Nous sommes arrivés à Stora Sjöfallet, où nous marquons un arrêt d'environ une demi-heure. Le bus repart à 10 h 40. Je ne pointe pas, les voyageurs pour Ritsem sont priés d'être revenus à l'heure. » Le chauffeur a coupé le moteur. Cet arrêt était aussi imprévu que bienvenu : une demi-heure de plus de couverture téléphonique. J'avais meilleur espoir d'avoir le temps de confirmer que Jacob Tessin, ou quel que soit son vrai nom, avait été condamné pour violences.

Henrik et moi nous sommes dirigés vers l'escalier pour quitter le bus. Jacob et Milena arrivaient de l'autre côté.

« On va prendre un café, non ? » a proposé Milena.

J'avais le portable ostensiblement collé à l'oreille. J'ai hoché la tête en montrant l'appareil.

« Le boulot. »

Nous sommes entrés dans la station de montagne. Il y avait aussi une petite boutique. Nous aurions sans doute pu y trouver tout ce qu'il nous fallait pour notre randonnée dans le Sarek, mais Jacob avait garanti que nous pourrions faire nos achats à Staloluokta. Et il y avait de fortes chances que la randonnée tombe à l'eau, de toute façon.

Si seulement Anneli pouvait répondre à son foutu téléphone.

Nous sommes passés devant la boutique avant d'entrer dans le vaste restaurant nouvellement aménagé en style rustique, bois brut teint en sombre et baies vitrées du sol au plafond donnant sur l'extérieur. Au-delà des pins et des sapins, on apercevait Stora Lulevatten, le grand lac que nous avions longé pendant une heure et qui semblait ne jamais devoir finir. J'ai gesticulé pour que Henrik me prenne aussi un café.

« Toujours pas de réponse ? » La réceptionniste était de retour à l'autre bout du fil.

« Non, malheureusement.

– Encore une fois, elle n'a pas signalé d'absence. Voulez-vous que je lui demande de vous rappeler ? »

J'ai regardé dans la direction de Jacob et Milena qui s'étaient installés avec du café et des brioches à la cannelle. Jacob a croisé mon regard. Était-il sur ses gardes ? un peu soupçonneux ? Ou me faisais-je des idées ? Je n'avais aucune envie de m'asseoir à leur table en attendant un appel d'Anneli. Je ne tenais pas en place, obnubilée par ma recherche : Jacob était-il celui que je pensais ? J'étais incapable de bavarder en attendant comme si de rien n'était.

« Merci, mais je préfère réessayer dans un petit moment… Puis-je avoir son numéro direct ? »

Le café était en libre-service, je me suis rempli un gobelet à emporter, j'ai mis le couvercle tout en mémorisant le numéro direct du poste d'Anneli que la réceptionniste me donnait. Nous avons raccroché, mais j'ai gardé le téléphone à l'oreille pour avoir l'air d'attendre une réponse. J'ai fait un signe de tête à Henrik et lui ai dit à mi-voix :

« Je sors faire un tour.

– Tu as pu savoir quelque chose ?

– Pas encore. »

Il est allé s'asseoir avec Jacob et Milena et je suis sortie du bâtiment.

Le ciel semblait un peu plus haut, le couvercle de plomb sous lequel nous avions voyagé s'était éclairci et les nuages presque blancs. Il y avait du vent et au loin, à l'ouest, j'apercevais une touche de bleu. Le temps allait peut-être tourner au beau. J'ai suivi un chemin de gravier qui passait devant quelques chalets et un parking qui descendait jusqu'au bord de l'eau. J'emplissais mes poumons d'air, l'air du Norrland, rien à voir avec celui du centre-ville de Stockholm. Comme si les poumons se souvenaient du vrai goût de l'air.

J'ai trempé mes lèvres dans le café et composé le numéro direct d'Anneli. Elle allait quand même bien revenir ? Je m'étais conditionnée : après une sonnerie, elle décrocherait et j'entendrais sa voix.

Une sonnerie. Deux. Trois. Quatre. Cinq.

Toujours pas de réponse. Devrais-je rappeler la réception pour qu'on me passe une autre secrétaire ? Mais ce que j'allais demander était tellement lourd, tellement plus que ce qu'on pouvait raisonnablement exiger, qu'une personne ne sachant pas qui j'étais refuserait d'emblée, à coup sûr. Ma meilleure chance était Anneli.

J'avais devant moi ce qui avait jadis été la majestueuse Stora Sjöfallet, les chutes du Niagara suédoises, mais qui, depuis la construction du grand barrage hydroélectrique de Suorva un peu en amont, n'était plus qu'un modeste ruisseau. L'eau avait ruisselé en cascade pendant des millénaires sur ces rochers. Ils étaient désormais exposés secs et nus au regard de tous.

J'ai consulté l'heure, déjà 10 h 30. Mon pouls a accéléré, mon stress est remonté. Il était temps de retourner vers le bus. J'avais eu bon espoir que cette demi-heure d'arrêt à Stora Sjöfallet me donne la réponse que j'attendais, mais cet espoir s'évanouissait à présent de minute en minute.

Quand je suis revenue à la station, le moteur du bus tournait déjà. Jacob et Milena avaient repris leurs places, derrière la fenêtre panoramique. Milena m'a fait signe. Jacob m'a suivie des yeux d'un regard neutre. J'ai eu l'impression affreuse qu'il avait deviné ce que j'étais en train de faire.

J'ai avalé la fin de mon café, jeté le gobelet dans une poubelle et suis montée à bord. Les retraités avec leurs bâtons de promenade n'étaient plus là, il n'y avait plus que nous, les randonneurs, qui continuions jusqu'à Ritsem. J'ai monté l'escalier. Henrik était aussi à sa place. Avant que j'aie le temps de m'asseoir à côté de lui, le bus a démarré.

« Comment ça se passe ?

– Mal, ai-je dit tout bas. J'ai besoin de joindre une personne, mais elle ne répond pas. » J'ai sorti mon téléphone et rappelé le dernier numéro composé. Les sonneries ont recommencé. Y croyais-je seulement encore moi-même ?

Le bus a repris la route, direction Ritsem, et a accéléré.

« J'ai réfléchi, a dit Henrik à voix basse. Je pense qu'il faut couper court. Tu ne vas probablement pas réussir à tirer les choses au clair concernant Jacob, mais ça ne t'empêchera pas de ressasser.

– Et Milena ?

– Explique-lui la situation. Et après, à elle de choisir. »

Le chauffeur a embrayé et le bus a atteint sa vitesse de croisière. La route s'est élevée et, d'un coup, nous avons vu les montagnes de l'autre côté du barrage. Au plus près de l'eau, une falaise à pic, haute de quelques centaines de mètres, qui se prolongeait sur plusieurs kilomètres. Et au loin, des sommets enneigés qui scintillaient au soleil. Oui, le temps était en train de se dégager.

« Allô, ici Anneli, c'est à quel sujet ? » a soudain fait une voix à mon oreille.

J'ai sursauté de surprise.

Merci, bordel de Dieu.

J'ai alors réalisé que j'avais presque fait une croix là-dessus.

Je me suis dépêchée de bredouiller une réponse, ma voix semblait tendue et artificielle, montant presque en fausset.

« Bonjour, Anneli, ici Anna Samuelsson ! Je ne sais pas si tu te souviens de moi ? » J'ai fixé Henrik, qui m'a fixée lui aussi. J'ai levé le pouce. Anneli a répondu :

« Oui, bien sûr. Ça, pour une surprise... »

En entendant sa voix, une image nette m'est revenue : une femme d'à peine soixante ans, un peu plus petite que la moyenne, visage carré, frange droite et cheveux mi-longs. Anneli travaillait depuis une éternité au tribunal de Nacka, elle était compétente et professionnelle, jamais désagréable, mais difficile à cerner. Anonyme. Je ne savais rien de sa vie privée, pas plus qu'elle de la mienne, me semblait-il. Accepterait-elle de m'aider ? Je n'en étais pas certaine... Mais elle représentait ma meilleure chance. Ma seule chance.

Nous avons échangé quelques banalités, mais Anneli était au travail et bavarder ne l'intéressait pas, cela s'entendait au ton de sa voix, moi non plus du reste. J'ai pris mon élan.

« Euh... voilà : je me demandais si tu pouvais m'aider pour un truc, et je sais bien que ce n'est pas dans tes habitudes, mais c'est très important pour moi, et surtout très urgent, ai-je commencé, pour préparer le terrain à ma demande quelque peu bizarre.

– Je vois..., a lâché Anneli d'un ton neutre.

– J'ai besoin de vérifier l'identité d'un homme qui a été condamné pour des violences sur sa compagne lors d'un procès à l'époque où j'étais nouvelle au tribunal, ça devait être en avril ou mai 2015. » J'ai marqué une petite pause pour lui laisser la place d'intervenir, mais silence radio à l'autre bout du fil. Ce n'était pas bon signe. J'ai quand même continué.

« Alors je me demandais si tu pouvais m'aider. Et le truc, encore une fois, c'est que c'est assez pressé. Il me faudrait la réponse dans l'heure. » J'ai fait une nouvelle pause. Toujours rien.

« Anneli ? Allô ? »

J'ai regardé mon portable. Un message m'informait que la communication avait été coupée, en m'indiquant la durée de l'appel. Puis j'ai regardé le symbole réseau dans le coin de l'écran. Zéro barre sur quatre.

« Putain… » ai-je juré entre mes dents.

Henrik a regardé son portable.

« Moi non plus, je n'ai plus de réseau », a-t-il constaté.

J'ai enfoui mon visage dans la paume de ma main.

Amen, bordel.

La route serpentait le long du lac, au-dessus du barrage. Elle devenait plus étroite et son état de plus en plus dégradé, l'asphalte fendu et irrégulier. Le bus avait ralenti. Si nous venions à croiser un autre véhicule, il nous faudrait reculer. Sur notre droite, la montagne s'élevait à pic. De petits sommets couverts de forêt se succédaient, un paysage qui faisait penser au sud de la Chine ou au Vietnam plutôt qu'au Norrland. De l'autre côté du lac, à plusieurs dizaines de kilomètres, nous voyions s'élever les premiers grands massifs du Sarek. Leurs sommets enneigés disparaissaient dans les nuages.

« Laisse tomber, a dit Henrik en me prenant la main. Écoute, je vois bien que tu n'es pas dans ton assiette. On interrompt le voyage, et c'est tout. »

J'ai retiré ma main. « Arrête ! » ai-je craché à voix basse. Je n'avais aucune intention d'arrêter avant d'avoir épuisé toutes les possibilités, vraiment toutes. Je me suis levée pour m'approcher de Jacob et Milena. J'ai inspiré à fond :

« Jacob... je n'ai plus de réseau et j'ai un truc de boulot à régler. Je peux t'emprunter ton téléphone satellite ? » Jacob s'est retourné et m'a regardée.

« Ce n'est pas un téléphone satellite, c'est un tracker.

– Ah, et qu'est-ce que...

– Tu ne peux pas appeler avec. Ça envoie juste un message. À des destinataires programmés à l'avance. » Le découragement m'a accablée.

« Je comprends. Et aucun de vous n'a de réseau ?

– Non, a dit Milena. C'est si urgent que ça ?

– Oui, malheureusement. Il faut que j'essaie de…

– Je croyais que tu étais en vacances ? » a coupé Jacob. Son ton avait changé, un brin plus froid.

« C'est le cas. Mais parfois, il y a des trucs qu'il faut faire, c'est tout. »

Milena a paru soucieuse.

« Désolée, vraiment… la couverture ne doit pas être terrible, par ici. »

J'ai hoché la tête.

« Amen. Comme ça, je suis fixée. » J'ai tourné les talons pour regagner ma place.

« Il y a une antenne-relais à Ritsem, a dit Jacob. Là-bas, tu auras du réseau.

– Vraiment ?

– Mais l'hélico nous attend. Tu ne pourras pas parler longtemps.

– Ce n'est pas grave, cela suffira. » J'ai regagné ma place. Mon espoir était une petite flamme fragile vacillant dans le vent, mais elle brûlait encore.

« Il y a une antenne-relais à Ritsem, ai-je soufflé à Henrik. Ça peut encore s'arranger. » Il est resté silencieux, l'air résigné.

J'ai essayé de calculer de combien de temps j'allais disposer. Malheureusement, la portée de chaque antenne était limitée par ici, tandis que la route se frayait un chemin en lacets à flanc de montagne. La couverture ne reviendrait donc sans doute qu'assez près de Ritsem. Peut-être un quart d'heure avant notre arrivée. Si ce que Jacob disait était exact, que l'hélicoptère nous attendait, il faudrait peut-être cinq minutes pour monter à bord, charger les bagages, etc. Une fois en l'air, la couverture serait sans doute perdue en cinq minutes. Donc vingt-cinq minutes en tout. Si j'avais de la chance.

Ça semblait très, très compromis.

Mais je ne pouvais qu'attendre. Toutes les minutes, je vérifiais le nombre de barres dans le menu de mon téléphone. Toujours zéro sur quatre.

Pour la première fois, la couverture nuageuse s'est déchirée pour de bon et, un instant, la route tortueuse a baigné dans le soleil. En contrebas, le lac de plus en plus large scintillait entre les ombres des nuages qui filaient à la surface.

Jacob est arrivé dans l'allée du bus et s'est arrêté à côté de moi, tout près. Il s'est penché au-dessus de mon siège en me montrant les montagnes au-delà du lac :

« Vous voyez ? Là-bas, c'est l'Ähpar. Ensuite le Sarektjåhkka.

– Joli », a marmonné Henrik.

Au-dessus du Sarek, le temps était aussi en train de se dégager : nous apercevions quelques aiguilles pointer vers le ciel avant d'être à nouveau cachées par les nuages à la dérive. Jacob s'est appuyé au dossier du siège, toujours penché au-dessus de moi.

« On peut entrer dans le parc par Suorva, près du barrage. On arrive rapidement au cœur du Sarek, mais c'est un chemin assez triste au début, et il y a beaucoup de monde, pour le Sarek.

– Il reste combien de temps jusqu'à Ritsem ? » ai-je demandé. Jacob a souri.

« Ça a l'air très important, cette histoire de boulot.

– En effet.

– Est-ce que la vie de quelqu'un en dépend ? »

Oui, c'est tout à fait possible. *Sale cogneur.*

« Peut-être pas.

– Non, tu vois. » Jacob a balayé de la main les sommets qui s'alignaient de l'autre côté de l'eau.

« Tu as sous les yeux un des plus beaux paysages du monde. Profites-en un peu. »

Je n'ai rien dit, mais j'ai regardé par la fenêtre vers les sommets du Sarek. Et oui, la vue était fantastique. Mais quelle importance ? Je commençais à pencher vers l'avis de Henrik : nous devrions peut-être tout arrêter, avec ou sans Milena.

« Mais tu ne sais pas combien de temps il reste jusqu'à Ritsem ? ai-je à nouveau demandé.

– Non. Une demi-heure, peut-être. Il n'y en a plus pour très longtemps. »

J'ai jeté un coup d'œil à mon portable. J'avais une barre. Une barre ! Une sur quatre, une couverture faible, mais quand même une couverture. La partie n'était peut-être pas pliée malgré tout. J'ai rappelé le dernier numéro et collé le téléphone à mon oreille.

« Du réseau ? » a demandé Jacob, et j'ai hoché la tête en silence. J'espérais qu'il comprendrait que j'avais besoin d'un peu d'intimité pour passer un important coup de fil professionnel. Mais il continuait à se pencher au-dessus de moi.

« On ne va pas monter jusqu'à la station, a-t-il continué. J'ai causé avec le chauffeur, il nous arrêtera à la plateforme de l'hélico. »

Henrik a hoché la tête. Je me suis démonstrativement bouché l'autre oreille. Jacob me regardait de haut, sans faire mine de bouger.

Va-t'en, sale dégénéré. Dégage.

« Allô ? ici Anneli.

– Bonjour, c'est à nouveau Anna. Anna Samuelsson. » Je me suis levée violemment, frayé un passage devant Jacob qui bloquait l'allée, j'étais presque obligée de jouer des coudes pour l'écarter. Je suis allée au fond du bus pour avoir la paix.

Jacob a semblé enfin comprendre. Il a nonchalamment regagné sa place à côté de Milena. Je ne suis pas pour autant retournée à la mienne, mon cœur battait trop la chamade pour que je reste assise. Je faisais des allers-retours dans l'allée.

« Ah oui, bonjour.

– Ça a coupé, ici. Je ne sais pas jusqu'où tu as entendu,

mais j'ai besoin que tu m'aides avec un truc. » J'ai à nouveau expliqué de quoi il s'agissait, que j'avais besoin de l'identité d'un homme qui avait été condamné pour violences sur sa compagne quatre ans plus tôt.

Silence à l'autre bout du fil.

Ça n'est pas vrai. Pas encore une fois.

Puis Anneli s'est raclé la gorge.

« Hum, oui. Je devrais pouvoir t'aider à trouver ça. »

En cet instant, j'ai adoré sa voix sèche, un peu atone. La chance était encore de mon côté.

« Merci, ce serait fantastique. Malheureusement, c'est urgent. Très urgent.

– Ah..., a répondu Anneli. Bon, je devrais pouvoir m'arranger pour demain à l'heure du déjeuner. »

J'avais travaillé au tribunal de Nacka, je savais que dans ce monde-là, c'était un traitement en urgence. Une proposition généreuse. Mais beaucoup trop lente pour moi.

« Malheureusement, ai-je continué en ravalant la gêne que j'avais à demander quelque chose de déraisonnable, il me faudrait ça beaucoup plus vite. D'ici une demi-heure. »

La voix d'Anneli s'est faite encore un peu plus sèche.

« Une demi-heure ? Non, impossible.

– Je comprends bien que je n'ai aucun droit de demander ça, mais... »

Anneli m'a interrompue.

« J'ai une convocation à envoyer cet après-midi. Alors, tout de suite, je n'ai pas le temps. » Son ton était résolu. Il n'y avait rien à discuter. J'étais désolée qu'Ellen ne soit plus là. Elle serait déjà en train de descendre aux archives. Mais je n'étais pas prête à abandonner. Les paroles se déversaient de ma bouche, intenses, mais étouffées.

« Non, je comprends, en temps normal je n'aurais jamais demandé une chose pareille, mais ma meilleure amie est sur le point de partir en voyage à l'étranger avec son nouveau copain, que j'ai reconnu, ai-je improvisé en entendant moi-même le ton désespéré de ma voix, et je suis presque sûre que c'est lui qui avait été condamné dans ce procès. Alors… ça pourrait être une question de vie ou de mort. »

Copine, voyage à l'étranger, nouveau copain. J'avais modifié les détails pour que ce soit plus rapide à expliquer, mais dans les grandes lignes, c'était ça. Anneli a poussé un nouveau soupir.

« Oui, mais… » J'ai entendu une ombre d'hésitation dans sa voix, elle semblait un peu plus sur la défensive. Ce n'était sans doute pas encore complètement fichu. Elle continua :

« Tu sais, il y a beaucoup de procès en un mois, rien que d'aller tous les chercher, ça prend un bon moment.

– Bengt était le juge, Bengt Åkerberg. Alors tu n'as à sortir que ses procès, que ceux concernant des violences faites aux femmes, et uniquement en avril et mai. » Nouveau silence.

« Anneli ? Je t'en prie…

– Bon, d'accord, je descends regarder, a-t-elle fini par lâcher avec un brin d'irritation. Mais je n'y passe que vingt minutes.

– Oh, merci ! Merci, Anneli, c'est…

– Je ne sors que ce que je trouve du premier coup, m'a-t-elle coupée, et je te fais déjà une fleur.

– Je sais, Anneli. Un grand, grand merci. Tu m'appelles, alors ?

– Oui, je t'appelle. » Et elle a raccroché. Henrik m'a interrogée du regard. J'ai inspiré à fond :

« Elle a promis de vérifier.

– Ce qui veut dire ?

– Ce que ça veut dire ? Ça veut dire qu'elle va descendre aux archives voir ce qu'elle peut trouver. Qu'est-ce que tu croyais ?

– Mais que vas-tu faire de cette information, après ?

– Si c'est Jacob, on n'y va pas, c'est aussi simple que ça.

– Et si ce n'est pas Jacob, on y va ? »

Je n'ai pas répondu.

« Tu vas devoir prendre une décision sacrément rapide, alors c'est aussi bien que tu y réfléchisses à l'avance, a-t-il continué à voix basse tout en jetant un coup d'œil vers Jacob et Milena. Mais tu sais ce que j'en pense. »

Je n'ai pas eu le temps de répondre, car au même instant le bus s'est mis à ralentir. De l'autre côté de la route, un chemin de gravier descendait vers le rivage où s'ouvrait un terrain herbeux avec une petite baraque. Mon ventre s'est noué.

Non. Pas déjà.

Les haut-parleurs ont grésillé quand le chauffeur a pris le micro.

« Et voilà, nous sommes arrivés à la plateforme de l'hélicoptère. »

Le moment était venu de descendre.

Nous avons descendu la petite pente, nos sacs sur le dos. Derrière nous, le bus est reparti avec les autres randonneurs vers la station de montagne. Jacob était de bonne humeur, il dissertait sur le majestueux massif de l'Ahkka qui se dressait devant nous, de l'autre côté du lac. Autrefois, on pouvait traverser le lac en bateau et entrer dans le Sarek par le nord, nous a-t-il expliqué, par l'Ahkka, mais le Touring Club suédois avait fermé la ligne. Quand il avait fait la traversée du Sarek, il avait aussi fait l'ascension de sommets de l'Ahkka.

Henrik répondait par des *Mm* et des hochements de tête, mais semblait légèrement absent. Ne pas savoir ce qui allait se passer, si nous allions ou non monter dans cet hélicoptère, mettait ses nerfs à rude épreuve, je le voyais bien. Mais je ne pouvais pas m'en soucier pour le moment.

Pour ma part, je me taisais. La boule au ventre. J'ai regardé la montagne par-delà le lac. L'Ahkka trônait avec noblesse, digne et inaccessible. C'était la première fois que je le voyais, et j'associerais malheureusement cette vue à un léger malaise. Mon sang était tellement gorgé de stress qu'il semblait épais et visqueux alors qu'il martelait mes tempes. J'étais incapable de jouir de la beauté majestueuse de l'Ahkka.

Et à cet instant, j'ai entendu l'hélicoptère. D'abord un bruit lointain qui a disparu avant de resurgir, un peu plus fort. J'ai cherché du regard et l'ai bientôt trouvé, un petit point très net dans le ciel de plus en plus bleu. Mon ventre s'est serré de plus belle.

Une jeune fille toute de noir vêtue est sortie de la baraque. En mâchant du chewing-gum, elle a plissé les yeux vers nous d'un air maussade.

« C'est vous qui allez à Stalo ? a-t-elle demandé avec le même accent que le conducteur du bus.

– Exact, a répondu Jacob.

– Alors vous arrivez à point. Vous avez pesé vos sacs ? » La fille a indiqué une balance à crochet.

« Non. On a droit à combien ?

– Vingt kilos chacun. Quatre-vingts en tout. »

L'hélicoptère est descendu en décrivant un large arc de cercle, le bruit était à présent assourdissant, le gravier et la poussière s'envolaient de la pelouse. Milena a fait un geste vers la baraque en lançant à la fille :

« Il y a des toilettes ? »

La fille a hoché la tête en lui faisant signe de la suivre à l'intérieur. J'y suis allée aussi. Nous avons laissé nos sacs à dos à Jacob et Henrik avant d'entrer dans la baraque. La fille a indiqué la porte des toilettes.

« Il faut malheureusement que j'attende un appel avant de décoller, ai-je dit à Milena. La couverture réseau va sûrement disparaître. » Milena a hoché la tête.

« Oui, oui. On n'est pas si pressés. »

Elle est passée aux toilettes la première. L'œil toujours rivé à l'écran de mon portable, j'ai affiché la liste de mes derniers appels. Douze minutes s'étaient écoulées depuis la fin de ma conversation avec Anneli. Et l'hélicoptère était déjà là, prêt à nous embarquer. Anneli avait dit ne pas vouloir y passer plus de vingt minutes. Dans ce cas, la logique voulait qu'elle me rappelle dans les huit minutes à venir.

Huit minutes. Je devais pouvoir retarder le départ d'ici là. Puis il me faudrait encore quelques minutes pour décider quoi faire des informations qu'Anneli pourrait d'aventure me communiquer. Milena avait fini, et je suis entrée aux toilettes. J'ai fait mes besoins aussi vite que j'ai pu, mais suis ensuite restée enfermée, portable à la main. L'hélicoptère s'était à présent entièrement tu. J'imaginais qu'on était en train de charger nos sacs à dos. Deux minutes se sont écoulées. Quatre. Six. Anneli n'appelait pas.

Fait chier. Grouille, Anneli. S'il te plaît, s'il te plaît, grouille !

J'ai entendu des pas devant la porte des toilettes, et juste après la voix de la jeune fille. Elle a frappé sans ménagement à la porte.

« Pardon ? Ils sont prêts à partir.

– Oui, j'arrive ! » Je me suis levée, j'ai fait couler l'eau et me suis lavé les mains, tranquillement et méthodiquement. Les ai séchées avec une serviette en papier. Regardé l'heure. Sept minutes, sept et demie. La fille a de nouveau appelé.

« Tout va bien, là-dedans ? »

J'ai ouvert la porte et suis sortie.

« Mais oui, tout va bien.

– Vous n'êtes pas la seule à avoir un peu la trouille avant un premier vol. »

Je lui ai adressé un sourire crispé.

« Pas de problème. »

Je suis sortie de la baraque. Ils étaient tous alignés devant l'hélicoptère : Milena, Jacob, Henrik et la pilote, une jeune femme en combinaison bleue avec de longs cheveux blonds en queue-de-cheval sous sa casquette. Elle aussi mâchait du chewing-gum. Pas de sacs en vue, ils étaient visiblement déjà chargés dans la soute de l'hélicoptère.

« Bon, alors, on y va ? » a lâché Jacob à mon approche. J'ai levé mon portable en l'agitant un peu :

« On m'appelle d'une seconde à l'autre. » J'ai tendu la main vers la pilote.

« Bonjour, Anna.

– Bonjour, bonjour, Jenny. » Elle m'a souri.

« Désolée, je dois juste attendre un appel.

– Nous sommes déjà en retard, est intervenu Jacob, et Jenny doit partir, elle a d'autres vols programmés. Alors il faut y aller.

– Mais non, il n'y a pas le feu, a rétorqué Jenny pour arrondir les angles. On peut bien attendre cinq minutes. »

J'ai hoché la tête, soulagée.

« Merci. J'apprécie énormément. »

Jacob a inspiré à fond, visiblement frustré. Je devinais que c'était davantage parce qu'on ne lui obéissait pas qu'à cause du retard en lui-même.

« On se barre dans cinq minutes, a-t-il lancé, que tu aies fini de parler ou non. »

J'ai hoché la tête. Henrik n'a rien dit, mais j'ai vu combien il trouvait la situation pénible. Il me savait prête à faire attendre les autres à peu près sans limite pour qu'Anneli ait le temps de me rappeler.

Je me suis mise à l'écart pour que personne n'entende les détails de ma conversation. J'avais du mal à tenir en place, je faisais de petits cercles, me balançais sur place d'avant en arrière.

Les minutes s'écoulaient. Le groupe près de l'hélicoptère ne me lâchait pas des yeux. J'ai regardé l'heure : il s'était écoulé vingt-quatre minutes depuis qu'Anneli avait raccroché. Elle aurait déjà dû me rappeler. Je me suis alors avisée que cette histoire de vingt minutes pouvait tout aussi bien être quelque chose qu'elle avait lâché sur le moment, mais qu'une fois descendue aux archives elle ne voyait plus le temps passer, et allait peut-être mettre une heure à rappeler.

Une autre minute est passée. Jacob a regardé l'heure, puis a dit quelque chose à Jenny, je n'ai pas entendu de là où j'étais, mais Jenny a hoché la tête avant de grimper dans le cockpit. Elle a démarré le moteur.

« C'est l'heure d'y aller ! » m'a lancé Jacob en tapotant sa montre du doigt. Je n'ai pas répondu, les yeux à nouveau rivés à mon téléphone. Allais-je essayer de rappeler Anneli ?

Était-ce une bonne idée ? Probablement pas. J'avais du mal à croire qu'elle allait se contenter de rester dans son bureau sans rien faire une fois remontée des archives. Elle allait sûrement me rappeler tout de suite. Mais il fallait que je fasse quelque chose, peu importait quoi, même d'absurde, aussi ai-je ouvert ma liste d'appels et cliqué sur le dernier numéro.

La turbine de l'hélicoptère est montée en puissance. Le bruit était de plus en plus assourdissant. Les pales du rotor se sont mises à tourner, d'abord lentement, puis de plus en plus vite. Henrik s'est approché de moi.

« Nous ne pouvons plus attendre davantage, Anna. On doit partir.

– Je ne monte pas à bord avant d'avoir parlé à Anneli.

– Bon, alors, il va falloir les laisser partir sans nous. Ce n'est pas possible.

– Mais c'est des conneries, on ne peut pas être pressés à ce point ! On peut avoir un quart d'heure de retard !

– Oui, mais...

– C'est juste Jacob qui stresse tout le monde ! »

Le moteur tournait à présent presque à plein régime, chassant l'air tout autour de l'hélicoptère. L'herbe de la plateforme était aplatie, les gravillons et la poussière commençaient à tournoyer sur le parking où je me trouvais. Jacob s'est dirigé vers Henrik et moi d'un pas décidé et a demandé :

« Alors, quoi ? »

Nous criions pour nous entendre dans le fracas de l'hélicoptère.

« Je dois prendre cet appel !

– Et nous, nous devons partir ! Vous venez, ou vous restez ?

– Mais allez-y, alors ! lui ai-je rétorqué en colère, allez-y ! »

Nous nous sommes dévisagés, Jacob et moi, ouvertement hostiles.

Tu crois que je bluffe, Jacob ? Oublie, je ne bluffe jamais. Ce sera comme je le veux, ou pas du tout. Je me fous bien du Sarek. Le Sarek sera encore là l'an prochain, et toutes les années suivantes.

Jacob m'a dévisagée à son tour, avec la même hostilité, mais je devinais qu'il ne s'attendait pas à ma proposition de partir sans nous. Nous allions tout de suite savoir à quel point il tenait à ce que nous l'accompagnions dans le Sarek.

« Ça pompe un max de jus de rester comme ça à attendre, a-t-il crié, comme s'il n'avait pas entendu le défi que je venais de lui lancer. On va devoir payer un supplément pour ça !

– Alors c'était vraiment débile de la part de la pilote de démarrer, ai-je répondu du tac au tac. À moins que quelqu'un lui ait dit de le faire. »

J'ai vu la colère dans son regard, et l'étonnement, mais aussi autre chose, de difficile à définir.

« Allez-y, vous, est intervenu Henrik, c'est aussi bien ! Ça risque de prendre du temps ! »

Jacob ne semblait pas l'avoir entendu. Il restait là, immobile, à me fixer, et je le fixais à mon tour. J'ai eu le temps de penser qu'il allait vite devoir réagir pour ne pas paraître ridicule. Un peu plus loin, Milena montait à bord de l'hélicoptère.

Alors, mon téléphone a sonné.

C'était Anneli. J'ai répondu en m'éloignant de quelques pas de Jacob et Henrik. Dans mon dos, j'ai entendu Jacob dire à Henrik qu'il me donnait encore deux minutes, puis qu'ils décolleraient.

« Bonjour, Anneli, merci de rappeler.

– Bonjour. Alors voilà, j'ai trouvé deux affaires qui correspondent à ta description. »

J'ai appuyé la main sur mon autre oreille pour mieux entendre. Elle avait à nouveau sa voix calme, sèche et compétente. L'espoir et l'excitation sont montés d'un cran.

« Génial !

– Je t'entends mal…

– Oui, pardon, il y a un hélicoptère en train de décoller. »

Je me suis écartée encore, la main sur le micro du téléphone pour le protéger du bruit du moteur. J'ai jeté un coup d'œil vers l'hélicoptère. Jacob venait d'y arriver et grimpait à bord. Anneli a continué.

« Il y a une affaire qui a été jugée par Bengt le 8 mai 2015, violences conjugales, dix-huit mois de prison, l'auteur est Jimmy Toivonen, 870519-2737.

– Comment ? 870519.. ?

– Oui, 870519-2737. »

Né en 1987, Jimmy avait aujourd'hui trente-deux ans. Beaucoup trop jeune pour être Jacob.

– OK... Et l'autre ?

– Une affaire jugée le 23 mai, violence sur compagne, condamnation à deux ans et six mois, l'auteur Kent Stefan Jernrud, 761010-4139.

– 761010 ?

– Oui. Et les derniers chiffres 4139. »

J'ai eu une curieuse impression dans la bouche, un peu comme quand on a faim et qu'on pense à quelque chose dont on a vraiment très, très envie. Ça ressemblait au goût du sang.

Né en 1976, Kent Stefan Jernrud avait donc quarante-trois ans. Jernrud faisait nom d'emprunt. Si c'était lui, ce ne serait pas le premier criminel à avoir changé plusieurs fois de nom. Lars-Inge Andersson. Lars-Inge Svartenbrant. Lars Ferm. Lars Patrick Carlander. Même criminel, quatre noms différents.

Et il s'appelait Stefan. Comme Stefan Jakob Johansson.

Tout semblait coller. Ça devait être lui.

J'ai demandé à Anneli de répéter le nom, en l'épelant, et le numéro de sécurité sociale, que j'ai notés sur mon téléphone.

« Un grand, grand merci, ai-je alors dit, tu m'as vraiment rendu service.

– De rien », a dit Anneli d'un ton neutre avant de raccrocher. Henrik s'était approché, il était à présent tout près de moi. Il m'a interrogée du regard.

« C'est lui, ai-je dit. J'en suis sûre. » Henrik a hoché gravement la tête.

– Il s'appelait aussi Jacob Tessin, à l'époque ?

– Non, Kent Stefan Jernrud. »

Henrik a réfléchi un instant, puis m'a à nouveau interrogée du regard.

« Mais alors... alors je descends leur dire qu'on n'y va pas ?

– Vas-y, je vais juste le chercher aussi sur Google.

– J'attends ?

– Non, non, c'est lui. Vas-y. » Mais Henrik ne bougeait pas.

« Je peux attendre encore une minute, c'est aussi bien. Si c'est lui, il faut que tu dises deux mots à Milena. »

Milena est alors descendue de l'hélicoptère et a commencé à monter vers nous. Ses cheveux étaient ballottés dans tous les sens. Jacob devait trouver indigne de lui de retourner faire une scène. J'ai entré le nom dans la fenêtre de recherche et cliqué sur la loupe. La page s'est aussitôt remplie de résultats. Il y avait un Kent Stefan Jernrud, domicilié à Flemingsberg, quarante-trois ans, mais sans numéro de téléphone ni autre information intéressante. Les autres résultats n'avaient rien à voir avec lui. Il semblait le seul Suédois à porter le nom de Jernrud. J'ai cliqué sur l'icône « images », et vu s'afficher quelques photos d'un certain Cent Jerker Nilsson, puis de nombreuses images de deux Stefan Jernrud distincts, mais pas une seule de Kent Stefan Jernrud.

Difficile d'en tirer une quelconque conclusion. Si Jacob avait changé de nom en abandonnant Kent Stefan Jernrud, son ancien nom pouvait très bien se trouver encore quelque part.

Milena nous a rejoints et nous a demandé comment ça allait. J'ai à peine levé les yeux, concentrée que j'étais sur mon portable. Henrik a répondu à ma place que nous ne pourrions probablement pas venir avec eux.

« C'est le boulot, a-t-il expliqué, malheureusement un truc qu'elle ne peut pas laisser en plan. » Milena a hoché la tête, mais est restée là, elle voulait l'entendre de ma bouche.

Mais je suis allée sur les réseaux sociaux. Et là, bingo. Kent Stefan Jernrud existait toujours dans la réalité, ou du moins sur Facebook. J'ai cliqué sur sa photo de profil pour l'agrandir. Elle représentait un paysage de montage.

Milena m'a interrogée du regard.

« Anna ? Alors on y va ? »

J'ai cliqué sur les photos, et l'écran s'est empli d'images représentant la même personne dans différents décors et contextes.

Je le reconnaissais. Ce n'était pas Jacob Tessin.

Extrait de l'interrogatoire du témoin Anna Samuelsson 880216-3382, 18 septembre 2019, hôpital de Gällivare, conduit par l'inspecteur Anders Suhonen.

« Qu'avez-vous pensé, à ce moment-là ?

– J'ai été très étonnée. J'étais absolument certaine que ce serait lui.

– Et que s'est-il passé ?

– J'ai très brièvement parlé avec Henrik. Je lui ai montré les photos, que ce n'était pas Jacob.

– Mais vous avez reconnu la personne sur les photos, en les voyant ?

– Oui. Je me suis souvenue de lui au procès. Mais ce n'était pas l'affaire avec Jacob.

– Non ?

– Donc j'avais encore l'image de Jacob dans la salle d'audience.

– Je comprends.

– Mais je n'étais plus aussi certaine, bien sûr. J'étais assez déroutée.

– Certes.

– Alors... nous avons suivi Milena jusqu'à l'hélicoptère, et nous sommes partis.

– Qu'a dit Henrik ?

– Rien.
– Parce qu'il semblait plutôt enclin à interrompre le voyage, non ?
– Oui. Mais au pied du mur, il a sans doute trouvé lui aussi pénible de se retirer aussi tard. L'hélicoptère nous attendait, turbine en route.
– Je vois.
– Alors aucun de nous n'a rien dit.
– Vous avez la force de continuer un peu ? Ou vous voulez faire une pause ?
– Je peux continuer.
– Vous ne souffrez pas ?
– Non.
– Vous avez l'air un peu plus en forme aujourd'hui.
– Oui. »
Silence.
« En tout cas... Avec le recul, qu'en pensez-vous désormais ? Que vous vous étiez trompée au sujet de Jacob ?
– Je ne crois pas m'être trompée.
– Non ?
– Je l'ai vu au tribunal de Nacka quand j'y travaillais au greffe. Je le sais.
– Ah bon.
– Mais ça doit être facile de vérifier : Stefan Jakob Johansson.
– Bien sûr, nous le ferons.
– Mais je me suis peut-être trompée dans les détails. Le juge n'était peut-être pas Bengt Åkerberg. Ou alors le procès n'était pas au printemps, mais à l'automne. Quelque chose de ce genre.
– C'est tout à fait possible. Nous allons regarder ça de plus près, bien entendu. »
Silence.
« Nous n'aurions jamais dû monter dans cet hélicoptère. »

Le vrombissement était assourdissant et l'odeur de kérosène emplissait nos narines. Nous avions tous des casques et un micro pour pouvoir nous parler malgré le bruit. Jenny a fait décoller l'hélicoptère en douceur. Elle l'a incliné pour décrire un large arc de cercle au-dessus du grand lac. Les nuages continuaient à se disperser, à l'ouest le ciel était à présent d'un bleu éclatant. Sous nous, les vagues brillaient au soleil. L'eau s'étendait loin au nord-ouest, se divisant en une multitude de lacs plus petits. Le sol semblait lacéré, comme un sac plastique déchiré.

Bientôt, nous avons à nouveau survolé la terre ferme et des paysages de plus en plus vallonnés. La végétation virait au jaune et rouge. Nous traversions à présent le parc national de Padjelanta, qui se prolongeait au sud vers quelques lacs allongés. À des dizaines de kilomètres, j'apercevais Sulitelma, le grand massif montagneux à la frontière entre Suède et Norvège. Au plus près, sur notre gauche, nous avions l'Ahkka. Les rayons du soleil se reflétaient sur ses glaciers, dont les extrémités étaient reliées par des crêtes escarpées. Au-delà de l'Ahkka, on devinait les sommets au cœur du Sarek, encore partiellement cachés par les nuages. Des cours d'eau aux reflets argentés serpentaient au fond de vallées profondément encaissées.

La vue était à couper le souffle. Je n'avais jamais rien vu d'aussi beau de toute ma vie.

Mais à côté de ça, je me sentais confuse, vide et épuisée.

Le conflit dans le wagon-restaurant remontait à hier soir, il ne s'était même pas écoulé vingt-quatre heures, mais cela me semblait une semaine. Depuis, savoir qui était réellement Jacob avait occupé sans interruption mes pensées. J'avais mal dormi. Au matin, j'avais pensé l'avoir déjà rencontré, à la suite de quoi toute mon énergie s'était focalisée sur la recherche d'un moyen de confirmer mes soupçons. Dans le bus, puis sur la plateforme de l'hélico, mon stress n'avait fait que croître. Je pensais avoir trouvé une preuve parce que je me souvenais de lui au tribunal, mais je me trompais.

Et à présent, c'était comme si je sortais de la bulle mentale dans laquelle j'étais enfermée depuis hier soir : j'ai cligné des yeux dans la lumière, désorientée. La fatigue me rattrapait, j'étais un ballon, la fatigue une aiguille, mais je n'éclatais pas d'un coup, l'énergie fuitait avec un sifflement sourd et je me dégonflais. J'étais sans force et sans volonté.

C'est pour cette raison que j'ai pu autant apprécier la vue fantastique depuis l'hélicoptère. Ne rien vouloir était un état nouveau pour moi. Dans ma tête, je suis presque toujours autre part que là où je me trouve physiquement. Je me fixe des objectifs et je réfléchis aux mesures à prendre pour les atteindre. Mais là, je ne voulais rien, aussi étais-je pleinement présente, ici et maintenant. Où que je tourne mon regard, j'avais cette vue magique sur le monde des montagnes. Alors, j'ai senti que s'il m'était donné de passer le restant de ma vie à profiter de ce panorama, je serais satisfaite. Je crois vraiment que j'étais heureuse.

Jacob était assis à l'avant, à côté de Jenny.

« Alors, vous allez où ? » a-t-elle demandé. Jenny elle aussi parlait le dialecte du Norrland, mais une variante un peu adoucie, plus méridionale que la fille de la plateforme.

« On va entrer par la vallée d'Alggavagge direction Skarja, puis suivre Rapadalen vers le sud, a répondu Jacob.

– Alggavagge, d'accord. Il y a beaucoup d'ours par là-bas en cette saison. »

Nous avons tous tendu l'oreille. Henrik et moi avons échangé un regard.

« Je n'avais jamais remarqué ça, a dit Jacob.

– Oh si. Ils vont dans ce coin pour se refaire une santé avant l'hiver. Ils croquent un peu tout ce qu'ils trouvent. Beaucoup de baies de camarine et des Stockholmois. »

Nous avons tous ri, même Jenny.

« Alors ça tombe bien qu'on soit de Huddinge, a dit Jacob.

– Les ours ne sont pas si difficiles », a plaisanté Jenny.

J'ai regardé Henrik en souriant, il m'a souri à son tour, mais ce n'était pas franc. Jenny a indiqué sur le côté :

« Si vous regardez par là, vous verrez l'Alggajavrre. Tout ce vert-bleu, là-bas. Il va falloir un peu ramer pour le traverser. »

Jacob s'est retourné sur son siège et m'a regardée.

« Ça valait le coup de venir, non ? » Je lui ai adressé un sourire las en hochant la tête. Il me l'a rendu en levant le pouce. Henrik regardait par la vitre, il ne pouvait détacher les yeux des sommets enneigés du Sarek. J'avais envie d'être près de lui, alors j'ai posé ma main sur la sienne, et il s'est tourné vers moi. Nous nous sommes regardés. Il y avait de la tendresse et de l'amour dans son regard. Je lui ai caressé la joue, en souriant.

Le vol jusqu'à Staloluokta a duré environ vingt minutes. Staloluokta était un site de rassemblement same[1] où l'on trouvait aussi un refuge. C'était au bord du grand lac Virihaure, dont l'une des rives suivait une longue chaîne de montagnes. Jenny a manœuvré l'hélicoptère avant de le poser dans un enclos près du rivage. Une fois débarqués, nous l'avons remerciée pour ce vol fantastique et elle nous a

1. Les Sames, aussi appelés Samis, sont un peuple autochtone d'une zone qui couvre une partie de la Suède, de la Norvège et de la Finlande ainsi que la péninsule de Kola en Russie.

souhaité bonne chance dans notre approche du Sarek. Nous avons sorti nos sacs à dos de la soute et commencé à monter vers la station. Le sol était souple, tapissé de bruyères et de saules herbacés.

Il était deux heures et demie de l'après-midi et nous n'avions rien mangé de consistant depuis le matin : nous avons donc décidé de nous ravitailler au kiosque de Parfa puis de déjeuner à la station.

Le kiosque était une construction en bois minimaliste, un peu comme une ancienne baraque à saucisses, perdu au milieu des chalets des Samis. Il était fermé, mais dès que nous nous sommes arrêtés devant son guichet, un homme aimable est sorti d'une maison voisine pour ouvrir la boutique.

Je n'avais jamais vu autant de marchandises entassées sur une si petite surface. Au sol, aux murs, au plafond, chaque centimètre carré était couvert de tout ce dont on pouvait avoir besoin pour une randonnée en montagne. Conserves, soupes en poudre et plats lyophilisés, bonbons et snacks, papier toilette, liquide vaisselle et gaz, produits locaux comme des gants en laine, de l'omble-chevalier fumé et de la viande de renne fumée à mille couronnes le kilo. Nous avons acheté tout ce qu'il nous fallait pour le déjeuner et le reste de la semaine, remercié, et sommes repartis lestés de plusieurs kilos supplémentaires.

La cuisine du refuge était simple, avec un réchaud au gaz pour cuisiner. Il fallait puiser l'eau dans de grands seaux en métal. Nous avons réchauffé des boulettes de viande en sauce et fait cuire des macaronis minute avant de nous attabler dans la salle à manger, avec une vue magnifique sur le lac Virihaure en contrebas.

Le repas terminé, Jacob a déplié sa carte sur la table pour nous montrer comment nous allions commencer la randonnée : nous aurions d'abord quelques kilomètres de montée assez raide, jusqu'à la face sud de la montagne Stuor Dijdder, puis nous quitterions le sentier et naviguerions à vue entre des lacs pour monter jusqu'au bord de l'Alajavrre, que nous avions vu depuis l'hélicoptère. Ce serait une longue première journée, environ vingt kilomètres, mais nous voulions atteindre le Sarek le plus vite possible, non ?

Repus, contents et réchauffés, nous nous sentions forts, désireux de commencer cette randonnée. Le plan était parfait.

J'ai payé pour l'utilisation de la cuisine, puis nous en avons profité pour utiliser les toilettes extérieures du refuge. Nous avions en perspective une semaine où les conditions sanitaires seraient très primitives, et je me doutais que, d'ici quelques jours, ces cabanes malodorantes nous paraîtraient des sommets de la civilisation.

Nos sacs hissés sur le dos, nous avons commencé à marcher. Après une hutte-église, le dénivelé a vite augmenté. Jacob a pris la tête et nous avons suivi en file indienne à travers les broussailles de saules. Au bout de quelques minutes, je me suis arrêtée pour regarder en arrière. Nous avions déjà bien monté, le refuge et les chalets sames s'étendaient sous nos pieds, serrés entre les eaux bleu sombre du Virihaure et le flanc du mont Unna Dijdder. Ses formes s'arrondissaient dans des nuances jaune moutarde et rouille, avec des taches de vert. Par-delà le grand lac se dessinait en blanc un profil dentelé de sommets, comme l'illustration sur les boîtes de fromage à tartiner norvégien. C'était d'une beauté époustouflante.

Nous ne l'avions pas fait exprès, mais notre voyage tombait pile dans l'explosion de couleurs propre au mois de septembre dans les montagnes de Laponie. J'ai sorti mon portable pour prendre une photo. Le soleil était encore haut, on avait l'impression d'une journée ensoleillée d'octobre à Stockholm, une chaleur agréable. J'ai ôté mon sac, mon coupe-vent et continué en T-shirt. Une brise légère me caressait le cou et le visage.

Ayant remarqué que je m'étais arrêtée, Milena m'a

attendue. Quand je suis arrivée à sa hauteur, elle m'a souri et demandé :

« C'est dingue ce que c'est beau, hein ?

– Oui, ai-je dit en lui souriant à mon tour. On a sans arrêt envie de mitrailler.

– Au fait, avec ton boulot, ça s'est réglé ?

– Oui, c'était juste un truc qu'il fallait que je valide, ou non. »

Nous avons continué à bavarder de nos postes respectifs, de nos nouveaux collègues, de connaissances communes qui avaient démissionné pour aller travailler ailleurs. Notre conversation, d'abord superficielle, devenait plus personnelle. C'était la première fois du voyage que nous nous retrouvions seules, et notre complicité a vite repris ses droits. Telle qu'elle était née à Uppsala dix ans plus tôt et que nous parvenions si facilement à faire revivre, même si nous n'avions plus donné de nouvelles depuis des mois.

J'évitais soigneusement de poser la moindre question concernant Jacob. Si elle voulait m'en parler, à elle de le décider. Il n'était plus aussi important pour moi d'en savoir davantage à son sujet. En y resongeant, toutes ces recherches, tous ces coups de téléphone et cette traque sur Google m'apparaissaient maintenant ridicules. Je n'avais plus peur de Jacob. Je n'étais plus curieuse de lui non plus. Pour l'heure, je marchais dans un paysage grandiose, Milena et moi étions à nouveau amies intimes, nous pouvions nous parler comme autrefois. Rien d'autre n'avait d'importance.

Le sentier nécessitait de descendre dans un ravin étroit bordé de broussailles de saules et de bouleaux, avant de remonter de l'autre côté. La pente était abrupte, il fallait s'accrocher aux branches pour se hisser. Une chance qu'il ne pleuve pas, le sentier boueux aurait été beaucoup plus délicat. Mais le passage était assez bref et, une fois arrivés sur la crête suivante, nous avons pu embrasser du regard Stuor Dijdder et les petits lacs qui se pressaient au pied de la montagne.

Jacob et Henrik marchaient quelques centaines de mètres devant nous. Je me demandais bien de quoi ils parlaient. Peut-être marchaient-ils en silence ? Je me souvenais du schéma de nos précédentes randonnées : les premiers jours, Milena et moi parlions presque sans arrêt et Henrik marchait seul, un peu devant ou derrière nous. Puis, nous parlions de moins en moins à mesure que les jours passaient. Non que nous nous soyons lassées l'une de l'autre, mais parce que le plus important était déjà dit, et que, passant le plus clair de notre temps ensemble, assez vite, nous ne trouvions plus le silence inconfortable.

Nous avons commencé à parler de Henrik, Milena et moi. Elle semblait presque inquiète.

« Je trouve qu'il n'est pas vraiment lui-même, a-t-elle dit. Il a l'air fatigué. »

Fallait-il lui raconter qu'il était à peine sorti de l'appartement de tout l'été ? Que Henrik s'était transformé en sac de patates avachi sur le canapé ? Non, cela me semblait déloyal. J'ai répondu, ce qui était tout à fait exact, qu'il avait un passage à vide avec son travail.

« C'est le fait de savoir qu'il ne passera jamais professeur. Ça le ronge. Il y comptait depuis plusieurs années. Il trouve qu'il a pris du retard sur la norme.

– Mais pourquoi forcément Uppsala ? Il peut bien candidater ailleurs ?

– Oui… Enfin, c'est la première fois qu'il parle de faire autre chose.

– Quitter l'université ? » Milena paraissait étonnée.

« Je ne crois pas qu'il soit sérieux, ai-je continué. Mais il évolue dans ce milieu depuis toujours. Il n'a rien essayé d'autre. »

Milena semblait un peu interloquée.

« Mais que ferait-il, sinon ? Un travail dans un bureau, ou quoi ?

– Ou une agence, une autre administration. Je ne sais

pas. Mais encore une fois, je ne crois pas qu'il ait dit ça sérieusement. »

Milena semblait presque plus inquiète que moi. J'ai été tentée de demander sur un coup de tête si Jacob se plaisait à son travail, mais j'ai laissé tomber.

Nous marchions depuis quelques heures, le corps avait trouvé ses marques. Au début, le sac à dos paraît toujours lourd et inconfortable, le corps a un centre de gravité différent et on plie un peu le genou à chaque pas de peur de perdre l'équilibre. Les chaussures paraissent peut-être raides, un muscle tire à l'arrière de la cuisse. Mais on se réchauffe bientôt et les petites crampes s'estompent, tout le corps se met à travailler, le pouls accélère agréablement, les endorphines affluent dans le sang, on éprouve une douce euphorie.

Soudain, nous n'avons plus vu Jacob et Henrik. Nous avions quitté le sentier et descendions entre les lacs. Le terrain montait et descendait, de petites crêtes s'entrecroisaient et, entre elles, des étangs, des zones marécageuses et d'épaisses broussailles. Ici, il était facile de se perdre. Milena et moi nous étions arrêtées pour discuter du chemin à suivre quand Jacob est soudain apparu un peu devant nous, comme surgi de terre, et nous a fait signe. Nous sommes reparties dans sa direction.

Ils avaient trouvé une marmite abritée du vent par des parois rocheuses sur trois faces, à proximité d'un des lacs. Henrik revenait déjà du rivage avec la cafetière pleine d'eau. Jacob a allumé le réchaud au gaz, et l'eau s'est vite mise à bouillir. Nous y avons directement versé le café soluble avant de remuer. Jacob a réparti le breuvage dans nos quarts. J'ai cherché le petit flacon plastique de lait en poudre que j'avais rangé au fond de mon sac et j'en ai saupoudré mon café. Nous n'avions pas de biscuits ni de fruits pour accompagner le café, mais Henrik nous a tendu un sachet de noix et de raisins secs. Le sol couvert de mousse et de bruyères était relativement sec, je m'y suis assise sans sortir mon coussin isolant. Le dos appuyé contre un rocher, j'ai siroté mon café brûlant. Je me sentais paisible, en forme, et je me délectais du calme grandiose, du ciel bleu clair, du soleil du soir.

Les autres bavardaient en comparant les mérites respectifs de l'expresso, du café filtre ou lyophilisé. Jacob a avoué qu'au fond il adorait le café en poudre. Qu'il n'avait jamais compris le truc, avec l'expresso. Milena et Henrik lui ont promis de n'en parler à personne.

Au bout d'environ une demi-heure, nous avons essuyé nos quarts avec un peu de mousse et sommes repartis. Carte à la main, j'ai vu que nous montions à présent en diagonale sur le flanc d'Unna Liemark. La montagne voisine s'appelait Stuor Liemark. *Unna* et *Stuor*, comme les montagnes Unna et Stuor Dijdder. Est-ce que cela pouvait signifier petit et grand ? Stuor Liemark était environ cent mètres plus haut, ça semblait être ça. Les deux sommets culminaient autour de mille mètres. Pas de chance pour eux d'être voisins du Sarek, avec l'Ahkka et le Sulitelma à proximité : n'importe où ailleurs en Suède, ils seraient passés pour des montagnes imposantes, mais ici, ils faisaient figure de simples collines.

Au début, nous avons marché tous les quatre groupés, mais mètre après mètre, Jacob et moi nous sommes éloignés de Henrik et Milena. Nous grimpions obstinément, je n'étais absolument pas fatiguée, mais mon pouls restait constamment élevé. Le terrain n'était pas du tout comme je l'attendais, d'après la carte. Je m'étais imaginé une large vallée descendant vers le lac Alajavrre, au lieu de quoi ça n'arrêtait pas de monter. Nous avons traversé un petit *jokk*, le premier passage à gué du voyage, à peu près sans nous mouiller. J'ai rempli ma gourde. Peut-être la réputation du Sarek d'avoir des gués délicats était-elle exagérée ? Arrivés à un enclos de rennes, nous nous sommes arrêtés pour attendre Henrik et Milena. Le dénivelé commençait à se faire sentir, surtout chez Henrik. Il était en sueur, le visage rouge, très essoufflé.

« Ça va ? lui ai-je demandé. Tu veux faire une pause ?

– Non, t'inquiète, haleta-t-il en reprenant son souffle une fois arrêté, ça va. Mais on va bientôt s'arrêter pour dîner, non ?

– Encore une heure à tirer, a dit Jacob, pour arriver à l'Alajavrre. C'est sacrément beau, là-haut. » Il a soulevé la clôture, nous avons ôté nos sacs à dos pour les faire passer de l'autre côté avant d'y ramper à notre tour. Jacob le dernier. Il a sorti quelques barres énergétiques que nous nous sommes partagées avant de continuer.

Le soleil était à présent en train de se coucher, sa lumière de plus en plus rasante sur le paysage. L'air s'est rafraîchi, et j'ai remis mon coupe-vent.

Nous avons fini par apercevoir la partie gauche de l'Alajavrre et, une crête plus loin, nous avons embrassé le lac dans toute sa longueur. Tout au bout, une petite montagne barrait la route, mais au-delà s'élevaient des sommets enneigés : c'était le Sarek. Le seul fait d'avoir ces montagnes sauvages en vue me procurait un chatouillis au ventre.

« C'est là-bas qu'on va », a dit Jacob. Il s'est penché plus près de moi pour m'indiquer : « Jusqu'au bout du lac.

– Ce soir ?

– Oui, mais c'est une marche facile, à partir de maintenant. Il suffit de suivre le bord. »

J'ai regardé en arrière. Henrik et Milena étaient loin à la traîne, pas encore en vue. Une petite, très petite pointe d'inquiétude s'est rappelée à mon souvenir. J'étais seule avec Jacob Tessin. Mais cette impression s'est dissipée aussi vite qu'elle était arrivée.

Nous avons continué un petit moment jusqu'à un vaste pré d'herbe verte et grasse, tout près du lac. Je suis allée chercher de l'eau et Jacob a allumé le réchaud. Le soleil s'était couché, mais il faisait encore relativement clair, et la surface de l'Alajavrre était pareille à un miroir. On y voyait à l'envers le ciel et les montagnes de l'autre côté. J'ai eu l'impression vertigineuse que la terre n'était qu'une galette plate, le lac une déchirure permettant de voir à travers, et que nous avions le ciel sous nos pieds.

« Il paraît que le sommet de l'Alatjåhkka a la plus belle vue de tout le massif », a dit Jacob avec un geste vers la montagne au pied de laquelle nous nous trouvions. Le minestrone commençait à bouillir. J'ai sorti de mon sac du pain de seigle et un tube de fromage à la crevette.

« C'est laquelle ? ai-je demandé. On dirait qu'il y en a plusieurs alignées.

– La plus lointaine, je crois », a-t-il répondu. Il a sorti sa carte. C'est aussi la plus haute, 1 430 m.

– Tu n'y es jamais monté ?

– Non. Et ce ne sera sans doute pas pour ce soir non plus, si on doit atteindre le bout du lac.

– Tu es venu combien de fois dans le Sarek ?

– Ça fera la quatrième. Mais par ce chemin, une fois seulement. »

Jacob m'a raconté que lors de ses premières fois dans le

Sarek, il avait entre vingt-cinq et trente ans, et que c'était surtout l'escalade qui comptait. Avec ses potes, ils voulaient aligner les plus hauts sommets du Sarektjåhkka. Un défi. Ensuite, il avait mis dix ans à y revenir, et là, il avait redécouvert le Sarek : ses belles vallées encaissées où l'on ne rencontrait personne, le delta au bout de Rapadalen, les élans majestueux à Rovdjurstorget.

« Et c'est là que je suis tombé amoureux pour de bon », a-t-il dit.

Une de mes réflexions de la veille m'est revenue : Jacob avait entre vingt-cinq et trente ans les premières fois qu'il était venu ici, puis dix ans s'étaient écoulés, il avait donc au moins trente-six ans. Et il prétendait aujourd'hui en avoir trente-huit. Donc si je lui demandais à quand remontait son dernier séjour, et qu'il me disait que c'était il y a plus de deux ans, quelque chose ne collerait pas.

Mais je me faisais ces réflexions sans conviction, comme en pilote automatique. Je n'éprouvais pas le besoin de savoir, aussi n'ai-je pas posé de questions. Jacob m'a souri.

« Parle-moi de vos randonnées. Où êtes-vous allés ?

– Milena ne t'a pas raconté ? ai-je demandé.

– Si, un peu. Vous êtes allés au Keb, si j'ai bien compris. »

Nous avons évoqué nos souvenirs, en comparant différentes destinations. Nous étions tout à fait d'accord que le refuge du Marteau Bleu servait les meilleurs repas de toutes les montagnes suédoises.

Henrik et Milena ont fini par arriver. Ils avaient l'air tous les deux très fatigués. Ils ont défait les bretelles de leurs sacs, qu'ils ont laissés dégringoler dans la pente.

« Fatiguée, petite ? » a demandé Jacob en serrant Milena dans ses bras. Elle haleta sa réponse :

« Oui, là, je suis fatiguée.

– La soupe est tout juste prête », ai-je dit en souriant à Henrik. Il s'est étendu sur le dos dans l'herbe humide, a inspiré à fond et fermé les yeux.

« Il faut juste que je me repose quelques minutes. » Je me suis agenouillée à côté de lui et lui ai donné un baiser.

« Bien sûr. Il n'y a pas d'urgence. »

J'ai sorti ma gamelle et Jacob y a versé la soupe directement de la casserole. En commençant à manger, assise sur un rocher, j'ai éprouvé une vague inquiétude à voir Henrik déjà fatigué, après à peine quatre heures de randonnée. Certes, le chemin avait monté tout du long, mais absolument pas raide. Le temps avait été parfait. Cela n'augurait rien de bon à l'approche des pépins qui pouvaient nous attendre dans le Sarek.

Et il y avait autre chose. Un sentiment qui m'avait effleuré en parlant de Henrik avec Milena. Un sentiment que je me refusais à reconnaître, car j'en avais honte.

De l'irritation. Henrik était en moins bonne forme physique que d'habitude. Je le soupçonnais d'avoir cru que notre randonnée en montagne serait annulée quand nous avions dû la reporter parce que j'étais obligée de rester travailler, et qu'il avait négligé de s'entretenir. J'étais restée tout l'été enfermée au bureau, impossible de savoir exactement ce qu'il avait fait de ses journées. Mais il avait eu de longues vacances, sept ou huit semaines, qu'il avait passées en ville sans rien faire de particulier, à part une semaine où il était allé chez son frère sur la côte ouest.

En faisant les lessives, j'avais remarqué que ses vêtements de sport n'étaient jamais dans la corbeille. Les jours où j'étais restée travailler à la maison, il les avait surtout passés à dormir, lire ou résoudre des grilles de sudoku. Moi, j'étais allée dans ma salle de sport habituelle, à côté du bureau, presque quotidiennement. Nous n'avions pas eu le temps de nous entraîner ensemble à la marche avec sac à dos lourd, comme nous en avions l'habitude, et il ne l'avait pas fait de son côté non plus.

Henrik s'est relevé péniblement, il a titubé jusqu'à son sac pour en extraire sa gamelle.

« Tu vas voir, mec, l'a encouragé Jacob, un peu de soupe chaude, ça va te redonner la pêche. » Henrik a répondu d'un sourire peu convaincu en tendant sa grande gamelle.

Nous avons mangé notre soupe sans dire grand-chose. Il était huit heures et demie du soir, et il commençait à faire sombre. Avec l'obscurité arrivait aussi le froid. Un jour de septembre ensoleillé comme celui-ci, on pouvait très facilement se croire encore en été, mais le soir venu, l'illusion se dissipait. Cette nuit, la température pouvait très bien chuter au-dessous de zéro. Ça n'était pas grave, nous avions les sacs de couchage adaptés, mais avant de se retrouver sous la tente, blotti dans son duvet, on pouvait passer un bon moment à grelotter, les doigts engourdis autour de sa brosse à dents.

Jacob a fini le premier et a mis de l'eau à bouillir, il voulait une tasse de café. Henrik engloutissait sa soupe. Il a interrogé Jacob du regard.

« Mais... on bivouaque ici ce soir, hein ? »

Jacob lui a souri.

« Non. »

Un court silence a suivi. Milena semblait hésiter. Henrik m'a regardée à la dérobée.

« Mais il fait presque nuit ?

– Pas tout à fait, a dit Jacob. Les yeux s'habituent à l'obscurité. Non, pour moi, on continue le long du lac. Jusqu'à l'autre bout. Comme ça, on sera entré dans le Sarek demain à l'heure du déjeuner. »

Henrik n'a rien dit, mais semblait sceptique. Jacob a repris.

« C'est une marche super facile. On suit la rive, c'est tout. Une heure et demie, deux heures, maximum.

– Alors, c'est sûr, il fera nuit noire.

– On a tous des lampes frontales, non ? » Jacob a regardé chacun de nous. « Milena et moi, en tout cas, nous en avons. »

Henrik m'a regardée, mais je me taisais. Je me sentais d'attaque, en forme et, à vrai dire, j'avais envie de continuer. Il s'est alors tourné vers Milena.

« Bon, c'est sans doute nous deux qui sommes les plus fatigués. Qu'est-ce que tu en dis ? »

Milena a tardé à répondre. Jacob la dévisageait.

« Non, je ne sais pas, je peux camper ici ou continuer, tout me va, a-t-elle botté en touche.

– Mm », a maugréé Henrik. Il espérait trouver un appui quelque part, mais réalisait qu'il n'en serait rien. Un court silence a suivi.

« En tout cas, ça ne monte pas, ai-je fini par dire en regardant Jacob. C'est plat, je suppose ?

– Oh oui. Complètement plat, a-t-il répondu. Et encore une fois, on marche au bord de l'eau, c'est super facile. »

J'ai hoché la tête et repris :

« Alors je pense qu'on continue. Mais on y va tranquillement, et on reste groupés, tous les quatre. » J'ai regardé Henrik.

« Qu'est-ce que tu en dis ? Ça te semble OK ? »

Il a fini par hocher la tête.

« Bon, d'accord. » Sa voix était détimbrée. Soudain, j'ai ressenti une pointe de mauvaise conscience. J'aurais facilement pu orienter les choses pour qu'on monte le camp ici. Peut-être avais-je voulu punir Henrik d'avoir négligé sa forme physique ?

« Très bien, a dit Jacob en allant mettre une tape sur l'épaule de Henrik. Une fois là-bas, tu auras droit à une bonne rasade de Lagavulin. »

Jacob avait un côté militaire, comme un sergent menant ses hommes et sachant exactement comment les motiver. C'était sans doute ainsi qu'il se voyait. Mais Henrik n'avait pas fait son service militaire, et il détestait le single malt fumé. L'alcool le plus surestimé de l'histoire de l'humanité, avait-il coutume de dire.

« Merci, a-t-il lâché en se levant de son rocher. Alors, on y va ? »

Quelques minutes plus tard, nous étions repartis. Nous avions tous mis nos lampes frontales, mais ne voulions pas les allumer avant qu'il fasse nuit noire, pour ne pas perturber inutilement notre vision nocturne. Nous distinguions toujours les contours noirs des montagnes sur le fond bleu sombre du ciel. Derrière nous, à l'ouest, on apercevait encore des lambeaux plus clairs.

Le rivage ne mesurait qu'environ un mètre de large, mais c'était une marche très agréable après tout le dénivelé parcouru au cours de la journée. Des vaguelettes clapotaient paresseusement sur le sable. Je veillais à bien rester tout près de Henrik, à ne pas me retrouver en avance. Jacob aurait voulu à nouveau filer, mais Milena se maintenant elle aussi à notre hauteur, il s'arrêtait pour nous attendre. D'abord assez taciturne, Henrik a bientôt constaté que la marche était effectivement assez facile et que je lui laissais décider du tempo, et il a été de meilleure humeur.

L'obscurité a fini par être compacte, et nous avons allumé nos lampes frontales. J'imaginais à quoi nous pouvions ressembler vus depuis le flanc de la montagne, quelques centaines de mètres plus haut : quatre frêles cônes de lumière tournant de-ci, de-là, avalés par la nuit noire. Je me disais que j'étais un plongeur marchant au fond de l'océan. C'était l'aventure, et en même temps un moment douillet. Je sentais que j'aurais pu continuer toute la nuit. Elle était de retour, la douce euphorie.

Toutes les sensations de nos randonnées étaient là. Il y avait une personne nouvelle, que ni Henrik ni moi ne connaissions, mais sa présence n'avait en rien rompu nos équilibres. Dès l'instant où nous avions commencé à marcher, tout s'était normalisé. Et j'étais forcée de le mettre au crédit de Jacob. Depuis le début de la randonnée, il semblait dans l'ensemble à l'écoute et détendu. Dans son élément.

À l'approche du bout du lac, le terrain a changé, en pire. La bande du rivage a disparu, il n'était plus possible de suivre le bord de l'eau. Le gravier est devenu pierrier, puis chaos rocheux et, bientôt, nous nous sommes retrouvés à marcher dans un paysage lunaire impraticable, où il était pénible de trouver un passage en n'y voyant qu'à quelques mètres dans le halo de nos frontales. Jacob n'avait pas été tout à fait honnête sur la difficulté et la durée de la randonnée. Ou bien il avait oublié les détails de son précédent passage.

Il était presque minuit quand nous avons enfin atteint l'extrémité du lac et pu nous arrêter pour camper. Une humidité froide semblait monter de l'Alajavrre : dès qu'on cessait de marcher, on commençait à geler. Dans un noir d'encre et sur un terrain rocheux, il a aussi fallu un bon moment pour trouver où monter la tente. Henrik et Milena étaient trop fatigués pour nous aider, aussi Jacob et moi nous en sommes chargés. Nous avons fini par trouver un site convenable, où nos deux tentes logeaient, assez proches l'une de l'autre.

Nous avons appelé Henrik et Milena dans le noir pour qu'ils nous rejoignent. Henrik était mort de fatigue et avait tellement froid qu'il claquait des dents. Peu de mots ont été échangés pendant que nous montions la tente, gonflions nos matelas ultra-légers et déroulions nos sacs de couchage. Henrik s'est brossé les dents juste à côté de la tente et s'est aussitôt blotti dans son duvet. J'étais aussi terriblement fatiguée, mais me coucher avec les vêtements trempés de sueur à présent glacée et qui me collaient à la peau n'était pas une option. J'ai donc fouillé mon sac à la lueur de ma frontale, sorti des sous-vêtements propres et secs, ma serviette et ma trousse de toilette et suis descendue jusqu'au lac.

Il fallait grimper sur des rochers jusqu'au bord de l'eau. J'ai ôté mes sous-vêtements thermiques et ma culotte, suis entrée pieds nus dans le lac, me suis aspergée, et les mains en coupe j'ai lavé mon visage et mon cou. Je me suis séchée et changée. Quel plaisir d'enfiler des chaussettes de laine propres et sèches !

À mon retour aux tentes, tout était déjà éteint et silencieux chez Jacob et Milena. Le zip de la fermeture éclair a déchiré le silence comme un coup de couteau quand j'ai ouvert notre tente. Je m'y suis glissée à quatre pattes et fourrée dans mon duvet. Henrik dormait déjà.

Ces bruits et ces odeurs dont je me souviens de ma petite enfance, quand mes frères et moi campions dans lc jardin : la toile de la tente qui claque et tremblote à la moindre brise, l'odeur du tapis de sol en plastique renforcé. Mon corps était endolori, mais d'une façon agréable, et il pouvait à présent se reposer. J'avais chaud, j'étais au sec. Mes pensées dérivaient librement et, bientôt, j'ai plongé dans un profond sommeil.

Ça pourrait bien être notre meilleure randonnée.

Voilà ce que j'ai pensé juste avant de m'endormir.

Les dieux de la météo étaient toujours avec nous le lendemain matin. Le soleil brillait, l'air était léger, clair et frais. La rosée scintillait encore dans l'herbe et sur les rochers. J'avais beau m'être couchée la dernière, j'étais la première levée. J'avais dormi d'une traite, j'avais le corps un peu raide par endroits, mais sinon je me sentais bien.

Je suis allée chercher de l'eau au lac, j'ai allumé le réchaud et commencé à préparer du porridge aux myrtilles séchées pour le petit déjeuner. Tandis que je sortais des galettes de seigle et des tartinades en tube, ça a commencé à bouger dans la tente voisine. Milena est sortie en rampant par l'ouverture et s'est étirée en bâillant.

« Bonjour, ai-je lancé. Bien dormi ?

– Comme ci comme ça, en fait. Notre tente n'était pas exactement à l'horizontale. Je me suis réveillée genre huit fois le visage contre la toile. Mon Dieu, ce que j'ai le dos raide. »

Jacob est bientôt sorti nous tenir compagnie. À son tour, il a bâillé fort en s'étirant. Milena l'a serré dans ses bras. Jacob était taciturne, sans doute pas encore tout à fait réveillé, mais semblait de bonne humeur. Chaque fois que nos regards se croisaient, il souriait.

Nos voix autour du réchaud avaient réveillé Henrik, qui s'est extirpé de notre tente à quatre pattes. J'ai tendu mes bras vers lui pour un câlin du matin. Il m'a rejointe et posé un bras sur mes épaules, sans trop de conviction, m'a-t-il semblé.

« Tu as bien dormi ?
– Ça va », a-t-il répondu d'une voix sourde.

Henrik lui aussi est demeuré peu bavard durant le petit déjeuner, mais contrairement à Jacob, il ne respirait pas la paix et l'harmonie, on aurait plutôt dit que ses pensées étaient ailleurs, qu'il ruminait quelque chose. Il était parfois comme ça. Il disparaissait dans des réflexions maussades. Je savais inutile de lui demander à quoi il pensait, il ne le dirait jamais. D'habitude, au bout de quelques heures, il arrêtait, et son expression s'éclairait à nouveau, aussi n'y ai-je pas fait trop attention. Mais c'était une face de sa personnalité que j'ai du mal à accepter. Peut-être parce qu'elle m'est tellement étrangère. Il m'arrive à moi aussi de perdre mon calme, je peux être vraiment en rogne et crier sur les gens, mais ça passe vite, et je vais de l'avant. Je ne vois pas l'intérêt de ressasser des événements. Regretter... oui, c'est possible. On peut analyser une situation et penser : « là, j'aurais dû faire autrement ». Mais après, on tourne la page et on continue.

Chez lui, j'avais aussi l'impression que ça empirait avec l'âge. Était-il déjà comme ça quand nous nous sommes mis en couple, il y a dix ans ? Non. Ce trait de caractère était sans doute présent à l'origine, mais pas aussi marqué.

Ou alors c'était la décision de la veille, de continuer à marcher alors qu'il avait dit vouloir s'arrêter, qui lui restait en travers de la gorge. C'était un principe tacite, mais clair, pendant nos randonnées : c'était au plus fatigué de décider quand faire étape. Hier, nous l'avions enfreint. D'un autre côté, il avait paru de meilleure humeur dès que nous avions commencé à marcher au bord du lac.

Peut-être avait-il juste mal dormi ?

« Comment tu te sens, Henrik ? » a demandé Milena.

Il a haussé les épaules.

« Ça va.

– Tu n'es quand même pas déjà au bout du rouleau ? a demandé Jacob en lui souriant.

– Non.

– Je croyais que vous aviez beaucoup randonné en montagne ?

– C'est le cas », ai-je dit.

J'ai posé ma main sur celle de Henrik, avant de reprendre : « Henrik râle parfois, mais il est coriace comme une vieille semelle. » Mon ton était léger, mais j'ai vu tout de suite que Henrik le prenait mal. Jacob ne percevait pas ce genre de signaux, ou alors les voyait mais s'en fichait.

« Une semelle, je ne sais pas, mais vieux et coriace, ça m'en a tout l'air », a-t-il plaisanté.

Il m'a regardée, cherchant mon approbation, cherchant à se liguer avec moi contre Henrik. Je me suis tout de suite sentie mal à l'aise.

« Jacob..., a fait Milena.

– Pardon. Je blague, quoi, désolé. Il y a un lézard ? » Jacob a regardé Henrik.

« Non, non », a répondu Henrik, de la même voix sourde.

Je me suis levée.

« Bon, allez, on plie bagage et on y va. »

Jacob a suivi mon mouvement. Milena s'est proposée pour aller faire la vaisselle des gamelles et de la casserole. Henrik et moi sommes retournés dans notre tente, avons sorti duvets et matelas que nous avons commencé à rouler et ranger dans leurs sacs. Je lui ai pris le bras et dit à mi-voix :

« Pardon, c'était une remarque débile. Hein ?

– Mm.

– Henrik ? Tu es sûr que ça va ?

– Oui, oui, ça va. »

Nous avons roulé et rangé la tente, en silence, et je savais que ça n'allait pas du tout. Je me suis dit que ça s'arrangerait une fois en route.

Bientôt, nous avons pu nous remettre en marche. Nous

nous trouvions au pied du Nuortap Rissavarre et prenions un peu de hauteur pour éviter au mieux le chaos des rochers au bord du lac. Le soleil montait dans le ciel, et il faisait plus chaud de minute en minute. Le Sarek s'est alors dessiné sous nos yeux, plus proche à présent et encore plus grandiose qu'auparavant. La montagne descendait en terrasses et crêtes jusqu'au lac Alggajavrre. Ses eaux étaient d'un turquoise presque irréel. Au-delà, l'Alggavagge s'étendait vers le cœur du Sarek, une étroite vallée en U avec des montagnes à pic de part et d'autre. Côté sud, les sommets s'alignaient, semblables à des vaches géantes baissant la tête pour boire dans leur abreuvoir. À quelle distance était le lac ? À quelle distance, la dernière montagne au fond de la vallée ? Des dizaines de kilomètres, sans doute, mais impossible à dire : devant ce spectacle majestueux, on perdait toute notion de proportion.

De l'autre côté du lac, un peu en hauteur à flanc de montagne, j'ai aperçu un petit bâtiment. Une chapelle où on célébrait la messe une fois par an, au cœur de l'été, m'a expliqué Jacob. Je ne suis pas très portée sur la religion, mais je concevais qu'une cérémonie à cet endroit devait être une expérience très particulière. Même moi, je me sentais recueillie et humble devant la nature.

Jacob et moi avons suivi une longue crête qui descendait vers le côté sud du lac, et nous sommes bientôt arrivés devant le premier défi de taille de notre randonnée : la traversée à gué de l'Alep Sarvesjåhkka. Nous devions le traverser pour rejoindre la rive sud de l'Alggajavrre. C'était un torrent assez large, le courant était fort. Des pierres dépassaient ici et là à la surface, mais impossible d'évaluer la profondeur au milieu. Là où nous étions, la traversée à pied semblait impossible.

Nous avons attendu Henrik et Milena, qui nous ont rejoints sans se presser. Ils étaient plongés dans une conversation qu'ils ont interrompue en s'approchant. Henrik était déjà bien essouflé, ses cheveux collaient sur son front en mèches humides. Milena et lui ont pu souffler un peu tandis que je faisais circuler des raisins secs et des cacahuètes.

« Il y a plus d'eau que je ne pensais, a dit Jacob. On va suivre le torrent : d'habitude, c'est plus facile de traverser là où il se jette dans le lac. »

Nous avons continué groupés le long de l'eau, en sautant de touffe d'herbe en touffe d'herbe. Le sol était par endroits très marécageux et nous pataugions dans ce qui ressemblait à une rizière. Mais Jacob avait raison : là où le *jokk* débouchait dans l'Alggajavrre, il se divisait en plusieurs bras séparés par des bancs de gravier. Les pierres affleurant à la surface étaient nombreuses, ce qui signifiait moins de fond. Mais le débit restait important, et il y avait un bras central dont la profondeur était toujours difficile à déterminer. Le torrent grondait tellement qu'il nous fallait hausser la voix pour nous entendre.

Jacob a ôté ses chaussures de marche et ses chaussettes et enfilé une paire de tennis.

« Je passe en premier pour reconnaître le passage, a-t-il indiqué tout en détachant les sangles de taille et de poitrine de son sac. Défaites toutes vos sangles : si vous tombez à la renverse, il faudra vous débarrasser du sac, sinon vous risquez de rester coincé sous l'eau. C'est très dangereux. Essayez de ne pas marcher sur les rochers, mais sur le fond. Même si c'est profond. » Il a sorti de son sac une paire de bâtons télescopiques et nous a regardés, Henrik et moi : « Vous avez des bâtons ? » Nous avons tous les deux secoué la tête. Jacob a repris :

« OK, on vous prêtera les nôtres. Je passe en premier et je vous les envoie. Souvenez-vous de toujours garder trois points d'appui dans le torrent. Pied-pied-bâton, ou bâton-bâton-pied. On ne lève pas en même temps pied et bâton. Vous suivez ?

– Yes », ai-je dit. Henrik a hoché la tête en déglutissant, l'air sombre.

« Très bien, a dit Jacob, alors on y va. » Il a noué les lacets de ses chaussures de marche, les a pendues à son sac à dos, puis s'est avancé dans le torrent.

« Ah putain ce que c'est froid… On ne s'habitue jamais à cette saloperie », se plaignit-il. Il était pieds nus dans ses tennis. Les premiers bras du torrent ont été facilement franchis. À l'aise, Jacob sautait dc banc de gravier en banc de gravier, appuyé sur ses bâtons. À un moment, il a grimpé sur un rocher. Il s'est retourné et nous a lancé en ricanant :

« C'est juste pour vous montrer ce qu'il ne faut pas faire ! » Il a continué à avancer, jusqu'au bras central. Il faisait quatre ou cinq mètres de large, et on ne voyait aucun rocher émerger en son milieu. Ce n'était pas bon signe.

Avec calme et méthode, il s'est avancé pas à pas dans le fort courant. À présent, il suivait à la lettre son propre conseil d'avoir toujours au moins trois points d'appui au fond. De l'eau par-dessus les chaussures, à mi-mollet, jusqu'au genou… De puissants tourbillons se formaient là où ses jambes perçaient la surface de l'eau. Lentement, en se reposant un peu entre chaque pas, il est arrivé au milieu du torrent. L'eau lui montait à présent un peu sur la cuisse. Et Jacob était grand, j'ai alors réalisé que, pour nous autres, l'eau arriverait presque à la taille.

Encore deux pas et le pire était derrière lui, le fond remontait. Il s'est retourné et a lancé ses bâtons sur le banc de gravier de notre côté du bras central. Puis il est ressorti de l'eau. Quelques bras du torrent le séparaient encore de l'autre rive, mais ils semblaient faciles à traverser et il avait visiblement l'intention de nous attendre au niveau du bras central. Les mains en porte-voix, il a lancé, par-dessus le grondement du courant :

« Milena ! À toi ! »

Milena semblait effrayée, mais elle est parvenue sans

encombre au bras central. Là, elle s'est immobilisée. Elle fixait l'eau qui se déversait devant elle en respirant profondément.

« Allez, Millan, tu vas gérer ! lui a lancé Jacob. Vas-y ! »

Elle est entrée dans l'eau en hésitant, un pas après l'autre. Je voyais le courant lui tirailler les jambes. L'eau lui arrivait aux genoux. Et là, Milena a flanché. Elle a regardé Jacob, sur l'autre rive, en remontant les épaules de découragement.

« C'est bien, ma vieille, continue comme ça !

– Mais non, ça ne va pas ! » Milena semblait paniquer. « Il y a trop de courant, merde, mes pieds sont emportés.

– Non, ça va bien se passer, a tenté Jacob pour la rassurer. Utilise le poids de ton corps, enfonce le pied dans le courant. Assure tes appuis sur les bâtons. »

Elle a essayé plusieurs fois de soulever le pied pour le poser plus loin dans le courant, mais la puissance de l'eau semblait l'effrayer.

« Impossible... » a-t-elle gémi. Jacob, sans ses bâtons, est revenu sur ses pas dans le torrent. La force de l'eau l'a fait vaciller, mais il a gardé son équilibre. Il est bientôt arrivé au milieu du torrent, avec l'eau glacée qui lui déferlait jusqu'en haut de la cuisse, la main tendue vers Milena. Elle hésitait toujours.

« Allez, vas-y, bon sang, a fini par lancer Jacob, je me les gèle ! » Milena a inspiré à fond, a avancé d'un pas, attrapé sa main, l'eau lui est montée jusqu'à la taille et elle a poussé un cri. Ils sont restés un moment immobiles au milieu du torrent, puis pas à pas sont remontés sur l'autre rive.

Le soulagement de Milena en sortant enfin de l'eau était énorme. Elle a poussé un grand soupir et s'est fendue d'un large sourire. Jacob et elle se sont enlacés et embrassés en se disant quelque chose que le bruit de l'eau m'a empêchée d'entendre.

J'avais moi aussi mis mes tennis, et comme Henrik était encore occupé à délacer ses chaussures de marche, je suis entrée dans l'eau.

Mon Dieu ce que c'est froid.

L'eau de glacier m'a recouvert les pieds, et je ne pouvais pas contredire Jacob : impossible de s'habituer à un froid pareil. On peut se tremper dans la mer au printemps, il fait un froid de canard, mais quand on l'a fait deux ou trois fois, le corps s'acclimate et on peut nager quelques brasses. La sensation de froid se stabilise à un certain niveau. Mais traverser à gué un torrent de montagne, c'est une tout autre histoire. Le froid ne s'estompe pas au bout de quelques secondes, mais se mue en pure douleur. Ça fait sacrément mal, jusqu'à la moelle. Et assez vite, le corps commence à se raidir et s'engourdir. On porte le froid comme un vêtement trop petit qui serre de partout et empêche de se déplacer normalement.

Je suis arrivée au bras central, et j'ai ramassé les bâtons de Jacob sur le banc de gravier. J'ai ajusté leur longueur et je me suis avancée dans l'eau. Je ne sentais déjà plus mes pieds. Avant chaque pas, je me concentrais pour bien placer mon centre de gravité afin de pouvoir tâtonner avant de poser mon pied au fond. Si on marchait sur une pierre branlante, c'était fichu, on finissait à coup sûr à l'eau. Les tourbillons montaient de plus en plus haut sur ma cuisse. Je comprenais l'hésitation de Milena. L'eau avait une force colossale, elle me tiraillait les jambes, voulait me faire perdre l'équilibre et m'emporter. À chaque pas, je m'enfonçais plus profondément dans le rapide. Je me trouvais à présent les deux pieds et les deux bâtons au fond, et je ne savais pas si j'oserais jamais lever encore un pied. Jacob et Milena me regardaient attentivement. Jacob a fait quelques pas vers le bord de l'eau pour venir m'aider moi aussi.

Non. Je ne vais pas te faire ce plaisir.

J'ai inspiré à fond, plié un peu les genoux en gainant mon corps, et j'ai continué. Encore trois pas décidés, puis j'ai senti la profondeur s'amenuiser. J'avais réussi. Les derniers pas jusqu'au bord étaient un jeu d'enfant. Milena et Jacob ont applaudi.

« Bien joué, petite ! »

Jacob a levé la main en *high five*, je n'ai pas pu m'empêcher de sourire et de claquer la mienne sur sa paume. Milena l'a imité, mais son attention s'était déjà portée vers Henrik. Il venait d'enfiler sa deuxième tennis, et tenait une chaussure de marche dans chaque main.

« Tu vas y arriver, Henrik ! a-t-elle lancé.

– Mais attache tes chaussures autour de ton sac ! » a crié Jacob.

Mais Henrik n'a pas écouté ses conseils, ni même levé les yeux. Totalement concentré, il a traversé les bras les moins profonds du torrent, lentement et prudemment.

« Ça se présente bien, chéri ! » ai-je lancé.

Il était au bord du bras principal. Jacob a ramassé ses bâtons, que j'avais laissés par terre, s'est approché du torrent et les a jetés à Henrik.

« Balance tes chaussures ! » a crié Jacob. Cette fois, Henrik l'a écouté et a fait ce qu'il disait. Ses chaussures ont volé et atterri sur le banc de gravier où nous étions. Puis il s'est avancé dans l'eau, lentement et à tâtons, comme nous.

Juste avant le milieu, il s'est arrêté net. Henrik a semblé désemparé, regardant en aval et en amont, comme pour chercher un autre chemin qu'aucun de nous n'aurait trouvé, mais naturellement il n'y en avait pas.

J'ai vu qu'il avait peur. Sa posture et l'expression de son visage me le disaient. Il serrait les bâtons à s'en faire blanchir les phalanges. Milena, qui le connaissait presque aussi bien que moi, le voyait aussi.

« Il faudrait que tu l'aides », a-t-elle murmuré à Jacob.

Il a crié :

« Attends, mec ! Les secours arrivent ! » Et il est retourné à l'eau. Je suis sûre que Henrik l'a vu du coin de l'œil, même sans lever le regard. Et l'humiliation d'avoir besoin de l'aide de Jacob pour traverser était trop grande, alors au lieu de l'attendre, Henrik a avancé d'un pas, et d'un autre, et encore un et je ne sais s'il a marché sur une pierre branlante ou si le courant a juste été trop fort, mais il a perdu l'équilibre et il est tombé.

Milena a poussé un cri et je me suis précipitée dans le torrent.

Un instant Henrik et son sac à dos ont disparu sous la surface. Il s'est à moitié relevé, bouche bée sous le choc de l'eau glaciale, mais le courant lui a fait à nouveau perdre l'équilibre et l'a traîné en arrière parmi les rochers. Le torrent l'a vite emporté, en quelques secondes il était dix ou quinze mètres en aval. Là, il a retrouvé un appui et a tenté de se relever, pour tomber à nouveau à la renverse. Comme il y avait un peu moins de fond, il n'a pas été entraîné plus loin.

Je me suis dépêchée de le rejoindre, j'ai attrapé le col de son blouson d'une main et son sac de l'autre. Je l'ai tiré, traîné, et côte à côte nous nous sommes hissés sur le banc de gravier. Henrik avait toujours les poings crispés autour des bâtons de Jacob. Il a mis une minute pour reprendre son souffle, puis nous avons continué, franchi sans difficulté les bras restants et pris pied sur l'autre rive du *jokk*.

Henrik s'est débarrassé de son sac à dos dégoulinant d'eau, et s'est affalé dans l'herbe. Il a envoyé balader ses tennis, s'est couché sur le dos et a commencé à enlever son pantalon. Milena l'a aidé en tirant dessus. Pour ma part j'étais occupée à ôter mes propres vêtements que j'avais largement trempés en pataugeant dans le torrent.

Heureusement, le soleil brillait encore dans un ciel sans nuage. Nous avions au moins une chance de réussir à nous sécher et nous réchauffer. Avec un autre temps, nous aurions été condamnés à finir la randonnée gelés et grelottants pour le reste de la semaine.

« Tu aurais dû attendre, je venais t'aider », a dit Jacob, quelques mètres plus loin. Henrik n'a pas répondu.

« Tu pourras m'emprunter des vêtements en attendant », ai-je dit en ignorant également Jacob.

« Tu n'avais pas défait les sangles de ton sac ? a-t-il continué.
– Si, a lâché Henrik avant de se tourner à nouveau vers moi. On va casser la croûte, non ? Peut-être que les vêtements auront le temps de sécher pendant le déjeuner. »

Mais Jacob n'avait pas fini.

« Ça aurait pu très mal tourner. Si tu t'étais cassé le pied ou cogné la tête. On aurait été forcés d'annuler toute la randonnée. On n'avait pas besoin de ça.

– Oui, mais ce n'est pas ce qui s'est passé, a murmuré Henrik en se levant.

– Tu pourrais peut-être lui prêter des vêtements ? » a suggéré Milena à Jacob.

Jacob n'a pas répondu, il s'est juste détourné.

Henrik a fait l'inventaire de son sac pour bientôt constater qu'il ne lui restait de sec que les chaussures qu'il avait lancées par-dessus le torrent. Avec un sac à dos plus moderne, ça aurait pu être moins grave, mais son modèle avait déjà beaucoup d'heures de vol. Le pire était que son portable était noyé et refusait de redémarrer. Certes, il n'y avait pas de réseau au Sarek mais il avait l'intention de prendre des photos et de filmer, il avait même acheté une carte numérique du Sarek qu'il avait téléchargée sur son téléphone. Tout cela avait à présent disparu.

J'ai à nouveau éprouvé une pointe d'irritation. Je lui avais rappelé de mettre son portable dans un sachet étanche. Je lui en avais même donné un. Évidemment, il l'avait oublié.

Milena a sorti le réchaud et s'est mise à préparer le déjeuner. C'était plus tôt que Jacob l'avait prévu, mais après l'épreuve de la traversée de l'Alep Sarvesjåhkka, nous avions tous besoin de quelque chose de chaud dans le ventre. Aujourd'hui, ce serait plat cuisiné lyophilisé. Jacob n'a pas protesté, mais semblait contrarié.

Henrik et moi avons mis nos vêtements mouillés à sécher sur des rochers et des petits buissons de saules. J'ai enfilé des vêtements secs et Henrik a essayé un de mes maillots de corps, mais il était trop profilé et moulant et lui allait tellement mal que c'en était comique. Même Jacob, tout grognon qu'il était, n'a pu s'empêcher de sourire. Il a prêté un de ses T-shirts à Henrik – bien trop grand.

Nous avons déjeuné. La tension et la mauvaise humeur se sont peu à peu dissipées. Jacob a plaisanté : Henrik devait être très propre sur lui, pour tenir à ce point à prendre un bain avant le déjeuner. Nous avons tous souri, même Henrik.

Après le repas, nous nous sommes couchés sur le dos dans l'herbe pour nous reposer un moment. C'était le milieu de la journée, le soleil chauffait agréablement. Quelques taons bourdonnaient au-dessus de moi, points noirs tournoyant sur fond de ciel bleu, mais ils ne me gênaient pas.

« Puis-je faire une remarque ? » a demandé Jacob. Lui aussi couché dans l'herbe, il s'était redressé sur le coude.

« Hein ? » a répondu Milena, ensommeillée. Couchée sur le ventre, le bras sous la joue, elle fermait les yeux.

« Nous sommes à présent dans le Sarek, mesdames et messieurs. »

Nous avons digéré l'information. Puis j'ai pris une voix un peu soucieuse.

« Non, je ne sais pas… Nous aurions peut-être dû aller malgré tout à Abisko. »

Il a fallu quelques secondes à Jacob pour comprendre que je plaisantais. Quand je l'ai regardé en souriant, il a eu l'air complètement perdu, presque offusqué, comme un enfant grondé. Milena est accourue à sa rescousse avec un sourire en coin démonstratif.

« Ah, ah, ah, ouais, c'est ça », a-t-elle lâché.

Je me suis redressée sur mon séant en indiquant l'Alggavagge, la vertigineuse vallée en U vers laquelle nous nous dirigions.

« Je trouve tout ça plat et ennuyeux. »

Jacob a souri et s'est détendu.

« Il y en a qui font la fine bouche, à ce que je vois. »

Je me suis levée, et en me dirigeant vers le réchaud, je suis passée devant lui. Je lui ai fait une rapide tape sur l'épaule.

« Je blague, ça a l'air pas mal, pas mal du tout. » Il a levé le regard vers moi. Ses yeux bruns brillaient à nouveau.

« On prendra bien un café avant d'y aller ? » ai-je proposé en attrapant la cafetière.

Notre entrée dans le Sarek avait été laborieuse. Mais à présent, tout allait mieux se passer, j'en étais persuadée.

Nous avons continué sur la rive sud de l'Alggajavrre. D'épaisses broussailles de saules grimpaient du bord de l'eau et s'étendaient jusqu'à flanc de montagne. Par endroits, elles atteignaient la hauteur de nos visages. Des sentiers, probablement tracés par des rennes, parcouraient la végétation et serpentaient de-ci, de-là, traversés par des racines et des branches basses. Nous avions l'impression de nous frayer un passage à travers une haie large de plusieurs centaines de mètres, poussant par-dessus le marché sur un versant très pentu. Par endroits, un *jokk* avait profondément creusé la roche, et il fallait descendre un ou deux mètres à pic puis remonter d'autant de l'autre côté. Le Sarek semblait protéger jalousement ses secrets.

Au bout d'une heure, les broussailles se sont éclaircies et la marche est devenue plus facile. L'Alggavagge se présentait devant nous comme une gigantesque gouttière. Quelques kilomètres plus loin, nous apercevions la majestueuse paroi presque verticale du Härrabakte s'élever vers le ciel. Neuf cents mètres du fond de la vallée au sommet.

Arrivés à l'embouchure de Niejdariehpvagge, une vallée étroite qui descendait de la montagne sur notre droite, nous avons fait une pause, mangé des barres énergétiques et rempli nos gourdes dans un ruisseau. Nous allions à présent remonter la vallée : c'était le dénivelé le plus raide de toute la randonnée.

Jacob et moi avons comme d'habitude pris la tête. J'ai bientôt trouvé mon rythme, et nous grimpions d'un pas régulier.

Au bout d'une demi-heure, je me suis retournée vers la vallée. J'embrassais toute l'Alggavagge du regard, jusqu'aux sommets enneigés de l'autre côté, à plusieurs kilomètres. Henrik et Milena étaient déjà loin derrière, mais ni Jacob ni moi n'avions envie de les attendre. Nous étions échauffés et avions trouvé un tempo qui nous plaisait. Ils nous rattraperaient plus loin.

« Alors comme ça, vous vous êtes rencontrés sur internet ? ai-je dit quand nous sommes repartis. Milena et toi.

– Oui », a lâché Jacob. Il n'avait pas l'air d'avoir particulièrement envie d'en parler, mais j'ai insisté.

« Ça fait bientôt dix ans que je suis avec Henrik, alors je n'y suis pour ainsi dire jamais allée. Enfin, bien sûr, j'ai dû essayer une appli de rencontre quand j'avais vingt ans, mais rien de sérieux.

– Bon, tu vois… a commencé Jacob. J'ai fréquenté beaucoup de filles, hein, beaucoup de relations, la plupart du temps, je les rencontrais au bar, ou par l'escalade, tu sais, les intérêts communs.

– Mm. Mais il paraît qu'internet est le plus courant, aujourd'hui.

– Peut-être, je ne sais pas. Mais j'ai sans doute éprouvé le besoin d'essayer autre chose. Trouver quelque chose de plus profond. Alors j'ai testé ça.

– Et ça s'est donc bien passé, ai-je commenté en souriant.

– Milena est une fille super. »

Il y avait dans sa façon de le dire quelque chose de légèrement dépréciatif. « Une fille super », c'est souvent ce qu'un mec dit d'une fille après avoir rompu avec elle. Une fille qu'il aime bien et qu'il respecte, mais dont il n'est pas amoureux.

« Ça, c'est bien vrai, ai-je renchéri. Il n'y a pas mieux.

– On verra bien ce que ça donne. Nous sommes très différents pour certaines choses.

– C'est bien d'être différents. De se compléter plutôt que d'être en concurrence.

– Peut-être, a dit Jacob. Dans certains cas.

– Mais est-ce que… tu n'as pas été marié, eu des enfants, tout ça ?

– Non, putain. Non, non.

– Tu n'as donc pas trois gosses à entretenir à Helsingborg ?

– Pas que je sache, a souri Jacob. Mais figure-toi qu'une fois, j'ai été impliqué dans une affaire de paternité. Avec test ADN et tout le cirque. Mais il n'était pas de moi.

– Tu as eu chaud, alors ?

– Oui, c'est un peu ça. » Il a continué, plus sérieux : « Mais je ne… je veux dire, si je trouve la bonne, je suis prêt à me caser. C'est clair. Avec la bonne personne, c'est parti pour les enfants, le pavillon et le toutou. Tout le toutim.

– À ce point ? » ai-je glissé. Il avait commencé à parler de lui, je ne voulais pas l'interrompre.

« Mais oui, je suis comme ça, ce que je fais, je le fais à cent pour cent. Il n'y a pas de demi-mesure. Si j'escalade, j'escalade. Je le fais à fond. Si je voyage, je voyage jusqu'au foutu bout du monde. Tu vois ?

– Je vois.

– Et si je fonde une famille, je fonde une famille. Et je suis là pour mes proches le reste de ma vie. Mes enfants auront tout autre chose que ce que j'ai eu. »

Jacob parlait un peu comme s'il participait à un programme de téléréalité. J'ai soudain regretté que Henrik ne soit pas là pour entendre son laïus, je savais que nous aurions échangé un regard à la dérobée en pensant la même chose.

Dans le mille, Jacob.

« Alors pour toi, qu'est-ce que c'est un bon papa ? » ai-je demandé.

Il a tardé à répondre, pendant quelques secondes on n'a

plus entendu que nos respirations, le ballottement des sacs et le bruit des chaussures sur le sol. Hésitait-il à raconter ? Était-ce devenu trop personnel ?

« Pour être honnête, je n'en sais rien, a-t-il fini par répondre. Mon paternel s'est barré avant même ma naissance.

– Aïe.

– Ma mère a eu toute une tripotée de petits amis, certains n'étaient pas trop mal, mais ça ne durait jamais bien longtemps. Ils ne supportaient pas maman, alors ils se tiraient.

– Ah ?

– Et il ne lui restait plus que moi pour se défouler.

– Ça a dû être dur..., ai-je dit du ton le plus compatissant possible.

– Elle avait des troubles mentaux. Je l'ai compris assez jeune. Qu'elle n'était pas comme il fallait. J'ai habité un temps dans des familles d'accueil, quand j'avais sept, huit ans. C'est sans doute l'école qui avait donné l'alarme.

– Mais ensuite, elle a récupéré la garde ?

– Oui. Elle avait des hauts et des bas. Il lui arrivait parfois de se ressaisir. Mais elle avait... elle souffrait de collectionnite. Alors chez nous, le sol était jonché de piles de journaux et autres, tout un bric-à-brac... Il ne restait que d'étroits passages pour se faufiler d'une pièce à l'autre. Je n'ai jamais invité de copains à la maison. Jamais. Pas une seule fois en neuf ans d'école. Ma pire crainte était que maman apprenne qu'il y avait une réunion parents-profs et qu'elle s'y rende. Une fois, elle avait reçu une convocation, mais je lui avais expliqué qu'elle était annulée parce que le maître avait la grippe. Elle avait marché, heureusement. »

Tandis que Jacob racontait, son assurance était comme balayée. Il semblait triste. Je ne pouvais pas faire autrement que de compatir avec le petit garçon qui avait honte de sa mère et de ses problèmes psychiatriques.

« Ça dû être horrible.

– C'était dur.

– Mais… Tu n'avais aucun adulte vers qui te tourner ?

– J'avais un bon prof au collège, Tony. Il comprenait un peu, mais pas tout. Alors parfois, le week-end, je pouvais rester avec lui et sa famille. On allait à la pêche, tout ça. Je ne connaissais rien de mieux. Et il a veillé à ce qu'il y ait une nouvelle enquête des services sociaux. Enfin, en y réfléchissant, par la suite, je me suis dit que ça devait venir de lui. Mais… ma mère a fait gaffe. Elle a fait le ménage de l'appartement pour l'occasion, tout ça. Ils n'ont pas dû trouver ça assez grave.

– Mon Dieu, Jacob…

– Je me souviens d'une fois, je devais avoir six ans ou quelque chose comme ça. J'étais très en colère à cause de je ne sais plus quoi, et j'ai dit "merde". Alors maman m'a traîné aux toilettes et m'a envoyé une giclée de Canard WC dans la bouche. Après, elle a voulu me la récurer avec la brosse des cabinets, mais ça n'entrait pas dans la bouche, alors elle s'est mise à me battre.

– Mais quelle horreur ! »

Jacob a souri de travers.

« C'était un peu dingue, parfois. »

Nous avons continué à marcher en silence un moment. Puis je lui ai demandé :

« Tu as gardé contact avec elle ?

– Elle est morte. Mais je ne passe pas mon temps à fleurir sa tombe, si tu veux tout savoir. Quand je me sens un peu déprimé… » Il n'a pas fini sa phrase.

« Oui ?

– Non, ça peut sûrement sembler ridicule. Mais quand je pense à mon enfance, je me dis que je m'en suis quand même pas mal sorti dans la vie. Et surtout, je ne dois rien à personne.

– Non… Je comprends.

– Mon Dieu, ce que je cause… » Il s'excusa d'un sourire. « Maintenant, tu en sais bien plus sur moi que Milena.

– Ah oui ? Ce n'était pas pour fouiner.

– Non, mais ça fait du bien de raconter. Avec toi, je peux parler. Je le sens. » Il m'a adressé un long et intense regard, j'ai souri en hochant la tête, mais en éprouvant un léger malaise. Il s'approchait un peu trop près à présent. Je voulais en savoir plus sur lui, mais je n'avais pas prévu que cela prendrait un tour aussi personnel.

« Et toi, ton enfance ? Une petite cuillère en argent dans la bouche, sûrement ? »

Je me suis mise à lui raconter ma propre enfance à Stocksund. Bien contente de changer de sujet pour nous détourner de cette soudaine intimité qui s'amorçait entre nous. Et je me sentais obligée de confier moi aussi quelques souvenirs pénibles, pour être quitte de la description de l'enfance sombre de Jacob.

« En apparence, tout semblait aller pour le mieux, notamment notre situation financière. Papa avait fondé une entreprise avant de la revendre pour une petite fortune. Alors quand j'étais enfant, il était surtout pro des conseils d'administration, à ne traîner qu'avec des magnats de la Bourse et d'anciens hommes politiques, tu vois le genre. Et maman, elle avait une formation de prof d'arts plastiques, mais elle restait s'occuper de la maison.

– Mm.

– Et il n'y a aucun mal à être femme au foyer, bien au contraire, on peut partager les tâches ménagères comme on veut, pourvu que les deux soient d'accord.

– Bien sûr.

– Mais mon père est une personne très dominante. Et maman n'a pas eu le choix, je pense. Elle n'osait pas s'opposer à lui. Aucun d'entre nous n'osait. Toute la famille était en permanence occupée à déchiffrer ses états d'âme. “Super, il est de bonne humeur, chouette, la soirée va être calme.” Mais si on faisait la moindre erreur, ou qu'on n'avait pas 20 de moyenne générale, alors il se fâchait. Ou bien c'était quelque chose qui s'était passé au travail qu'il nous ramenait à la maison. Parfois, on ne savait pas à quoi c'était dû. Et quand il buvait, c'était pire.

– Un sacré salaud.

– Oui, il pouvait vraiment chercher à blesser quand il était d'une humeur de chien. Il ne s'arrêtait pas avant que sa victime soit complètement démolie. Il pouvait tomber sur maman parce que la nourriture n'était pas à son goût, ou parce qu'elle avait grossi, ou qu'elle n'était pas assez dure avec la femme de ménage..., tu vois, n'importe quoi. Et alors il ne s'arrêtait pas avant qu'elle soit en larmes. »

Ma peine et ma colère anciennes bouillonnaient à nouveau dans ma poitrine en parlant de papa. Jacob attendait en silence que je continue.

« Et si on protestait, c'était deux fois pire. Il n'y avait qu'une chose à faire, fermer sa gueule et encaisser. Mais quand nous avions des invités, il était incroyablement charmant et généreux, tout le monde l'adorait. Souvent, je pensais : si seulement vous saviez...

– Il vous battait, aussi ?

– Oui. Ça arrivait. On pouvait recevoir une claque. Quand on était petits, il pouvait nous traîner par le bras à travers le séjour, ce genre de choses. Mais ce n'était pas tellement contre moi, c'était pire pour mes frères. »

Il y a eu un bref silence. Nous continuions à monter sans relâche. Jacob a fini par demander :

« Quel genre de contact avez-vous gardé ? Vous fêtez Noël ensemble, ce genre de choses ?

– Euh... non », ai-je dit en hésitant un peu.

Jusqu'où raconter ? tout ?

STOCKHOLM, JUIN 2010

« Au fait, où est mon vélo ? » demande papa sans lever le nez de son assiette de pâtes.

C'est dimanche, nous sommes dans notre maison de vacances de Värmdö depuis vendredi. C'est le début de l'été, et le week-end a été froid, pluvieux et venteux. Pas une seule fois nous n'avons pu manger dehors, à la grande déception de maman. Mais à part ça, tout s'est passé comme prévu. Mon grand frère Erik est revenu de France, maman a donc invité une vingtaine de personnes à venir le voir à l'occasion d'un week-end à la mer. Henrik et moi, mon petit frère Gustaf et sa copine Ninne, quelques parents et amis proches.

Il ne reste plus qu'Erik, papa, maman et moi. Les parents et amis sont repartis hier après le petit déjeuner, Gustaf et Ninne dans l'après-midi, ils allaient à une fête en ville. Henrik est rentré à Uppsala après le petit déjeuner ce matin, pour travailler.

Nous dînons dans le séjour ouvert sur la cuisine. Chaises en Y et table Carl Hansen, du blanc, des lambris horizontaux aux murs. Parquet en chêne. Maman a eu carte blanche pour décorer la maison de vacances, mais elle savait que c'était une liberté sous contrainte. Papa n'aurait jamais accepté du béton projeté ou toute autre fantaisie à la mode. Il voulait sentir du bois massif sous ses pieds.

Devant la baie panoramique, les pins vacillent au gré du vent. Au-delà de la terrasse et des rochers, on aperçoit la baie. Des crêtes blanches chevauchent les vagues couleur de plomb.

Maman a préparé le plat favori de papa : des spaghettis carbonara avec de l'authentique pancetta, plein de parmesan en copeaux et du poivre noir, exactement comme il l'aime. Et pour couronner le tout, du vin rouge dans de grands verres ventrus.

Quand maman m'a parlé de son projet, il y a quelques semaines, j'ai senti une pointe d'inquiétude au ventre. Erik n'est plus revenu à Stockholm depuis plusieurs années. Et n'a pas revu papa depuis plus longtemps encore. Et voilà qu'ils allaient passer tout un week-end ensemble. Dans la famille, Erik est peut-être celui qui a le plus eu à souffrir des mauvais côtés de papa. Fils aîné, il portait sur son dos des exigences et des attentes particulières. Mais il rencontrait des difficultés à l'école, dues à la dyslexie et à des problèmes de concentration. Je sais que maman voulait le faire examiner, mais pour papa, c'était non, tout net. Ce n'était pas le genre de la famille. Il a posé son propre diagnostic : Erik était paresseux et gâté. Il avait besoin de fermeté, pas qu'on le couve.

« Où est le vélo ? Erik ? » dit papa de sa voix profonde et rocailleuse, qui semble faite pour un discours devant des centaines de personnes. Sur le ton d'une conversation normale, elle ne porte pas vraiment.

Papa s'est acheté une Ferrari, il y a dix ans, quand il a vendu son entreprise et s'est retrouvé soudain avec plus d'un demi-milliard à la banque. Au point mort, elle pétarade de travers comme une vieille mobylette. Ce n'est qu'au-dessus des cent kilomètres heure qu'elle prend comme il se doit un son doux, presque beau.

La voix de papa est comme ce moteur de Ferrari.

Il lève les yeux de son assiette et fixe Erik. Papa a bien soixante ans, ses yeux sont injectés de sang et un peu noyés derrière ses lunettes. La couleur de son visage est plus sombre qu'avant, plus rouge, sur son nez et ses joues son teint tend au violet. Il a grossi, ça se voit au cou, dégagé par le col ouvert de sa chemise, et à son tour de taille. Son cardigan bleu marine à double boutonnage ne parvient pas à le cacher.

Papa boit trop. Bien sûr. Mais ses cheveux restent fournis et ondulent élégamment, les mèches argentées presque invisibles dans le blond. Il ne lésine jamais sur son parfum masculin de luxe, qui forme une aura autour de lui, comme son succès financier et social. Papa est encore une personnalité puissante, toujours au centre de l'attention. Il sait captiver les gens. Il sait être avenant et amusant quand il est d'humeur.

Ce week-end, il a été de bonne composition. Et je comprends maintenant la ruse de maman : inviter beaucoup de monde à dîner, pour que papa et Erik se retrouvent d'abord en présence d'autres personnes, dans la maison de vacances, où chacun se disperse sur le terrain, entre maisons d'amis et chalets. Cela leur a permis de s'éviter quand il le fallait. Pour prévenir le conflit ouvert. Papa se maîtrise en société, modère à la fois sa consommation d'alcool et les misères qu'il fait subir à ses proches.

À présent, maman a l'air fatiguée. Pas étonnant, elle a dû tourner à plein régime tout le week-end. Elle a cinquante ans bien tassés et pèse le même poids qu'à vingt ans. Ses cheveux raides lui descendent jusqu'aux omoplates. Mais je trouve qu'elle fait vieille, remarque que je ne m'étais encore jamais faite. Il est arrivé quelque chose à son visage, son cou, ses mains. Elle porte un fin pull crème en coton qui ne paie pas de mine, sans doute beaucoup plus cher qu'il n'en a l'air. Un collier et quelques bracelets en or. Un jour, elle sera devenue une vieille dame.

Cela fait longtemps que nous n'avons pas été ensemble trois jours d'affilée, c'est peut-être ce qui fait la différence.

Quand nous sommes en permanence les uns sur les autres, elle ne peut pas constamment dissimuler combien elle est usée.

Papa regarde Erik, en attendant une réponse.

« Où est le vélo ? »

Je veux juste m'enfuir, je ne veux pas être là, mais je reste à ma place, bien sûr, le corps complètement raidi.

Que voit papa en regardant Erik ?

Son fils aîné, vingt-cinq ans. Le teint brun-rouge d'être longtemps resté au soleil dans les embruns, une couleur de peau que l'on retrouve chez les cantonniers qui travaillent torse nu tout l'été. Ses cheveux mi-longs ont été autrefois décolorés, il y a longtemps, mais ils ont repoussé depuis ; emmêlées, leurs pointes claires virent au châtain naturel vers la racine. Une boucle à une oreille. Un haut à capuche qui semble fabriqué dans un tissu sud-américain, péruvien peut-être, le genre qu'on achète sur un étal de rue à Majorque quand on a vingt ans et qu'on est fauché. Un pantalon de travail orange à poches multiples. Des chaussettes noires trouées.

Papa voit-il les cernes noirs autour des yeux d'Erik ? Entend-il combien Erik semble triste, même quand il rit ?

Erik n'a jamais fait de crise d'adolescence, il s'est contenté d'abandonner le terrain dès qu'il en a eu l'occasion. Aussitôt après le lycée, il a roulé sa bosse à travers l'Europe comme surfeur et skieur invétéré. Ces dernières années, il a habité Biarritz et travaillé dans un bar. C'est du moins la version officielle. Mais nous avons parlé des heures pendant le week-end, et il semble qu'il a eu un certain nombre d'autres petits boulots, certains moins avouables que d'autres. Il voyage souvent entre la France et l'Espagne. Parfois, il descend jusqu'en Afrique du Nord.

En retrouvant Erik vendredi dernier, j'ai vu qu'il n'avait fait aucun effort vestimentaire, il était habillé exactement comme aujourd'hui. J'ai éprouvé des sentiments contradictoires. L'inquiétude, d'abord : comment papa allait-il le prendre ? La joie, ensuite, car j'y voyais le signe qu'Erik se fichait complètement l'avis de papa, ce qui signifiait qu'il s'en était enfin libéré. C'était ce dont Erik avait le plus besoin, j'en étais certaine. Cesser de se voir dans les yeux de papa.

Aujourd'hui, deux jours plus tard, je n'en suis plus aussi sûre. Peut-être a-t-il tout simplement eu la flemme. Ou ne possède pas d'autres vêtements.

« Tu as emprunté le vélo vendredi, dit papa en le dévisageant. Où est-il ?

– Sans doute dans le garage, dit Erik. Je l'ai remis à sa place. »

Papa s'est tenu à carreau, aussi bien vendredi, quand nous avions beaucoup d'invités, qu'hier, quand il n'y avait plus que Henrik, Gustaf et Ninne. Ou presque. Vendredi, je l'ai entendu glisser à un vieil ami, sur le ton de la plaisanterie, que toutes les grandes familles ont un mouton noir à chaque génération. Ça a aussi été le cas chez les Wallenberg. En fait, plus la famille est respectable, plus le mouton noir s'en détache. Dans une famille ordinaire, les agissements du raté se voient moins.

Erik était à quelques mètres et a tout entendu, mais il a fait comme si de rien n'était.

Papa peut dire des choses pires. Bien, bien pires. Et c'est ce qui se prépare, nous le sentons, maman, Erik et moi. Il s'est retenu tout le week-end, a gardé pour lui toute sa colère et sa frustration, mais à présent nous sommes entre nous, aucun étranger pour nous voir ou nous entendre. Il a beaucoup bu, plusieurs jours d'affilée, il a déjà vidé son gigantesque verre de vin rouge, l'a rempli encore et presque vidé à nouveau, et maintenant elle va sortir, toute la noirceur qu'il porte en lui.

Et tous, autour de la table, nous courbons l'échine. Cette scène, nous ne la connaissons que trop bien. C'est comme si nous nous dirigions vers elle depuis vendredi. Nous sommes venus ici en individus libres, Erik et moi. Les individus que nous avons choisi d'être. Un surfeur, une étudiante en droit. Mais deux jours plus tard, nous voilà malgré tout à jouer nos anciens rôles. Fils, fille, frère, sœur. Un petit monde où papa a le pouvoir absolu.

« Non, il n'est pas au garage, dit papa.

– Mais c'est là que je l'ai remis, papa, dit Erik à voix basse, je te jure. » Il semblait à nouveau avoir quatorze ans.

« Ce vélo coûte 75 000 balles. »

Ces dernières années, papa s'est mis à la mode du cyclisme. Évidemment, il a acheté ce qui se faisait de plus pointu : un vélo si léger qu'il n'est pas autorisé en compétition. Je l'ai vu une fois en maillot moulant partant pour un tour. Le spandex luisant tendu sur son ventre de viveur, deux échasses de cigognes dépassant là-dessous. Les attaches métalliques de ses chaussures spéciales tintaient sur l'asphalte. Casque et lunettes de soleil arc-en-ciel ajustées à la courbure du visage.

J'ai failli éclater de rire.

Mais il aime son vélo, papa, il compte pour lui presque autant que sa Ferrari, et voilà qu'il a disparu.

« Écoute, je ne sais pas ce que je peux te dire de plus..., murmure Erik.

– Tu es allé le fourguer en ville ? demande papa.

– Jan, intervient maman, s'il te plaît...

– Quoi ? dit papa en la clouant du regard. Je n'ai pas le droit de poser une question simple ? Il faut juste qu'il me réponde par oui ou par non.

– D'accord, mais je crois bien l'avoir vu remettre le vélo au garage vendredi.

– Ah, tu crois ça ? » fait papa avec mépris.

J'ai du mal à respirer, mon cœur tambourine dans ma poitrine. C'est maintenant qu'il faut que je défende mon grand frère, que je vienne à son secours. Mais je reste muette.

Mais tu n'as plus treize ans ! Tu es adulte, bordel ! Ressaisis-toi !

Papa fixe à nouveau Erik.

« Est-ce que tu peux répondre à cette question ? Est-ce que tu as fourgué mon vélo en ville ?

– Non, bien sûr que non.

– Comment je peux être sûr de ça ? Erik ? Comment je peux en être sûr, bordel ? » Maintenant, papa hausse la voix, maintenant ça éclate. « Tu as l'air d'un drogué, tu parles comme un drogué. Tu nous as déjà fauché de l'argent. Alors comment je peux croire un seul putain de mot de ce que tu dis ? »

Papa hurle, et sa voix se place enfin, c'est pour ça qu'elle est faite, gronder et tempêter. Maman intervient :

« Jan, s'il te plaît… » Papa se tourne à nouveau vers elle.

« Tu crois que je n'ai pas pigé que c'est toi qui lui as payé son billet de retour ? » Je tente :

« Papa, calme-toi.

– Tout ça, c'est ta faute ! crie-t-il à maman. C'est ta putain de faute ! Il n'a jamais eu à assumer les conséquences de ses décisions ! Il savait à peine marcher qu'il avait déjà appris qu'on pouvait se foutre de tout, et que ça finissait toujours par s'arranger ! Espèce de pauvre connasse !

– Arrête, papa ! » crie Erik, du désespoir dans la voix et, au même instant, le bras de papa part, comme pour un revers au tennis, il frappe Erik en pleine bouche du dos de la main.

« Jaaan ! » crie maman.

Je suis choquée, paralysée, impossible de respirer, je tente de parler mais aucun mot ne franchit mes lèvres.

Erik tâte sa lèvre, il a du sang sur les doigts. Il fait mine de se lever de table, mais papa attrape son bras et le plaque sans ménagement sur son siège.

« Non, tu restes assis, putain ! hurle-t-il. C'est chez moi, on suit mes règles ! On est en train de dîner, alors on reste assis jusqu'à ce que tout le monde ait fini ! »

Erik s'y plie, il reste à table. Il a vingt-cinq ans, mais n'ose pas se lever de table avant que son père ne l'y autorise. Il s'essuie la bouche avec sa serviette, sa lèvre inférieure se met à trembler, il lutte, mais son visage se tord en une grimace et on entend bientôt un bruit qui pourrait être un soupir, mais qui ne trompe personne.

Papa a pris une bouchée dans son assiette, mais il lève à présent les yeux vers Erik tout en mâchant ses spaghettis, l'air presque étonné.

« Mais… tu pleures ? »

Papa se penche vers Erik, regarde attentivement, comme s'il n'en croyait vraiment pas ses yeux. C'est un jeu, bien sûr, cela fait partie de l'humiliation.

« Mon Dieu… » soupire papa. Il s'essuie la bouche et se cale au fond de son siège. Maman tend la main et prend celle d'Erik dans la sienne, elle aussi a les larmes aux yeux. Papa me regarde, l'air presque amusé.

« Mais qui sont ces gens-là ? demande-t-il avec étonnement, en faisant un geste vers maman et Erik. Sommes-nous seulement de la même famille ? D'où vient tout ça ? »

Et je sais que je devrais dire quelque chose. J'essaie vraiment, mais ma langue n'obéit pas. Je reste muette et raide comme un piquet, mon corps s'est figé dans une position légèrement recroquevillée, défensive, je me sens voûtée. J'ouvre la bouche mais aucun mot n'en sort.

J'ai à nouveau treize ans, la fifille à papa, et je ne veux pas qu'il dirige sa colère contre moi.

Je me méprise terriblement en cet instant. Mais je reste muette.

Quelques heures plus tard, Erik et moi nous retrouvons seuls à la cuisine. Nous lavons à la main les grands verres à vin, vidons le lave-vaisselle pour le remplir à nouveau. On entend au loin papa ronfler dans la chambre. Maman est partie faire une longue promenade. À vrai dire, j'ai hâte de partir. Loin de ma trahison envers mon frère.

Ma famille m'avilit. Je veux retrouver ma vie normale, mon identité normale.

Erik m'accompagne dehors. Le vent siffle à la cime des

pins, ils se balancent, à croire qu'ils vont se renverser. Une bruine froide et salée déferle de la mer.

Je pose ma valise. Nous nous serrons dans les bras l'un de l'autre, Erik et moi. Longtemps. Je ne veux pas lâcher. Comme si l'embrasser allait suffire à le rendre heureux.

Il lâche prise le premier.

« Au revoir, frangine, dit-il en souriant, mais ses yeux sont las, tristes.

– Au revoir, Erik, on s'appelle bientôt », dis-je en prenant ma valise pour commencer à monter la pente raide du retour vers la ville. L'arrêt de bus se trouve à quelques centaines de mètres de là.

À la moitié, je me retourne et le vois qui regarde vers le large.

Puis je continue vers mon bus.

C'est la dernière fois que je vois Erik.

Jusqu'où raconter ? tout ?

Il ne m'a fallu qu'une fraction de seconde pour décider comment répondre à la question de Jacob.

Non. Bien sûr que je ne vais pas tout lui raconter.

« Euh… non, pas vraiment. On ne se parle plus. »

Jacob n'a rien dit, mais a posé sa main sur mon bras. Cela ne semblait pas calculé, sans doute juste un geste de sympathie. Et sur le moment, ça m'a fait du bien. Mais je réalisais aussi que j'en avais dit nettement plus que je n'en avais l'intention, même si j'avais gardé pour moi le plus important. Jacob s'imaginait sans doute que j'avais besoin de « m'ouvrir », que quelqu'un m'écoute. Ce qui avait commencé comme une échappatoire avait finalement créé plus d'intimité entre nous.

Aucun de nous deux n'a plus rien dit pendant un moment. Ça montait régulièrement depuis plusieurs heures, nous n'avions fait qu'une très courte pause pour boire de l'eau. À présent, le terrain devenait de plus en plus plat, tandis que la vallée rétrécissait entre deux hautes montagnes. Nous approchions du col. J'ai regardé alentour. Comme dans la montée de la veille, Henrik et Milena étaient tellement à la traîne qu'on ne les voyait plus.

Bientôt, une vaste étendue neigeuse s'est ouverte devant nous. Jacob m'a dit que c'était exactement comme la dernière fois, comme si cette neige était permanente. J'ai un peu enfoncé mes chaussures dans le manteau blanc et suis restée immobile en sentant le froid atteindre lentement mes pieds surchauffés. C'était agréable. Jacob m'a souri.

« Viens, m'a-t-il dit en indiquant devant lui. On passe juste cette crête pour voir dans la vallée suivante. Et la suivante, et celle d'après encore. C'est une vue complètement dingue. »

J'ai bu un peu d'eau et nous sommes repartis. Le soleil avait ramolli la neige : la marche y était bien plus pénible que sur le sol nu. Tout ce blanc m'éblouissait, j'ai sorti mes lunettes de soleil. Nous avons marché en silence et, petit à petit, le panorama promis s'est déployé : je voyais à présent le fond de la vallée suivante, Sarvesvagge, elle aussi encadrée de hautes montagnes, et au-delà, une montagne encore plus haute, aux sommets découpés. Ça ressemblait davantage à l'Himalaya qu'à la montagne suédoise. Jacob s'est tourné vers moi.

« Pas mal, la vue, non ?

– Oui, c'est top », ai-je répondu en passant devant lui sans ralentir. L'idée de contempler le paysage côte à côte me mettait mal à l'aise.

C'est sans doute ce qu'on appelle une sonnette d'alarme. Ou l'instinct.

Le sol commençait à redescendre et j'ai aperçu la fin du névé un peu plus loin. La vue était spectaculaire, mais je n'avais pas l'intention de m'arrêter pour en profiter. J'avais besoin de remplir ma gourde. Je suis descendue jusqu'à la terre nue. Un ruisseau jaillissait de sous la couche de neige : comme de l'autre côté du col, il avait creusé un petit canyon à flanc de montagne. Je l'ai suivi jusqu'à ce qu'il soit facile d'atteindre l'eau. J'étais à genoux, et l'eau glacée débordait par-dessus ma gourde sur mon avant-bras. Je me suis relevée et suis sortie du canyon. J'ai bu en embrassant la vallée du regard, l'eau était si froide qu'elle me gelait les dents et me faisait mal aux joues et c'est alors que Jacob m'a enlacée.

Une étreinte, par-derrière.

Et mon sang s'est glacé.

Je n'aurais pas dû être prise de court, je savais bien qu'il était quelque part derrière moi. Mais le grondement du ruisseau m'avait empêchée de l'entendre s'approcher.

Je ne pouvais pas bouger.

Quand j'y repense, j'éprouve avant tout de la honte. La honte de m'être figée, de ne pas l'avoir tout de suite repoussé, ou giflé, de ne pas avoir été capable de défendre mon intégrité physique. Je sais que c'est une réaction habituelle chez des femmes et des hommes victimes d'agression, mais je ne pensais pas être moi aussi concernée.

Mon autre sentiment, c'est la colère d'avoir honte. C'est Jacob qui a franchi une limite, c'est lui qui aurait dû avoir honte, pas moi.

Puis il s'est penché en avant pour tenter de m'embrasser dans le cou et la sidération s'est évanouie. Je me suis dégagée, je l'ai violemment repoussé en criant :

« Arrête, bordel ! Qu'est-ce que tu fous ? »

Extrait de l'interrogatoire du témoin Anna Samuelsson 880216-3382, 18 septembre 2019, hôpital de Gällivare, conduit par l'inspecteur Anders Suhonen.

« Il a lâché prise ?

– Oui.

– Et comment a-t-il réagi, ensuite ?

– Euh, il… il s'est excusé, pour ensuite dire qu'il m'avait dans la peau. Qu'il sentait que nous étions faits l'un pour l'autre, ce qui était quand même complètement dingue, nous ne nous connaissions que depuis deux jours.

– En effet.

– Et il était en couple avec ma meilleure amie. Alors je lui ai dit : je ne sais pas de quoi tu parles, tu t'imagines des choses qui n'existent pas. Mais il ne voulait pas m'écouter.

– Il ne voulait pas ?

– Non. Il a dit que… qu'il sentait que j'éprouvais quelque chose moi aussi, que ça n'allait pas entre Henrik et moi… ça n'avait pas de sens…

– Je comprends.

– Il n'en démordait pas. C'est-à-dire qu'il… il trouvait que nous avions tellement en commun. La randonnée, l'escalade et… ah, c'est tellement idiot que je ne sais pas si j'ai envie de le dire à voix haute… »

Silence.

« Il nous trouvait beaux. Lui et moi allions bien ensemble, selon lui. Parce que nous étions plus beaux que Henrik et Milena.

– Ah, d'accord.

– Et en meilleure forme physique, en somme.

– Je comprends.

– Je m'étais demandé qui il était vraiment, mais socialement, rien ne dépassait. Au contraire, il était agréable.

– Bien.

– Mais à présent, je réalisais à quel point il était tordu. J'essayais de stopper son laïus, mais il ne m'écoutait pas. Il n'arrêtait pas de dire : "Attends, attends, laisse-moi terminer."

– Et combien de temps cela a-t-il duré ?

– Je ne sais pas. Longtemps.

– Et où se trouvaient Henrik et Milena ?

– Loin derrière. Ils ont bien mis une heure à nous rejoindre.

– Jacob était-il menaçant ?

– Pas au début. Mais il a fini par comprendre que son fantasme sur nous deux ne se réaliserait jamais. Et alors... alors le ton a changé. »

Jacob et moi, la vallée en contrebas, le torrent furieux qui gronde. L'étendue enneigée au-dessus de nous. Henrik et Milena qui n'arrivaient pas.

J'ai envisagé de remonter jusqu'au col pour aller à leur rencontre, il était presque insoutenable de rester seule avec lui. Mais j'ai réalisé que si je revenais sur mes pas, Henrik et Milena comprendraient tout suite que quelque chose s'était passé. Il faudrait répondre à leurs questions. Et ma réaction instinctive était de faire comme si tout était normal. Jacob ne m'avait pas prise dans ses bras, n'avait pas tenté de m'embrasser dans le cou et n'avait pas essayé, pendant une demi-heure, de me convaincre que nous étions faits l'un pour l'autre.

Il avait fini par abandonner, par se taire. Jacob s'était mis un peu à l'écart, assis sur un rocher, face à la vallée. Il me tournait le dos, ce qui me permettait de le regarder à la dérobée. Il avait l'air de quelqu'un qui venait tout juste de recevoir une nouvelle qui bouleversait son univers. Il luttait pour admettre le fait que je n'éprouvais pas pour lui la même chose que lui pour moi.

Je n'avais pas peur de lui, pas encore. Ce n'est que plus tard que j'ai pris conscience qu'il aurait pu m'attaquer physiquement. Pourquoi ne l'avais-je pas compris d'emblée ? Certes, cela aurait été totalement irrationnel, avec Henrik et Milena qui pouvaient arriver en vue d'une seconde à l'autre, mais je savais désormais que tout n'allait pas bien dans la tête de Jacob. Comment être sûre qu'en le repoussant je ne l'incitais pas à m'agresser ? Impossible.

Je le découvrirais bientôt.

Un instant m'a fait froid dans le dos : quand il a compris qu'il s'était trompé au sujet de mes sentiments à son égard, quand cet enfant blessé que j'avais déjà entrevu est réapparu. La honte était inscrite sur le visage de Jacob, une sensation d'infériorité mêlée de haine de soi. Il savait qu'il s'était ridiculisé et semblait complètement égaré. Je ne pouvais m'empêcher d'associer cette mine avec ce qu'il m'avait raconté de son enfance. C'était comme s'il était redevenu un gosse de six ans sans défense, abandonné à lui-même.

Peut-être était-ce justement pour cela qu'il me tournait le dos : il ne voulait pas me laisser voir son visage. Il est resté là un moment, tandis que je scrutais l'étendue de neige, lui jetant un coup d'œil de temps en temps.

Mon Dieu, qu'est-ce qu'ils sont lents ! Ils devraient quand même arriver, maintenant ?

Mais ils n'arrivaient pas.

J'ai commencé peu à peu à me faire à l'idée que ça pouvait durer, que Jacob et moi allions passer un long moment comme ça, lui le dos tourné, sur son rocher, moi près du torrent, guettant Henrik et Milena en haut du névé. J'étais plus calme. Mais cette situation n'en était pas moins insoutenable.

Il s'est alors levé du rocher, a poussé un profond soupir et s'est dirigé lentement vers moi. Il regardait par terre en se frottant d'une main les commissures des lèvres et le menton. L'enfant blessé n'était plus là, il avait mis de l'ordre dans les traits de son visage et semblait fermé et dur. Involontairement, je me suis tendue, et mon cœur s'est emballé. Il s'est arrêté à quelques pas de moi.

« On n'est pas obligés de parler de ça, hein ? » Sa voix était rauque et éraillée.

« Non, ai-je répondu. On oublie. »

Aucun de nous n'a plus rien dit pendant un moment, mais je voyais qu'il n'avait pas fini. Il cherchait comment le formuler. Enfin, il a pris une lente inspiration.

« Il y a un truc que je ne pige pas. J'aimerais bien que tu m'expliques.

– Je ne crois pas que ce soit utile, Jacob. Ça ne mènera à rien.

– Tu as flirté avec moi au wagon-restaurant hier soir. Pourquoi ? »

Je n'ai pas répondu immédiatement, sentant que je n'avais rien à gagner à me laisser embarquer dans une discussion. J'ai tenté de tarir ses questions par mon silence. Mais il n'a pas renoncé, évidemment.

« Pourquoi as-tu flirté avec moi ?

– Je n'ai absolument pas flirté. Je suis désolée si tu l'as compris comme ça, mais non, vraiment pas.

– Si. Tu as flirté.

– Non. »

J'ai regardé vers le haut du névé.

Allez, quelqu'un arrive, oui ou merde ?

« Tu me regardais d'une façon particulière.

– Ça n'a aucun sens d'en parler davantage.

– Et depuis, hein, tu as tout le temps... saisi toutes les occasions pour qu'on fasse des choses ensemble, toi et moi, sans Henrik et Milena.

– Mais enfin, Jacob, franchement... » J'avais du mal à saisir à quel point sa perception de la réalité était déformée.

« Nous avons marché seuls tous les deux presque tout le temps hier, et tout le temps aujourd'hui. En gros.

– Oui, parce que nous sommes plus rapides ! Tu ne piges pas ça ? Tu crois que ça veut dire que je flirte avec toi ? Mais tu es complètement...

– Tu envoies des signaux, Anna.

– Quand nous faisons des randonnées à trois, je marche

aussi toujours devant. J'ai envie d'aller un peu plus vite, tout simplement. Comment tu peux ne pas piger ça ?

– Et là, aujourd'hui, tu m'as fait raconter plein de trucs dont je n'ai encore jamais parlé à Milena. »

J'ai soupiré, j'aurais voulu me défendre, mais je me suis retenue. Je comprenais que tout ce que je disais ne faisait qu'attiser la discussion et conduirait encore à d'autres accusations absurdes. J'ai gardé le silence.

« J'avais l'impression que ça t'intéressait de vraiment me connaître. Mais tu voulais juste remuer la merde. »

J'ai continué à me taire.

« Tu trouves ça normal ? » Jacob me fixait, je le sentais du coin de l'œil, mais je n'avais pas l'intention de lui répondre.

Il a fait quelques pas vers moi.

« Hein ?

– Tout ça est absurde, ai-je fini par dire, le plus calmement possible, sans le regarder. Je ne veux plus en parler. »

Jacob a fait encore un pas vers moi.

« Mais alors je suppose que tu es d'accord, puisque tu ne dis pas non. Tu as flirté avec moi, joué avec moi. »

J'ai continué à me taire. Regardé ailleurs.

« Hein ? »

Deux, trois pas de plus, il était à présent tout proche, je sentais son haleine. J'étais immobile, mais pas paralysée : le moindre muscle de mon corps était bandé, je savais exactement où était mon centre de gravité, j'étais prête à riposter, à me dégager. J'avais suivi des cours d'autodéfense. J'attaquerais d'abord les yeux. Je savais à peu près ce que ça ferait, comme d'enfoncer le doigt dans une tomate cerise mûre, la peau qui s'enfonce puis cède, le liquide qui en jaillit. Mon cœur tambourinait dans ma poitrine, ma bouche était sèche.

« Allô ? » Jacob a claqué des doigts, juste devant mon visage, et j'ai explosé. J'ai écarté sa main et l'ai dévisagé en criant :

« Recule ! Tu ne me touches pas !

– Je n'ai pas... » a-t-il protesté, mais je l'ai interrompu :

« Garde tes distances, sinon je retourne à la rencontre de Henrik et Milena, et quand ils me demanderont ce qui s'est passé, et je leur raconterai ! Je te donne une dernière chance ! Recule maintenant ! »

Jacob a fait un pas en arrière en riant. C'était une sorte de petit hennissement artificiel, tellement faux qu'il pouvait difficilement espérer que j'y croie. Mais c'était secondaire, ce rire était destiné à m'enfoncer, à souligner qu'il jouissait de m'avoir fait sortir de mes gonds.

Le masque était tombé. Jacob montrait sa vraie nature.

« Oh là là... mais pourquoi tu te mets en colère comme ça ? On cause un peu, c'est tout. Hein ? Ma vieille... »

Je suis restée là, le fixant toujours, et j'ai dit d'une voix plus calme :

« Je te préviens. Si tu veux que tout ça reste entre nous, n'approche pas. »

J'étais dos au névé, et j'ai vu alors Jacob me quitter des yeux pour regarder par-dessus mon épaule. Je me suis retournée et enfin je les ai vus, deux silhouettes qui arrivaient au col et se découpaient sur le ciel bleu. Henrik et Milena. Je leur ai fait signe, mais ils semblaient ne pas encore me voir. J'ai pourtant éprouvé un immense soulagement. Jacob, en revanche, a tout de suite semblé moins sûr de lui. Je n'ai pas pu m'empêcher d'enfoncer le clou :

« Tu ne leur fais pas signe, Jacob ? Ils risquent de penser qu'il y a quelque chose qui cloche.

– Moi aussi, je veux te prévenir, a dit Jacob. Tu as ta version de ce qui s'est passé, j'en ai une autre.

– Une autre version ?

– Ma version. Ma vérité. Tu ne sais pas qui ils vont croire.

– Ma vérité ? Qu'est-ce que ça veut dire ?

– Exactement comme je le dis.

– Alors tu vas mentir, aller raconter que c'est moi qui t'ai sauté dessus ?

– Pas du tout besoin de mentir, a répliqué Jacob. Je dis la vérité, que tu as flirté avec moi depuis notre rencontre à la gare, et que je n'ai pas pigé à quoi tu jouais parce que j'ai une copine, Milena, dont je suis super amoureux, et que toi, tu es fiancée... »

Henrik et Milena approchaient d'un pas tranquille, ils avaient traversé la moitié du névé.

« Franchement, Jacob. Milena et Henrik étaient là. Ils savent que ce que tu dis est un mensonge.

– Exactement. Ils étaient là. Ils ont vu et entendu tout ton petit jeu. »

C'était une tentative désespérée de la part de Jacob pour rétablir une sorte d'équilibre de la terreur, mais je n'ai pas marché. Certes, j'avais peut-être été particulièrement aimable avec lui au wagon-restaurant hier soir. Mais c'était pour le calmer, pour qu'il retrouve sa bonne humeur. Henrik et Milena s'étaient comportés à peu près de la même manière. Cela ne contrebalançait pas ma menace de révéler à Milena ce qui s'était passé, et c'était donc moi qui dictais les conditions. Jacob le savait.

« Qui vont-ils croire, à ton avis ? Moi, qu'ils connaissent depuis plus de dix ans, ou toi, qui sors avec Milena depuis un mois ?

– Milena me croira, a dit Jacob avec une conviction qui n'avait pas l'air complètement feinte. Je suis son mec, elle est amoureuse de moi, j'ai ce dont elle a besoin.

– Non, tu n'as rien dont Milena a besoin. Vraiment pas. Tu es la dernière chose dont elle a besoin. »

Jacob a alors souri et fait signe à Jacob et Milena, dans mon dos. Je me suis retournée et j'ai vu qu'ils étaient à présent tout près, au bord du névé, à quelques centaines de mètres. Côte à côte, nous les attendions.

« Tu ne la connais pas », a dit Jacob, sans se tourner vers moi. Je ne me suis pas tournée non plus, nos regards étaient fixés sur Henrik et Milena. Elle s'est arrêtée et

Henrik est passé devant elle. Peut-être voulait-elle prendre une photo ?

« Êtes-vous des amies si proches que ça ?

– Je la connais nettement mieux que toi, ai-je répondu.

– Elle me croira, et elle fera tout ce que je lui dirai. Tu verras. » Une fois de plus, il parlait avec une assurance inquiétante. J'ai souri et lancé à Henrik :

« Hé, ho !

– Salut », a-t-il répondu d'une voix éteinte, et il m'a rejointe. Nous nous sommes pris dans les bras et avons échangé un baiser réglementaire. Henrik avait le cou et la nuque trempés de sueur.

« Vous avez mis le temps, ai-je dit.

– Oui, c'était pénible dans la montée. On a fait de grandes pauses. »

Jacob est allé à la rencontre de Milena, il a accueilli à bras ouverts sa petite amie et l'a serrée contre lui.

« Ma chérie, c'était dur ? »

Ils se sont embrassés, plus passionnément que Henrik et moi.

« Un peu, a haleté Milena.

– Vous nous attendez depuis longtemps ? m'a demandé Henrik.

– Je ne sais pas, une heure, peut-être, ai-je répondu du ton le plus neutre possible. Je vais faire du café. »

Un peu plus loin, Jacob enlaçait Milena avec un regard chaleureux et aimant. Jacob, qui voilà peu était au beau milieu d'un interminable laïus visant à expliquer pourquoi nous étions des âmes sœurs et aurions dû passer le restant de nos jours ensemble.

Je le méprisais. Oui, je crois vraiment l'avoir haï en cet instant.

Extrait de l'interrogatoire du témoin Anna Samuelsson 880216-3382, 18 septembre 2019, hôpital de Gällivare, conduit par l'inspecteur Anders Suhonen.

« Quelle heure était-il, à ce moment-là ? À peu près ? Pouvez-vous le dire ?

– Je dirais quatre heures, quatre heures et demie.

– Mm.

– Et nous avons pris un café avant de continuer. L'ambiance était... assez mauvaise.

– J'imagine.

– Henrik a vite compris que ça n'allait pas. Il pouvait le lire sur mon visage. Et en même temps, Jacob faisait semblant d'être d'excellente humeur. Tout sourire, il riait et parlait beaucoup. Passait son temps à embrasser Milena. Mais Milena n'était pas idiote, elle a vu elle aussi que quelque chose clochait. Et je crois aussi qu'elle a compris que le comportement de Jacob n'était qu'un jeu.

– Je comprends.

– Alors, avant qu'on reparte, elle m'a demandé comment j'allais.

– Et que lui avez-vous dit ?

– Je lui ai répondu que ça allait, que je n'avais peut-être pas assez bu. Quelque chose de ce genre, je ne me rappelle pas bien.

– Ensuite ?

– Jacob n'a pas arrêté de me coller. Pendant, disons… tout le reste de la journée et la soirée.

– Ah oui ?

– Il était mort de peur de me laisser une seconde seule avec Henrik ou Milena.

– Parce qu'il pensait que vous alliez leur raconter ?

– Oui. Et il l'a fait assez discrètement, je ne sais pas si Henrik et Milena s'en sont aperçus. Mais c'était très désagréable pour moi.

– Je comprends ça.

– Quand nous sommes repartis, je suis restée près de Henrik et Milena, bien sûr. Et donc Jacob a marché, lui aussi, avec nous. Nous sommes restés groupés tous les quatre le reste de la journée. Et nous avons encore marché quelques heures, en descendant jusqu'à la vallée suivante.

– Mm. »

Silence.

« Et je… je n'arrêtais pas de me demander comment gérer ça. Si j'allais le raconter, et dans ce cas à qui, seulement à Henrik, ou aussi à Milena ? Si j'allais interrompre la randonnée, ou faire comme s'il ne s'était rien passé ?

– Je comprends. Ça faisait beaucoup de questions.

– Oui. Tout à fait. Vraiment beaucoup. »

Silence.

« Mais ce que j'en ai conclu, assez vite, c'était que je ne pouvais pas continuer. C'était trop désagréable d'être auprès de Jacob. Déjà… j'éprouvais un malaise presque physique à le voir. Et puis il y avait aussi cette impression… nous étions sur le point d'entrer dans le Sarek. Qui est grand comme, je ne sais pas, sans doute comme l'île de Gotland, ou presque, et il n'y a qu'un seul téléphone de secours, au milieu du parc, et on peut marcher plusieurs semaines sans croiser personne. Est-ce que je voulais vraiment m'aventurer dans une région aussi sauvage en compagnie de quelqu'un d'aussi dérangé que lui ? L'idée me travaillait : ça pouvait devenir plus que déplaisant. Dangereux.

– Je vois.

– Alors j'ai décidé d'annoncer le matin suivant que je n'étais pas bien, que j'avais pris froid et qu'il fallait que je retourne à Staloluokta. Et dans ce cas, Henrik devait forcément m'accompagner.

– Je vois.

– Et je me suis dit que cela n'éveillerait pas trop de soupçons chez Milena, elle m'avait déjà demandé au cours de l'après-midi si j'allais bien, et je lui avais répondu que je n'avais sans doute pas assez bu, et donc elle pourrait se dire : "c'était donc ça qu'elle avait déjà hier". Quelque chose comme ça.

– Je comprends. Et dans ce cas… dans ce cas, vous aviez décidé de ne rien dire à Milena ? À propos de vous et Jacob ?

– C'est ça. Et c'était peut-être lâche, mais je me suis dit que je pourrais toujours lui raconter plus tard, une fois de retour à Stockholm. Pour le moment, il ne s'agissait que d'interrompre cette randonnée le plus rapidement possible.

– Bien sûr.

– Et je n'avais pas non plus l'intention d'en parler à Henrik avant que nous nous soyons séparés. Il n'y avait pas de raison. Donc, quand nous avons installé le camp, dans la soirée, je me sentais assez en confiance avec mon plan de bataille.

– D'accord. Mais ça ne s'est pas passé comme vous le pensiez ?

– Non. Cette soirée-là était… Tout est devenu plus urgent.

– Que s'est-il passé ? »

Silence.

« Anna ?

– Je ne sais pas si je…

– Vous vous sentez fatiguée ?

– Oui.

– Alors restons-en là. Reposez-vous. »

Nous ne sommes pas descendus jusqu'au fond de la vallée Sarvesvagge, mais nous avons trouvé un petit plateau à flanc de montagne où nous avons planté nos tentes pour la nuit. Nous avions marché encore quelques heures après le café, c'était le début de la soirée. Le soleil n'arrivait plus jusqu'à nous et la douce chaleur d'automne de la journée avait vite cédé la place à un air plus frais. Mais le sommet enneigé du Rijddatjåhkka, immédiatement à l'est, était encore au soleil et brillait comme de l'or. La vallée tout entière flamboyait dans ses couleurs automnales.

Le tableau de cette nature fantastique s'offrait pleinement à moi, mais j'étais incapable d'en profiter. Quand je l'évoque, je réalise qu'elle sera à jamais liée à l'état d'esprit dans lequel je me trouvais ce soir-là : en colère, indignée, impatiente. J'avais décidé de ne pas interrompre la randonnée avant le lendemain matin, ce serait plus simple et plus commode comme ça. Mais maintenant que ma décision était prise, je n'attendais qu'une chose : quitter Jacob au plus vite.

Toutefois, je ne pouvais me résoudre à tirer un trait sur ma responsabilité vis-à-vis de Milena. Si je considérais trop menaçant d'entrer dans le Sarek en compagnie de Jacob, ne fallait-il pas tenter de convaincre mon amie d'interrompre elle aussi sa randonnée ? Mais dans ce cas, je serais forcée de lui dire la vérité. Et Jacob le comprendrait. Il y verrait une provocation, et qui savait comment il réagirait ? Mon impression était aussi que Milena avait moins à craindre de Jacob que Henrik et moi. Elle lui était tellement soumise qu'il en faisait ce qu'il voulait : pour cette raison, justement, j'estimais assez réduit le risque qu'il perde son calme ou la raison et fasse une bêtise grave une fois seul avec elle.

Henrik et moi avons commencé à monter notre tente. La veille, Jacob et Milena avaient monté la leur en premier, puis nous avions choisi un emplacement un peu plus loin, afin de pouvoir converser à voix basse sous la tente en étant sûrs de ne pas être entendus. Un peu d'intimité après une longue journée d'intense socialisation. Mais ce soir, Jacob nous avait attendus avant de choisir de s'installer juste à côté. Les filins des tentes n'étaient qu'à un mètre les uns des autres. C'en était presque comique : la vue portait à des kilomètres, il n'y avait personne à la ronde, et là, ces deux tentes collées ensemble sur le même petit méplat, comme dans un camping de l'île d'Öland en plein été.

Henrik a constaté que tout le contenu de son sac était encore humide, et dans certains cas, complètement mouillé à la suite de sa chute dans le torrent plus tôt dans la journée. Mais tout étaler par terre maintenant, alors que la nuit tombait, n'allait pas faire sécher plus vite. Plutôt l'inverse. La nuit allait être froide pour lui.

Après avoir monté le double toit et installé nos matelas gonflables et nos sacs de couchage, nous nous sommes glissés sous la tente pour nous étendre un moment. Serrés l'un contre l'autre. Henrik m'a regardée au fond des yeux et m'a demandé à voix basse :

« Il s'est passé quelque chose ? »

J'ai secoué la tête pour le rassurer et j'ouvrais la bouche pour répondre quand nous avons entendu des pas devant la tente, puis la voix de Jacob :

« Ça va, là-dedans ?

– Oui, oui », a fait Henrik en se levant à demi. Le zip caractéristique de la fermeture éclair a retenti et aussitôt après Jacob a glissé la tête. Avec un grand sourire.

« Mais c'est bien douillet, par ici.

– Oui. On aurait tort de se plaindre, a répondu Henrik.

– Ah, nous, on a eu plus de mal avec nos sardines, a continué Jacob. On tombe tout de suite sur le rocher, impossible de les enfoncer. Alors si vous entendez quelqu'un qui trifouille dehors, ce n'est que moi.

– Essayez donc un autre endroit, ai-je proposé. Plus loin.

– Mais c'est bien plat, ici, on va s'arranger, a répondu Jacob, jovial. On fait la popote pour casser la graine dans une demi-heure ?

– Très bien, a dit Henrik en bâillant.

– Nickel. » Le visage de Jacob a disparu de l'ouverture de la tente et il a remonté la fermeture derrière lui. Nous l'avons entendu bricoler ses sardines. D'après le bruit, c'étaient uniquement les sardines les plus proches de notre tente qui posaient problème. Il semblait se trouver juste de l'autre côté de notre double toit. Nous nous sommes regardés, Henrik et moi. Le comportement de Jacob avait éveillé sa suspicion, je le voyais bien. Et cela ne pouvait que renforcer son impression qu'il s'était passé quelque chose entre nous au cours de la randonnée.

« Je te raconterai demain, lui ai-je chuchoté. N'y pense plus. » Je lui ai donné un baiser, mais il n'y a pas répondu. Et il avait l'air encore plus inquiet.

C'était au tour de Milena et Jacob de s'occuper du dîner et, peu après, Milena est venue devant notre tente annoncer que c'était prêt. Elle avait préparé de la soupe au poulet avec un supplément de macaronis pour mieux tenir au corps. C'était bon et, pour le dessert, Jacob a fait tourner une tablette de chocolat au lait. Impossible cependant de retrouver l'ambiance détendue du déjeuner. Henrik et moi étions taciturnes et Milena, à force de se demander ce qui nous arrivait, avait fini par se taire à son tour. Il n'y avait que Jacob qui parlait, avec une gaieté forcée. J'étais obligée d'admirer son endurance. Avant même que Milena et Henrik nous rejoignent, il avait décidé de présenter une façade guillerette, et il se tenait à présent à cette résolution avec une constance obstinée. Mais cela paraissait de plus en plus incongru face à nous autres qui étions si éteints.

Milena a fini par ne plus supporter cette ambiance tendue et bizarre. Elle a proposé une partie de MIG, un jeu de questions, un peu comme le Trivial Pursuit, mais sous forme de jeu de cartes. C'était une constante de nos randonnées. Elle pensait sans doute que ça nous mettrait de meilleure humeur, Henrik et moi. Mais j'étais fatiguée et n'avais pas envie de passer plus de temps que nécessaire en compagnie de Jacob. En outre, j'y ai vu une occasion de commencer à étayer l'histoire que je comptais raconter le lendemain matin :

« Allez-y. Moi, je me dégonfle. Je me sens fatiguée, mal foutue. » Milena m'a regardée avec inquiétude.

« Tu es en train de tomber malade ?

– Je ne sais pas. Peut-être. Je me sens un peu courbaturée. »

Jacob m'a interrogée du regard, mais sans rien dire. Peut-être devinait-il où tout cela conduisait ? J'ai repris :

« En tout cas je vais me coucher, on verra bien comment je me sens demain matin. Bonne nuit.

– Bonne nuit », a dit Milena. Je me suis baissée pour embrasser Henrik avant de me diriger vers la tente.

« Bonne nuit, et soigne-toi bien », a lâché Jacob. Sans répondre, j'ai continué à marcher. J'ai entendu derrière moi la voix de Milena :

« Mais les autres, vous en êtes, hein ? Henrik ?

– Oui, on peut faire une petite partie.

– Je ne sais pas ce que c'est, a dit Jacob. C'est une sorte d'Uno, ou quoi ? »

J'ai deviné que Milena avait sorti le jeu de cartes.

« Non, c'est un quizz, a expliqué Milena. Mais tu vas comprendre, c'est simple.

– Je vais juste chercher la mise. »

Les voix ont continué dans mon dos. J'ai pris ma trousse de toilette et ma serviette sous la tente et je me suis dirigée vers un ruisseau qui chantait à flanc de montagne, en contrebas. Ce ruisseau n'avait rien d'un torrent, il coulait doucement et n'avait pas entaillé la roche. Mais il avait quelques dizaines de centimètres de fond et son eau était claire et glaciale. J'ai ôté mes chaussures et mes chaussettes pour y tremper mes pieds. Le froid inimaginable m'a à nouveau serré les chevilles comme un étau. J'ai aussi enlevé mon pull pour m'asperger le visage et sous les bras. Je me suis alors sentie plus fraîche et disposée. Je me suis brossé les dents en contemplant la vallée de Sarvesvagge. Un peu à l'écart des tentes et des autres, j'ai pu apprécier une nouvelle fois la nature grandiose. Cette vallée fantastiquement belle était là, en toutes saisons et par tous les temps depuis des milliers d'années. Parfois, une personne passait et profitait de cette vue. Mais elle demeurerait là, égale à elle-même, quand j'aurai depuis longtemps disparu. Cette pensée me procurait un calme curieux.

J'ai regagné la tente, je m'y suis glissée et j'ai remonté la fermeture éclair. Une fois dans mon sac de couchage, j'ai tendu l'oreille et écouté les voix des autres à travers la tente. Ils avaient commencé leur partie de MIG.

« Comment s'appelait la femme qui dansait avec des bananes et a reçu la Légion d'honneur pour son action au sein de la Résistance en France ?

– Euh... Joséphine Baker.

– Bien ! C'est dingue tout ce que sait Henrik.

– Qu'est-ce que j'ai maintenant... cinq points, c'est ça ?

– Yes.

– Et c'est à moi de lire. Tu lances ?

– Hein ?

– Tu dois lancer les dés, Jacob.

– Ah, bon.

– Rouge ou bleu. Et atout-MIG.

– Je prends bleu, alors. Mais je ne comprends pas, c'est quoi, atout-MIG ?

– Ça veut dire que si tu as la bonne réponse, tu peux cocher la couleur. Celui qui a coché toutes les couleurs en premier a gagné.

– OK. Vas-y.

– Combien y a-t-il de longitudes tout autour de la terre : 24, 180, ou 360 ?

– Combien de longitudes ?

– Oui. 24, 180 ou 360.

– Euh... oui. Non, fait chier, j'en sais rien. Euh... je n'ai qu'à répondre au pif.

– Une chance sur trois.

– Bon alors je dis... merde, c'est dur... 24.

– Désolé, c'est faux, 360.

– Oh putain, trois cent soixante ?

– Oui.

– Je n'aurais jamais pu deviner. C'était dur.

– À toi de lancer. »

J'ai entendu un glouglou que j'ai supposé produit par la fiasque de whisky de Jacob.

« Ahhh... quelqu'un en veut ?

– Non, ça va.

– Non, merci.

– Chérie, si on doit rester ensemble, il va falloir que tu apprennes à apprécier un bon whisky fumé. Allez !

– Une petite gorgée, alors... »

Les voix se sont confondues à mesure que je m'endormais. Je me sentais fatiguée et calme, contente d'interrompre cette randonnée le lendemain. La dernière chose que j'ai entendue est la voix de Henrik :

« La chaleur. Le Bikram yoga se pratique dans des salles chauffées à presque quarante degrés. »

Je me suis réveillée en sursaut. Je me suis redressée sur mon séant, submergée par le stress, le cœur palpitant, sans bien savoir d'abord où je me trouvais. Mais très vite, tout m'est revenu : la randonnée, la tente et les autres, dehors, qui jouaient au MIG.

Pendant une seconde, j'ai cru que ce n'était qu'un rêve, puis j'ai entendu les voix dehors. Surtout celle de Jacob. Sonore et agressive.

« Mais est-ce que je t'ai demandé ton aide ? Hein ?

– Oui, pardon. Tu...

– Arrête de me traiter comme un putain de gosse ! »

J'ai aussitôt été tout à fait réveillée. Retenant mon souffle, j'ai tendu l'oreille, sur le qui-vive. Jacob avait l'air d'être en train de perdre les pédales. Henrik lui aussi semblait sur la défensive, presque effrayé, et comme Milena il s'efforçait de calmer Jacob.

« Mais Jacob, si tu veux, faisons comme ça : tu relances les dés, et tu auras une nouvelle question, on oublie celle-là.

– J'aurais peut-être su, mais tu m'as saboté le coup, a continué Jacob, tourné vers Milena. T'es contente ? T'es contente ?

– Non », a répondu tout bas Milena. Henrik a continué ses tentatives de détourner la colère de Jacob, il avait l'air stressé, cherchait ses mots.

« Mais tu... OK, nous pouvons... voilà ce qu'on va faire, tu as bon pour cette question. Et tu peux continuer.

– Qu'est-ce que tu veux dire, j'ai bon ? Je n'y ai même pas répondu.

– Non, mais...

– Pourquoi j'aurais bon à la question sans avoir répondu ? Henrik ? »

J'ai entendu Henrik inspirer à fond.

« Euh… je ne sais pas, je…

– Et si on continuait, plutôt ? Je peux… » a tenté Milena, mais Jacob l'a à nouveau coupée.

« Je veux dire, vous n'arrêtez pas de jacasser, je n'arrive pas à réfléchir, merde ! Là, j'ai posé une question à Henrik. Est-ce que je peux écouter sa réponse sans que tu te mettes à jacasser toi aussi ? Fermer ta gueule pendant trois secondes, tu penses que tu vas y arriver ? » Milena n'a pas répondu. Jacob a marmonné quelque chose que je n'ai pas bien entendu.

Pauvre conne ? Il a vraiment dit ça ?

Je ne pouvais pas écouter ça plus longtemps sans rien faire. J'ai ouvert la glissière et j'ai rampé hors de la tente. Il faisait nettement plus sombre depuis que j'étais allée me coucher, mais pas encore nuit noire. Jacob a continué à s'en prendre à Henrik.

« Pourquoi j'aurais le point, alors que je n'ai même pas répondu à la question ?

– Euh… je ne sais pas. Mais on s'en fiche.

– Tu ne sais pas ? C'était pourtant ta proposition ? »

Je les avais rejoints. Mon cœur battait à tout rompre, mais j'ai essayé de prendre le ton le plus neutre et détendu possible.

« Dites donc, qu'est-ce qui se passe ? »

Milena et Henrik ont levé le regard vers moi, tous deux semblaient oppressés, leur malaise ne faisait aucun doute. Jacob n'a pas levé les yeux. Il a continué à fixer Henrik, l'œil farouche, comme s'il ne m'avait même pas entendue.

« Eh bien… les esprits se sont un peu échauffés, ici, a répondu Milena.

– Je ne viens pas de te dire de fermer ta gueule ? » lui a craché Jacob.

J'ai senti ma colère prendre le dessus.

« Jacob, arrête de déconner. Calme-toi. »

Alors seulement, il a paru s'apercevoir de ma présence. Il a tourné le regard vers moi, m'a pointée de l'index.

« Et toi, t'en mêle pas. Retourne sous la tente.

– “Retourne sous la tente” ? Tu vas me dire si je dois ou non aller sous la tente ? Ça va pas, la tête ? »

Mon idée était de tenter de désamorcer la situation, mais maintenant j'étais dans une colère noire, et rien ne pouvait m'arrêter. Jacob s'est levé.

« Te mêle pas de ça ! a-t-il presque crié.

– Jacob..., a tenté Milena en se levant elle aussi.

– Calme-toi », a dit Henrik, plus résolu qu'avant. Après quoi tout est allé très vite : Jacob a fait deux pas rapides vers lui tandis qu'il essayait de se lever, mais avant que Henrik ait le temps de retrouver son équilibre sur ses deux pieds, Jacob l'a rejoint et l'a poussé si violemment qu'il est tombé à la renverse. En une seconde, Jacob a été sur lui et lui a hurlé en plein visage :

« RÉPONDS À LA QUESTION ! J'AI POSÉ UNE QUESTION SIMPLE, RÉPONDS, BORDEL !

– Jacob ! » a crié Milena. J'ai tiré Jacob par le bras pour l'éloigner de Henrik, et Milena est tout de suite venue elle aussi s'interposer. Jacob s'est dégagé, avant de partir d'un pas vif, en respirant fort et en poussant d'étranges grognements. Il a disparu dans le noir. Henrik s'est traîné pour se relever, choqué et apeuré.

« Mon Dieu, ça va ? a demandé Milena.

– Rien de grave », a murmuré Henrik. Il était très secoué, mais au moins ne semblait pas blessé.

« Pardon, a dit Milena dans un sanglot, pardon... » Elle a secoué la tête.

« Ce n'est pas à toi de t'excuser, lui ai-je répondu. Il débloque complètement. » Milena s'est dépêchée de s'éloigner des tentes, mais pas dans la même direction que Jacob.

Henrik et moi sommes restés un bon moment devant la tente à rassembler nos idées. Milena et Jacob n'étaient pas en vue. Bientôt, Henrik s'est mis à trembler de tout son corps, il était traversé de frissons, comme s'il avait pris froid. J'ai proposé qu'on aille se coucher dans les duvets pour qu'il se réchauffe, mais il voulait rester encore un moment dehors.

Je lui ai raconté ce qui s'était passé plus tôt dans la journée. Il n'y avait plus de raison de le garder pour moi. Henrik a écouté en secouant la tête. Il a répété à voix basse ce que j'avais dit juste avant.

« Il débloque. Putain, il débloque complètement. »

J'ai passé mon bras autour de lui et caressé son dos pour le réchauffer. Il tremblait et grelottait toujours.

« On arrête tout ça », ai-je dit. Henrik s'est dépêché de hocher la tête.

« Oui. »

La décision était donc prise. Il n'y avait rien à ajouter.

Nous nous sommes glissés sous la tente dans nos sacs de couchage sans fermer complètement la glissière, en nous serrant au milieu pour pouvoir nous toucher. J'étais mal à l'aise à l'idée qu'il nous était impossible de savoir si quelqu'un s'approchait de la tente : et si Jacob se jetait sur nous en pleine nuit pour nous attaquer à coups de piolet ? Je me souvenais que Thomas Quick avait été condamné, puis acquitté, pour le meurtre de deux touristes hollandais, tués exactement de cette façon.

J'ai alors entendu des pas et je me suis aussitôt redressée sur le coude, les nerfs tendus comme une corde de piano. Henrik avait l'air plus intrigué qu'étonné. Jacob et Milena semblaient s'approcher ensemble.

« Hé ho ? » La voix de Jacob était sourde, plus faible que d'habitude. « Vous êtes réveillés ? » Nous nous sommes regardés, Henrik et moi.

« Oui », a fini par répondre Henrik. Jacob s'est raclé la gorge.

« Pardon. Pour tout à l'heure. » Il a marqué une pause pour permettre à l'un de nous d'accorder le pardon demandé, mais nous sommes demeurés muets comme des carpes, à tendre l'oreille. Il a fini par reprendre :

« J'ai perdu mon calme. Je n'aurais pas dû, non plus, boire ce whisky. Sorry. »

Nouveau silence. J'imaginais Jacob et Milena, dehors, en train d'attendre une réaction de notre part. J'étais convaincue que c'était elle qui avait persuadé Jacob de venir demander pardon. Son laconisme, sa voix assourdie, tout témoignait du fait que ce n'était pas son idée. Peut-être Milena avait-elle malgré tout une certaine influence sur lui ? Ou alors il avait réalisé que présenter des excuses était la seule manière d'empêcher cette randonnée au Sarek de prendre fin dès le lendemain matin ?

Le silence a duré. Un souffle de vent a fait un peu chuinter la toile de la tente. Dehors, quelqu'un piétinait, changeait de pied.

« Ce n'est pas grave, ai-je fini par lâcher d'un ton qui disait le contraire.

– À demain », a dit Milena. Elle semblait fatiguée et triste. J'ai tout de suite eu pitié d'elle. La meilleure au monde. Elle méritait tellement mieux que ça. J'ai répondu avec un peu plus de lumière dans la voix :

« Oui. Dors bien. » Nous avons aussitôt entendu Milena et Jacob se glisser dans leur tente. Nous nous sommes regardés. J'ai secoué la tête en silence puis remonté la fermeture éclair de mon sac de couchage. J'ai bientôt plongé dans un sommeil inquiet.

J'ai été réveillée par du bruit en provenance de l'autre tente. Je n'ai pas tout de suite compris ce que j'entendais, mais j'ai bientôt deviné que c'était Milena qui sanglotait et geignait. J'entendais aussi des bruits rythmiques de tissus frottés les uns contre les autres. Des gémissements et des grognements.

Ils avaient un rapport sexuel.

Je me suis redressée sur un coude et j'ai tendu l'oreille, à nouveau sur le qui-vive. Henrik dormait à côté de moi.

Oui, un rapport sexuel. Mais on aurait plutôt dit qu'il la brutalisait. Les bruits produits par Milena étaient étouffés, comme si on pressait une main sur sa bouche. Ils n'exprimaient pas la jouissance, mais la douleur. Des appels et des cris à travers la main de Jacob, plaintifs et hoquetants. Jacob gémissait et râlait de plus en plus fort.

Maudit animal !

J'ai secoué Henrik, qui semblait lui aussi se trouver inconsciemment sur la défensive : à peine tiré du sommeil, il s'est redressé d'un bond, et a regardé alentour en chuchotant d'une voix rauque :

« Qu'est-ce que c'est ? Qu'est-ce que c'est ?

– Écoute, ai-je murmuré. Tu entends ? »

Absolument immobiles, nous avons retenu notre souffle. J'entendais toujours Jacob grogner et gémir, mais les sanglots de Milena avaient faibli, à présent, cela évoquait davantage à une respiration essoufflée. Henrik m'a interrogée du regard.

« Attends », ai-je chuchoté.

Le bruit en provenance de l'autre tente s'atténuait de plus en plus, pour bientôt cesser complètement.

« Avant, on aurait dit qu'elle pleurait et criait, mais qu'il lui fermait la bouche. »

Nous sommes restés un moment aux aguets, sans bouger. Tout était silencieux, puis les mouvements et bruits d'étoffe ont recommencé, des fermetures éclair se sont ouvertes et quelqu'un est sorti de la tente avant de s'éloigner. Je n'en étais pas certaine, mais ça ressemblait plutôt à Jacob.

« Milena ? » ai-je appelé tout bas. Henrik et moi, nous nous sommes regardés. Pas de réponse.

« Milena ? » ai-je répété, un peu plus fort, et là, une réponse étouffée m'est arrivée de l'autre tente.

« Oui ? » a fait la voix de Milena. Elle semblait provenir de loin, très loin. Elle avait une intonation curieuse, absente.

« Ça va ? ai-je demandé.

– Oui. Tout va bien.

– Sûre ?

– Oui. Bonne nuit. »

De petites gouttes de pluie roulaient précautionneusement sur la toile de tente quand je me suis réveillée. J'étais bien au chaud et au sec dans mon sac de couchage, mais je sentais l'air humide et glacé sur mon visage. Il faisait déjà jour. Henrik dormait encore à côté de moi. Je me demandais comment s'était passée sa nuit. Sous-vêtements humides dans un duvet humide.

J'ai rampé à l'extérieur. Le ciel était couvert, la chape grise que nous avions à Gällivare était de retour, les sommets des montagnes alentour étaient cachés par les nuages. Il bruinait et la température avait chuté de plusieurs degrés. Grelottant dans mes sous-vêtements thermiques, je me suis dépêchée de gagner l'auvent de la tente pour dégoter mes vêtements de pluie. Les sacs à dos et les chaussures étaient à l'abri de la pluie, mais l'humidité était remontée du sol, et rien ne semblait sec.

Je me sentais calme, et en même temps pas calme du tout. La question de savoir si oui ou non nous allions partir randonner en montagne avec Jacob me tarabustait depuis la première fois où Milena avait parlé de lui. Désormais, c'était résolu, une bonne fois pour toutes. Henrik et moi avions prévu de mettre fin au voyage. C'était un soulagement.

Ce qui m'inquiétait, c'était Milena. À force de ruminer pendant la nuit, j'en étais arrivée à la conclusion qu'il était malgré tout de ma responsabilité de tenter de la convaincre de rentrer avec nous, mais je n'étais pas sûre d'y parvenir, loin de là.

À force de gesticuler devant la tente, j'avais réveillé Henrik. Il s'est retourné dans son sac de couchage.

« Bonjour, ai-je dit d'une voix sourde. Bien dormi ?

– Pas terrible, a-t-il marmonné. Il pleut ?

– Oui. On prend un petit déjeuner, puis je parlerai à Milena dès son réveil. »

Henrik a hoché la tête.

Je suis allée chercher de l'eau et nous avons monté ensemble le réchaud et sorti de quoi manger dans un silence pesant.

Quand le soleil brille, il est facile de cuisiner en montagne, on peut étaler le contenu du sac à dos par terre ou sur un tapis de sol, tout est accessible et le repas est vite préparé.

Quand il pleut, il faut garder le plus de choses possible sous l'auvent. On s'agenouille pour fouiller dans le sac à dos, l'ordre qu'on a tenté d'y maintenir a disparu au bout d'une minute. Et le froid là-dessus : les mains qui se figent quand on ôte ses gants, parce qu'il est impossible de sortir une allumette de sa boîte avec.

Nous avons apparemment fait assez de bruit en nous affairant pour réveiller quelqu'un dans la tente voisine, car on y entendait du bruit à présent.

Pourvu que ce soit Milena.

Quelqu'un fouillait dans son sac. Quelqu'un enfilait des chaussures. La fermeture éclair s'est ouverte.

« Brrr... froid », a grommelé Milena en rampant hors de la tente, sa cape de pluie à la main. Je lui ai fait un signe de tête, soulagée.

« Il y a du porridge pour toi aussi. Mais écoute... je veux te parler de quelque chose. »

Milena a paru étonnée, mais m'a suivie à l'écart du côté du ruisseau. Vu la façon dont Jacob s'était comporté la veille, je ne me faisais aucune illusion : à peine réveillé, il ne nous laisserait pas tranquilles. Il fallait être rapide et efficace. Je comptais aussi sur le bruit du ruisseau pour noyer nos voix.

Avant que Milena ait le temps d'enfiler son blouson imperméable, j'ai eu le temps de voir les marques rouges sur son cou.

On aurait dit des marques d'étranglement.

Maudit animal.

« Alors voilà », ai-je commencé en me retournant. Milena s'est arrêtée elle aussi et m'a regardée, sur ses gardes. Elle se doutait bien sûr que ce que j'allais dire concernait la dispute de la veille.

« Henrik et moi, nous avons décidé d'arrêter. Nous rentrons à Staloluokta. »

Milena a regardé vers Sarvesvagge, la vallée qui hier s'étendait à des kilomètres sous nos yeux. À présent, elle disparaissait dans le brouillard gris de la bruine. Elle enregistra la nouvelle en silence. Elle ne s'attendait quand même pas à ça, je le voyais bien. Elle a juste fini par lâcher :

« Ah bon... » Sa voix était ténue, fragile et triste.

« Ça ne va pas avec Jacob. Son comportement d'hier.

– Non... » Milena avait un peu changé de ton, il y avait une pointe de contestation.

« Il a attaqué Henrik. Et il a été infect avec toi.

– Non... » Milena est restée silencieuse quelques secondes, cherchant ses mots. « Bien sûr, ça n'allait pas, sur toute la ligne. Mais il a demandé pardon.

– Oui, mais il a attaqué Henrik physiquement.

– Euh... » Milena s'est tue, le regard fixé à terre. Qu'est-ce que c'était que ça ?

« Milena ?

– Bon, je ne défends pas ce que Jacob a fait hier, mais... je voudrais juste...

– Quoi ?

– D'après ce que j'ai vu, il n'a pas touché Henrik. Certes, il était fâché et il s'est avancé vers... »

La colère m'est montée du ventre comme une vague, et je l'ai interrompue.

« Il l'a poussé à la renverse. Jacob a poussé Henrik.

– Ce que j'ai vu, moi, c'est que Henrik a trébuché en arrière, mais ça n'a peut-être pas d'importance et... » Je l'ai à nouveau coupée, incapable de me retenir.

« Sauf que ce qui s'est passé, Milena, c'est que Jacob a poussé Henrik à la renverse. Il l'a menacé physiquement. Et c'est... je suis étonnée que tu le défendes.

– Je ne le défends pas, mais... et merde. » Milena a poussé un profond soupir.

Nous n'avons rien dit pendant un moment. Nous étions mouillées, gelées, affamées, car nous n'avions pas encore déjeuné, et maintenant, fâchées. Pourquoi être partis pour le Sarek ? Pourquoi n'avoir pas suivi le projet initial d'aller à Abisko, rien que Milena, Henrik et moi, pour marcher de refuge en refuge, comme nous le faisions tous les ans ?

« Henrik et moi, nous voudrions que tu viennes aussi avec nous.

– Non, je continue avec Jacob. » La réponse de Milena avait fusé, sa voix étouffée tremblait un peu, presque comme si elle était au bord des larmes. J'entendais qu'elle n'était pas triste, mais en colère. Ce n'était pas un sentiment qu'elle exprimait souvent, mais je n'avais aucun doute sur ce qu'elle ressentait.

« Ah ? Mais...

– Et je trouve que tu fais vraiment tout un plat de ce qui s'est passé hier », m'a coupée Milena. Sa diction était à présent rapide et fébrile, comme si les mots se bousculaient et jouaient des coudes pour se frayer un passage entre ses lèvres. « Jacob a perdu son calme pendant qu'on faisait une partie de jeu de société, ce qui t'est arrivé plein de fois. Quand on jouait au Trivial Pursuit, quand on jouait aux cartes... plein, plein de fois. Et Jacob a demandé pardon. Toi, jamais.

– Attends... » Je n'ai rien pu caser d'autre avant que Milena ne poursuive :

« Il est mauvais perdant, ça craint, je te l'accorde, mais il a demandé pardon. Et il n'a pas bousculé Henrik. Vraiment pas.

– OK, ai-je dit pour tenter de rassembler mes idées, gagner du temps, euh... »

J'étais hors de moi. Comment Milena pouvait-elle prétendre que Jacob n'avait pas poussé Henrik ? Ils en avaient sûrement parlé hier soir, Jacob avait bien entendu nié en bloc, avait instillé le doute dans l'esprit de Milena sur ce qu'elle avait réellement vu et l'avait ralliée à sa cause. Mais pinailler à ce sujet ne mènerait à rien. J'ai inspiré à fond, tenté de garder une voix calme.

J'étais obligée d'abattre toutes mes cartes.

Et j'ai alors vu Jacob ramper hors de sa tente, un peu plus loin. Mon pouls a accéléré et mon ventre s'est noué.

« Il n'y a pas que ce qu'il a fait hier soir », ai-je dit. Je regardais Milena mais surveillais Jacob du coin de l'œil.

« Ah non ?

– Je ne sais pas si tu as remarqué que l'ambiance était assez bizarre hier, quand Henrik et toi nous avez rejoints.

– Non. Comment ça ? » Milena me regardait avec perplexité.

Là-bas, près des tentes, Jacob s'est étiré avant d'enfiler son blouson de pluie. Sa posture indiquait qu'il avait froid. Il a enregistré que Henrik était en train de préparer le petit déjeuner sur le réchaud au gaz, et j'avais beau me trouver à environ trente mètres, j'ai pu voir la question qui lui a aussitôt traversé l'esprit : où sont Milena et Anna ? Son corps s'est figé, il a regardé tout autour. Il ne lui a fallu qu'une seconde pour nous repérer. Son attitude, son regard.

Comme un berger allemand, immobile, les oreilles aux aguets.

Il fallait que je me dépêche.

Milena tournait le dos aux tentes et n'avait pas vu Jacob. Je me suis efforcée de garder ma contenance en disant :

« Il m'a fait du rentre-dedans. Jacob m'a sauté dessus. » Milena est restée muette. Les yeux rivés sur le sol.

Jacob a commencé à se diriger vers nous.

« Tu sais que je n'inventerais jamais une chose pareille, Milena. Tu me connais depuis assez longtemps.

– Bonjour ! » a lancé gaiement Jacob d'une voix forte, tout en nous rejoignant d'un pas rapide. Milena s'est retournée, l'a regardé, mais sans rien dire.

« Et j'ai entendu hier soir », ai-je continué d'une voix étouffée. Le temps commençant à manquer, je parlais plus vite. « Je vois les marques sur ton cou. Je t'en prie, viens avec nous. »

Milena m'a dévisagée avec un regard que j'avais du mal à interpréter. Il y avait de la colère, et de la tristesse, mais aussi autre chose, sur quoi je n'arrivais pas à mettre le doigt. Était-ce… du mépris ?

Un instant après, Jacob nous avait rejointes.

« Bonjour chérie », a-t-il dit en passant le bras autour des épaules de Milena. Il l'a embrassée, ou plutôt a pressé ses lèvres contre les siennes, mais elle n'a en rien répondu à cette manifestation de tendresse. Jacob a pourtant gardé son bras sur son épaule, tenant Milena tout contre lui. Il s'est tourné vers moi avec son sourire artificiel.

« Tu as bien dormi, Anna ?

– Oui. » Un court silence s'est installé, pendant lequel Milena m'a elle aussi fixée. Puis elle a dit :

« Ils veulent interrompre la randonnée. » Elle a tourné les talons et a regagné les tentes, nous laissant Jacob et moi face à face.

Extrait de l'interrogatoire du témoin Anna Samuelsson 880216-3382, 18 septembre 2019, hôpital de Gällivare, conduit par l'inspecteur Anders Suhonen.

« Comment a réagi Jacob ? Au fait que vous vouliez arrêter ?

– Il n'a pas dit grand-chose. Je crois qu'il était très inquiet de ce que j'aurais pu dire à Milena, alors d'une certaine façon il devait être soulagé.

– Mais... vous lui aviez déjà tout dit ?

– Oui, mais ça, Jacob ne le savait pas.

– Non.

– Je n'en pouvais plus. Je voulais juste m'en aller, ne plus le voir.

– Oui, je comprends.

– Et j'étais, en fait... assez fâchée contre Milena, aussi.

– Ah bon ?

– Je ne pouvais m'empêcher de penser : "Tu vas défendre ce salaud, maintenant ? À quoi tu joues ? Mais démerde-toi, alors. Si tu veux entrer au Sarek avec un psychopathe, mais vas-y !"

– Vous dites qu'elle avait subi un lavage de cerveau ?

– Oui...

– Mais Jacob et elle ne se connaissaient que depuis environ un mois, n'est-ce pas ?

– Lavage de cerveau est sans doute un peu fort. »

Silence.

« Ça me met mal à l'aise de parler de ça.

– Mais pourquoi ?

– J'ai l'impression de la trahir.

– Je comprends.

– Nous nous connaissons depuis longtemps, et elle a toujours été une très bonne amie. On ne peut pas imaginer mieux. On ne peut rien dire de mal à son sujet. Mais Milena était… elle n'avait jamais eu de petit ami.

– Non ?

– Je veux dire, jamais longtemps. Et je crois qu'elle voulait vraiment, vraiment en avoir un. Elle voulait quelqu'un. Et alors, en rencontrant Jacob… je crois qu'elle a refoulé ce qui était bizarre ou mauvais chez lui.

– Je vois.

– C'est sans doute comme ça que ça marche : on veut que la réalité soit d'une certaine façon, et tout ce qui n'entre pas dans le cadre, on le refoule, pour pouvoir continuer de vivre avec ses… disons, son image déformée de la réalité.

– Peut-être.

– Pour Milena et Jacob, c'était ça : elle ne voulait pas voir qui il était réellement.

– Non. Mais avançons. Henrik et vous, vous avez donc fait vos sacs pour repartir vers Staloluokta ?

– Oui. Henrik a lui aussi tenté de parler avec Milena, pour la convaincre de rester avec nous, mais bien sûr Jacob ne les a pas laissés parler tranquillement. Et ça n'a rien donné.

– Alors ?

– Nous avons repris le chemin du col, par là où nous étions venus.

– Et qu'ont fait Milena et Jacob ?

– Ils ont continué pour pénétrer dans le Sarek. Comme nous devions le faire ensemble.

– Entendu. Donc vous vous êtes séparés ?

– Oui. Et je pensais sincèrement que c'était la dernière fois que nous voyions Jacob.

– Mais ça n'a pas été le cas ?

– Non, ça n'a pas été le cas. »

Henrik a donné à Milena une brève accolade, et ils se sont murmuré un au revoir. Je lui en voulais toujours et n'avais pas l'intention de dire quoi que ce soit, mais quand elle s'est tournée vers moi, à quelques pas de là, et m'a saluée moi aussi, impossible de ne pas répondre :

« Au revoir », ai-je lâché d'une voix éteinte.

Jacob était en train de replier leur tente, il en faisait le tour pour déterrer les sardines, sans nous adresser un seul regard. C'était aussi bien comme ça. Je ne voulais plus jamais avoir à échanger le moindre mot avec Jacob Tessin.

Henrik et moi avons entamé la montée. Le col, au-dessus de nous, était caché derrière les nuages et les rideaux de pluie, je ne voyais même pas le début du névé. Mon corps raide protestait. Mon sac, couvert d'une housse étanche vert sombre, semblait plus lourd que la veille. Ce n'était sans doute pas seulement une impression : tout était mouillé et humide, je devais bien porter un kilo supplémentaire.

La pluie avait forci, la douce bruine du réveil tenait à présent davantage de l'averse, les gouttes crépitaient sur la capuche de mon poncho. J'avais un équipement de pluie de très bonne qualité, mais dans un tissu qui respirait, et n'était donc pas étanche à cent pour cent. Avec une pluie battante comme celle-ci, on finissait par sentir l'humidité à l'intérieur, ça collait, plaqué sur la combinaison thermique. Et la pluie glaçait. J'avais beau avoir mes gants fins aux mains, mes doigts étaient déjà raides et gelés.

J'étais encore en colère et bouleversée par mon conflit avec Milena. Notre amitié venait-elle de prendre fin ? Je ne me souvenais pas avoir jamais échangé avec elle de mots comme ceux d'aujourd'hui au sujet de Jacob. Nous n'avions dans l'ensemble jamais été en désaccord. Mais Jacob avait changé Milena, elle n'était plus la même. L'avenir dirait si cette transformation était durable, ou si elle redeviendrait elle-même quand ils se sépareraient. C'était triste de se dire qu'on ne se verrait plus, mais mon univers n'allait pas s'effondrer pour autant.

Face à une relation en train de s'achever, on mesure clairement son importance réelle. Je réalisais que ma fréquentation de Milena était en grande partie fondée sur une vieille habitude. Peut-être aussi la nostalgie : nous voir, c'était à chaque fois, dans une certaine mesure, revivre l'époque de nos études ; nous reprenions contact avec les personnes que nous étions alors, nous nous rappelions une existence plus insouciante et plus simple. Mais avions-nous encore quelque chose en commun ?

C'était à elle de décider si nous allions continuer à nous voir ou si c'était fini, ruminais-je tristement.

Je me suis retournée, pour constater que j'avais largement distancé Henrik, j'étais trop occupée à songer à Milena. Je me suis arrêtée pour l'attendre. Ma marche rapide en montée avait au moins eu pour vertu de me réchauffer. Loin là-bas, à travers le rideau de pluie, je devinais le méplat où nous avions dormi. Jacob, Milena et la tente avaient disparu.

Henrik m'a rattrapée. Il semblait déjà épuisé en s'arrêtant à ma hauteur pour reprendre son souffle.

« Comment tu te sens ? lui ai-je demandé.

– C'est dur, a-t-il haleté en se débarrassant de son sac avant de s'affaler sur un rocher. Impossible de se réchauffer. Alors qu'on sue.

– On continue encore un peu ? Jusqu'au bord du névé. Et là, je ferai un peu de café.

– D'accord. Il faut juste que je me repose une petite minute. »

Nous sommes restés un moment immobiles, arrosés par la pluie insistante. Je ne sais pas si je me faisais des idées, mais elle me semblait non seulement plus forte, mais aussi plus froide qu'au matin. On ne voyait plus grand-chose de la montagne ni de la vallée en contrebas, la pluie avait baissé le rideau.

Quel enfer, cette putain de montagne !

Maintenant que le but de notre randonnée, traverser le Sarek, avait disparu, j'avais hâte de quitter les lieux au plus vite. Le charme était rompu. Je voulais regagner Staloluokta, être sous un toit, faire un sauna, dormir sur une couchette, au chaud et au sec. Nous devrions y arriver avec une nuit en chemin, comme à l'aller. Si Henrik en avait la force. Je m'inquiétais de le voir aussi fatigué.

J'étais impatiente de repartir, la pluie avait déjà rincé mon corps du peu de chaleur produit par l'effort, je commençais à me sentir à nouveau engourdie et gelée. Certes, Henrik avait raison : par un temps pareil, impossible de vraiment se réchauffer. Mais la différence entre le mouvement et l'immobilité était malgré tout énorme.

Henrik a fini par se lever péniblement de son rocher, il a hissé son sac à dos sur ses épaules et nous avons repris la montée. Je l'ai laissé passer devant, en m'adaptant à son tempo. Nous n'échangions pas beaucoup de mots. La pluie et la pente pesaient sur le moral.

Nous avons marché une demi-heure, quarante-cinq minutes. Une heure. Les touffes d'herbe ont cédé la place à des rochers rendus glissants par la pluie, Henrik a dérapé, manqué de perdre l'équilibre. Nous n'apercevions toujours pas le début du névé.

Il s'est arrêté en soufflant profondément.

« J'ai besoin d'une pause.

– Tu ne veux pas qu'on continue jusqu'à la neige ?

– Je suis fatigué, on a marché une heure. » Il semblait résolu, limite irrité. Il s'est débarrassé de son sac.

« Il ne peut pas y en avoir pour très longtemps, ai-je tenté d'un ton positif. C'est juste qu'on ne la voit pas à cause de cette crête, là.

– Je pense aussi qu'il faudrait regarder la carte », a marmonné Henrik. Il a ôté la housse imperméable, ouvert le haut de son sac et commencé à fouiller à la recherche du réchaud à gaz.

« On peut regarder, mais on suit bien le torrent, là-bas, en montant. Celui qu'on avait sur notre gauche en descendant. Impossible donc de se tromper.

– Oui, mais quand même », a-t-il dit sans me regarder, tandis qu'il montait le réchaud et sortait la cafetière.

J'avais la carte dans une poche sur la poitrine de mon imperméable, pliée en trois et froissée. Je l'avais consultée deux ou trois fois durant l'heure écoulée. Je l'ai alors sortie et tendue à Henrik, de manière un peu démonstrative.

« Merci, a-t-il lâché sèchement. Tu vas chercher de l'eau ?

– On ne se contente pas d'une barre énergétique, alors ? On va de toute façon devoir s'arrêter pour le déjeuner dans pas longtemps.

– Non, je veux boire quelque chose de chaud. » Henrik a lui-même sorti la cafetière et s'est dirigé d'un pas résolu vers le torrent qui coulait un peu plus loin. Son reproche passif-agressif a fait effet : j'ai couru derrière lui.

« Non, j'y vais, bien sûr. Donne-moi ça. »

Sans un mot, Henrik m'a tendu la cafetière puis est retourné s'occuper du réchaud.

J'ai gagné le ruisseau et trempé le récipient dans l'eau glacée. Hier, le froid avait été un choc, aujourd'hui ma main était déjà si froide que j'ai à peine réagi. Je suis revenue, j'ai posé la cafetière sur le brûleur et, bientôt, Henrik a versé le café soluble directement dans l'eau bouillante. Nous avons rempli nos quarts puis nous sommes assis chacun sur un rocher. J'ai tenu mon quart dans le creux de mes mains, comme pour protéger un petit oiseau. Ça a réchauffé un peu mes doigts raidis.

Nous avons bu notre café en silence, mais Henrik avait raison, nous avions besoin d'avaler quelque chose de chaud. Je me sentais d'un peu meilleure humeur.

« On dirait que la pluie diminue », ai-je dit, car c'était mon impression, le ciel au-dessus de notre tête me paraissait d'un gris un peu plus clair. Henrik n'a pas répondu, il a continué à siroter pensivement son café en fixant la cafetière d'un œil vide. Il a fini par demander :

« De quoi parliez-vous ce matin, Milena et toi ?

– De quoi on parlait ?

– Oui ?

– Mais tu le sais bien. Je lui ai demandé si elle voulait rentrer avec nous.

– Vous aviez l'air d'être fâchées. » Il m'a jeté un coup d'œil, mais a ensuite continué à fixer la cafetière.

« Fâchées, je ne sais pas, mais elle a minimisé ce qui s'est passé hier. Alors oui, ça m'a énervée.

– Comment ça, minimisé ?

– Bon, par exemple, elle a prétendu que Jacob ne t'avait pas poussé. »

J'avais espéré que Henrik montre qu'il était d'accord : soupire, ou gémisse, ou marmonne que c'était complètement incroyable, quelque chose comme ça. N'importe quoi. Je m'y attendais vraiment. Mais il est resté silencieux. Il a bu une gorgée de café en continuant à fixer devant lui sans voir. Alors j'ai poursuivi :

« Mais ce n'est pas seulement cette histoire, c'est toute son attitude. Elle a dit que moi aussi, hein, je perdais mon calme quand nous jouions aux cartes. Comme si c'était comparable. Bon, d'accord, je suis peut-être moi aussi mauvaise perdante, mais moi, je n'ai jamais traité quelqu'un de "pauvre conne", ni jamais agressé personne physiquement. »

Henrik a froncé les sourcils et m'a regardée :

« "Pauvre conne" ? Quand a-t-il dit ça ?

– Il a grommelé quelque chose au moment où je sortais de sous la tente.

– Je ne l'ai pas entendu.

– Mais quoi ? Tu trouves ça comparable ? Tu trouves que je me suis déjà comportée comme lui hier soir ?

– Non, bien sûr que non.

– Je croyais que nous étions d'accord que tout ce cirque était super pénible.

– C'est vrai, c'était pénible.

– "Il débloque", tu n'as pas arrêté de le répéter hier. "Il débloque."

– Je ne défends pas Jacob...

– C'est exactement ce qu'à dit Milena, "je ne le défends pas", mais c'est pourtant ce que vous faites. »

Henrik a pris la mouche.

« Donc, dire que je n'ai pas entendu Jacob prononcer les mots "pauvre conne" signifie que je prends sa défense ? » Il m'a dévisagée. « C'est ça ? »

J'ai soupiré.

« Je ne sais pas pourquoi on se dispute au sujet de ce crétin, ai-je lâché, un peu plus sur la défensive.

– Mais enfin, c'est toujours pareil avec toi ! Tu te mets en pétard pour un truc, et si on n'est pas d'accord avec toi dans le moindre putain de détail, on est contre toi, et alors tu... tu passes en force en écrasant les autres. Tu surinterprètes, tu te trompes, et voilà, tu es... agressive, merde. »

Henrik était en colère, hors de lui, il haussait la voix et avait le rouge aux joues. La violence de sa réaction m'a prise de court.

« Oui, oui, ai-je répondu. Pardon.

– Je déteste ça. »

La pluie glaciale continuait à se déverser sur nous, nous étions mouillés et gelés, avec devant nous plus de quarante kilomètres de marche pour avoir un toit au-dessus de la tête. Et voilà qu'en plus nous commencions à nous disputer.

Quel enfer, cette putain de montagne !

Henrik n'avait pas dit qu'il me détestait, mais il détestait un comportement que j'avais, et mes comportements font partie de qui je suis, donc il détestait une partie de moi. C'étaient des mots violents. Il ne m'avait jamais rien dit de comparable.

Nous sommes restés un moment sans nous parler.

Henrik a inspiré à fond, pris son élan pour poursuivre.

« Le truc..., a-t-il commencé. Je trouve à cent pour cent que c'était une bonne chose d'arrêter. Ce qui s'est passé hier était totalement inacceptable. Donc en fait nous sommes d'accord, mais... » Il a soupiré.

« Mais ?

– Non, rien d'autre. C'est juste ça. Mais il ne m'a pas touché, et là, Milena a raison. Aucune importance au fond, il a marché vers moi d'une manière super menaçante, comme pour me casser la gueule. Mais j'ai trébuché tout seul. Si je n'avais pas trébuché, il m'aurait peut-être foncé dessus. Donc ça n'a... au fond aucune espèce d'importance, qu'il m'ait touché ou non. »

J'ai lentement hoché la tête. La pluie tombait dans mon quart, le café commençait à être dilué et froid, mais j'en ai malgré tout bu encore une gorgée.

Ma colère n'était plus brûlante, tout feu tout flamme, mais glacée comme la pluie.

« Qu'est-ce que tu veux dire par “ce qui s'est passé hier” ? ai-je demandé.

– La dispute hier soir.

– Parce que ce qui s'est passé hier, en fait, c'est que Jacob m'a fait du rentre-dedans.

– Je sais. Et c'est complètement dingue.

– Et c'est pourquoi je pense le voir d'une façon légèrement différente de toi.

– Mais enfin, Anna, je vois bien que Jacob est complètement barge. Peut-être un psychopathe. Je comprends. » La voix de Henrik était plus douce à présent, il me regardait en parlant. Il commençait à éprouver des remords.

« Je peux te raconter un peu ce qu'il m'a dit hier. Quand il m'a sauté dessus.

– Écoute, pardon de m'être énervé à l'instant. Je... tu as parfaitement raison d'être furieuse. Pardon. » Il me suppliait presque.

« Il a dit qu'il trouvait que lui et moi allions bien ensemble, parce que nous étions les plus beaux. De nous quatre. Les plus beaux, en meilleure forme physique. » Henrik a digéré ça en silence. Un peu voûté sur son rocher, courbant l'échine sous la pluie et sous le coup de ce que je venais de lui dire. Il a fini par secouer la tête.

« Il débloque complètement, putain, a-t-il lâché à voix basse.

– Tu comprends ce que je veux dire, maintenant ?

– Oui, oui. Je comprends. »

Nous avons rangé le réchaud ensemble. Ma colère avait disparu, j'ai essayé de dire quelque chose d'encourageant. Henrik a hoché la tête en grommelant, l'air absent. Nous sommes repartis.

Cette fois-ci, cette fois-ci seulement, j'avais raison pour la crête rocheuse et le névé. Une demi-heure plus tard, le début de l'étendue enneigée est apparu sous nos yeux, et nous l'avons rejoint en un quart d'heure à peine. Le terrain était aussi plus plat, plus facile. Nous nous sommes arrêtés pour remplir nos gourdes. J'ai souri à Henrik.

« Je n'avais pas dit qu'on arriverait bientôt à la neige ? Je ne l'avais pas dit ? »

Il m'a adressé un pâle sourire.

« Oui, peut-être bien. » Je me suis approchée pour le prendre dans mes bras et lui donner un baiser.

« Tu sais bien que j'ai toujours raison, mon chéri.

– Mm.

– Voilà ce que je pense : on va marcher encore une heure, jusqu'à ce que ça se mette à descendre. Et on s'arrêtera pour déjeuner. »

Henrik a approuvé de la tête en grognant, mais ne voulait pas vraiment me regarder dans les yeux. Il était essoufflé, les joues rougies par l'effort.

« Après, une fois passé le col, c'est assez facile de rejoindre le lac Alggavagge. Et de là, on verra le parc du Padjelanta. Et tu sais ce qu'il y a dans le Padjelanta ?

– Non.

– Staloluokta. Et là, il y a des lits, une cheminée et un sauna chauffé au bois. » J'ai pris le visage de Henrik dans mes mains et je l'ai à nouveau embrassé, en plein sur la bouche.

Nous nous sommes engagés sur la neige, Henrik devant, moi derrière. C'est devenu immédiatement plus pénible d'avancer, chaque pas s'enfonçant d'une dizaine de centimètres. Et la visibilité avait empiré : la pluie avait presque cessé, mais nous étions enveloppés par un brouillard glacial, à moins que ce ne soit un nuage bas, qui estompait encore davantage les contours du monde environnant.

En silence, nous avons lentement continué la pénible ascension. Aucun de nous deux n'a dit un mot pendant une bonne demi-heure. Le monde était silencieux, excepté le crissement de nos pas dans la neige et le bruit de nos respirations. Je me concentrais sur la journée du lendemain, j'essayais de planifier les haltes, de prévoir où nous pourrions nous trouver à telle ou telle heure, j'imaginais des stratégies pour maintenir Henrik de bonne humeur. Dans la matinée, j'avais vaguement espéré que nous pourrions avancer un peu dans le Padjelanta dès aujourd'hui, mais dans l'état où se trouvait Henrik, j'imaginais que nous pourrions bien bivouaquer à l'extrémité de l'Alggajavrre, à la frontière du Sarek et du Padjelanta. Et même arriver jusque-là serait une vraie épreuve physique pour lui. Je commençais à me faire à l'idée que nous ne réussirions pas à rallier Staloluokta avec une seule nuit, il nous en faudrait peut-être deux.

Tu n'es plus comme avant, Henrik. Il y a cinq ans, tu n'aurais jamais négligé le sport.

À quoi pensait-il en marchant ? Je l'ignorais. Henrik ruminait en silence depuis que nous étions repartis après notre pause-café.

Je m'attendais à ce que le névé s'aplanisse encore à l'approche du col, mais cela n'était pas le cas, alors que nous marchions depuis plus d'une heure. Et si…

Non, pas possible.

Nous continuions à marcher en silence.

Mais on avait l'impression que… que la pente devenait au contraire plus raide.

Mais c'était impossible.

Ce devait être une illusion.

À moins que… ?

Dans l'autre sens, quand je marchais avec Jacob, j'avais peut-être été choquée par ses avances au point de ne pas remarquer le changement du relief ?

Mais non.

L'incident avec Jacob s'était produit juste au bout de l'étendue enneigée. Et là, nous marchions dans la neige depuis une heure. Et même plus.

Nous aurions dû atteindre le col, ça aurait dû être plat, ou redescendre.

Oui. La montée était en effet plus raide. Ça ne pouvait pas être une illusion.

Mon ventre s'est noué. J'avais beau être déjà gelée, j'ai frissonné.

Pouvions-nous vraiment nous être perdus ? Était-ce seulement possible ?

Ressaisis-toi, Anna. Tu dois garder ton calme. Ne pas inquiéter Henrik inutilement.

Henrik s'est arrêté devant moi. La respiration lourde, il m'a indiqué quelque chose plus haut à flanc de montagne, sur la gauche.

« Qu'est-ce que c'est que ça ? »

À une centaine de mètres, on apercevait un contour plus sombre dans la neige, comme une coupure dans la mer blanche, à demi voilée par le brouillard.

« Je ne sais pas », ai-je dit, avec un mauvais pressentiment. J'ai dépassé Henrik pour m'approcher de la silhouette sombre. Je l'ai entendu qui me suivait. Nous avons piétiné dans le brouillard et les contours se sont précisés à chacun de nos pas.

Je voyais à présent la couleur virer vers le bleu-vert.

C'était une crevasse.

Nous nous étions bien perdus.

Le névé n'était pas un glacier. Il ne pouvait pas y avoir une telle crevasse.

Henrik m'a rattrapée et s'est arrêté près de moi, encore essoufflé.

« C'est une crevasse ? » a-t-il demandé. J'ai senti plus que vu comment il me regardait.

« On devrait bien vérifier sur la carte, ai-je dit en m'efforçant de sembler calme et posée.

– Tout à fait », a-t-il dit.

Un bref silence s'est fait. Henrik a changé de pied d'appui dans la neige, sorti sa gourde, bu quelques gorgées. Il a levé les yeux vers la crevasse. Comme s'il s'attendait à ce que je fasse quelque chose.

« La carte ? » ai-je demandé.

Henrik m'a regardée, interloqué.

Extrait de l'interrogatoire du témoin Anna Samuelsson 880216-3382, 18 septembre 2019, hôpital de Gällivare, conduit par l'inspecteur Anders Suhonen.

« Donc, la carte avait disparu ?

– Oui.

– Que s'était-il passé ?

– Je l'avais donnée à Henrik quand nous nous étions arrêtés pour boire du café. Et il a dû la poser sur le sol. Je suppose.

– Je vois.

– Il faut dire que c'était... comme je vous l'ai raconté, nous nous sommes pas mal disputés lors de cette pause-café. Nous étions tous les deux un peu secoués. Je n'ai pas non plus pensé à la carte, à ce moment-là.

– Non, je comprends.

– Et Henrik refusait d'admettre que c'était lui qui l'avait perdue, il affirmait me l'avoir rendue. Ce qui n'était pas vrai.

– Donc... vous vous êtes à nouveau fâchés ?

– Non. J'ai senti que nous ne pouvions pas dépenser notre énergie à discuter de ça. Alors j'ai dit que peu importait de qui c'était la faute, la situation était ce qu'elle était. J'ai décidé que j'allais tenter de rebrousser chemin pour retrouver la carte. Nous savions précisément où nous l'avions pour la dernière fois.

– Et Henrik allait attendre là, sur place ?

– Il allait rester là, oui. Il était trop fatigué pour faire ne serait-ce qu'un mètre de plus.

– Dans ce cas, en effet.

– Il n'était pas si tard non plus. Alors je pensais pouvoir retrouver la carte puis, une fois revenus sur la bonne route, nous aurions le temps de marcher encore quelques heures avant de dresser le camp.

– Je vois.

– C'était une mauvaise décision, nous aurions dû tout de suite redescendre ensemble. Mais il est facile d'avoir raison après coup. »

Je cours sur la neige à petites foulées bien calibrées, à un tempo calme et contrôlé, je redescends en suivant mes traces. J'ai laissé mon sac à dos avec Henrik, je porte ma gourde à la main. Mon pouls est élevé, mais pas trop, je me sens légère et libre sans mon sac à dos, la pratique de la course d'endurance m'a habituée à cette allure.

Corps et âme. Mon âme est déçue, inquiète et frustrée que nous nous soyons perdus, que la carte ait disparu, que Henrik m'accuse. Je fais à présent confiance au corps pour contrebalancer. Les hormones vont faire le boulot.

Nous avons marché environ deux heures depuis le café. Maintenant que je redescends à mon rythme, je devrais pouvoir rejoindre l'endroit en une demi-heure. Quarante minutes, maximum. Puis une heure pour rejoindre Henrik, sans m'épuiser. Si j'arrive à retrouver la carte, ça vaut vraiment le coup.

Et pourquoi ne la retrouverais-je pas ? Elle est forcément là-bas, quelque part.

Il ne s'agit pas seulement de la carte. J'ai besoin de ce moment. Pour moi. J'ai besoin d'être loin de Henrik pour retrouver mon équilibre. Je sais qu'il faut que je sois forte, que j'anticipe, que j'entraîne, stimule et pousse à la roue. J'ai failli perdre patience quand il m'a accusée d'avoir perdu la carte, j'ai gardé mon calme mais il s'en est fallu de peu.

La patience n'est pas mon fort. Peut-être cette aventure pourra-t-elle m'enseigner quelque chose d'important ?

Je suis nos pas dans la neige. Le brouillard et la pluie semblent faiblir un peu, tandis que le vent a l'air de forcir. Peut-être les nuages vont-ils se dissiper et le soleil à nouveau briller dans un ciel bleu clair d'ici une heure ? Avec une vue portant à des kilomètres à la ronde, nous pourrons nous orienter simplement et trouver le col. Et dès ce soir, nous planterons la tente au bord de l'Alggavagge et parlerons déjà de notre aventure, quand le Sarek nous a montré ses crocs. Nous commencerons à façonner un récit, une bonne histoire avec laquelle amuser nos amis quand nous les inviterons à dîner à la maison par une froide soirée d'automne. Erika et Olof, Simon et Jennifer, Mark et Valle. Nous mangerons du gibier en daube en buvant de l'amarone, et nous rirons de cette fois où Henrik et moi avions perdu la carte et nous étions égarés dans le Sarek.

Oui. C'est ce qui va se passer.

J'aperçois à présent la fin du névé et je cours bientôt sur le sol nu, en me concentrant pour ne pas me tordre la cheville. Les rochers sont mouillés et glissants, aussi j'essaie autant que possible de marcher directement par terre et non de sauter de pierre en pierre.

Il est plus difficile à présent de rebrousser chemin, sans traces de pas dans la neige à suivre. Mais ici ou là, je vois une empreinte de chaussure dans une flaque de boue, qui me confirme que je suis sur la bonne route. Et je reconnais aussi quelques autres repères, ici un gros bloc rocheux, là des broussailles de saules montées plus haut à flanc de montagne. Sur ma gauche j'entends toujours couler le ruisseau.

Le vent a encore forci, la pluie aussi. C'est comme si elle avait juste repris son souffle et pris son élan pour se jeter sur moi, plus insistante que jamais. Elle me fouette à présent le côté du visage. Je serre plus fort les cordons de ma capuche, pour qu'elle ne laisse plus à nu de mon visage qu'un ovale, des sourcils à la lèvre inférieure.

Et soudain, me voilà là où nous avons bu le café. Je vois les rochers sur lesquels nous étions assis, et même une petite marque par terre, là où était installé le réchaud. Pleine d'espoir, je cherche alentour : les couleurs claires et la bordure orange de la carte devraient être faciles à repérer au milieu de tous ces verts bruns et gris ternes.

Je constate rapidement qu'elle n'est plus à l'endroit précis où nous nous sommes arrêtés. Je regarde autour de chaque rocher, je scrute les petites anfractuosités formées dans le sol quand les éboulis ont été recouverts d'une couche de terre, de mousse et d'herbe. Si Henrik a reposé la carte en installant le réchaud, elle devrait être encore par ici. Mais bien sûr, elle a aussi pu être emportée par le vent, ou il l'a perdue en allant rincer son quart au ruisseau avant de repartir.

J'étends le périmètre de mes recherches, je gagne le ruisseau et je regarde en le remontant puis en le redescendant, à vingt mètres dans chaque direction. Mon cerveau est programmé pour repérer quelque chose d'orange, bleu clair et blanc, comme quand on recherche une pièce de puzzle d'une forme bien particulière parmi des centaines d'autres. Je décris des cercles de plus en plus larges autour du lieu de notre pause, je scanne le terrain du regard, mais ne trouve pas de carte.

La pluie est toujours plus forte et le tissu de ma capuche colle à mon oreille, si bien que chaque goutte qui y claque semble retentir directement à l'intérieur de mon crâne.

Je suis en mouvement permanent, je regarde tantôt ici, tantôt là, mais je m'efforce de garder une méthode dans ma recherche. Des cercles de plus en plus larges. Dix mètres du lieu de notre pause, vingt mètres, trente, quarante.

Je cherche depuis un petit moment. Sûrement un quart d'heure, vingt minutes peut-être, ou même un peu plus.

Arrivée ici pleine d'espoir, je n'ai pas l'intention de renoncer avant longtemps, mais un doute commence déjà à me ronger. Je ne vais peut-être pas réussir à trouver la carte. Pas ici, en tout cas. Henrik l'a peut-être fourrée dans une poche en oubliant de remonter la fermeture éclair. Dans ce cas, elle a pu tomber quelque part dans la montée. Je regrette de ne pas l'avoir cherchée des yeux en descendant.

Tu ne la retrouveras jamais.

Quelques courtes secondes, mon cerveau part en vrille, laisse libre cours au doute, est submergé par l'effroi qui déferle dans son sillage.

Carte disparue. Perdus au Sarek. Scénario catastrophe.

Je me ressaisis, je me force à me concentrer. Je réfléchis à des hypothèses moins vraisemblables qu'il faut néanmoins prendre en considération. La carte pourrait par exemple avoir été poussée par le vent jusqu'au ruisseau, puis emportée par le courant, pour finir assez loin de notre lieu de pause. C'est un peu tiré par les cheveux, mais je gagne le ruisseau et je le suis bien au-delà du point où je me suis arrêtée jusqu'ici. Je descends cent mètres en aval, deux cents mètres.

Tu ne vas jamais retrouver cette carte, reconnais-le. Combien de temps vas-tu y passer ? Du temps perdu ? Bien sûr, ça semble méthodique, très bien, d'explorer toutes les hypothèses pour pouvoir les éliminer systématiquement, mais qui crois-tu tromper, finalement ? Tu ne veux juste pas admettre que la carte a disparu.

Je suis sur le point de faire demi-tour quand je lève les yeux une dernière fois et un peu plus loin, près d'une pierre juste au bord du ruisseau, je vois un trait orange briller à côté de blanc et de bleu clair.

C'est la carte. Putain, c'est vraiment la carte.

Merci, mon Dieu.

Mon cœur freine et trébuche avant que le soulagement déferle sur moi comme une vague chaude. Je réalise seulement maintenant à quel point j'avais perdu espoir. Je presse le pas, j'inspire à fond, je laisse inconsciemment retomber mes épaules de quelques centimètres.

Yes. Yes yes yes.

Je cours à petites foulées le long du ruisseau pour attraper la carte avant que le vent ne l'emporte à nouveau plus loin. Le vent a encore forci, et la pluie semble différente, presque comme si…

Oui. Elle est à présent mêlée de neige.

Parfois, je dois lâcher la carte des yeux un bref instant pour regarder où je mets les pieds, ce serait quand même lamentable de ne pas faire attention et que, dans ma hâte, je me torde la cheville.

Car c'est bien la carte ?

Je ralentis. Je m'immobilise, souffle, la regarde fixement à cinq mètres de distance.

La carte, qui n'en est pas une.

L'orange est une sorte de lichen comme j'en ai souvent vu en montagne. Le blanc une autre sorte de lichen. Et le bleu clair n'est pas du bleu clair, plutôt une nuance plus claire du gris du rocher sur lequel ils poussent.

La déception me submerge, comme le soulagement quelques secondes plus tôt. La carte a disparu, il n'y a plus qu'à l'admettre. Le pire scénario n'est plus un scénario, c'est la réalité.

Merde. Merde merde merde merde.

Et autour de moi, la pluie mêlée de neige s'est muée en neige mêlée de pluie, de lourds flocons glacés m'atterrissent sur le visage. Étonnée, je regarde alentour.

De la neige en septembre ? C'est quoi qui ne tourne pas rond dans ce maudit trou ?

Je me retrouve à présent dans une véritable tempête de neige : de gros flocons tourbillonnent autour de moi, une partie d'entre eux semble remonter, retourner au ciel. D'autres tapissent déjà le sol. Un voile blanc, comme un rideau de tulle, encore translucide, mais plus pour longtemps.

Les pas dans la neige. Nos traces. Ma seule chance de retrouver Henrik.

Je m'élance dans la pente. Fini les petites foulées, je cours. D'un coup, la carte n'a plus d'importance, la déception d'avoir échoué est déjà oubliée. Car à présent ma peur est différente, plus urgente. Si je ne retrouve pas Henrik...

Mais je dois retrouver Henrik.

Je cours, concentrée pour ne pas faire de faux pas et suivre les traces de chaussures et les points de repère qui vont me guider vers Henrik. Je réalise rapidement que je peux faire une croix sur la plupart des points de repère, la chute de neige est trop intense pour me permettre de voir à plus d'une dizaine de mètres. À un endroit, je me perds, je dois revenir sur mes pas pour repartir d'une trace de chaussure antérieure. Je repars un peu plus sur la droite cette fois, et je retrouve la piste.

Je cours dans la pente, sans précipitation. On a beau être entraîné, on peut accumuler de l'acide lactique quand on court en montée. Et je ne veux pas être déjà fatiguée en arrivant au névé, car à partir de là, la course sera de plus en plus pénible.

J'essaie de calculer combien de temps il va me falloir pour rejoindre Henrik à mon allure actuelle. Jusqu'au bord de la neige, peut-être cinq ou dix minutes. De là, on a mis une bonne heure en marchant ensemble, une heure et quart peut-être. Donc au moins une demi-heure de plus.

Vais-je avoir la force de courir à ce rythme encore quarante minutes ? J'en doute. Je respire fort, inspire à pleins poumons l'air humide et glacé. Mon corps transpire, je suis refroidie par l'extérieur, l'air chaud et l'humidité froide se rencontrent quelque part entre la peau et mon vêtement extérieur. Je devrais ralentir un peu pour ne pas foncer dans le mur.

Et en même temps... la neige commence à s'accumuler. Le fragile voile de tulle étendu par terre commence à ressembler à une épaisse couverture de laine. Nos traces de pas resteront-elles visibles pendant encore quarante minutes ?

Aucune chance.

Est-ce que je serai même capable de les voir cinq minutes de plus ? Trouverai-je les premières empreintes dans la neige à temps ?

Je réalise que je ne peux pas ralentir. Au contraire, je dois accélérer, courir comme je n'ai jamais couru. Et si je fonce dans le mur, il faut que je continue à courir pour le traverser, il faut que quelque part, je trouve la force.

J'augmente le tempo et je me précipite jusqu'à la couche de neige et, oui, j'arrive à temps : j'aperçois nos traces de pas qui montent à flanc de montagne. À l'aller, j'avais marché dans les pas de Henrik, les traces étaient déjà profondes, et à certains endroits, j'avais encore une fois marché dessus en descendant. Je les vois désormais distinctement, mais la couche de neige fait déjà plusieurs centimètres et s'épaissit rapidement.

À ce stade, la course devient beaucoup plus pénible. Je suis encore plus concentrée, avec un bon contrôle technique, je synchronise consciencieusement mes jambes et le haut de mon corps. Mais le tempo et le terrain finissent par réclamer leurs droits. Je sens les premiers signes d'accumulation d'acide lactique dans les muscles de mes cuisses. Une douleur continue. L'air glacé me brûle les poumons.

S'il y a un instant je voyais les traces dix mètres devant moi, je ne les vois plus qu'à cinq. Certaines empreintes, les moins profondes, celles laissées uniquement par mes pieds, commencent à disparaître. La tempête balaie de manière impitoyable les traces de notre passage.

Je défais les cordons de ma capuche, trop serrée autour de ma tête, j'ai l'impression de manquer d'air. Le vent s'engouffre et me l'arrache. Je cours tête nue en pleine tempête de neige. Je sais qu'il faudrait rabattre ma capuche, mais les flocons glacés et humides font du bien à ma nuque en sueur.

Combien de temps ai-je couru ? Quelques minutes seulement. J'en ai sûrement encore pour une demi-heure avant de rejoindre Henrik.

Ça ne va jamais marcher. Je n'arriverai pas à temps.

La tempête balaie la montagne comme un coup d'éponge sur un tableau, nos traces sont des gribouillis de crayons, gommés d'un seul coup.

L'acide me tiraille les cuisses. Mes poumons crient. Les traces de pas ne forment plus une chaîne continue, elles disparaissent sur quelques mètres, puis quelques empreintes surgissent un peu plus loin. On ne distingue plus que les plus profondes, et pas pour très longtemps.

Là-haut, sur la montagne, Henrik est seul dans la tempête de neige, et je ne vais pas réussir à le rejoindre. Nous pourrions tous les deux mourir ici.

Cela semble une bonne occasion pour céder à la panique.

Un sentiment farouche et incontrôlable s'empare de moi, comme si une bête féroce me reniflait les basques, me forçant à fuir au plus vite. Ma vie en dépend, et j'oublie tout ce que je sais sur les techniques de course économes en énergie pour me ruer, prenant mes jambes à mon cou. Je ne sens plus la fatigue dans mes jambes, ni la douleur de mes poumons.

Peut-être est-ce là la réserve d'énergie de secours dont j'ai besoin ? qui va me faire traverser le mur ?

Mieux que toutes les boissons énergisantes du monde : l'angoisse de mort.

« Henrik ! » Je crie à travers le mur de neige. « Henrik ! »

Les traces visibles se font de plus en plus rares, et je devrais ralentir pour ne pas les rater, mais je ne peux pas, je ne me contrôle pas, je cours juste à l'aveuglette, droit devant moi. Je vois une vague trace, quelques mètres plus loin encore une, je le crois en tout cas, mais je n'en suis pas sûre, je continue à courir, les mètres et les secondes passent sans que j'en voie d'autres, jusqu'à ce qu'il me semble distinguer une nouvelle marque par terre. Je freine, et m'arrête. Oui, il y a le vague contour d'une chaussure dans la neige. Je la vois encore… je crois… les flocons tourbillonnent devant mes yeux, dans mes yeux, je fixe le sol, concentrée, comme si je regardais une image en trois dimensions et attendais que le relief y apparaisse.

Le cerveau cherche à tâtons une forme, mais ne trouve rien.

Les traces ont disparu.

Je lève les yeux, tout ce que je vois devant moi est une couche de neige épaisse et régulière. La montagne ne se souvient plus de nous.

« HENRIK ! » Je hurle à pleins poumons. « HENRIK ! HEEENRIIIIK ! »

Je me trouve dans un monde parfaitement assourdi. Aucun écho. C'est comme si mon hurlement n'était que dans ma tête, le monde l'étouffe aussitôt.

« HEEEENRIIIK ! »

Naturellement, je n'obtiens aucune réponse.

Le monde est silencieux, froid et blanc, comme l'oubli. Comme la mort.

« HEEENRIIIIK ! »

Je ne sais pas combien de fois j'ai hurlé, mais ma gorge commençait à me brûler. Et pas le moindre bruit en réponse. J'étais seule et abandonnée dans la tempête de neige.

La vague de panique m'avait renversée, fait perdre pied. Mais peu à peu, elle a reflué. J'ai pu me relever sur des jambes tremblantes.

L'idée que je pouvais mourir m'avait prise au dépourvu. Une fois un peu habituée au fait que c'était une alternative réaliste, j'ai aussi compris que ce n'était pas une alternative inévitable.

Je suis restée un moment immobile, le temps que mon pouls redescende d'un cran. D'une main, j'ai enlevé un peu des flocons qui avaient atterri sur ma tête puis remis ma capuche et serré ses cordons. À nouveau, seul mon visage restait exposé à tous les vents.

Ma respiration sous contrôle. Mon cerveau pouvait se mettre au travail.

L'issue plus ou moins mauvaise dépendait encore de moi.

La première décision était capitale : allais-je laisser Henrik en plan pour sauver ma peau ? ou tenter de le retrouver ?

En formulant la question, je connaissais déjà la réponse. Il était impensable d'abandonner Henrik dans la montagne.

Certes, je me privais ainsi de la possibilité de me mettre facilement en sécurité. Pas une seule seconde je doutais de m'en sortir si je redescendais toute seule de là. Quand le temps s'améliorerait, ce sur quoi je comptais assez rapidement, je devrais sans trop de mal trouver le chemin pour regagner Staloluokta. Si en revanche la tempête persistait, je pouvais continuer dans la vallée de Sarvesvagge, rattraper Milena et Jacob et me joindre à eux pour sortir du parc, selon le plan initial. Alternative peu réjouissante, mais sûre.

Mais si je continuais à marcher, j'augmentais sensiblement les risques en ce qui me concernait. La probabilité de retrouver Henrik dans les conditions météorologiques actuelles n'était pas grande. Et c'était lui qui avait la tente. Je devais à tout prix lui éviter de passer la nuit dehors.

En même temps, je n'étais pas certaine qu'il ait la présence d'esprit et les forces suffisantes pour réussir à passer une nuit tout seul dans de telles conditions. Le seul fait de monter la tente avec un vent pareil était un défi.

Alors j'ai pris une décision : continuer à chercher Henrik quelques heures encore, jusqu'à la tombée de la nuit. Si je ne l'avais pas trouvé d'ici-là, je me dirigerais vers la vallée, où il ferait quelques degrés de plus et où l'on pouvait espérer qu'il ne neige pas. Je devrais trouver un abri, sous un rocher en surplomb, ou quelque chose comme ça. Ce ne serait pas la nuit la plus agréable de ma vie, mais je ne serais pas en danger de mort.

Mais où aller pour chercher Henrik ? dans quelle direction ?

J'ai regardé en arrière, vers la vallée. Jusqu'ici, j'avais suivi nos traces, celles que j'avais laissées en redescendant se voyaient encore, même si la tempête s'efforçait de les gommer. Elles formaient une ligne faible mais distincte.

Il me faudrait naturellement continuer à monter en suivant cette ligne. Quelle approche adopter ? Comment éviter de dévier ?

En marchant à l'envers. Pour vérifier que mes traces restaient tout le temps alignées.

J'ai réalisé qu'il serait également utile de créer une piste à suivre pour redescendre dans la vallée, dans le meilleur des cas pour nous deux, une fois Henrik retrouvé comme je l'espérais, mais sinon, au moins pour moi. Allais-je édifier des tas de neige à intervalles réguliers ? rouler quelques boules et les empiler, comme pour faire un bonhomme de neige ? baliser ma propre route avec de la neige ? Mais j'ai estimé que cela me prendrait trop de temps et de force. Une façon plus simple et rapide serait, de temps en temps, de revenir un peu en arrière sur mes propres pas, puis de repartir par le même chemin. Ainsi, les marques seraient plus fraîches et plus profondes. Cela me mènerait au moins dans la bonne direction pour continuer ma descente.

J'ai commencé à gravir la pente en marchant à l'envers. Le fait d'avoir réfléchi à ce qu'il était le plus malin et le plus rationnel de faire dans la situation présente avait eu sur moi un effet tranquillisant. Dorénavant, j'avais un plan. Cela gardait la panique à distance.

Après quelques centaines de mètres, je me suis arrêtée pour appeler Henrik. Toujours pas de réponse. Alors je suis redescendue un peu, en marchant soigneusement dans mes propres traces, avant de faire demi-tour et de remonter. Une fois revenue au bout de mes traces, je me suis retournée pour continuer à reculons.

J'ai estimé que je marchais à reculons à peu près à la même allure que Henrik et moi lors de notre ascension commune. Ma crise de panique face à l'effacement des traces n'avait pas duré longtemps, cinq minutes maximum. Ce qui correspondait peut-être à un quart d'heure ou vingt minutes de marche à mon tempo actuel. Je devais donc en avoir pour entre quarante-cinq minutes et une heure avant d'arriver à la hauteur de Henrik.

Pas étonnant qu'il ne m'entende pas encore.

Je me suis arrêtée pour l'appeler à nouveau, malgré le peu d'espoir d'obtenir une réponse. Il était important à présent de suivre le plan. Le plan me rassurait, c'était un vaccin contre la panique contagieuse. Je ne voulais pas que mon sang se remette à bouillir.

J'ai bu un peu d'eau, et j'ai continué à monter. Des pas réguliers, rythmés, déterminés, le regard sans arrêt concentré pour rester sur une ligne droite vers la vallée.

N'y avait-il pas une vieille série de dessins animés à la télévision qui s'appelait « La Ligne » ? Un petit bonhomme énervé qui gesticulait et invectivait son dessinateur. Je crois que j'en ai vu quelques épisodes sur YouTube.

J'étais comme lui, « Anna sur la ligne ». À la différence que c'était moi qui traçais ma propre ligne sur la neige. Et que j'étais calme et concentrée. « Anna sur la ligne » n'aurait pas fait un programme bien fameux : une fille qui marche à l'envers à un rythme tranquille, s'arrête parfois pour crier « Henrik », revient un peu sur ses pas, se retourne et remonte, se retourne et continue à reculons.

En boucle.

Je me faisais peut-être des idées, mais il me semblait que la tempête de neige avait un peu décru en intensité. Je savais bien qu'il pouvait neiger au Sarek en septembre, mais je n'avais jamais entendu parler de chutes de neige durant des jours d'affilée, comme en plein hiver.

J'ai continué obstinément selon le plan, ma voix de plus en plus rauque à force d'appeler, et la marche à reculons commençait à se faire un peu sentir dans mes chevilles. J'ai regardé l'heure. Une demi-heure s'était écoulée.

Oui, il devait à présent neiger un peu, un tout petit peu moins. Il me semblait distinguer mes propres traces un peu, un tout petit peu plus loin.

J'ai continué à monter à reculons. Un quart d'heure est encore passé, vingt minutes.

Ça ne va jamais marcher. Tu ne vas jamais retrouver Henrik.

Au bout d'une heure je me suis arrêtée, me suis humecté la

gorge avec un peu d'eau, l'ai un peu raclée, avant d'appeler de toutes mes forces :

« HEEENRIIIIK ! HEEEENRIIIIK ! »

J'ai hurlé aux flocons qui tombaient vers le sol en voletant :

« HEEEENRIIIK ! »

Toujours la même absence d'écho, la même impression de me trouver dans la plus vaste chambre capitonnée du monde. Aucun écho, aucune réponse.

« HEEEENRIIIK ! »

S'il était resté là où je l'avais laissé et que j'étais allée dans la bonne direction, ce qui devait être le cas puisque j'avais suivi le PLAN avec une soumission totale, il aurait dû entendre mes appels à présent.

Mais le PLAN ne marchait peut-être pas. C'était peut-être un PLAN DE MERDE.

Ça ne va jamais marcher. Tu ne vas jamais retrouver Henrik.

Le doute s'était désormais immiscé, comme la première irritation de la gorge avant le début d'un rhume. Le calme, comme la panique, était une vague qui se brisait et refluait.

J'ai réalisé que certains facteurs étaient incertains. Peut-être ne me déplaçais-je pas du tout à la même allure qu'avec Henrik à la montée ? En fait, il me restait peut-être encore une demi-heure à marcher avant d'approcher de l'endroit où il se trouvait. J'ai inspiré à fond en me concentrant.

Le plan n'a pas de défaut. C'est un bon plan. Le pire qu'on puisse faire, quand on a un bon plan, c'est de l'abandonner prématurément.

J'ai donc continué obstinément mon ascension, piétinant à l'envers. J'ai marché encore dix minutes, en fixant les pas que j'avais laissés dans la neige, si intensément concentrée à rester en ligne droite que je n'ai d'abord pas remarqué le trait noir qui courait parallèlement à mes traces, quelques mètres sur la droite. Il avait six ou sept mètres de long, quelques décimètres de large au maximum, rétréci aux extrémités comme un couteau à saumon. De la neige fraîche le recouvrait, mais je distinguais pourtant que c'était en creux par rapport à la couverture neigeuse environnante.

Ça ne pouvait pas être autre chose, mais je suis quand même allée regarder de plus près.

En effet. C'était une crevasse de glacier. La neige en tourbillonnant s'y était engouffrée, m'empêchant d'en voir le fond, qui devait être loin.

Je me suis tournée pour regarder au-dessus, et suis restée bouche bée.

À environ quinze mètres de là, une entaille de plusieurs mètres de large fendait le sol, croisant en diagonale ma trajectoire. C'était une longue crevasse, sûrement cinquante mètres de bout en bout.

Je me suis approchée du bord avec précaution et j'ai regardé vers le bas, mon centre de gravité bien assis sur mon pied arrière. L'éclat turquoise de la glace était en partie masqué par la poudreuse, et se perdait dans la pénombre. La crevasse était un peu courbée, je n'en voyais pas le fond. Je l'aurais peut-être aperçu en me penchant davantage, mais je me suis abstenue.

J'en avais assez vu.

Elle faisait sûrement trente mètres de profondeur. Si j'étais arrivée en marchant à reculons, je n'aurais probablement pas compris ce qui m'arrivait avant que mon corps ne se déchiquette sur une arête de glace tranchante tout au fond. Et si contre toute attente j'avais survécu à la chute, je n'aurais eu aucune chance de me sortir de la crevasse par mes propres moyens.

Penser à quel point j'avais frôlé la mort a fait tambouriner mon cœur.

Quel enfer, cette putain de montagne !

Je devais être arrivée plus haut que je ne le croyais. Peut-être qu'en fait j'avais marché plus vite à reculons qu'en avant avec Henrik ? Ou que mon fantastique PLAN pour trouver le bon chemin, ma MÉTHODE géniale avaient échoué d'une façon ou d'une autre.

Peut-être n'avais-je pas marché aussi droit que je le pensais ?

J'avais reculé de quelques mètres de la crevasse, mais c'était comme si sa pénombre turquoise débordait et obscurcissait le monde.

J'ai regardé l'heure : ça ne pouvait pas être la tombée de la nuit, il était encore trop tôt. Ce devait être la couverture nuageuse qui s'était épaissie, prenant une nuance grise plus sombre.

On avait une impression de crépuscule.

Naturellement, j'aurais pu contourner la crevasse et continuer à monter, mais j'avais le très fort sentiment d'être déjà arrivée trop haut. Il était temps de commencer ma descente. Je pouvais faire des détours latéraux pour chercher Henrik, mais le terrain était traître. Comment être certaine qu'il n'y avait pas, cachée sous une congère de neige fraîche, une crevasse prête à m'engloutir ?

J'ai entendu un bruit bizarre, presque comme une plainte. Ce devait être un mouvement de glace. Je ne savais rien de la formation des crevasses, peut-être les chutes rapides de température en automne occasionnaient-elles des tensions dans la glace, qui finissait par craquer ?

À nouveau ce bruit.

Aaa.

Une petite flamme sonore qui vacillait, vite éteinte par le vent et la neige.

Aaann…

Je me suis immobilisée retenant mon souffle. Le léger frôlement des flocons sur ma capuche me dérangeait, j'ai défait brutalement son cordon pour m'en débarrasser. J'ai ouvert grand la bouche, comme pour écouter aussi par là. Tourné involontairement une oreille dans la direction du vent.

Je suis restée longtemps ainsi à tendre l'oreille en retenant mon souffle, jusqu'à avoir mal dans la poitrine et que les muscles de mon cou se crispent pour respirer, et j'ai alors lâché prise, soufflé rapidement avant de remplir mes poumons d'air frais, en une seule profonde inspiration, et j'ai alors entendu à nouveau le bruit.

Aaannaaa !

J'ai hurlé :

« HEEENRIIK ! »

Aaaannaa !

J'ai couru vers la voix de Henrik, tout en continuant moi-même à appeler, les yeux rivés au sol pour ne pas me coincer le pied dans une crevasse cachée. Au bout d'une minute seulement, j'ai distingué une silhouette plus sombre dans la tourmente, et juste après je l'avais rejoint. Nous nous sommes embrassés, une étreinte froide et humide, joue contre joue. Henrik avait tellement froid qu'il tremblait.

« Oh, Henrik, ai-je lâché, merci mon Dieu… »

Je pleurais de soulagement. Je commençais vraiment à croire que nous n'allions pas nous retrouver. Désormais, une partie au moins de ce cauchemar avait disparu. Quelles que soient les épreuves qui nous attendaient, nous allions les affronter ensemble.

Henrik claquait des dents et avait du mal à parler.

« Tu es revenue, a-t-il haleté, tu es revenue. »

J'ai continué à le serrer, j'aurais voulu ne plus jamais le lâcher, et je lui frottais le dos avec mes mains, des mouvements vigoureux de haut en bas pour nous réchauffer tous les deux. Alors, j'ai remarqué que moi aussi j'étais gelée. J'avais beaucoup sué. J'avais paniqué en me précipitant à l'assaut de la pente, et je m'étais ensuite déplacée à un tempo mesuré pendant plus d'une heure, ce qui me valait à présent comme un film d'humidité glaciale à fleur de peau. Et la neige lourde et mouillée commençait à percer mon imperméable.

J'avais malgré tout été en mouvement, Henrik, lui, était

resté immobile plus de deux heures, en pleine tempête de neige. Son corps était parcouru de violents frissons. Il continuait de haleter :

« Tu es revenue...

– Bien sûr que je suis revenue. Mais maintenant, il faut redescendre.

– J'ai essayé... de monter la tente... mais... »

J'ai alors vu ce qui jonchait le sol alentour. Mon sac à dos était à moitié couvert de neige là où je l'avais laissé, apparemment Henrik n'y avait pas touché. Sa housse de pluie était encore dessus, son contenu devait donc être à peu près sec.

Son sac, en revanche, était grand ouvert, béant vers le ciel comme un gamin qui veut attraper des flocons de neige sur sa langue. Affaires et vêtements étaient éparpillés pêle-mêle sur le sol, la tente étalée par terre. Des housses et des sardines partout. Henrik avait réussi à planter quelques-uns des arceaux de la tente, mais n'avait pu faire plus.

Toutes ses affaires étaient à nouveau trempées. En plus, des choses pouvaicnt disparaître dans la neige. Il n'y avait pas autant de vent que quelques heures plus tôt, mais qui savait ce qui avait déjà été emporté ? J'ai relâché mon étreinte et dit :

« Nous devons ramasser tout ça et redescendre dans la vallée au plus vite. » Il a opiné du chef.

« Je suis désolé, j'ai pensé qu'il fallait que je me protège...

– Oui, ce n'est pas grave, on rassemble tout et on file.

– C'était idiot... je suis désolé... »

Nous avons travaillé efficacement, secoué et brossé ce qui avait pris la neige avant de tout fourrer dans le sac à dos de Henrik, en vrac. Je me demandais comment il avait pu le laisser grand ouvert en pleine tempête de neige, il devait avoir complètement perdu les pédales.

Tu peux parler. Toi aussi tu as paniqué, à un moment.

La housse imperméable du sac à dos de Henrik avait disparu, mais ce n'était pas très important, maintenant que tout était mouillé. Nous avons ôté les arcs en métal léger des passants de la toile de tente, et cherché un moment dans la neige le sac en nylon où ils se rangeaient, mais impossible de le trouver. Ce n'était pas une grosse perte, une fois démontés, nous pouvions rouler les arceaux avec la toile de tente. Mais Henrik ne voulait pas cesser de chercher.

« J'ai dû le poser quelque part...

– Laisse tomber, on se débrouillera sans.

– Mais il a peut-être été emporté par le vent... Ça soufflait beaucoup quand j'ai commencé à...

– Maintenant, on s'occupe de la tente. »

J'ai attrapé un bout, lui ai fait signe de prendre l'autre. Nous avons soulevé et secoué la toile de tente pour en faire tomber le plus de neige possible. Henrik tremblait encore de tout son corps, claquait des dents et continuait à parler.

« Tu as trouvé la carte ?

– Non.

– Mais tu avais raison, c'est moi qui l'ai perdue...

– On s'en fout. Peu importe.

– Si, mais je m'en souviens maintenant, tu me l'as donnée, puis je l'ai posée pour allumer le réchaud...

– On la lève, pour qu'elle pende à la verticale, et on secoue encore un peu.

– Ou alors elle... elle a aussi pu tomber de ma poche en chemin... »

Nous avons alors étendu la toile au sol, Henrik a tendu son côté en posant un genou pour tenir un coin. J'ai roulé la tente en brossant la neige au fur et à mesure, pour en embarquer le moins possible.

« Sinon, tu aurais dû la retrouver là où on s'est arrêté pour le café... car tu as retrouvé l'endroit, hein ?

– Mm.

– À moins qu'elle ait été emportée par le vent... »

Le rouleau terminé, j'ai pris le sac de la tente, que nous avions retrouvé en cherchant celui des arceaux. Henrik a tenu la tente roulée et j'ai enfilé le sac dessus. Nous l'avons attaché sous mon sac à dos, et nous avons enfin pu entamer la descente.

Ensemble. Frigorifiés, fatigués et affamés, mais ensemble.

J'avais couru vers la droite pour rejoindre Henrik, je déviais donc à présent un peu sur la gauche, dans l'espoir de retrouver nos traces. Si nous ne les retrouvions pas, ce n'était pas une catastrophe, nous devions seulement redescendre dans la vallée, tant que nous descendions nous étions sur le bon chemin.

La chute de neige diminuait peu à peu, ce qui améliorait la visibilité. On commençait à distinguer les contours des montagnes alentour.

J'ai constaté que ma méthode pour retrouver Henrik avait malgré tout assez bien fonctionné. Certes, je n'étais pas tombée pile sur lui, mais je ne l'avais raté que d'une centaine de mètres. Et à peu près là où il était censé entendre ma voix, il l'avait entendue, et moi la sienne.

Henrik m'a raconté que la tempête de neige s'était jetée sur lui comme si elle se tenait en embuscade, et sa première pensée quand il s'était mis à neiger avait été à peu près comme la mienne : comment va-t-elle me retrouver quand les traces dans la neige auront disparu ? Il a commencé à descendre, mais s'est vite épuisé à traîner tout seul les deux sacs à dos. Il fallait qu'il se repose tous les vingt mètres. La neige se déversait sur lui, il était de plus en plus gelé et mouillé. Il avait alors décidé de monter la tente, mais des choses disparaissaient dans la neige et il y avait trop de vent pour qu'il puisse la fixer correctement dans le sol… et il avait froid, terriblement froid…

Il y avait quelque chose de fébrile dans son récit, il ne se taisait jamais plus de quelques secondes.

« Puis soudain je t'ai entendue appeler, et alors j'ai appelé moi aussi, mais tu as mis longtemps à me répondre… je t'entendais, mais tu ne m'entendais pas…

– Non.

– Puis quand tu as encore appelé, tu avais l'air plus près, alors j'ai commencé à sentir que ça allait peut-être s'arranger malgré tout... que j'allais peut-être survivre...

– Mais bien sûr, qu'on va survivre. »

J'entendais moi-même mon ton un peu cassant. J'espérais qu'il n'en comprendrait pas la raison : que j'avais eu le même pressentiment que lui, mais n'avais pas estimé pouvoir me permettre de céder à cette peur ne serait-ce qu'une seule seconde, ni même l'admettre, car le doute affaiblit. Mais Henrik, lui, s'offrait le luxe de reconnaître ses doutes et d'en parler.

« J'ai vraiment cru que j'allais mourir, là-haut. Je me suis dit : "maintenant, je meurs de froid".

– Mmm », ai-je grommelé.

Et il a continué à parler de ce qu'il avait pensé et ressenti, seul en montagne dans la tempête de neige, tandis que pour ma part je demeurais laconique. Ce bavardage ne lui ressemblait pas. C'était probablement dû au soulagement : le cauchemar était fini, nous nous étions retrouvés et pouvions nous mettre en sécurité.

Dans ce cas, il était plus optimiste que moi. En effet, je n'étais pas certaine que le pire soit encore passé.

Nous avions beau marcher à vive allure depuis un quart d'heure, Henrik avait encore si froid qu'il avait du mal à parler quand un frisson traversait son corps. Ses dents claquaient si fort qu'on les entendait de loin. Il était en hypothermie, c'était clair. Mais l'était-il gravement ?

Probablement pas. Qu'il frissonne et claque des dents était en soi un signe positif. Je savais qu'en cas d'hypothermie sévère, on perd la capacité de frissonner, ce qui est une façon pour le corps de susciter de la chaleur. Mais je comptais bien continuer à le surveiller de près.

Henrik avait une théorie pour expliquer pourquoi nous avions fait fausse route. N'avions-nous pas, assez tard dans la journée de la veille, croisé un petit cours d'eau ? Si, sans doute. Et ensuite, nous avions continué encore un peu en diagonale à flanc de montagne, jusqu'à trouver le méplat où nous avions planté les tentes. Mais ce matin, en quittant Milena et Jacob, nous étions montés tout droit sur la pente, puis avions suivi un autre ruisseau.

« C'est possible », ai-je dit d'une voix sourde. J'éprouvais une irritation lancinante à le voir disserter sur les erreurs que nous avions commises jusqu'ici au lieu de se concentrer sur ce que nous devions faire à présent. Mais j'ai dû avouer qu'il avait probablement raison.

« Pas si étonnant, nous étions tous les deux dans tous nos états ce matin », a continué Henrik.

Nous n'avons pas retrouvé nos anciennes traces, mais avons rapidement quitté le glacier. Le sol n'était plus nu, tout était couvert de plusieurs centimètres de neige fraîche, mais j'ai quand même décidé de faire une pause.

Pendant que je faisais chauffer de l'eau pour préparer du chocolat chaud, Henrik m'a emprunté des sous-vêtements thermiques secs. Il a déniché tout au fond de son sac à dos une polaire qui n'était encore qu'humide, et non trempée. De mon côté, j'ai enfilé tous les vêtements de secours que j'avais, un pull en mérinos, un gilet en duvet et un fin bonnet en laine, pour ne pas perdre en restant immobile la chaleur accumulée pendant l'effort.

Le vent avait presque cessé, mais les flocons continuaient à tomber doucement.

Nous avons lapé le chocolat, nos quarts fumants et brûlants au creux de nos mains faisaient presque mal à nos doigts raidis par le froid, mais tout supplément de chaleur était bon à prendre.

Henrik a dit :

« Il faudrait toujours avoir des cartes en double, en montagne.

– Mm.

– En tout cas quand on marche avec moi. »

Je n'ai rien répondu.

« C'est quand même bizarre... parce que j'avais décidé que cette poche, là, devant, côté gauche, ce serait pour la carte. Que je la mettrais toujours là, quand je l'aurais. À peu près comme quand je prends l'avion, les billets doivent toujours être dans la poche extérieure de la valise. Avec le passeport. Et malgré tout, voilà... dès que j'ai deux choses en même temps en tête, j'en laisse tomber une par terre... c'est pas malin...

– Tu veux encore du chocolat ? » Je suis allée prendre la casserole sur le réchaud, et en l'absence de réponse, je lui ai d'office rempli son quart.

« Tu penses qu'on devrait chercher la carte, maintenant ? Parce qu'on va bien y repasser, non ?

– Non.

– Si nous plantons la tente dans les environs, je peux chercher. »

Arrête de rabâcher cette histoire de carte, bordel !

« Je pense qu'il faut continuer à descendre. Essayer de trouver un endroit abrité.

– Oui.

– Si le vent se lève et souffle fort quand tout est mouillé comme ça... ça peut être une nuit sacrément froide.

– D'accord, on fait comme ça. »

Henrik m'a souri, triste et soumis, avant de porter son quart à sa bouche. Il frissonnait toujours.

Quelques heures plus tard, nous étions descendus vers le fond de la vallée et avions trouvé un endroit relativement abrité par de gros rochers des deux côtés. Le sol était inégal et en pente, il fallait bien faire quelques sacrifices. Il avait cessé de neiger, mais une humidité glacée imprégnait l'air et le ciel était d'un gris uniforme. Rien ne nous permettait d'envisager d'être au sec et au chaud dans un futur proche.

Nous avons planté la tente. Plus qu'humide, elle était

trempée à l'intérieur comme à l'extérieur. Les matelas gonflables et les tapis de sol aussi. Mon sac de couchage était resté sec, et j'ai décidé de le laisser dans son étui jusqu'au moment de se coucher, pour laisser le moins de temps possible à l'humidité de l'imprégner.

Nous avons fait chauffer de l'eau sur le réchaud, et mangé notre plat lyophilisé – ragoût indien avec du riz et du poulet. Ce n'était pas un chef-d'œuvre culinaire, mais la nourriture chaude réconfortait le ventre. Après dîner, nous avons à nouveau bu du chocolat. La nuit commençait à tomber sur la vallée de Sarvesvagge.

À mesure que le jour déclinait, Henrik s'était tu, et au cours du dîner il n'avait pratiquement pas prononcé un seul mot. Il semblait mort de fatigue. Après ses effusions verbales des premières heures de nos retrouvailles, c'était presque un soulagement de retrouver le silence ruminant qui lui était familier. Je me demandais pourtant s'il aurait la force de faire une nouvelle tentative pour trouver le col dès le lendemain. Peut-être n'était-il pas seulement fatigué, mais aussi un peu traumatisé par ces heures passées seul en montagne, en pensant qu'il allait mourir ? Pour ma part, je refoulais ce court moment de panique où j'avais couru comme une folle dans la montagne, mais mon corps s'en souvenait. Il suffisait que ma pensée effleure ces minutes pour que je sente une vague glacée déferler en moi. Et mon cœur s'emballait.

S'il y avait encore une tempête de neige demain matin, ou qu'elle semblait menacer… non. Alors il nous faudrait rester encore un jour sur place pour reprendre des forces.

Quand je suis allée me laver les dents, la nuit était tombée. Une pluie glaciale s'est mise à se déverser sur moi. Le monde était sombre et silencieux, à part le crépitement des gouttes sur mon imperméable. Ça ne sentait rien, ça n'avait aucun goût. C'était comme si le Sarek avait décidé d'exclure tous les autres sens que le toucher, pour bien enfoncer le clou une fois pour toutes :

Bienvenus ici. Mais attendez-vous à avoir froid comme vous n'avez jamais eu froid.

Normalement, j'aurais dû me laver et enfiler des vêtements propres et secs pour mieux dormir. Le problème était que j'avais donné à Henrik mon dernier change. Me déshabiller sous cette pluie froide et m'asperger de l'eau encore plus froide du torrent pour renfiler les mêmes sous-vêtements humides et froids était absurde. Pour cette fois, j'ai donc fait une exception à ma routine du soir.

Quel enfer, cette putain de montagne !

Je me suis glissée sous la tente en tirant derrière moi la fermeture éclair. Dressée sur mes genoux, j'ai sorti mon sac de couchage de sa poche pour l'étaler sur le matelas gonflable. Il était sec, mais c'était une maigre consolation, étant moi-même poisseuse et gelée jusqu'à la moelle.

Henrik était déjà blotti dans son sac à côté de moi. Il fixait le plafond de la tente d'un œil vide. Je me suis blottie moi aussi en enroulant le sac de couchage autour de mes jambes. Le sol était en pente, je roulais vers lui. Je me suis penchée pour l'embrasser doucement sur la bouche.

« Bonne nuit.

– Bonne nuit », a-t-il murmuré.

Un geste automatique, vide de tout contenu sentimental. Pas de tendresse, pas de désir d'intimité. Mais même un geste automatique a sa valeur. Ne pas le faire est le signe d'un problème.

Je me suis calée sur mon matelas et j'ai écouté la pluie goutter sur la toile de tente. J'avais encore froid, je savais que j'allais continuer à avoir froid encore quelques jours, heure après heure, minute après minute, jusqu'à ce que nous arrivions à l'abri à Staloluokta.

Henrik a soudain ouvert la glissière de son sac de couchage et s'est à moitié redressé. Il a sorti sa lampe frontale d'une des poches de la tente, a rampé à quatre pattes, ouvert l'auvent et il est sorti. La lampe s'est allumée, son faisceau s'est promené ici et là, a joué sur la toile de la tente, parfois sur mon visage. Je l'ai entendu fouiller dans ses affaires dehors. Et ça n'en finissait pas.

« Qu'est-ce que tu fais ? Qu'est-ce que tu cherches ?

– Je crois que je... »

« Hein ?

– Je peux avoir mis la carte dans une poche extérieure de mon pantalon de pluie... »

J'ai soupiré. Henrik a continué à chercher.

« Hé ! Laisse tomber. »

Sans rien répondre, il a continué à fouiller parmi ses affaires. Des fermetures éclair qui descendaient et remontaient. Des boutons-pression ouverts et refermés.

Des mains qui fouillaient dans le sac à dos.

« Sérieusement, Henrik ? Tu ne trouves pas ton pantalon de pluie ?

– Si.

– Et tu as vérifié dans la poche extérieure ? Elle y était ?

– Non.

– Mais viens donc te coucher, alors.

– Je regarde juste aussi dans la poche de mon blouson...

– Tu n'as pas déjà vérifié ça, genre cinq fois ? »

Pas de réponse. Il continuait à chercher. Il y avait là quelque chose de maniaque. Pour combien de temps en avait-il ? Un doute m'a frappée, je me suis relevée sur un coude pour regarder par l'ouverture de la tente.

« Tu n'es quand même pas en train de vérifier mes affaires ? »

Henrik m'a regardée, interloqué, légèrement offusqué.

« Non. Bien sûr que non.

– Mais viens donc te coucher, alors, ça me fatigue, tout ça. »

Il a fini par abandonner, est revenu sous la tente et s'est glissé dans son sac de couchage. Il a éteint sa lampe frontale, l'a rangée dans la poche de la tente. Le silence et le calme sont revenus. Pour un moment. Puis j'ai entendu la voix de Henrik dans le noir :

« Jacob a peut-être raison. Peut-être qu'on ne va pas bien ensemble ? » Sa voix était triste et détimbrée, il avait l'air résigné.

Et ça m'a mise en pétard :

« Je ne veux même pas écouter ça, ai-je explosé d'une voix tremblante d'indignation et de colère. Arrête ces conneries. »

Comme il ne répondait pas, j'ai repris :

« On lutte encore pour notre survie, ici, tu n'as pas pigé ? On est au milieu de nulle part, sans carte. On risque notre vie, bordel ! »

J'avais trop longtemps fermé le couvercle sur ma frustration – le fait qu'il ait égaré la carte, qu'il ressasse nos erreurs au lieu de se concentrer sur l'avenir, qu'il me force à tenir mentalement pour nous deux. Ce couvercle a sauté, la colère a débordé.

« Si nous nous sortons de là vivants, on pourra parler de tout ce qu'on voudra.

– Donc tu crois qu'on va mourir ?

– Non, pas si on se concentre et qu'on garde la tête froide. Mais on ne peut pas continuer comme ça à... ressasser, putain... Tu ne piges pas ça ?

– Tout le monde se demande pourquoi nous ne nous décidons pas à nous marier, a continué Henrik de sa voix morne, absente.

– Arrête. Laisse tomber.

– Pourquoi tu ne veux jamais parler d'avoir des enfants ?

– LAISSE TOMBER ! » ai-je crié en lui cognant le bras, assez fort. Ça ne pouvait pas lui avoir fait mal, son bras était protégé par le sac de couchage et plusieurs couches de vêtements. Mais je n'aurais pas dû. C'était là quelque chose de tout nouveau dans notre relation. Aucun de nous n'avait jamais réagi physiquement de cette façon au cours d'une dispute.

Il s'est tu, peut-être avant tout sous le coup de l'étonnement, et j'ai eu honte. Je lui ai immédiatement demandé pardon. Nous nous sommes étreints et embrassés, nos visages tous proches, encapsulés dans nos sacs de couchage, et Henrik s'est bientôt mis à respirer lourdement, il s'était endormi.

Mais moi, je suis restée longtemps éveillée.

Pourquoi tu ne veux jamais parler d'avoir des enfants ?

Et j'ai pensé à ce printemps, il y a sept ans, quand nous étions allés à Florence. Combien il faisait chaud, au moins pendant la journée, alors qu'on n'était qu'en avril. Comme la Suède en juillet. Combien le crépuscule était bref, la nuit tombait comme un rideau, suivie par une fraîcheur surprenante.

Presque deux ans s'étaient écoulés depuis cette effroyable Saint-Jean qui avait détruit ma famille. Je ne parlais plus à papa. Henrik était devenu mon nouveau point fixe, mon refuge dans l'existence.

Il venait d'obtenir son poste de maître de conférences à l'université. C'était pour fêter ça que nous étions partis. Après deux ans et demi, nous n'éprouvions plus la nécessité de continuer à cacher notre liaison. Non que j'en aie jamais souffert : au contraire, cela rajoutait du piment à l'existence d'essayer de la garder secrète. Se donner rendez-vous dans une médiocre pizzéria dans une lointaine périphérie d'Uppsala, où personne de l'université ne se rendait jamais. Prendre le train de banlieue jusqu'à Knivsta, marcher cent mètres depuis la gare et sauter en hâte dans la voiture de location de Henrik, pour un week-end dans un manoir de luxe du Sörmland.

Peut-être n'était-ce qu'un jeu auquel nous nous prêtions parce qu'il nous amusait ? Henrik avait un jour mentionné le fait qu'il soupçonnait ses collègues d'être au courant de la situation.

Mais alors, nous étions à Florence. Henrik y était déjà venu plusieurs fois, il connaissait bien la ville. La journée, nous écumions les églises et les musées. Henrik était un guide divertissant, mais je n'avais pas sa capacité à se plonger dans la contemplation d'un tableau ou d'une sculpture en semblant oublier l'heure. Souvent, je quittais le musée ou l'église avant lui et je m'installais à la terrasse la plus proche. Je prenais un latte au soleil printanier en regardant le flot des passants. Chinois, Japonais, Américains. Les Italiens supérieurement élégants, la haute société florentine, supposé-je, cheveux noirs, brillants, pommadés et parfaitement rejetés en arrière, teint olivâtre, lunettes de soleil, chemises roses aux manches nonchalamment retroussées, pieds nus dans des mocassins bleu marine.

Au bout d'un moment, Henrik sortait et je lui faisais signe. Il souriait, me rejoignait, commandait un latte et s'asseyait. Nous étions toujours installés l'un contre l'autre, nos corps enlacés.

Le soir, nous mangions des mets extraordinaires dans des restaurants de quartier, loin des axes touristiques, entourés d'Italiens tapageurs, de grandes tablées – parfois des familles entières avec des enfants en bas âge malgré l'heure tardive. Une fois rentrés à l'hôtel, nous faisions l'amour. Ou si nous avions bu trop de vin et étions trop fatigués, nous le faisions le matin en nous réveillant.

Nous avions loué une voiture et passé quelques nuits dans un agriturismo, une ferme transformée en hôtel, à quelques dizaines de kilomètres de Florence. Une allée de cyprès menait aux anciens bâtiments. De loin, ils semblaient au bord de la ruine, mais l'intérieur était rénové selon les plus hauts standings. La vue sur le paysage vallonné de la Toscane était magique.

Un soir, alors que le soleil était bas au-dessus des collines, Henrik avait emprunté une Vespa à notre hôtesse, et nous avions roulé jusqu'à une belle hauteur de l'autre côté de la vallée. Lui à la manœuvre, moi derrière, le tenant fermement par la taille. Le visage fouetté par un vent tiède. Nous nous étions garés et avions marché un peu jusqu'à un bosquet de pins. Le paysage luisait comme de l'or dans le soleil du soir.

Henrik s'était alors mis à genoux pour me demander ma main.

Et j'avais pensé, voilà comment doit être la vie. Paisible, agréable, rassurante, comme flotter tranquillement sur un radeau sur un large et beau fleuve. Entourée de bienveillance et d'amour.

J'avais dit oui.

Il avait l'air heureux. Peut-être aussi un peu soulagé. Nous avions tous les deux versé notre petite larme.

Et que se passe-t-il, ensuite ?

Les mois passent, les mois deviennent des années, la vie avec Henrik devient une routine, quelque chose qui va de soi, le fond sur lequel tout le reste de ce qui constitue la vie se déroule. Je me concentre pour avoir les meilleures notes. Je me concentre pour avoir un bon poste de greffier. Je me concentre pour être embauchée dans un cabinet de haut vol. Je me concentre pour devenir avocate aussi vite que possible.

Tellement de concentration. Peut-être aussi pour ne pas avoir à écouter cette petite voix intérieure ?

Ça ne suffit pas, Anna.

Ce n'est pas ce dont tu as rêvé.

L'impression de sécurité, de calme et d'amour, ce n'est pas assez. La vie doit offrir quelque chose de plus.

D'autres jours, *c'est* suffisant. Tout semble bien. Je me maudis moi-même de toujours vouloir plus, de n'être jamais satisfaite.

Henrik m'a rattrapée quand je m'effondrais. Il m'aime. Pourquoi n'est-ce pas assez ?

Pourquoi tu ne veux jamais parler d'avoir des enfants ?

Je suis restée longtemps éveillée.

Et j'espérais que Henrik irait mieux le lendemain, que le temps serait meilleur, pour que nous puissions franchir le col et commencer à nous diriger vers Staloluokta. J'avais l'affreuse impression d'être prisonnière, que le Sarek avait refermé ses portes sur nous, et que nous y frappions en vain pour qu'on nous laisse sortir.

Extrait de l'interrogatoire du témoin Anna Samuelsson 880216-3382, 18 septembre 2019, hôpital de Gällivare, conduit par l'inspecteur Anders Suhonen.

« Donc le plan était de faire une nouvelle tentative de trouver le chemin vers Staloluokta le lendemain ?

– Oui.

– Pourquoi en avez-vous changé ?

– Henrik a fait une crise de panique. Dans la montée.

– Ah oui ?

– J'avais remarqué, dès le matin, qu'il était encore sous le choc. Mais j'ai estimé que c'était quand même notre meilleure alternative.

– Je vois.

– Il pleuvait toujours... mais la visibilité était meilleure que la veille.

– Bien.

– Donc nous sommes partis après le petit déjeuner... Je comptais faire des pauses fréquentes pour boire chaud en route. Nous allions prendre notre temps. Nous sommes montés en biais à flanc de montagne, pour arriver jusqu'au bon torrent, que nous avons fini par atteindre. Nous avions donc trouvé le bon chemin pour franchir la montagne.

– Vous en étiez certains ?

– Moi, j'en étais certaine. J'ai reconnu… j'ai vu l'endroit où Jacob m'avait fait du rentre-dedans, entre autres. Nous y sommes passés.

– Je comprends.

– Avant de nous engager sur la neige, nous avons bu un café et mangé chacun notre barre énergétique. Tout allait bien.

– Je vois.

– Puis nous avons commencé l'ascension sur le névé. Mais au bout d'un moment, Henrik s'est arrêté et il… il s'est pris le cœur, comme s'il… oui, comme s'il pensait que son cœur allait s'arrêter, ou quelque chose comme ça. Il s'est effondré… d'abord à genoux, puis sur le flanc. En grimaçant.

– Vous avez compris ce qui se passait ?

– J'ai d'abord cru à un problème physique. Qu'il n'arrivait plus à respirer. Alors je me suis précipitée à côté de lui pour déboutonner son blouson, baisser la fermeture éclair de son pull, tout ça, mais il… il n'arrivait toujours pas à respirer…

– Continuez.

– Il n'arrivait pas à parler… alors je lui ai fait du bouche-à-bouche. Ça a fini par passer. C'est là que j'ai pensé que ce devait être une crise de panique.

– D'accord.

– Mais Henrik n'en avait jamais eu. Alors… »

Silence.

« Pensez-vous que c'était lié à ce qui s'était passé la veille ?

– Oui. Évidemment. Il faut dire qu'il avait cru mourir dans cette tempête de neige. Alors quand nous sommes remontés là, tout lui est revenu.

– Mm… et c'est là que vous avez abandonné l'idée de repasser le col ?

– Non, pas exactement. Pas encore.

– Non ? »

Silence.

« J'ai sorti le réchaud et préparé un peu de soupe aux fruits. En pensant que quand il se serait un peu ressaisi, nous pourrions continuer l'ascension. Mais c'était l'arrêt total.

– À ce point-là ?

– Il ne pouvait même pas regarder vers le haut de la montagne sans se sentir à nouveau mal.

– Oh…

– Il y avait un peu de bruine et de brouillard là-haut entre les sommets, alors on ne voyait pas bien… la visibilité n'était pas terrible. C'était sans doute cette impression d'être perdu. Encore une fois.

– Mm. Oui, on peut comprendre ça.

– Donc nous sommes restés là encore un moment… puis nous avons entamé la descente. Il devait se tenir à moi. Une fois hors de la neige, le terrain s'est aplani, et ça a été plus facile. Puis nous avons déjeuné… et décidé de passer au plan B.

– C'est-à-dire ?

– Continuer vers le centre du Sarek. Comme Milena et Jacob.

– Pensiez-vous les rattraper ?

– Non. Ils avaient quand même vingt-quatre heures d'avance.

– Vous n'avez pas envisagé de vous reposer un jour de plus, avant de faire une autre tentative ?

– Si… j'ai tourné et retourné toutes les options dans tous les sens.

– Je vois.

– Mais Henrik était catégorique : il ne réussirait pas à repasser le col. "C'est impossible, c'est tout", disait-il sans arrêt. "Je ne peux pas, c'est impossible."

– En effet.

– Et je ne voulais pas non plus trop lui mettre la pression.

– Non.

– L'alternative… »

Silence.

« Comment vous sentez-vous, Anna ? Êtes-vous fatiguée ? Voulez-vous faire une pause ? »

Silence.

« Non, ça va.

– Sûre ?

– Oui.

– De toute façon, nous allons bientôt arrêter, mais avez-vous la force de continuer un peu ?

– Oui. L'alternative, c'était de partir dans l'autre direction, vers la vallée de Sarvesvagge. Déboucher quelque part dans le Padjelanta. Je savais qu'il y avait des sentiers, des refuges et tout ça là-bas.

– Ça se tient.

– Mais... il peut y avoir plusieurs dizaines de kilomètres entre les refuges. Et je ne savais pas bien comment étaient configurés les sentiers. Nous pourrions errer dans le parc pendant des jours, c'était le risque.

– Certes.

– J'avais longuement étudié la carte du Sarek. Alors j'avais une idée assez précise de la façon dont Sarvesvagge conduisait à Rovdjurstorget avant de déboucher dans la vallée de Rapadalen, et ainsi de suite. Je pensais aussi que les chances de rencontrer d'autres randonneurs dans le Sarek central étaient assez grandes. Nous pourrions alors prendre en photo leurs cartes avec mon portable. Donc nous avons opté pour le Sarek. Mais... je ne le sentais pas. J'avais un mauvais pressentiment qui me serrait le ventre.

– Lequel ?

– Se lancer comme ça au cœur de cet immense territoire sauvage sans carte, c'était... et je savais bien combien il était facile de se tromper sans carte, puisque nous nous étions trompés dans la montée au col. Alors... je ne le sentais vraiment pas, c'était viscéral. J'en avais presque le vertige.

– Mm... Anna, vous savez, on va se contenter de ça pour aujourd'hui. Reposez-vous, maintenant. »

« Voici une troupe victorieuse, malgré le froid, malgré la faim. »

La Marche triomphale de Fritiof Andersson. J'avais chanté cette chanson à boire lors de fêtes étudiantes à Uppsala et je me souviens encore de cette strophe. Elle m'est revenue en mémoire alors que Henrik et moi continuions de descendre vers le fond de la vallée de Sarvesvagge. Devant nous, la vallée et les montagnes environnantes disparaissaient derrière un voile de pluie glacée.

Malgré le froid, malgré la faim.

Je n'avais jamais réfléchi à ce que cela voulait vraiment dire : le froid et la faim ne sont plus des menaces réelles dans notre partie du monde. Mais c'était le cas voilà encore pas si longtemps. La lutte contre le froid et la faim avait été une lutte à mort pour les hommes pendant des centaines de milliers d'années, jusqu'à tout récemment. Et à peine ont-ils réussi, que des fous décident de quitter volontairement cette sécurité pour s'en remettre à nouveau aux forces de la nature.

Les hommes préhistoriques nous auraient trouvés complètement fous.

Les premières heures furent simples. Nous progressions tranquillement sur de douces landes herbeuses. Henrik aurait peut-être dû marcher devant, puisqu'il était nettement plus fatigué que moi et qu'il me fallait de toute façon m'adapter à son rythme. Mais même une randonnée aussi facile nécessitait des choix permanents, car nous ne suivions aucun sentier. Il fallait traverser de petits *jokks*, le terrain devenait soudain marécageux et il fallait sauter de touffe d'herbe en touffe d'herbe pour gagner une zone plus ferme. Henrik n'avait pas la force de lever le regard pour chercher le meilleur passage devant lui. Je marchais donc en tête, à un rythme très modéré, et il me suivait, enfermé dans son monde.

Peu à peu, les montagnes se sont élevées de plus en plus haut de part et d'autre, nous le devinions à travers les traînées de pluie. J'ai essayé de me persuader que la carte n'était pas perdue du tout, nous savions exactement où nous allions, Jacob ne m'avait pas prise dans ses bras, Milena et moi ne nous étions pas disputées : dans ce cas, comment aurais-je trouvé cette randonnée ? Fantastique. Le paysage était d'une beauté grandiose, les voiles de pluie ne le rendaient que plus mystérieux en aiguillonnant l'imagination. Les couleurs d'automne jaunes et rouges ne luisaient pas comme au soleil, mais certains buissons, de près, semblaient presque phosphorescents.

Le Sarvesjåhkka, le cours d'eau au centre de la vallée, avait creusé la roche : nous marchions à présent le long d'un canyon d'environ cinq mètres de profondeur et d'à peu près un mètre de large. J'ai vu qu'à certains endroits il était relativement aisé de changer de rive. À condition d'oser sauter. L'herbe laissait désormais la place à des broussailles basses à travers lesquelles nous suivions des sentiers tortueux dessinés par les rennes. Il n'y avait plus de neige, tout avait été dissous par la pluie insistante. Nous traînions dans un sol boueux. J'y cherchais des traces de chaussures, en vain. Milena et Jacob étaient sûrement passés par là la veille, mais il y avait mille sentiers identiques entre lesquels choisir. La boue aspirait nos chaussures et nous ralentissait : il était tentant de grimper sur les pierres ou les racines nues qui affleuraient, mais la pluie les rendait aussi glissantes que du savon. Derrière moi, j'ai plusieurs fois entendu Henrik trébucher et manquer de tomber.

Nous avons continué à avancer dans les broussailles, pataugeant dans la boue et nous prenant les pieds sur les racines. J'avais beau avoir encore ralenti mon allure, je prenais toujours de l'avance et étais obligée d'attendre Henrik. Nous nous sommes arrêtés pour faire chauffer de l'eau et boire de la soupe de fruits mais, au moment de repartir, nous claquions tous les deux des dents. Cette fois, j'ai laissé Henrik marcher devant. Sur notre droite s'élevait une haute montagne, son sommet se perdait dans la bruine, mais nous approchions de plus en plus près de sa paroi massive.

Au bout d'une heure, j'ai trouvé une plateforme herbeuse près du *jokk*, assez grande pour y monter la tente. Un peu plus loin se trouvait une pente, de plus en plus raide, qui se transformait peu à peu en falaise nue et verticale. Difficile de dire si elle veillait sur nous ou nous menaçait.

J'ai proposé de faire étape et Henrik a hoché la tête en silence, trop fatigué pour répondre. Nous nous sommes entraidés pour monter la tente, avons installé matelas gonflables et sacs de couchage, et une fois ôtés nos vêtements externes trempés, nous nous y sommes glissés avec nos sous-vêtements – moins trempés mais toujours froids et humides. J'ai gardé ma couche de mérinos, mais j'ai continué un bon moment à trembler de froid dans mon sac de couchage. Il était loin d'être sec, l'humidité avait tout pénétré, la pluie battante avait fini par l'emporter.

Henrik s'est aussitôt endormi. Quant à moi, je n'étais pas spécialement fatiguée, ce n'était pas de sommeil que j'avais besoin, mais de chaleur. Petit à petit, j'ai cessé de grelotter. J'avais toujours froid, des frissons glacés me couraient sur la peau quand je me tournais et me retournais dans mon sac de couchage. Ils ne s'apaisaient que lorsque je restais absolument immobile. J'ai descendu une main pour ôter mes chaussettes humides, serré un de mes pieds dans ma paume. Comme de la glace sur de la glace. Je me suis pincé la plante du pied derrière le gros orteil, sans rien sentir. C'était comme pincer un morceau de viande qu'on a laissé décongeler quelques heures hors du congélateur.

Je ne me suis pas réchauffée, j'avais juste un peu, un tout petit peu moins froid. Et j'ai compris que la seule chaleur dont nous disposions ici, au Sarek, était notre propre chaleur corporelle, que nous pouvions entretenir en mangeant chaud, mais sur laquelle nous devions veiller comme les hommes préhistoriques surveillaient leur premier feu dans leur grotte. Rien ne devait en être gâché.

Quel enfer, cette putain de montagne !

Nous avons dîné sous la tente, à moitié couchés sur nos matelas. Après, nous avons fait une rapide expédition dans le froid et sous la pluie pour faire pipi et nous brosser les dents. La nuit était en train de tomber, le monde perdait ses couleurs, tout semblait du même gris sombre que le ciel au-dessus de nous, que la pluie qui continuait à tomber. L'énorme falaise rugueuse s'élevait un peu plus loin, indifférente. Elle ne veillait pas sur nous, ne nous menaçait pas non plus. Elle s'en fichait. C'était une évidence, mais cela me mettait malgré tout mal à l'aise. Que nous vivions ou mourions à ses pieds, vaines offrandes sacrifiées, cela ne changeait rien pour la falaise. Elle comptait bien demeurer là encore quelques milliers d'années, muette et immuable.

Je me suis réveillée de nombreuses fois au cours de cette nuit, d'autant plus à l'approche du matin. La pluie semblait diminuer, reprendre, diminuer à nouveau. Henrik ronflait à côté de moi, ce qui était bien, il avait plus besoin que moi d'une nuit de sommeil sans interruption. Chaque fois que je me réveillais, j'avais un peu plus froid. Le froid était une armée en train de reprendre le terrain perdu.

Le jour s'est levé hors de la tente. J'ai regardé l'heure : sept heures et quart. J'avais trop froid pour espérer me rendormir, alors je me suis glissée en dehors, doucement pour ne pas réveiller Henrik, je me suis relevée en étirant mes membres raidis. La pluie battante et glaciale de la veille avait été remplacée par une douce averse qui semblait presque aimable en comparaison. Le ciel était d'un gris un peu plus clair. La falaise s'élevait toujours presque verticalement au-dessus de moi et, pour la première fois, je devinais son sommet en forme de cône.

J'ai pris mon imperméable et la casserole sous l'auvent et je suis descendue chercher de l'eau au *jokk*. J'avais hâte de sentir la satiété et la chaleur au ventre que procurait une grosse portion de porridge. Le réchaud à gaz était resté sous l'auvent pendant la nuit. Je l'ai sorti au même endroit où j'avais cuisiné le dîner de la veille, j'ai sorti les allumettes de leur sachet plastique et j'ai tourné le robinet de la cartouche de gaz.

Rien.

J'ai tourné davantage.

Pourquoi ne sifflait-il pas ?

J'ai tourné un peu plus.

Toujours aucun bruit.

La cartouche était vide.

Agenouillée sous l'auvent de la tente, j'ai vidé mon sac à dos de tout son contenu, vêtements, provisions et objets divers, j'ai tout empilé sur le sac de Henrik, sur mes chaussures et les siennes, et directement sur la terre humide du sol quand il n'y a plus eu de place, il fallait absolument que je mette la main sur ce que je cherchais, et tout de suite.

L'autre cartouche de gaz.

Nous étions partis de Stockholm avec deux cartouches. J'en étais certaine.

J'ai vidé aussi les poches latérales et celle du dessous, où je rangeais en temps normal mon sac de couchage et la housse imperméable du sac à dos. J'ai même ouvert la poche caméra pour regarder à l'intérieur, alors que je savais bien pourtant qu'il n'y avait pas la place pour une cartouche.

Rien. Elle devait donc être dans le sac de Henrik.

J'ai tout remis dans mon sac, tout fourré en vrac, et me suis attaquée à celui de Henrik avec la même énergie désespérée. J'ai entendu du bruit à l'intérieur de la tente. Mon manège l'avait réveillé.

« Qu'est-ce que tu dis ? » l'ai-je entendu demander de l'autre côté de la toile de tente.

Alors seulement, j'ai réalisé que je marmonnais toute seule, une longue harangue bancale faite de *nom de Dieu* et *comment est-ce possible* et *amen* et *pourvu que* et *bordel où elle a bien pu passer* ?

« Euh… rien, ai-je répondu en m'efforçant de paraître posée.

– Tu cherches quelque chose ?

– Mm. »

J'avais fini de vider le compartiment central du sac à dos de Henrik. Pas de cartouche là non plus.

J'ai entendu s'ouvrir la glissière de son sac de couchage, puis qu'il s'en extirpait. Il grommelait.

« Putain ce que j'ai froid… »

Accroupis sous la tente, nous avons mangé du pain de seigle tartiné de fromage goût crevette, accompagné d'eau glaciale. Nous étions à l'abri de l'averse, c'était déjà quelque chose, mais nous avions si froid que nos dents claquaient.

Et il en serait ainsi désormais, jusqu'à ce que nous trouvions comment sortir du Sarek ou croisions d'autres randonneurs. Sans gaz, pas de plats chauds, pas de boissons chaudes, rien qui puisse faire monter au moins provisoirement notre température corporelle, aucune défense contre le froid et l'humidité.

Notre seul espoir était un changement de temps, le retour du soleil. Cela nous aiderait pendant la journée, mais ne nous empêcherait pas de geler la nuit comme des chiens errants, dans nos sacs de couchage et nos vêtements humides.

J'ai mentalement passé en revue nos provisions. Soupes en poudre, macaronis, rations lyophilisées. Et les boissons : café soluble, thé, sachets individuels de chocolat. Pour tout ça, il fallait de l'eau bouillante. Restait sinon du pain, des bonbons et de quoi donner du goût, comme des tranches de salami, du parmesan et quelques champignons séchés. Combien de temps pouvions-nous tenir avec ça ?

Voici une troupe victorieuse, malgré le froid, malgré la faim.

Nous allions avoir froid, et faim, mais allions vaincre malgré tout.

Non ?

C'est alors qu'elle m'a à nouveau montré son affreux visage, la panique. Mon moral s'est effondré, comme un avion en feu précipité vers le sol dans une vrille mortelle.

Non, bordel. Tu ne peux pas te permettre de penser à ça. Tu vas t'en sortir vivante. Tu vas vaincre, malgré tout. Ressaisis-toi.

Nous mâchonnions nos casse-croûte goût crevette en parlant des cartouches de gaz. Ou plutôt : je parlais des cartouches de gaz et Henrik écoutait.

« Je sais que nous en avions deux, ai-je dit. J'ai vu que celle qui nous restait à la maison n'était pas pleine, alors j'en ai acheté une autre chez Naturkompaniet quand j'y suis allée avec Milena. Par sécurité. »

Henrik mâchait mécaniquement sa tartine en fixant devant lui l'air découragé. Un frisson l'a parcouru. Puis il a demandé :

« Tu es sûre d'avoir emporté les deux ? Tu n'as pas pris seulement la nouvelle ?

– Non, j'en suis sûre. Mais je ne comprends pas, est-ce que Milena et Jacob auraient pu en embarquer une des deux ?

– Possible », a répondu Henrik à voix basse.

C'était en effet ce qui avait pu se passer, je le comprenais bien à présent. Jacob et moi avions préparé le dîner le premier soir, mais qui avait sorti la cartouche de gaz ? Oui, c'était moi. Et je ne me souvenais absolument pas qu'il me l'ait rendue.

Henrik frissonnait et dit, d'une voix qu'il avait du mal à dominer :

« Je veux savoir… c'est grave comment ?

– C'est sûr, ce n'est pas bon.

– Non mais grave comment ? Est-ce qu'on va mourir ? »

Si on va mourir ? Comment diable je le saurais ? Nous sommes en pleine cambrousse, il peut geler la nuit, et nous ne pouvons plus préparer à manger. Oui, nous pouvons mourir.

Je l'ai regardé dans les yeux, et lui ai dit de ma voix la plus assurée :

« Non. On ne va pas mourir. »

Son regard a papillonné, j'ai vu qu'il ne me faisait pas confiance.

« Henrik ? Henrik, regarde-moi. On ne va pas mourir.

– Non, bien sûr.

– On va avoir affreusement froid, et faim, mais on ne va pas mourir.

– C'était une question idiote.

– Non.

– Si. C'est clair que tu ne peux rien savoir de sûr à ce sujet.

– Je pense qu'on va arriver au bord du Rapaälven aujourd'hui. À Rovdjurtorget, qui est au centre du Sarek. Et je serais très étonnée qu'on ne tombe pas sur d'autres randonneurs par là-bas.

– Oui.

– En plus, il est censé y avoir un téléphone de détresse. Et il n'est sûrement pas à l'air libre, mais dans une petite maison.

– Mm.

– Alors nous avons une chance de trouver cette maison avec ce téléphone de détresse. Voilà ce que je pense : on descend jusqu'au Rapaälven, et si on voit une maison quelque part, on essaie de la rejoindre. Et en cours de route, on tombera certainement sur d'autres randonneurs. Ça ressemble à un plan ?

– Mm.

– Et côté nourriture… Nous avons du pain, des bonbons et autres pour trois, quatre jours facilement. Et après ça, on s'en sortira sans manger encore une semaine. Au moins. Alors non, on ne va pas mourir. »

Henrik n'a rien dit, ni croisé mon regard. Nous avons roulé nos tapis de sol et nos matelas gonflables humides, vidé la tente de tout son contenu avant de la plier. Tout a bientôt été fourré dans les sacs à dos. La seule trace restante d'activité humaine était un rectangle d'herbe aplati à l'emplacement de la tente, mais d'ici quelques jours ça aussi aurait disparu.

J'ai regardé autour de nous. La falaise massive, silencieuse et aux aguets, comme auparavant. La vallée, qui s'étendait à perte de vue dans les deux directions et débouchait sur de nouveaux sommets. Et derrière, encore d'autres montagnes.

Le Sarek était si terriblement vaste, et si terriblement silencieux. Terrible, au sens propre : qui inspire la terreur. Et nous allions continuer à nous enfoncer dans ces terres sauvages. J'ai à nouveau éprouvé une sorte de vertige, et je me suis mise en marche pour éviter que Henrik ne me voie.

La pluie a augmenté, la douche glacée de la veille a recommencé. Le terrain lui aussi a lentement empiré : des fourrés de saules plus nombreux et plus denses ont commencé à nous barrer le chemin. Même là, on trouvait des sentiers de rennes, mais des branches tordues et noueuses dépassaient en travers pour nous entraver les pieds et les jambes. Je me suis dit que ces broussailles n'avaient pas prise sur les pattes fines et les sabots durs des rennes, mais que nos grosses chaussures maladroites constituaient une proie facile. La nature avait développé là une façon parfaite de mettre en déroute les randonneurs.

Nous avons fait une pause près d'un petit *jokk* pour remplir nos gourdes et manger des raisins secs et des noix. L'eau glacée du torrent de montagne laissait une traînée froide en coulant à travers le corps, descendant de la bouche dans la gorge, glaçant l'arrière des poumons avant d'atterrir dans l'estomac. Nous avions eu l'impression de geler lors de notre pause la veille, alors que nous avions bu chaud. Mais c'était encore une promenade de santé. Au bout de quelques minutes, tout notre corps tremblait de façon incontrôlée, si bien qu'il était presque impossible de plonger la main dans le sac plastique pour pêcher davantage de raisins secs et de noix.

« En tout cas, le fait de grelotter signifie que nous ne sommes pas en hypothermie sévère, ai-je expliqué, c'est un réflexe qui disparaît quand ça devient vraiment grave. » Je veillais à bien contrôler ma langue, de peur que mes dents ne la mordent.

« Putain, a murmuré Henrik.

– Il vaut sans doute mieux nous arrêter le moins possible, on va plutôt essayer de marcher à un rythme tranquille. Viens. »

Quelques heures sont passées, j'avançais perdue dans mes pensées à travers des broussailles de saules de plus en plus impraticables. Soudain, je me suis aperçue que Henrik se trouvait loin à la traîne. Je l'ai attendu, puis nous nous sommes arrêtés pour déjeuner en haut d'une moraine qui s'élevait au fond de la vallée. Son dos était couvert d'herbe. Sur un méplat, j'ai proposé que nous montions la tente pour pouvoir nous reposer un peu après manger à l'abri de la pluie et du vent. Henrik n'avait pas le courage, grimper sur la moraine semblait lui avoir coûté ses toutes dernières forces. Il s'est étendu par terre, trop épuisé pour se soucier du froid et de l'humidité qui montaient du sol ni de la pluie qui lui tombait sur le visage. J'ai monté toute seule la tente et déroulé les matelas gonflables, mais mes forces se sont arrêtées là, il fallait que je mange.

J'ai vérifié nos réserves de pain. Nous avions quatre doubles galettes de seigle, soit de quoi faire huit tartines, et un demi-paquet de *knäckebröd* Wasa Sport. Deux tubes de tartinades à moitié pleins. Fromage goût crevette et caviar.

Cela constituerait notre plat de résistance, désormais. Matin, midi et soir. Mais en mangeant à notre faim, nous serions à court dès le lendemain après le déjeuner. Nous étions forcés de nous rationner. Comme nous avions mangé des galettes de seigle au petit déjeuner, nous avons pris deux tartines de *knäckebröd* chacun. Je me suis avisée que nous pouvions saupoudrer nos tartines de soupe en poudre pour les rendre un peu plus nourrissantes. Henrik n'a pas protesté quand j'ai secoué un demi-sachet de minestrone soluble sur son *knäckebröd*. Nous avons mastiqué notre pain sec riche en fibres dans un silence maussade. La soupe en poudre faisait gonfler chaque bouchée.

Après, nous nous sommes étendus sous la tente. Nous avions fait battre en retraite la faim, même si c'était très provisoire. Le froid et l'humidité ne nous avaient pas quittés. Henrik fixait d'un regard vide le toit de la tente, parcouru à intervalles réguliers d'un frisson, après quoi il s'immobilisait à nouveau. Je me suis serrée contre lui, nous nous tenions l'un l'autre, je tremblais moi aussi, mais pas en même temps que lui. Nos corps chantaient la même chanson en canon.

Et nous sommes repartis, chassés par le froid. Il ne nous lâchait pas d'une semelle mais quand nous étions en mouvement, il se contentait de nous parler très fort. Quand nous nous arrêtions, il nous hurlait dans l'oreille.

Après notre maigre déjeuner, la faim n'a pas tardé à revenir. J'ai commencé à me sentir vide et lasse. Mais j'ai continué à me frayer un chemin à travers les broussailles de saules. Un pas après l'autre.

Lentement, le paysage se transformait devant nous. Le panorama s'est élargi, de plus en plus de sommets se dressaient sous nos yeux. J'ai compris que nous approchions de l'autre extrémité de la vallée de Sarvesvagge, ce qui aurait dû me remonter le moral, puisque cela nous promettait de passer bientôt dans Rapadalen. Mais j'avais froid comme cela ne m'était jamais arrivé, j'avais faim et j'étais fatiguée.

Voici une troupe victorieuse, malgré le froid, malgré la faim.

Un nouveau torrent puissant se jetait dans le Sarvesjåhkka. Il nous a fallu une bonne heure pour le traverser. Nous avons fait une pause de l'autre côté. Mangé chacun une barre énergétique et partagé un paquet de Tutti Frutti. Nous n'aurions pas dû tant manger. Je le savais. Le rationnement exigeait de la discipline.

Nous avons cessé de nous parler. Nous sommes repartis en titubant vers Rapadalen. Deux zombies déguisés en randonneurs. À intervalles réguliers, je m'arrêtais pour laisser Henrik me rattraper.

Je me sentais gelée jusqu'au squelette. Mes os et mes membres étaient de la glace. Le gel avait pénétré au plus profond de mon corps. Je savais que je n'aurais plus jamais chaud.

Les broussailles de saules ont été remplacées par d'épais buissons de bouleaux qui nous montaient au-dessus de la tête. Le paysage avait disparu et j'ai perdu mes repères. Il y avait là aussi des sentiers, mais ils serpentaient dans tous les sens et pouvaient d'un coup disparaître. À plusieurs reprises, il a fallu forcer le passage. Les branches de bouleaux s'accrochaient à nos vêtements.

Le Sarek ne veut pas nous laisser atteindre Rapadalen. Le Sarek veut qu'on meure ici.

Mais je ne voulais pas mourir. J'ai bataillé pour avancer à travers les bouleaux et, à un moment, je me suis aperçue que Henrik n'était plus avec moi, mais je ne me suis pas arrêtée. Je ne pouvais pas rester coincée là. Je ne pouvais pas laisser le Sarek gagner.

Quel enfer, cette putain de montagne !

J'étais perdue dans un buisson de bouleaux. Ne voyais rien d'autre que les feuilles jaunes et vertes. Je ne savais plus où était la bonne direction. À bout de forces. Seule. Apeurée.

Voici une troupe victorieuse, malgré le froid, malgré la faim.

J'ai continué à me frayer un passage, j'ai aperçu un flanc de montagne à travers les feuillages, j'ai continué dans cette direction, les broussailles se sont éclaircies et soudain, j'étais passée de l'autre côté. J'ai titubé sur un lit d'herbe sur la rive du Rapaälven. Je suis tombée à genoux, me suis débarrassée de mon sac. J'ai roulé sur le dos.

Totalement épuisée. Arrivée dans Rapadalen. L'artère principale du Sarek.

J'ai repris mon souffle un moment, étendue sur le dos, les yeux clos. L'effort déployé pour franchir les broussailles avait provisoirement chassé le froid : pour la première fois depuis très, très longtemps je n'étais pas gelée, j'avais chaud, le dos en sueur, même.

Je me suis redressée et j'ai pour de bon embrassé du regard le décor qui m'environnait. Tout ce que nous avions vu jusqu'ici du Sarek s'était montré grandiose et intimidant, mais ce que j'avais à présent sous les yeux battait tous les paysages précédents, et de loin. Ici se réunissaient trois majestueuses vallées, encadrées par de hauts massifs montagneux couverts de neige. Sous mes yeux, le Sarvesjåhkka se jetait dans le cours large et sauvage du Rapaälven, qui se divisait à perte de vue en delta entre les bancs de sable. La rivière s'écoulait dans un grondement assourdissant. Où que je regarde, je voyais davantage de hautes montagnes, d'autres vallées débouchant dans Rapadalen, des glaciers et des cascades, des parois verticales, des zones impénétrables de broussailles de saules et de bouleaux. Comme une forêt primaire arctique.

Ce devait être Rovdjurstorget. Je me trouvais au cœur du Sarek. Et pendant un bref, très bref instant, j'ai pu oublier ma situation et me réjouir d'avoir réussi à parvenir jusque-là, de vivre ce moment unique.

J'avais eu peur de m'enfoncer plus avant dans les terres sauvages, j'en avais eu le vertige, mais j'étais à présent au centre du Sarek et où que j'aille, je me rapprocherais du bord du parc, de la civilisation. J'avais l'impression d'avoir retrouvé la terre ferme sous mes pieds.

J'ai regardé autour de moi, suivant systématiquement des yeux le cours du Rapaälven, d'abord près de moi, puis de plus en plus loin le long des vallées, dans toutes les directions. J'ai balayé du regard les flancs des montagnes, jusqu'aux hauts plateaux et aux glaciers.

Non. Je ne voyais rien qui soit bâti de la main de l'homme. Le chalet avec le téléphone d'urgence, que je supposais dans les parages, n'était pas visible de là où je me trouvais. Il était probablement caché par quelque éperon rocheux, ou par la végétation dense en contrebas, près du fleuve. Ou alors je me souvenais de travers, le téléphone d'urgence ne se trouvait pas du tout aux environs de Rovdjurstorget.

Quelle direction devions-nous prendre ?

Nous. Henrik et moi.

Il allait bientôt falloir que je retourne le chercher. Que je retourne dans les broussailles de bouleaux. Un labyrinthe grand comme plusieurs terrains de foot.

Je ne voyais pas d'autres randonneurs. Rovdjurstorget était vide aujourd'hui. Les montagnes environnantes également.

Devant moi le Rapaälven s'écoulait vers des terres plus basses, à la fois majestueux et fougueux. Je voyais la multitude de *jokks* qui le nourrissaient en amont. Le courant devait être colossal, avec la pluie et la neige de ces derniers jours. Quelle était sa profondeur ? Était-il seulement possible de le franchir ? Bien sûr, nous pouvions toujours suivre la vallée Rapadalen dans une direction ou une autre, mais ce n'était vraisemblablement pas le chemin le plus court. Et avec cette végétation qui suivait le cours du fleuve, cette broussaille dense de saules et de bouleaux, nous n'aurions pas la force d'arriver bien loin avant que nos provisions ne s'épuisent. Nous resterions couchés quelque part sur le chemin, gelés et affamés, à la merci du vent et des intempéries. Un coup de froid nocturne pouvait dès ce soir avoir raison de nous.

Il y avait peut-être un raccourci pour quitter le Sarek en franchissant les montagnes que j'avais devant moi. Mais s'y aventurer sans carte était une entreprise folle. Henrik n'aurait pas la force d'arriver plus loin qu'à mi-pente.

Et si je ne le retrouvais pas ?

J'ai senti un frisson de panique, comme dans la tempête de neige, mais cette fois-ci, mon corps n'a pas répondu, je restais tout aussi épuisée, gelée et affamée. La panique essayait de faire démarrer une mobylette aux bougies noyées et au réservoir vide. Évidemment, qu'il ne se passait rien. Mes réserves étaient à sec.

Je me suis relevée pour retourner dans la forêt primaire, mais je me suis arrêtée.

J'avais aperçu quelque chose d'étrange, du coin de l'œil. Un peu plus haut à flanc de montagne, de l'autre côté du fleuve. Comme un buisson qui se balançait violemment dans le vent, alors qu'il ne soufflait presque pas.

Où était-ce ? J'ai cherché du regard.

Là.

Un buisson vert clair qui se détachait sur toutes ces couleurs sombres.

Et voilà qu'il agitait les bras.

Extrait de l'interrogatoire du témoin Anna Samuelsson 880216-3382, 19 septembre 2019, hôpital de Gällivare, conduit par l'inspecteur Anders Suhonen.

« Et c'était Milena ?

– Oui. Apparemment, elle me faisait signe depuis un bon moment, mais je ne l'avais pas vue.

– Et Jacob… était-il… ?

– Jacob était là lui aussi.

– Donc c'est là que vous avez repris contact.

– Oui.

– Vous devez avoir été soulagée, j'imagine.

– Oui, j'ai senti que… j'allais fondre en larmes. Car ce jour-là, j'avais dû lutter si dur pour refouler l'idée que nous pouvions mourir, je peux le dire. Que nous n'allions pas y arriver. Alors quand j'ai compris que c'était Milena que je voyais… je crois bien avoir un peu pleuré.

– Je vois.

– Cette histoire de dispute avec Milena, de Jacob qui m'avait fait du rentre-dedans, ça ne comptait pas à ce moment-là. J'étais juste sacrément contente de les voir.

– Je comprends… et ensuite ?

– Euh… Jacob est passé de mon côté. Du fleuve. Puis nous sommes partis à la recherche de Henrik.

– Comment ça s'est passé ?

– Nous nous sommes écartés à environ cent mètres l'un de l'autre et sommes retournés dans les broussailles en l'appelant. Et au bout d'un moment il a répondu.

– Et est-ce qu'il avait… qu'était-il arrivé à Henrik ?

– Il s'était juste retrouvé à la traîne. Il était très fatigué, mais pas au point de ne plus pouvoir marcher. Non, après, nous sommes revenus au fleuve tous ensemble.

– Je comprends.

– Là se posait un nouveau problème. Le traverser. Ce passage à gué est visiblement connu… il porte un nom…

– Tielmavadet ?

– Oui. C'est ça. On traverse via une… il y a une île au milieu du fleuve, un peu boisée, on passe par là. Puis il y a des bancs de sable, alors on peut en partie traverser en sautant de l'un à l'autre, mais c'est quand même horrible. Très profond. De l'eau au-dessus de la taille. Et beaucoup de courant.

– Je vois.

– On ne s'y risquerait pas en temps normal, je pense. Après de telles pluies. Mais… Henrik et moi… nous n'avions pas notre mot à dire. Vu les circonstances.

– Non.

– Il a fallu faire comme voulait Jacob.

– Comment Henrik a-t-il réussi à passer ? Parce qu'à vous écouter, il était assez faible.

– Oui. Mais il s'est débrouillé pour traverser.

– Mmm.

– Je ne l'ai pas vu… Une fois passée, j'ai embrassé Milena, et elle m'a embrassée, et puis je lui ai raconté ce qui s'était passé, tout ça, alors je n'ai pas vu en détail comment s'est déroulée la traversée pour Henrik.

– Non.

– Mais… maintenant que j'y repense… à la lumière de ce qui est arrivé par la suite, je crois que Jacob pensait peut-être que Henrik n'arriverait pas à passer le gué. Qu'il l'espérait même.

– Pourquoi croyez-vous ça ?

– Il devait avoir compris à quel point c'était dangereux pour nous. Surtout pour Henrik qui était si faible. Il aurait mieux valu continuer sur notre côté du fleuve.

– Que Milena retraverse elle aussi ?

– Oui. Mais il n'en a pas été question. Il fallait traverser les rapides de ce fleuve bouillonnant. Et Jacob avait une carte, une boussole et un réchaud à gaz, tout ce dont nous avions besoin pour sortir vivants du Sarek. Il ne nous restait plus qu'à nous plier à sa décision.

– Mais… pourquoi dites-vous qu'il espérait que Henrik ne réussisse pas à passer le gué ?

– Si Henrik avait été emporté et s'était noyé, il en aurait été débarrassé.

– Et pourquoi l'aurait-il voulu ?

– Parce qu'il voyait là l'occasion de prendre le pouvoir absolu. Sur Milena et moi. Mais avant tout sur moi.

– Je vois.

– Jacob était une sorte de psychopathe. Enfin je crois. Je ne connais pas la définition clinique du terme, mais… d'après ce que j'ai compris, ils sont assez intelligents, ils maîtrisent le jeu social, ils sont manipulateurs.

– Mm.

– Très narcissiques et susceptibles en plus. Et j'avais fait subir un sacré affront à Jacob, en repoussant ses avances.

– Je vois.

– Ça devait être une des pires choses qu'on pouvait lui faire. Alors maintenant qu'il nous voyait revenir, et qu'on avait besoin de leur aide… il tenait vraiment l'occasion de se venger.

– Je comprends.

– Je pouvais le lire sur son visage quand il a retraversé le fleuve… il triomphait. C'était évident. Parce que nous revenions en rampant.

– Oui, on peut imaginer qu'il éprouvait quelque chose comme : "je vous l'avais bien dit".

– Exactement.

– Mais de là à vouloir tuer quelqu'un, il y a une marge.

– Pour une personne normale, oui.

– Mm.

– Mais... »

Silence.

« Regardez. Imaginez-vous dans la situation de Jacob. Il est assez inadapté, il a du mal à trouver sa place dans la société ordinaire. Pas de vrai boulot, pas de famille. Une enfance incroyablement dérangée, si ce qu'il m'a raconté est exact. Il s'est toujours senti exclu, raté, déplacé. Et le voilà ici dans les terres sauvages, où soudain... la société n'existe plus.

– Non.

– Personne n'entend si on appelle à l'aide. Il n'y a que nous quatre, et c'est le droit du plus fort qui prévaut. Et c'est lui le plus fort. Soudain, c'est lui qui décide des règles. Il peut violer, il peut tuer, il peut faire exactement ce qu'il veut. Pendant quelques jours.

– Continuez.

– Il avait dû en rêver toute sa vie.

– Mm... mais s'il vous tuait tous, il y avait malgré tout le risque qu'on lui pose des questions, après coup.

– Peut-être.

– Comme je le fais en ce moment avec vous. C'était même assez vraisemblable.

– Oui, il fallait qu'il s'y prenne de la bonne manière. Mais au Sarek, les marges sont plus réduites. On est à la merci de la nature. Il y a de nombreuses façons de mourir qui semblent naturelles. On peut se noyer dans un fleuve, tomber d'une montagne, ou encore mourir de froid.

– Oui... voyons si je vous comprends bien, Anna. Vous voulez dire qu'il avait planifié ça depuis le début ?

– Non, je ne crois pas. Mais je crois qu'il a réalisé, avec notre retour, le trône sur lequel il se trouvait. Quel pouvoir il avait sur nous. Qu'il avait là une occasion de jouer à Dieu. Et je peux facilement imaginer qu'il ait espéré voir Henrik se noyer dans le fleuve.

– Mm.

– Mais Henrik a réussi à traverser, contre toute attente.

– Jacob semblait-il déçu ?

– Non. On ne peut pas dire ça. Il savait qu'il aurait d'autres occasions. Je me demande s'il ne prenait pas du plaisir à faire durer la chose ? »

« Alors voilà, a dit Jacob en lapant son café dans son quart, vous avez besoin de sortir du Sarek aussi vite que possible. Nous allons donc changer notre itinéraire. »

C'était le lendemain matin. Pour le moment, il avait cessé de pleuvoir, mais le ciel était encore couvert et un vent froid soufflait. Jacob, Milena et moi étions chacun sur un rocher autour du réchaud, en train de terminer notre petit déjeuner. Henrik dormait encore dans notre tente. Milena lui avait prêté son sac de couchage sec, malgré les protestations de Henrik et les miennes. Il avait aussi pu emprunter à Jacob des sous-vêtements thermiques, beaucoup trop grands pour lui. Ce n'était pas Jacob en personne qui les lui avait donnés, mais Milena. Ce n'était sûrement pas son idée. Depuis que nous les avions retrouvés, Jacob était laconique et taciturne.

La vue depuis notre campement était magnifique. Nous étions montés assez haut à flanc de montagne, nous voyions le Sarvesjåhkka se jeter dans le Rapaälven à environ dix kilomètres, loin en contrebas. Je devinais l'endroit où je me trouvais la veille au moment d'apercevoir Milena de l'autre côté du fleuve. De toutes parts se dressaient de majestueux massifs.

Il avait été assez épuisant de monter jusqu'ici la veille, mais quand Milena avait précautionneusement proposé que nous nous arrêtions plus tôt, Jacob s'était contenté de secouer la tête, l'air renfrogné.

« C'est le plus beau site de bivouac du Sarek. Moi, j'ai l'intention d'y aller, faites ce que vous voulez. »

Et il s'était remis en route. Et nous derrière lui.

De mon côté, cela s'était malgré tout assez bien passé. Milena avait préparé une soupe chaude pour Henrik et moi après la traversée du Rapaälven, ce qui avait remonté notre température et notre moral. Nous avions froid et grelottions à l'arrêt, mais la soupe nous dégelait de l'intérieur. Le soulagement d'avoir été sauvés, car c'était notre impression, nous donnait aussi de l'énergie.

Milena nous avait raconté que Jacob et elle étaient restés sur place une journée pour faire l'ascension du Nåite, une montagne dans la vallée de Sarvesvagge. D'après sa description, j'avais déduit que le Nåite était la montagne au pied de laquelle nous avions aussi campé. Le jour d'avant, Jacob avait passé beaucoup de temps à trouver un passage à gué pour traverser le Rapaälven.

« Il était déjà irrité quand je t'ai aperçue, m'avait dit Milena à voix basse une fois repartis. Parce que nous étions un peu en retard sur le planning. C'est pour ça qu'il est un peu… enfin, tu comprends. »

Jacob marchait tout seul, à une bonne distance devant nous.

« Oui, je comprends, ne t'inquiète pas », avais-je répondu, à mi-voix moi aussi.

Henrik, de son côté, se retrouvait loin derrière Milena et moi, malgré mon projet de toujours fermer la marche. Je m'étais un peu déconcentrée en bavardant avec Milena et en l'espace d'un instant, nous étions vingt mètres devant lui. Nous nous étions arrêtées pour l'attendre. Fixant le sol d'un regard mort, Henrik était passé devant nous en trébuchant, comme s'il n'avait même pas remarqué notre présence. Milena m'avait regardée avec inquiétude, mais je n'avais rien dit. Je m'étais remise en marche et avais posé la main sur l'épaule de Henrik.

« On va bientôt faire une autre pause. »

Il n'avait rien répondu.

Dans les dernières heures qui avaient précédé l'arrivée au bivouac, la nuit avait commencé à tomber. Nous avions aussi pris de la hauteur en nous éloignant du fleuve, jusqu'à ce méplat à la vue fantastique. Milena et moi avions certes pris une partie des affaires de Henrik dans nos sacs à dos pour l'alléger, mais il était sur le point de s'effondrer d'épuisement. Il nous fallait faire sans arrêt des pauses. Milena avait crié à Jacob d'attendre.

« Hein ? » avait-il à son tour crié de là où il était, quelques centaines de mètres plus haut à flanc de montagne. Milena avait alors hurlé à nouveau, plus fort pour qu'il entende :

« On ne s'arrête pas ?

– Ici ? Mais comment, bordel ? »

Jacob s'était retourné pour continuer à grimper. Il avait raison, impossible de monter la tente par là, c'était trop en pente.

J'avais proposé que nous fassions une dernière pause pour préparer un peu de soupe aux fruits avant de parcourir la dernière partie, il ne pouvait plus y en avoir pour très longtemps, dans tous les cas nous n'allions pas continuer à marcher dans le noir complet. Mais au moment même où je le proposais, j'avais réalisé que c'était Jacob qui avait le gaz.

« Ce serait bien si nous prenions une des cartouches, avais-je dit, pour pouvoir nous arrêter et nous préparer quelque chose de chaud quand on en a besoin. » Milena avait hoché la tête en marmonnant quelque chose d'inaudible.

Nous avions bu de l'eau et mangé des noix, puis recommencé à grimper dans l'herbe, les éboulis et les broussailles rampantes de saules. À un moment, j'avais posé la main sur le sac à dos de Henrik pour l'aider à se hisser. Il s'était arrêté et tourné vers moi, ses yeux comme deux puits asséchés.

« Arrête. » C'était tout ce qu'il m'avait dit de sa voix détimbrée avant de tourner les talons et de continuer.

Bientôt, nous avions entendu Jacob nous héler dans la pénombre au-dessus de nous, et tandis que mouraient les derniers rayons du jour, nous avions monté nos tentes avant de nous effondrer dans un sommeil sans rêves.

Et nous nous sommes donc retrouvés le lendemain autour du réchaud, à siroter du café dans nos quarts pliables. Jacob a pris son élan pour exposer le nouvel itinéraire qu'il avait établi. Il avait raison, il nous fallait quitter le Sarek au plus vite. La question était de savoir ce qui était le plus rapide, étant donné l'état de fatigue de Henrik.

« On franchit cette montagne-là, a dit Jacob en montrant par-dessus son épaule. On passe le Skårki, on descend dans la vallée de Bastavagge et on sort par Suorva. »

J'ai regardé vers le haut. Après le plateau, c'était très vite à nouveau plus raide, l'herbe et les buissons se raréfiaient, remplacés par du gravier, des blocs de roche et des taches de neige. Puis le terrain disparaissait derrière une crête, mais plus loin se dressait ce que je supposais être le Skårki, des sommets escarpés et enneigés qui se perdaient dans les nuages.

Passer par là ? J'ai secoué la tête.

« Henrik ne peut pas franchir une montagne. »

La tente n'était qu'à quelques mètres, je parlais à voix basse pour ne pas réveiller Henrik avant l'heure. Il avait besoin de dormir tout son saoul.

Jacob est resté impassible, le nez dans son quart, mais son expression figée disait tout ce que j'avais besoin de savoir, il me semblait lire ses pensées, presque au mot près.

Tout ça, c'est de ta faute, bordel. Il fallait absolument que tu partes toute seule. Mais tu t'es plantée. Et tu continues à faire chier. Pauvre conne.

Après une longue pause, il a repris :

« On économise au moins une journée en passant par là.

– Mais enfin, c'est de l'escalade, ai-je protesté en montrant de la tête les sommets, ce n'est juste pas… non.

– Ce n'est pas de l'escalade. Je suis passé ici plusieurs fois. Ce n'est pas difficile.

– Je suis désolée, mais Henrik est trop faible. » J'ai regardé Milena. « Toi, tu l'as vu, tu le crois capable de passer une montagne ? »

Milena a semblé hésitante, Jacob avait levé les yeux et posé le regard sur elle.

« Je..., a-t-elle commencé, sans parvenir à finir sa phrase.

– Milena ? Sérieusement ? » Je la dévisageais avec insistance quand Jacob est intervenu.

« On a pris quatre cents mètres de dénivelé hier soir. Il y est arrivé, alors que vous aviez déjà fait un sacré bout de chemin avant. »

J'ai tourné le regard vers Jacob.

« Mais pour franchir une montagne ? Ça va faire plus de quatre cents mètres de dénivelé, non ?

– On fera comme je dis », a lâché Jacob. Il y avait de la colère dans ses yeux, mélangée à de l'indignation, j'ai à nouveau vu la trace de l'enfant blessé. Son désir pour moi s'était mué en son contraire. C'était la même énergie, mais passée en négatif. À moins que son désir soit toujours vivant, à côté de la colère et du mépris. En tout cas, il semblait dangereusement près d'exploser à nouveau, comme il l'avait fait en jouant au MIG. J'ai demandé d'une voix plus calme :

« OK... juste par curiosité, quel itinéraire avais-tu prévu, à l'origine ?

– Ça n'a pas d'importance.

– Non, je comprends bien, mais... c'était quoi, l'idée ? »

Jacob n'a pas répondu. Milena l'a regardé à la dérobée.

« Nous devions continuer dans Rapadalen, en descendant jusqu'à... comment ça s'appelle, déjà ?

– Aktse, a fini par répondre Jacob.

– Je peux regarder la carte ? ai-je doucement demandé, soumise, avec l'impression d'avoir seize ans.

– Mais il y a trente kilomètres d'Aktse pour sortir à Salto, a continué Jacob. Au moins un jour de plus.

– Mmm... mais est-ce que tu peux me montrer sur la carte par où tu comptes passer, à la place ? »

À contrecœur, lentement, il a sorti la carte et l'a étalée devant lui.

« Nous sommes ici, a-t-il montré. Le *jokk*, là-bas, c'est l'Alep Vassjajågåsj. Donc on monte par ici, sur cette crête... puis on descend dans la vallée de Bastavagge. Et on continue par là pour sortir ici. À Suorva. »

L'itinéraire que Jacob suivait du doigt semblait être le chemin le plus court vers Suorva. C'était quasiment à vol d'oiseau. Mais cela impliquait de traverser le Skårki, un massif de haute montagne avec des sommets à dix-huit cents mètres, passer entre des glaciers et suivre une ligne de crête escarpée qui semblait tomber à pic des deux côtés.

C'était un passage nettement plus dur que tout ce qu'il avait décrit quand nous étions installés dans le wagon-restaurant du train. Et nous étions censés nous embarquer là-dedans, alors que Henrik était déjà en très mauvaise forme.

Et pourquoi Jacob était-il tout à coup tellement désireux de changer son itinéraire pour nous ? Il était fâché que nous ayons interrompu la randonnée pour partir de notre côté. Il était fâché que nous ayons fait demi-tour pour revenir les ralentir encore davantage, lui et Milena. Il savait que nous dépendions entièrement de lui et de son bon vouloir. Et malgré tout ça, il était prêt à changer ses plans, *parce que c'était mieux pour nous*.

Quelque chose ne collait pas, là. Décidément, quelque chose clochait.

Je fixais la carte, tandis que mes pensées se bousculaient.

Hésitante, j'ai pris la parole.

« Je me disais... À Aktse, il y a un chalet. Avec un téléphone de détresse, d'après la carte.

– Ce n'est plus valable, il a été enlevé », m'a mouchée

Jacob en me dévisageant avec agressivité. Toute objection devait être piétinée sur-le-champ, comme des étincelles de braise dans l'herbe sèche. « Il en reste un, mais il est à Skarja.

– Nous pouvons en tout cas nous y rendre, pour avoir un toit au-dessus de la tête. Et contacter les secours. »

Jacob a semblé presque étonné, puis il s'est fendu d'un large sourire, comme s'il en croyait à peine ses oreilles, tellement ma proposition était stupide. Il a regardé Milena.

« C'est qui, cette nana ? D'où elle sort tout ça ? »

Je ne suis pas spécialement intéressée par le foot, mais une fois quelques collègues m'ont traînée dans un bar après le travail. C'était un samedi soir, fin mai, la finale de la Ligue des champions. Ronaldo jouait, et chaque fois qu'une décision de l'arbitre lui était défavorable, il se fendait d'un large sourire en secouant la tête comme pour dire *ce pauvre type se plante à un tel point qu'il vaut mieux en rire.*

Exactement le sourire que montrait à présent Jacob. Théâtral et complètement faux, c'était une technique de domination d'un niveau rudimentaire, mais efficace. Il s'est à nouveau tourné vers moi.

« Ma petite vieille, en montagne, les secours ne se déplacent pas pour venir te chercher parce que tu es un peu fatiguée. »

Garde ton calme, bordel. Ne tombe pas dans le piège.

« Henrik n'est pas seulement un peu fatigué, il est épuisé.

– Aucune chance qu'ils se bougent si nous sommes à l'abri à Aktse.

– OK, mais alors on peut appeler un hélicoptère privé ? Nous paierons.

– Non.

– Et pourquoi ?

– Parce qu'ils sont tous occupés à plein temps à rassembler les rennes, en ce moment.

– Mais on a bien pris un hélicoptère à Staloluokta. Il y a seulement quelques jours.

– Oui, parce que je l'avais réservé.

– Donc, tu veux dire, sérieusement, que si j'appelle en disant “vous aurez dix mille couronnes si vous venez nous chercher à Aktse”, ils ne le feront pas ?

– Avec quoi tu appelleras ?

– Avec quoi j'appellerai ?

– Oui ?

– Euh… Tu as bien un… »

Jacob m'a coupée, au milieu de ma phrase.

« C'est un tracker, je l'ai répété mille fois, pas un téléphone ! On ne peut pas appeler avec.

– Mais on peut bien envoyer un… »

Il m'a à nouveau coupée, en haussant la voix et en me clouant du regard.

« Ça n'arrivera pas ! Putain, qu'est-ce que tu ne comprends pas ? On fait selon mes règles ! »

Elle était là, la limite. J'avais acculé Jacob jusqu'au bout de ses arguments creux, je l'avais forcé à abattre ses cartes. Il ne s'agissait pas de ce qui était le mieux pour Henrik et moi, il s'agissait de pouvoir.

Pinailler ne servait peut-être à rien, mais au moins j'avais démontré à Milena que l'argumentation de Jacob n'était qu'un château de cartes. J'avais la vague impression qu'il pouvait être important de faire passer Milena de mon côté.

Mon cœur battait la chamade, je sentais l'agressivité de Jacob comme une haleine brûlante sur ma peau. La violence latente comme un puissant vent contraire qui voulait me faire changer de direction. Sa main pouvait voler, dans une seconde je risquais de me retrouver avec la lèvre en sang ou le nez cassé. C'était dur de continuer, mais je n'avais pas l'intention de baisser les bras. Je me suis efforcée de maîtriser ma voix.

« Je peux faire une photo de la carte ?

– Pourquoi tu ferais une photo de la carte ?

– Parce que je trouve que ce serait bien d'avoir un backup. C'est notre seule carte.

– Mais c'est ma carte, a repris Jacob, elle ne va pas disparaître.

– Pourquoi, ai-je dit en croisant avec calme son regard farouche, pourquoi est-ce un problème que je prenne une photo de la carte ? »

J'ai regardé Milena à la dérobée, elle fixait Jacob, sur ses gardes. Je ne crois pas qu'elle comprenait à quel point elle était l'enjeu principal de cette discussion. C'était un procès dont Milena était le juge, que chacune des parties cherchait à influencer. Tant que Jacob l'avait de son côté, il pouvait exercer son pouvoir à travers elle, c'était plus confortable pour lui, cela le dispensait d'utiliser la menace ou la violence pour faire prévaloir sa volonté.

Il a longtemps soutenu mon regard, avant de lâcher :

« Ce n'est pas un problème. Est-ce que j'ai dit que c'était un problème ?

– Non, très bien, ai-je répondu en tendant la main pour qu'il me donne la carte.

– Je n'ai pas dit que tu pouvais avoir la carte, j'ai dit que tu pouvais en prendre une photo.

– Donc je ne peux pas la prendre à trois mètres d'ici, sous la tente, pour faire une photo ?

– Non, tu ne peux pas. »

J'ai souri et jeté un regard à Milena, mais elle avait les yeux rivés à la carte.

« Parce que... ?

– Vous en avez déjà paumé une.

– Il vaut mieux que tu la prennes en photo ici, a dit Milena d'une voix sourde, je peux la tenir pour qu'elle ne bouge pas. » Sans croiser mon regard, elle a continué à fixer obstinément la carte.

Était-elle de mon côté, ou de celui de Jacob ? Assurément, elle soutenait Jacob dans sa volonté de ne pas me prêter sa carte, ne serait-ce que pour une minute. D'un autre côté, je pouvais interpréter son attitude comme le souci de m'aider à prendre une bonne photo de la carte.

Peut-être comprenait-elle, instinctivement, que nos vies pouvaient dépendre de l'existence d'une copie de cette carte.

Je suis donc allée sous l'auvent fouiller dans mon sac à la recherche de mon portable. J'ai alors entendu du bruit à l'intérieur de la tente. Henrik s'étirait en bâillant, le nylon du sac de couchage chuintait et chuchotait tandis qu'il se tortillait dedans. J'ai ouvert la glissière et glissé un œil. Il a plissé vers moi des yeux gonflés et fatigués.

« Salut. Bien dormi ? » Il a hoché la tête.

« Mmm... mieux, a-t-il répondu en bâillant à nouveau.

– Il y a le petit déjeuner dehors. De la bouillie chaude.

– C'est quoi, cette histoire de carte ? De quoi vous parlez ?

– Je vais faire une photo de la carte, c'est tout », ai-je dit en sortant mon portable de son petit sachet étanche en plastique. Je l'ai allumé, l'écran s'est éclairé.

Jacob tenait fermement la carte à deux mains tandis que je photographiais. Milena m'aidait en maintenant les coins écartés par le vent.

« Merci », ai-je dit après avoir pris les deux faces. Jacob m'a dévisagée en silence tandis qu'il repliait la carte pour la ranger dans une poche sur sa poitrine. Mépris. Méfiance.

« Henrik arrive ? a demandé Milena.

– Oui, tout de suite.

– On pourrait peut-être réchauffer l'eau », a-t-elle proposé en soulevant le couvercle de la cafetière. Quelques filets de vapeur en sortaient timidement. Jacob a regardé et dit :

« Ça suffira. On ne peut pas gaspiller le gaz. »

J'ai inspiré à fond pour me blinder. Autant mettre ça tout de suite sur le tapis.

« Justement, à propos du gaz... il faut qu'on en parle. »

Jacob et Milena m'ont alors regardée tous les deux, Jacob avec une hostilité manifeste, Milena, elle, était sur ses gardes. Ils attendaient que je poursuive.

« Voilà... Henrik ne va pas réussir à passer cette montagne. Nous allons donc sans doute devoir repartir de notre côté. Encore une fois.

– Mais..., a commencé Milena avec un profond soupir.

– Oui, je sais, ça semble peut-être bizarre, et je ne préférerais pas, au fond. Mais ça, ai-je dit avec un geste vers les sommets qui se dressaient au-dessus de nous, ça n'est pas une alternative. Quand on est dans son état. Désolée, mais ça ne va pas le faire. »

Jacob fixait le sol entre ses deux pieds, les deux coudes appuyés sur les genoux, un poing fermé, qu'il frottait énergiquement des doigts de l'autre main. Sa colère dégageait une énergie qu'il lui fallait dépenser d'une façon ou d'une autre. Tout son corps semblait tendu, prêt à bondir.

« Et donc, à propos du gaz », ai-je continué.

Ma respiration un peu troublée, comme quand on sait que ce qu'on va dire va être mal accueilli, mais pas à quel point. Le poids sur la poitrine, les mots qui ne veulent pas sortir.

Allez, bordel. Tu n'as quand même plus treize ans.

« Nous avions deux cartouches au départ. Mais là, je n'en ai plus retrouvé qu'une. Quand nous nous sommes retrouvés seuls. Et elle s'est vidée. Alors forcément, vous devez avoir embarqué notre deuxième cartouche. »

Jacob m'a fixée.

« T'es complètement dérangée ? a-t-il fini par lâcher.

– Jacob... » l'a enjoint Milena.

Garde ton calme, maintenant. Respire. Voix ferme.

« Voilà ce que je crois. Le premier soir, nous avons fait la cuisine ensemble avec ma cartouche, puis je crois que tu as... » Je n'ai pas eu le temps de terminer : Jacob, déjà debout, a jeté son quart par terre, tout son corps participait au geste, comme un lanceur au base-ball. Le quart a heurté une pierre de plein fouet, ricoché, et atterri cinq mètres plus loin.

« Franchement ! T'es COMPLÈTEMENT DÉRANGÉE ! »

Il a crié à pleins poumons, fait quelques pas dans ma direction, s'est dressé au-dessus de moi comme les sommets derrière lui, presque deux mètres de sang sous pression, d'adrénaline et de muscles qui voulaient frapper et casser.

Et j'ai craint pour ma vie.

C'était une réaction purement instinctive. Je me suis tue, recroquevillée avant le choc en tremblant comme un petit lapin.

À la même seconde, Milena s'était levée elle aussi pour, en quelques pas, aller retenir Jacob par le bras.

« Jacob, a dit Milena, comme en le suppliant, Jacob, calme-toi...

– Quoi, bordel, elle dit que je lui ai piqué son putain de gaz !

– Non, ai-je tenté d'intervenir, je ne veux pas dire que..., mais il m'a à nouveau interrompue.

– Quelles conneries ! J'avais trois cartouches, je les ai toujours !

– C'est vrai, Anna, s'est dépêchée d'ajouter Milena, collée à Jacob. Nous avions trois cartouches avec nous. Nous n'en avons pas à vous.

– Quelles conneries ! » a répété Jacob, tellement indigné qu'il ne tenait pas en place. Il piétinait sur place, tournait sur lui-même. « Quelles conneries ! »

Ziiiiip. Henrik est sorti à quatre pattes de la tente. Il a regardé d'un air inquiet Jacob, puis moi, puis Milena, avant de demander :

« Qu'est-ce qui se passe ?

– Demande à ta foutue copine, a répondu Jacob, la voix rauque et tremblante d'indignation.

– Nous parlons du gaz, ai-je dit.

– Mais avant ? À propos de franchir une montagne ?

– Oui… Jacob veut changer l'itinéraire.

– Mais c'est pour vous ! a craché Jacob. Pour vous, bordel ! » Milena lui a caressé le bras pour tenter de le calmer, mais n'a rien dit.

– Je peux changer d'itinéraire si c'est nécessaire, a dit Henrik. Je pense qu'il faut rester ensemble, maintenant. »

Henrik, bordel. Tu ne sais pas dans quoi tu mets les pieds. Mais ferme donc ta gueule !

Ses paroles m'ont scié les jambes.

« Henrik…, ai-je commencé, aussi posément que je le pouvais, franchir la montagne n'est pas une alternative.

– C'est le plus rapide pour quitter le Sarek, a dit Jacob, fort et staccato, comme s'il hachait les mots, et vous avez besoin de sortir d'ici le plus vite possible, bordel. Toi aussi, a-t-il ajouté en me dévisageant, tu es en train de devenir complètement folle.

– Pourquoi par la montagne n'est pas une alternative ? a demandé calmement Henrik en me regardant.

– Parce que c'est dur. Pour toi. »

Henrik s'est tu un bref moment.

« Je me sens mieux aujourd'hui.

– Henrik, franchement…

– Si, vraiment. J'ai bien dormi, et je… »

Je l'ai coupé :

« C'est du genre douze cents mètres de dénivelé qu'on va se prendre. Hier, tu étais si fatigué qu'on pouvait à peine te parler.

– Nous n'avions pas mangé chaud. Avant le soir.

– On va marcher sur une crête avec des précipices des deux côtés, traverser un glacier… tu te souviens de ce qui s'est passé l'autre jour ? Quand il fallait traverser le névé ? » Je le regardais fixement. Il a fini par reconnaître tout bas :

« C'était une situation spéciale. »

Je me suis tournée vers les autres, en expliquant :

« Il a fait une crise de panique quand il a fallu marcher

sur la neige. Nous avons été forcés de faire demi-tour, c'est pour ça qu'on est là. »

Henrik m'a regardée, et ça faisait peine à voir. Il semblait si fatigué et découragé, mais avant tout blessé que je lui fasse clairement porter la responsabilité de la situation dans laquelle nous nous trouvions. Blessé, non pas parce que je mentais, mais parce que je disais la vérité.

Je me sentais déloyale de l'avoir ainsi épinglé devant Jacob et Milena, mais j'étais obligée d'essayer de lui faire comprendre pourquoi nous ne pouvions pas prendre cet itinéraire par la montagne.

Henrik a fini par me quitter des yeux et dire aux autres :

« Je pense qu'il faut rester ensemble. »

Alors c'est comme ça, désormais, Henrik ? Tu es avec Jacob plutôt qu'avec moi ? Très bien, au moins je suis prévenue. Alors on fait comme ça.

Jacob a pris la parole, plus calme à présent, le soutien inattendu de Henrik avait apaisé sa colère, qui était passée de lui à moi, lui permettant de retrouver son équilibre.

« Bien sûr vous faites comme vous voulez, a-t-il dit d'une voix presque aimable, mais je garde le gaz. Et nous partons dans trente minutes. »

Je monte d'un pas régulier, concentrée pour ne pas aller trop vite et rattraper les autres, je m'aide de tout mon corps, avec des mouvements de bras conscients et bien mesurés. L'effort est doux, à cette allure je peux continuer à l'infini. Mon corps travaille et c'est agréable.

Le ciel est en train de se déchirer au-dessus de nous, les cumulus se poursuivent, ils laissent parfois le soleil passer par un interstice. Il y a du vent, l'air est frais.

La végétation se fait de plus en plus rare, voilà un moment que j'ai vu la dernière tache d'herbe scintiller de rosée aux rayons du soleil perçant à travers les nuages. Nous marchons à présent sur des éboulis couverts de lichens verts, rouille et bruns. Ici et là, orange. Les rares fleurs qui poussent à cette altitude sont basses comme de la mousse.

Jacob marche en tête, mais veille à bien ralentir son rythme pour que la troupe reste groupée. Milena et Henrik sont à ses côtés pour l'occasion, et il ne veut bien sûr pas me laisser la moindre occasion de parler en privé avec aucun des deux. Je marche en dernier, m'appliquant à laisser une petite distance entre nous.

Oui, je suis fâchée.

Notre unique chance – à Henrik, Milena et moi – de résister à Jacob était de faire bloc, de nous unir. Mais au pied du mur, ils se sont dégonflés.

C'est ainsi que la violence fonctionne comme moyen de

pouvoir. Elle n'a même pas besoin d'être exercée, sa menace suffit pour modifier les comportements. Jacob devient agressif, et Milena et Henrik se chargent aussitôt de calmer la situation en se pliant à sa volonté.

Que Milena s'incline me fait mal, mais ne m'étonne pas. Depuis notre rencontre à la gare centrale de Stockholm, j'ai compris quel pouvoir Jacob exerce sur elle. Qu'elle perçoit sa propre image dans le regard qu'il porte sur elle.

La faiblesse de Henrik me blesse plus profondément.

Il était pris dans la tempête de neige, et je suis montée le chercher au péril de ma vie. Il n'a pas réussi à franchir la montagne pour rentrer à Staloluokta, et j'ai fait demi-tour avec lui, parce que je savais qu'il était désormais de ma responsabilité de le faire sortir vivant du Sarek. Je l'ai laissé se reposer et nous ai préparé à manger, quand j'étais moi-même morte de fatigue. J'ai fait en sorte de rattraper Milena et Jacob, pour qu'il puisse manger chaud et dormir au sec.

J'ai sauvé la vie de Henrik, merde.

Mais au premier désagrément, dès que Jacob a montré les dents, tout ça ne vaut plus rien, il n'y a plus aucune loyauté, ni confiance en mon jugement, tout ce qui compte c'est que Jacob reste calme.

Pourtant, cela ne suffira pas sur le long terme. Certes, Jacob s'est calmé, il n'a poussé personne, et aucun d'entre nous n'a pris son poing dans la gueule. Ça a marché. Mais d'un autre côté, nous voilà en train de monter vers un environnement où les marges sont encore plus étroites, où la différence entre la vie et la mort se résume à un pas imprudent sur une pierre branlante, à une seconde de perte d'équilibre, après quoi tout est fini.

Et notre guide pour cette randonnée est une personne aux claires tendances psychopathes. Qui prend visiblement plaisir à nous avoir à sa merci.

Voilà pourquoi je me concentre à présent sur moi-même. Je ne prends plus la responsabilité de personne d'autre. Je monte d'un pas régulier, je m'aide de tout mon corps, avec des mouvements de bras conscients et bien mesurés. Mon corps travaille et c'est agréable.

Au bout de quelques heures, Jacob s'arrête et pose son sac à dos. C'est l'heure de la pause, il sort le réchaud pour faire chauffer de l'eau. Nous autres extrayons des sacs café soluble, pain et tartinades et nous asseyons par terre. Henrik me demande comment ça va.

« Oh, moi, tout va bien », lui réponds-je d'un ton un peu pincé.

Ne t'inquiète pas pour moi, va.

Essoufflé, il boit quelques gorgées d'eau. « Pour moi aussi, dit-il, mieux qu'hier. »

Tout comme moi, il est encore fâché après le conflit de ce matin, je le vois à présent. Tant pis. Je n'ai pas l'intention de faire le premier pas vers une réconciliation.

Je me retourne vers la vallée. Le terrain s'est un peu aplani dernièrement et, au-delà d'une crête quelques centaines de mètres en contrebas, je ne vois rien du versant que nous avons gravi, uniquement le massif de l'autre côté de Rapadalen, à des kilomètres.

La couverture de nuages s'est encore déchirée, le ciel est à présent plus bleu que nuageux. Le soleil brille le plus souvent et nous réchauffe même un peu, malgré l'altitude.

Ici, plus de végétation, ce sont des éboulis et du gravier à perte de vue, à part quelques névés plus haut sur les pentes et un glacier qui pointe entre deux montagnes quand je regarde vers le nord-ouest. Droit devant et se prolongeant loin sur les côtés, une paroi très raide barre le passage. J'estime à trois ou quatre cents mètres l'ascension presque à la verticale jusqu'à la crête là-haut. Impossible d'y monter : comment Jacob compte-t-il continuer ? Je sors mon portable pour regarder la photo de la carte. Je me souviens qu'il a tracé un trait presque droit entre le lieu de notre bivouac et Suorva au nord. La seule possibilité que je vois est de suivre le pied de la paroi à pic vers l'ouest, puis de tourner en remontant au nord sur une moraine qui court de ce côté-ci du glacier Alep Vassjajiegna. La montée reste raide de ce côté, mais pas aussi verticale.

Puis commencent les vrais problèmes.

Si nous contournons le bord du glacier et passons un sommet à tout juste dix-huit cents mètres, nous serons en mesure d'atteindre le sommet. Mille huit cents mètres, nous aurons pris environ sept cents mètres de dénivelé depuis le matin. Henrik en aura-t-il seulement la force ? ou va-t-il s'effondrer, incapable de faire un pas de plus ? De là court une crête escarpée orientée plein nord, avec des précipices à-pic des deux côtés, des centaines de mètres en chute libre à droite et à gauche.

Quelle est la hauteur de Kaknästornet, la tour de la télévision à Stockholm ? environ cent cinquante mètres, non ? Imaginez que vous en empilez deux. Puis que vous tombez du sommet de celle du haut.

Quelle est la largeur de cette crête ? Pour moi, c'est là le point décisif. Si elle fait cinq mètres de large, pas de problème. Dans ce cas, on n'a pas de contact direct avec le vide, et on ne risque rien si on trébuche ou si on perd l'équilibre.

Si elle mesure un mètre, ou moins – hum. Là, même moi, je vais sentir l'aspiration du vide, alors que je ne suis pas spécialement sujette au vertige.

Il n'est pas difficile en montagne de suivre un sentier d'un mètre de large. On le fait automatiquement, sans réfléchir. Mais il arrive aussi tous les jours, et plutôt deux fois qu'une, que l'on heurte du pied une pierre qui dépasse, on trébuche alors et on doit faire quelques pas de côté pour garder l'équilibre, ou même on tombe à la renverse et il faut se rattraper sur les mains.

Vingt mille pas dans une journée et pour deux ou trois, vous vous trompez un peu et trébuchez. Si cela vous arrive sur une crête d'un mètre de large, vous avez un problème. Si elle fait cinquante centimètres, vous mourez.

Alors maintenant, vous vous mettez à penser à chacun de vos pas, et soudain ce n'est plus aussi simple, ce que vous avez l'habitude de faire inconsciemment est beaucoup plus difficile à faire consciemment. Comment s'y prend-on, en fait, pour lever le pied, le reposer ? Votre cœur s'accélère, vous sentez vos muscles mous et sans force, vos genoux comme des spaghettis. Vous éprouvez l'aspiration du vide, comme sur un quai quand le train arrive à toute vitesse et que vous devez résister à la pulsion de vous jeter devant la locomotive, c'est la même sensation mais en beaucoup plus fort. L'abîme vous attire, veut que vous osiez sauter. Et pour y résister, il faut vous immobiliser. Ne pas bouger d'un poil. Vous voilà paralysé.

J'ai connu ça, j'ai senti ça. Le vertige est irrationnel, impossible de lui résister quand il vous a pris dans ses griffes.

Ce qui compte, c'est ce que vous faites ensuite. Contrôlez votre respiration. Regardez-vous vous-même avec distance. Pensez que vous éprouvez une sensation. Pensez que vous pensez que vous éprouvez une sensation. Attendez que la vague déferle sur vous et reflue. Puis vous repartez. Un pas après l'autre.

Dans mon cas, le vertige s'est toujours dissipé assez vite. En revanche, Henrik... Je me souviens d'une fois, dans le massif des Sylarna, quand il a dû regagner le refuge dès le pied du passage le plus raide. Le vertige l'a rendu malade rien qu'en regardant la paroi que nous avions devant nous.

Ce qui nous attend est du même niveau. Au moins.

Je ne crois pas que Henrik l'ait compris. Mais il va bientôt s'en rendre compte.

Nous suivons la paroi vers l'ouest, par un passage un peu plus plat. Le sol est jonché de gros blocs de pierre. À un endroit, un morceau de la falaise s'est détaché et a éclaté en morceaux. Impossible de savoir quand. Il y a un million d'années ? mille ans ? mardi dernier ? Certains des blocs sont remarquablement symétriques, des rectangles aux faces lisses d'un mètre de long.

C'est un terrain très difficile, accidenté, on perd et on gagne de l'altitude à chaque pas, quelques décimètres plus haut, quelques décimètres plus bas. Les blocs penchent, on ne pose presque jamais le pied sur une surface horizontale, la cheville se tord d'un côté et de l'autre. Certains blocs ne sont pas fixes, mais basculent quand on monte dessus. C'est une randonnée qui exige une concentration totale.

Et j'adore ça.

C'est comme être sur une planète étrangère, un monde mort et stérile : si un rover de l'espace équipé de caméras et de pneus en caoutchouc surgissait au détour d'un rocher, je n'en serais pas étonnée. Ici, il n'y a que roche, montagne et glace sous un ciel bleu clair. L'ascension qui nous attend emplit mon ventre d'impatience, c'est un défi assez difficile qui exige précision et concentration. Et la vue depuis cette crête doit être fantastique un jour pareil. Nous avons vraiment de la chance avec la météo.

Quand nous arrivons presque au glacier, la pente se fait

nettement plus raide. Je vois à la posture de Henrik, quelques mètres devant moi, qu'il trouve ça désagréable. Il penche le corps en avant pour s'aider autant que possible de ses mains à chaque pas. Et il se crispe, ce qui augmente l'effort physique. Nous marchons depuis bientôt une heure sur ce terrain difficile, et ça se voit. Quand il fait une pause, une chaussure posée sur une arête, son talon se met à tressauter de manière incontrôlée, le muscle de sa cheville ne parvient pas à garder le pied immobile. Il tend les deux mains devant lui et s'affale sur un rocher, inspire à fond et souffle. En sueur, le visage rouge, il se débarrasse de son sac à dos.

« Putain, ce n'est pas une partie de plaisir, quoi, grommelle-t-il en sortant sa gourde pour boire.

– Il ne reste plus beaucoup jusqu'au glacier, lui dis-je. Après, on n'aura plus à marcher en travers. C'est mieux de monter tout droit. »

Je regarde Jacob et Milena qui continuent à grimper à travers le pierrier. Jacob est déjà arrivé au bord du glacier, il s'étire le dos et boit de l'eau. Milena n'est pas loin derrière.

Je reste debout à côté de Henrik, je trouve le terrain trop accidenté pour m'asseoir et ôter mon sac. Il boit encore et embrasse d'un regard morne le Sarek, grandiose et effrayant, beau, glacial et dur comme la pierre.

Nous ne disons rien de plus, je l'attends et, au bout de dix minutes, il range sa gourde et se prépare à repartir. Je propose de passer devant pour choisir le passage entre les rochers. Il accepte d'un hochement de tête, semble presque reconnaissant.

Je sais. Je ne suis pas responsable de Henrik. Mais ma mauvaise humeur après le conflit avec Jacob s'est évaporée sans que je l'aie moi-même remarqué. Les quelques jours passés au Sarek m'ont déjà enseigné qu'ici, l'humeur change aussi vite que le temps. Toutes les émotions sont à découvert, tout le temps. De la plus profonde morosité à l'euphorie, en une demi-heure. C'est la fatigue psychique et physique qui fait ça, je suppose, elle supprime le contrôle de soi aussi efficacement qu'une ponceuse élimine un vieux vernis.

J'ai bientôt rejoint Jacob et Milena au bord du glacier, où Milena a déjà commencé à préparer le déjeuner. Je me mets aussitôt à l'aider. Henrik souffle quelques minutes, puis donne lui aussi un coup de main. Jacob en revanche s'est installé ostensiblement un peu à l'écart et se repose, le visage au soleil. Aucun de nous n'aurait l'idée de lui demander de venir participer.

L'agressivité, physique ou verbale, pousse les personnes à marcher sur la pointe des pieds et à faire des détours, les fait s'aplatir pour ne pas s'exposer. Mon expérience familiale ne me l'a que trop bien enseigné.

Nous déjeunons, Milena et moi bavardons de choses et d'autres. Elle semble comme moi d'assez bonne humeur, tandis que Jacob reste dans son coin, laconique et renfrogné. Henrik, lui aussi, se tait. Il a l'air mal à l'aise, cherche à se tenir d'une main dès qu'il fait quelques pas, alors que l'endroit où nous nous sommes arrêtés n'a rien de vertigineux. La traversée du pierrier a dû lui faire très peur.

Nous repartons, dans le même ordre. Jacob, Milena, Henrik, moi. Jacob file en tête, alors que nous autres nous nous arrêtons souvent pour souffler et calmer notre pouls. Le soleil brille dans un ciel sans nuages, nous sommes en sueur. Chaque fois que je me retourne, je me réjouis de l'altitude déjà prise. Nous devons bien être à mi-hauteur du sommet.

Jacob gambade comme un bouquetin loin devant nous. Oui, j'aimerais moi aussi aller à son rythme.

L'ascension commence à sérieusement éprouver Milena et Henrik. Ils ont le visage rouge, sont essoufflés, et nous devons nous arrêter toujours plus longtemps pour que leur pouls redescende à un niveau normal. Milena boit de l'eau et dit en haletant :

« On a l'impression que cette montée ne va jamais finir. »

Henrik opine du chef, mais n'a pas la force de parler.

« C'est dur de ne pas voir le bout, reprend-elle. On croit arriver au sommet mais on n'y est jamais.

– Quatre cents mètres de dénivelé, c'est beaucoup, dis-je. Mais on a fait plus de la moitié, maintenant.

– Alléluia », marmonne Milena.

Je propose :

« On continue ?

– J'ai besoin de me reposer encore un peu, dit Henrik. Juste un moment. »

Il ne quitte pas des yeux la paroi, à hauteur d'yeux. Ne regarde jamais vers le sommet, jamais vers la vallée. Milena se tourne vers lui.

« Comment ça va ? Tu as le vertige ?

– Un peu », dit-il.

Elle lui touche légèrement le bras, une marque d'empathie. Henrik repart quand il se sent prêt, elle le suit, et comme d'habitude je ferme la marche.

Milena s'est placée entre nous, mais ça ne me fait rien.

Alors la pente diminue, tandis que la crête rétrécit. À droite, c'est en train de devenir un à-pic. Et enfin, nous apercevons le sommet. Car ce doit bien être le sommet ? Un petit plateau se dresse à environ cent mètres devant nous, et derrière on ne voit que le ciel bleu.

Le problème, c'est qu'avant d'atteindre le plateau, la crête où nous nous trouvons va se rétrécir encore, avec à la fin un passage raide à escalader en travers pour prendre pied en haut.

Jacob est déjà dessus. Il ressemble à Spiderman, ou à quelqu'un qui grimpe l'escalier de la Maison Maboule du parc d'attractions de Gröna Lund en sachant comment s'y prendre. Une jambe en extension, l'autre repliée contre la poitrine, les mains largement écartées. Pas à pas, il s'élève le long de la paroi.

Nous nous arrêtons tous pour le regarder.

Voilà qu'il lève le pied une dernière fois, puis il se hisse à quatre pattes sur le plateau, se relève aussitôt et se tourne vers nous. Il tend les mains en l'air et jubile :

« WOU-HOOUUU ! AAOOOOUU ! »

Il hurle comme un loup. Au moins, en voilà un de meilleure humeur.

Et un autre a le moral en berne.

Henrik lève les yeux vers le plateau et déglutit péniblement.

Henrik, Milena et moi, silencieux, côte à côte en cette magnifique journée d'automne dans l'âpre paysage lunaire du Sarek, nous regardons Jacob mener sa danse de victoire là-haut, au sommet. Henrik semble soucieux, il boit quelques gorgées d'eau.

« Il faut qu'on passe par là, vraiment ? » finit-il par lâcher. Son regard suit la crête sur laquelle nous marchons jusqu'au plateau, voit qu'elle se transforme en lame. Oui, il faut bien l'appeler ainsi. L'un des côtés tombe à pic sur le glacier : si on glisse, on ne se tue peut-être pas, mais c'est parti pour un bon kilomètre de toboggan. Si on heurte une crevasse ou une pierre qui dépasse après avoir pris de la vitesse, c'est la fin garantie.

De l'autre côté, c'est très raide, peut-être pas au point de s'écraser en chute libre des centaines de mètres plus bas, mais plus raide que tous les passages que nous avons empruntés jusqu'à présent.

« Ça a peut-être l'air pire d'ici que ça ne l'est en réalité », dit Milena.

Henrik ne répond pas, il est comme pris dans la glace, semble ne pas pouvoir avancer d'un pas.

« Bon, on continue, dis-je. Allez ! »

Milena repart, mais Henrik reste sur place. J'attends un moment. Rien ne se passe. Je reprends :

« On va voir comment c'est, un pas à la fois. »

Je suis Milena, mais n'entends aucun bruit derrière moi.

Maintenant, j'en ai assez. Je m'arrête et me retourne.

« Henrik ? Viens, maintenant. On ne peut pas s'arrêter ici. »

Mes paroles sortent plus dures que je ne le pensais, plus cassantes, mais elles produisent l'effet escompté. Henrik se met enfin en branle.

« Passe devant », lui dis-je.

Il me double, je le suis.

Tu voulais suivre la route de Jacob. Malgré mes mises en garde. Alors vas-y, maintenant.

Il ne nous faut que quelques minutes pour atteindre le passage raide, où la crête est devenue aussi fine qu'une lame, bien trop dangereuse pour qu'on y marche. La seule alternative est de passer quelques mètres en dessous en se plaquant à la paroi.

Milena nous attend. Et c'est en effet comme elle l'espérait : pas aussi terrible que ça en avait l'air de loin. Certes, c'est raide, et moi-même je sens l'aspiration du vide sur notre droite, mais il ne s'agit pas d'escalade – contrairement à l'impression qu'a donnée Jacob quand il s'est hissé jusqu'en haut. Nous devons nous appuyer contre la paroi rocheuse et nous tenir à deux mains, mais pour être honnête, ça n'a pas l'air si difficile.

Jacob nous appelle, donne quelques instructions sur le passage le plus facile pour accéder au plateau. Milena s'engage la première. Prudemment, pas à pas, elle veille bien à ne jamais déplacer qu'un pied ou une main à la fois, se tenant toujours à la paroi rocheuse en trois points.

Henrik se laisse glisser sur le rocher sur lequel il se tient, mais reste face à la vallée, le précipice devant lui. Il n'ose pas regarder. Il ferme les yeux. Il s'agrippe à deux mains, tout son corps semble crispé, sa respiration est saccadée, violente.

Le vertige est en train de s'emparer de lui.

« Henrik », lui dis-je en lui posant la main sur l'épaule. Je lui parle d'une voix douce et rassurante, je sais qu'il dépend à présent de moi qu'il réussisse à se hisser et que nous puissions continuer. « Écoute-moi. Pour commencer, tu dois respirer avec le ventre. Tu m'entends ? »

Il hoche la tête, les yeux toujours fermés très fort.

« Inspire à fond, sens l'air qui te descend jusqu'au ventre. »

Henrik essaie, fait de son mieux.

« Et recommence. Ferme la bouche, respire par le nez. Une longue, profonde inspiration. Jusque dans le ventre. Rien ne presse, prends tout ton temps. Nous pouvons rester là une heure si c'est nécessaire. »

Il inspire longuement par le nez, remplit ses poumons, et je pose la main sur son ventre.

« Souffle, calmement et doucement, et recommence. Tu dois le sentir là, en bas. »

Il fait comme je dis, et à présent son ventre se soulève un peu à l'inspiration.

« Bien. Encore. »

Je suis tout près de Henrik, penchée sur lui, un bras sur son épaule et une main posée sur son ventre. Il inspire à nouveau.

« Pas besoin de rentrer le ventre. Je sais que tu as une petite brioche, mais je t'aime quand même. »

Il se fend d'un sourire et pose sa main sur la mienne sur son ventre. Je passe mon autre main dans ses cheveux, mes doigts s'y enfouissent, je sens l'arrondi de son crâne en dessous.

Et enfin, il se détend. Je sens se relâcher la crispation de ses épaules et de sa nuque. Il prend une profonde inspiration et, à présent, il semble que tout son corps y participe : au lieu de se contracter en résistant, ses muscles laissent passer l'air, qui donne l'impression d'affluer jusqu'au bout de ses orteils.

Henrik lâche un sanglot. Je comprends qu'il pleure.

Je ne devrais pas être étonnée. Ça, c'est le Sarek. Toutes les émotions à découvert, tout le temps.

Je le tiens, je me penche pour l'embrasser doucement sur la joue.

« Dis ? Qu'est-ce qu'il y a ? »

Il inspire à nouveau à fond, renifle un peu, s'essuie une narine avec le pouce.

« Non, rien. Je suis juste... je ne sais pas.

– C'est peut-être le manque d'oxygène.

– Je suis désolé d'avoir perdu la carte.

– Ne pense pas à ça. »

Je le serre contre moi, un peu penchée, et il me serre lui aussi. Passe ses mains autour de ma taille et m'attire tout contre lui. Nous restons un moment ainsi, et Henrik respire plus paisiblement.

Je jette un œil vers le plateau. Milena y est arrivée, et regarde dans notre direction. Jacob fait les cent pas là-haut. Sa frustration d'être à nouveau bloqué se sent à des kilomètres.

Il faudrait laisser Henrik prendre tout le temps nécessaire, mais nous ne l'avons pas vraiment. Je finis par lui dire, aussi doucement que je peux.

« Dis-moi ? On essaie ?

– Mm. » Henrik inspire à nouveau à fond, s'étire le dos. Il hoche la tête, résolu. « Allez, on y va. »

Je le guide :

« Ne regarde pas vers le bas. Regarde la montagne. Concentre-toi sur un pas à la fois. Ne pense à rien d'autre. Et tu ne déplaces qu'une main ou un pied à la fois. Toujours trois points accrochés à la montagne. »

Henrik hoche à nouveau la tête. Il se lève alors et se tourne vers la paroi pour ne plus voir le vide. Il se tient à deux mains puis lève le pied droit. Puis la main droite. Puis la main gauche. Déplace son centre de gravité. Puis le pied gauche. Calme et méthodique.

Je vois qu'il va beaucoup mieux à présent. Son corps n'est plus du tout aussi crispé. Il s'appuie sur ses mains plutôt qu'il ne s'agrippe, comme il le faisait auparavant.

Nous coupons en biais vers le plateau, quelque chose entre la randonnée et l'escalade. L'inclinaison est à peu près celle d'une échelle posée assez raide contre un mur. Je ne peux pas résister à la tentation de regarder vers le bas. Je veux tester ma résistance. La paroi rugueuse s'arrondit en cuvette qui, tout en bas, se transforme en une zone d'éboulis plus plate. Survivrais-je à une chute ? Oui, peut-être. Avec un peu de chance. On ne dégringolerait peut-être même pas jusqu'en bas de la paroi, ce n'est pas si abrupt que ça.

Henrik approche du bord. Au-dessus, Milena l'appelle, tend la main pour l'aider à la fin, mais il ne la prend pas. Il a trouvé une façon d'avancer qui fonctionne, il ne veut pas tester quelque chose de nouveau pour le dernier tronçon. Ici, on ne prend pas de risques.

Il a le haut du corps sur le plateau à présent, il pousse avec la jambe droite, et le voilà en haut. Milena applaudit.

« Bon boulot, Henke ! »

Je suis juste derrière lui.

Henrik rampe encore à quatre pattes pour s'éloigner du bord, puis roule sur le dos. Il souffle longtemps, profondément. Milena se penche pour le serrer dans ses bras, à terre.

« Bon boulot...

– Que c'est bon. Ah mon Dieu... »

Un peu plus loin, Jacob, bras croisés sur la poitrine, les observe d'un œil noir. Mais il ne dit rien.

Je me hisse sur le plateau et me lève, même si nous avons admiré des paysages incroyables au cours de notre randonnée dans le Sarek, la vue me coupe le souffle. Je vois à présent vers le nord et l'ouest, aux quatre points cardinaux s'élèvent de majestueux massifs couverts de neige.

On apprend à l'école que les montagnes suédoises ont jadis été érodées par les glaciers, raison pour laquelle elles ne sont pas très élevées. Des collines émoussées, comparées aux Alpes. Mais la glace semble avoir oublié de limer le

Sarek. En regardant alentour, je me dis que ce pourrait être l'Himalaya. Des crêtes noires et découpées se dessinent sur le bleu intense du ciel. Loin en contrebas, le majestueux delta de Rapadalen miroite au soleil d'automne. Une gigantesque falaise monte seule la garde là où les bras du fleuve se ramifient, je sors la carte sur mon portable et constate que ce doit être le Tjahkkelij. Au-delà, des étendues de lacs et encore des montagnes, qui deviennent des collines, le paysage se calme un peu pour s'apaiser en forêts à l'infini. J'emplis mes poumons d'air frais d'automne.

Douce euphorie. Encore.

Nous l'avons fait. Nous sommes au sommet.

Je me sens avant tout soulagée. Je croyais vraiment que Henrik ne réussirait pas à passer, nous forçant alors à rebrousser chemin. Redescendre dans la vallée avec un jour gaspillé en pure perte. Mais à présent, nous sommes en haut, et il semble que le pire soit derrière nous. Le plateau où nous nous trouvons est en effet le début d'une crête que nous allons à présent suivre vers le nord-est, et elle ne paraît pas aussi étroite que je le redoutais. La montagne ressemble à un gigantesque dragon au repos, Godzilla faisant la sieste en plein cœur du Sarek, sa queue épineuse légèrement inclinée vers la vallée voisine. Certes, les parois tombent à peu près à la verticale depuis la crête, mais aussi loin que je puisse voir, cette dernière semble faire trois ou quatre mètres de large. Cela ne devrait pas poser de gros problèmes, à aucun d'entre nous. Et le paysage s'annonce magique, jusqu'au bout.

Henrik et Milena sont étendus tout près l'un de l'autre à même le sol, ils se sourient, rient et bavardent, Milena pose sa main sur son bras.

Ça a l'air intime.

Peut-être un peu trop intime.

La pensée me traverse l'esprit, et au même instant, Jacob fait deux pas vers eux.

« Bon, on y va ? » lâche-t-il avec impatience.

Henrik tourne lentement la tête et lève les yeux vers lui.

« Laisse-moi juste souffler cinq minutes. »

Puis il retourne le regard vers Milena, comme si Jacob devait se contenter de cette réponse.

Tu joues avec le feu, Henrik.

« Il faut qu'on soit descendus de cette montagne avant qu'il fasse nuit, reprend Jacob en s'approchant encore d'un pas de Henrik et Milena, debout !

– Mais enfin, cinq minutes, Jacob ? Sérieusement ? » Henrik le regarde avec irritation, il défie l'autorité de Jacob, et je suis immédiatement sur mes gardes, tout ça n'annonce rien de bon.

Jacob grogne :

« Mais putain, tu n'arrêtes pas de souffler ! Debout ! »

Il se penche et saisit le bras de Milena, on voit dans tout son corps qu'il est maintenant en colère. Il la relève brusquement, elle se plaint un peu :

« Aïe... Dis...

– Qu'est-ce que tu fais ? Lâche-la ! » Henrik hausse le ton, tandis que je les rejoins en quelques pas.

« Écoutez, calmez-vous, maintenant... ai-je le temps de dire avant que Jacob ne me coupe.

– Lève-toi, bordel ! » hurle-t-il à Henrik qui le défie du regard, toujours étendu à terre.

« C'est quoi le problème ? Tu es jaloux ? »

Non. Non non non non. Henrik, merde.

Milena semble effrayée.

« Henrik, s'il te plaît, lève-toi, on doit repartir », se dépêche-t-elle de dire tout en saisissant le bras de Jacob. J'ajoute :

« Allez, on arrête les histoires, debout. »

Toutes deux, nous essayons d'adoucir Jacob qui fixe Henrik avec haine, sa respiration est lourde, je vois chez lui qu'il peut perdre le contrôle d'une seconde à l'autre.

Oui, Jacob est jaloux. Henrik l'a dit, le mot a été prononcé, et nous savons tous que c'est vrai. Jacob aussi. Il a perdu la face devant nous tous.

« Écoute, supplie Milena en caressant la joue de Jacob, écoute, du calme. »

Jacob finit par secouer la tête en lâchant d'une voix éraillée :

« Pauvre naze. »

Il tourne les talons et s'en va, suivi de Milena. Je reste à dévisager Henrik.

À quoi bon, tout ça ? Henrik ?

Mais Henrik ne croise pas mon regard.

Je sors mon dernier paquet de Tutti Frutti de mon sac, je l'ouvre et m'approche de Jacob et Milena. Je le tends à Jacob, comme un présent de réconciliation.

« Désolée pour tout ça, dis-je, il n'est pas vraiment lui-même. »

Jacob ne me regarde pas, mais finit par lorgner le paquet de bonbons et y pêche quelques fruits multicolores en gélatine. Il les fourre dans sa bouche sans rien dire.

« Une sacrée vue, depuis ici, dis-je.

– Oh oui », dit Milena en prenant quelques bonbons elle aussi.

Je poursuis :

« Je ne pensais pas qu'on y arriverait, mais je suis bien contente de m'être trompée. »

L'opération Mettre-Jacob-de-bonne-humeur suit son cours.

« Mmm.

– J'ai hâte de voir la suite, dis-je en montrant la crête, ça a l'air super. »

Je souris à Jacob, il me sourit à son tour, et son sourire paraît parfaitement authentique, comme si je venais de dire quelque chose de comique. Il détourne rapidement les yeux.

Pourquoi cela me fait-il froid dans le dos ?

Jacob avait l'air malicieux. Comme s'il savait quelque chose que je ne sais pas.

Tu ne te doutes de rien, salope. Putain, tu ne te doutes de rien.

Soudain, je ne suis plus aussi certaine que le pire soit passé.

Nous marchons sur le dos du dragon.

Je l'imagine qui se réveille et se lève. Se secoue pour se débarrasser de nous comme de vermines, se dresse sur ses pattes arrière et rugit vers le ciel. Quel spectacle ce serait !

Les côtés sont de plus en plus à pic, mais cela ne gêne aucun de nous, pas même Henrik, à ce qu'il semble. Le passage pour se hisser sur le plateau lui a donné une méthode, et surtout, confiance en lui.

L'ambiance est pesante après la dispute à la pause. Nous marchons en silence.

Cela descend un peu, ce qui rend la progression moins difficile, mais la pente n'est pas régulière. Nous commençons par perdre un peu d'altitude, puis vient une partie en montée. Après un nouveau sommet au milieu de la crête, plus bas que le plateau, ça redescend vers la vallée, mais juste derrière le sommet, il y a une partie de la crête qui n'est pas visible.

Il nous faut une bonne heure pour atteindre l'autre sommet. C'est à présent la fin de l'après-midi, le soleil ne chauffe plus autant. D'ici quelques heures, la nuit commencera à tomber, et il faudrait que nous ayons alors rejoint la vallée, car même si la crête est relativement large, il serait désagréable de marcher entre chien et loup avec des précipices des deux côtés.

Nous nous arrêtons pour un rapide goûter. Nous chauffons de la soupe de fruits et mangeons des tartines de *knäckebröd* au fromage goût bacon. Jacob règne sur le réchaud au gaz, il est toujours d'humeur sombre, répond par monosyllabes quand Milena lui adresse la parole.

En cachette, j'étudie ses mimiques, j'en suis les moindres nuances. Je ne le trouve plus aussi renfrogné qu'avant, plutôt absent. Comme si ses pensées étaient ailleurs.

Peut-être n'est-ce que mon imagination ? Mais mon mauvais pressentiment ne fait que croître.

À quoi penses-tu, Jacob ?

Un billet de cent pour tes pensées. Ou plutôt dix mille.

Milena me demande si je veux bien la prendre en photo avec Jacob, qui accepte en traînant des pieds. Il prend consciencieusement la pause, le bras autour d'elle. Des montagnes échancrées et des glaciers à l'arrière-plan. Puis Milena veut me prendre avec Henrik.

« Un bisou ! » dis-je la bouche en cœur. Henrik presse ses lèvres contre les miennes, mais sans conviction. Il semble absent lui aussi. Milena prend la photo.

De bons amis en vacances à la montagne. Des instants congelés, dont parler lors de dîners de couples, à Stockholm.

Ah oui, c'était l'année où tu étais avec ce type cinglé, comment s'appelait-il, déjà… Jacob ? Tu te rappelles, Milena ? Oh, mon Dieu…

Me souviendrai-je de l'inquiétude que j'éprouvais, du malaise qui obscurcissait cette randonnée le long de la crête ? J'en doute, car, d'un point de vue purement rationnel, je comprends que je me laisse influencer par des chimères, mon inquiétude n'a aucun fondement objectif. Un sourire mystérieux de Jacob, et mon cerveau part en vrille.

Je ne crois pas à l'intuition, ce n'est qu'un cocktail destructeur de préjugés et d'imagination. Inconsciemment, nous cherchons tout le temps à voir confirmée notre vision du monde.

Je m'efforce d'être dans le moment présent plutôt que de spéculer sur ce qui se passe dans le cerveau de Jacob. Un moment, j'y réussis presque. Tandis qu'il range le réchaud et que je nettoie mon quart en le léchant soigneusement, je me dis que demain, à la même heure, nous serons sortis du Sarek.

Nous reprenons la marche, ça commence à descendre, et j'essaie de voir la crête, mais j'ai Henrik, Milena et Jacob devant moi qui me cachent la vue. Je m'arrête et je me penche un peu sur le côté, vers le bord.

Non, on ne peut pas voir toute la crête. Une grande partie est encore cachée.

Cela ne peut signifier qu'une chose : c'est beaucoup plus raide là-bas.

Henrik ne l'a pas encore vu, ou n'en a pas encore tiré les bonnes conclusions, il ne sait pas ce qui nous attend.

Jacob s'arrête devant nous, se retourne et dit :

« OK, écoutez... on arrive à un passage un peu coton. »

Un passage coton ?

Nous nous arrêtons aussi tous les trois. Dans les dix mètres suivants, la crête plonge de plus en plus raide pour ensuite... disparaître.

C'est quoi ce bordel ?

Jacob s'avance de quelques pas, puis se tourne sur le côté et commence à descendre en escalade. Un pas après l'autre, il disparaît de notre vue. Milena s'approche du bord, quelques mètres devant et pousse un gémissement.

« Non... Jacob, sérieux... »

Elle recule alors, sensiblement pâle.

« Qu'est-ce qu'il y a, chérie ? »

La voix douce et souriante de Jacob surgit de l'abîme. Mais Milena ne répond pas, et Henrik la regarde avec inquiétude : à sa mine, il devine le précipice qui se cache au-delà du bord.

Je me débarrasse de mon sac à dos et je vais voir de mes propres yeux.

Et là, le vertige me saisit à la gorge moi aussi.

En même temps qu'elle plonge, la crête rétrécit pour se transformer en une lame tranchante comme un rasoir. Impossible d'y marcher. Jacob progresse à présent accroché à la paroi, parallèlement à la lame. Sous ses pieds, des centaines de mètres en chute libre. Quinze ou vingt mètres plus loin, la lame remonte et s'élargit. De là, la crête continue.

Un peu plus bas que Jacob, peut-être cinq ou six mètres, un peu sur le côté, un petit rebord sort de la paroi, sur lequel il serait possible de se tenir debout. C'est plus fort que moi, je m'imagine tentant de sauter de là où se trouve Jacob jusqu'à cette corniche. Ce serait presque impossible. Le risque d'être précipitée vers une mort certaine serait énorme.

J'éprouve une attraction physique vers le précipice, comme si j'allais dégringoler en avant dans le vide. Instinctivement, je recule de quelques pas.

Jacob me sourit, un sourire triomphal. Voilà donc ce qu'il voulait nous faire subir, c'était là le seul but de cette modification d'itinéraire.

Vous pensiez que le pire était passé. J'avais sacrément du mal à me retenir de rire, je peux le dire.

Il est heureux comme un enfant, cruel comme un enfant. Se réjouit d'arracher les pattes de l'araignée, une à une, et de regarder le corps sans membres se tordre et gigoter sans parvenir à bouger d'un poil.

« Nous devons nous assurer, lui dis-je.

– Non, non », se contente-t-il de répondre comme une fin de non-recevoir, sans même lever les yeux. Il continue à progresser latéralement le long du fil du rasoir.

« Mais tu as bien de la corde et l'équipement pour s'assurer ? »

Il ne répond pas.

« On ne va pas s'en servir ? Mais c'est complètement dingue !

– C'est pas difficile, ça », répond Jacob, à présent presque de l'autre côté, là où la lame remonte et redevient une crête. Il fait quelques pas et se retourne vers nous. Je lui lance :

« Tu te moques de nous !

– Si on commence à sortir les cordes et à s'assurer, ça va prendre plusieurs heures, lance-t-il à son tour. La nuit aura le temps de tomber. Et là, ce sera dangereux pour de bon.

– Alors rien à foutre, on fait demi-tour ! » dis-je dans une explosion de colère. Je rejoins Henrik, qui a ôté son sac à dos et s'est laissé glisser à terre.

« Arrête tes conneries ! lance Jacob par-dessus l'abîme.

– Il est complètement barge, putain ! » dis-je à Henrik, assez fort pour que Milena l'entende elle aussi. Jacob gueule à nouveau :

« Millan ! Viens ! » Un ordre, un ton qui ne tolère aucune protestation. Mais Milena ne répond pas. Immobile, elle hésite.

Est-ce maintenant qu'elle va changer de camp ? Est-ce maintenant qu'elle va comprendre que Jacob est malade ?

« Vraiment, Milena, nous ne pouvons pas franchir ça sans nous assurer, dis-je assez bas pour que Jacob n'entende pas. C'est de la folie. »

Je t'en prie, Milena, brise l'enchantement. Je t'en prie, je t'en prie.

Jacob est en train de retraverser la lame, assez vite, il comprend qu'il n'arrivera peut-être pas à entraîner Milena là-dedans, et ça l'inquiète.

« Enlève ton sac, je le prends, crie-t-il. Je vais te dire exactement où mettre les pieds et les mains. Promis, ce n'est pas dur. »

Mais elle hésite encore.

La tête de Jacob surgit au bord du précipice, en quelques enjambées, il la rejoint avec une énergie menaçante. Il bout, son autorité est une fois de plus remise en question, la révolte doit être écrasée dans l'œuf.

« Donne-moi ton sac », siffle-t-il entre ses lèvres serrées, et Milena obéit automatiquement : dès que la silhouette de Jacob se dresse devant elle, elle est comme téléguidée. Jacob enfile le sac à dos et retourne vers le bord.

Mais Milena reste sur place.

« Rien ne t'y oblige, Milena », dis-je à voix basse.

Jacob se retourne, au bord du précipice. Il la dévisage d'un regard farouche.

« Milena ! Viens ! »

Elle finit par lui obéir, et je sens mon cœur se fendre. Elle suit Jacob, qui est déjà descendu au niveau de la lame.

« Tourne-toi et marche sur le côté. Tiens-toi avec les mains et pose le pied droit là. Ne regarde pas en bas. »

Jacob la guide pas à pas, et Milena est terrorisée, je le vois bien, mais elle obéit pourtant, pas à pas. N'ose rien faire d'autre. Sa tête disparaît lentement derrière le bord de la falaise.

Je suis trop indignée et furieuse pour rester immobile, je me mets à tourner en rond autour de Henrik, qui reste assis par terre.

« Tout ça est complètement… putain, c'est du délire. »

Quelques minutes passent. Milena et Jacob ne réapparaissent pas.

Sont-ils tombés ?

Bien sûr que non. L'un d'eux aurait crié. On n'a rien entendu.

Henrik fixe le bord du précipice avec inquiétude.

« C'est long. On ne devrait pas les voir, maintenant ?

– Si. »

Je m'approche du bord, et je vois bientôt Jacob grimper à nouveau sur la crête de l'autre côté de la lame. Il tend la main à Milena et l'aide à se hisser.

Ils ont réussi.

Ils se relèvent tous les deux. Jacob boit un peu d'eau. Milena semble soulagée, elle me sourit même de l'autre côté du précipice et me lance :

« Ce n'est pas si difficile, en fait ! »

Je ne réponds pas à son sourire.

Conneries, Milena. Tu étais morte de trouille, merde. Mais Jacob t'a forcée. Ne viens pas me dire après que ce n'était pas dangereux, bordel.

J'entends des pas derrière moi. Henrik me rejoint et voit l'abîme pour la première fois.

Il pousse un profond gémissement, comme s'il avait mal quelque part, tend les mains vers le sol et se laisse précautionneusement tomber à genoux, comme un petit vieux qui aurait peur de se casser quelque chose dans un mouvement trop brusque. De là, il s'assoit, puis s'étend de tout son long. Une de ses jambes est étendue de côté formant un angle bizarre.

Il hyperventile, le visage blanc comme la craie. De petites gouttes de sueur perlent soudain à son front. Il ferme les yeux, mais quand il les rouvre il semble pris de terreur, ne parvient pas à fixer son regard qui erre de-ci, de-là, au hasard. Il referme les yeux.

« Je ne vois rien, gémit-il.

– Hein ?

– Je ne vois rien… » Il a l'air mort de peur. « C'est juste que… je ne vois plus rien du tout.

– Reste couché et respire, lui dis-je. Ferme les yeux. » Je l'aide à aligner sa jambe pour qu'il soit couché bien droit par terre.

De l'autre côté du précipice, Milena et Jacob nous regardent. Milena lance, inquiète :

« Qu'est-ce qui se passe ? »

Je réponds :

« Vertige ! »

Je suis prise dans un maelström d'émotions, toutes mauvaises. Colère, frustration, peur, fatigue. Je suis fâchée contre Jacob qui nous a tendu un piège. Contre Milena, incapable de s'élever contre Jacob. Contre Henrik qui nous a mis dans cette foutue situation désespérée.

Oui, la colère que j'éprouvais ce matin contre Henrik

revient. Son vertige nous a déjà plantés une fois, et voilà que ça recommence. Pour ma part, je sais que je réussirai à passer au-dessus du vide, mais pour Henrik, j'en doute fort. Et quelle est l'alternative ?

Peut-être pourrions-nous convaincre Jacob de l'aider en l'assurant ? Peut-être. Mais ça prendra du temps, et avant même d'entreprendre quoi que ce soit, il faut que Henrik se ressaisisse.

Je le regarde, allongé par terre à côté de moi. Il émet comme des ronflements. Sa tête a roulé de côté, bouche ouverte. Il a l'air de dormir. Son visage est toujours crayeux, couvert d'une fine pellicule de sueur.

Je comprends qu'il a perdu connaissance. Le vertige a été si aigu que son cerveau s'est mis en berne. Peut-être est-ce aussi bien, on peut espérer qu'il se ressaisisse plus vite à présent ?

Si nous avions fait ce que je voulais ce matin, nous serions peut-être à une journée d'Aktse à l'heure qu'il est. Ça aurait été affreux de se retrouver une fois encore sans gaz, de sentir le froid de la nuit nous pénétrer jusqu'à la moelle. Mais nous n'aurions pas perdu de temps et ne serions pas à la merci du bon vouloir de Jacob.

« Henrik ? Ça va ? » Milena appelle depuis l'autre côté du précipice.

« Il s'est évanoui. » Tandis que je réponds, Henrik ouvre précautionneusement les yeux et plisse les paupières vers le soleil. Il a l'air perdu, penche à nouveau la tête vers le sol en refermant les yeux.

« Qu'est-ce qui s'est passé ? demande-t-il avec lassitude.

– Tu t'es évanoui.

– Longtemps ?

– Non. Est-ce que tu arrives à voir ?

– Oui. Je vois. »

Il s'essuie le visage d'une main, intrigué par cette bizarre humidité collante qu'il sent. Il est toujours pâle, mais ses joues reprennent un peu de couleurs.

Henrik s'est évanoui. De peur.

Et j'ai dans la tête une image d'un roman du XIXe siècle, à moins que ce ne soit une série télé, une jeune fille de la haute société qui voit un cheval dans un pré, et le cheval chie, et cette jolie petite demoiselle s'évanouit de pure terreur.

Ou « se pâme » comme on devait dire à l'époque.

Je me mets à pouffer devant cette image. Je sais ce qu'il y a de terriblement inconvenant à rire dans un moment pareil, mais je ne peux pas m'en empêcher, je suis trop fatiguée, et j'ai été trop en colère et trop frustrée trop longtemps, c'est comme si mon esprit aspirait à un changement et se jetait sur cette occasion.

Ça, c'est le Sarek. Toutes les émotions à découvert, tout le temps.

Je trouve terriblement comique que Henrik se soit évanoui de peur. Je ferme la bouche, résolue à rire sans que ça franchisse mes lèvres, je fais une grimace et détourne le visage. Mais me retenir me fait vibrer le ventre.

« Qu'est-ce qu'il y a ? » demande Henrik en posant sa main sur mon bras. Il voit que je tremble et croit peut-être que je pleure.

Vais-je faire semblant de pleurer ? Puis-je m'en tirer comme ça ?

« Dis ? Qu'est-ce qu'il y a ? »

Je l'imagine en tenue XIXe, longue robe taille haute, coiffe en cloche sur la tête, bonnet poke ou un nom comme ça, soigneusement noué sous le menton. Il est étendu, évanoui dans un fossé. Le dos d'une main théâtralement appuyé sur son front.

Et alors le barrage cède, je ne peux plus me retenir, mes lèvres laissent passer un hennissement qui se transforme en rire muet. Je me force à dire :

« Pardon… c'est juste que… » Je me tiens le ventre, comme si j'avais mal.

Henrik se redresse, appuyé sur les paumes de ses mains, derrière son dos. Il a l'air offusqué, et renfrogné, mais ne dit rien. Il prend sa gourde et boit quelques gorgées.

Je peine à respirer en lâchant un raclement bizarre, c'est le bruit que je fais quand je ris sans pouvoir me retenir.

« Pardon... » C'est tout ce que je réussis à répéter avant de tomber sur le côté dans l'herbe en continuant de rire.

Henrik doit sans doute comprendre que je me moque de lui, de son évanouissement, mais j'ai bien l'intention de lui épargner les détails. Je peux au moins faire ça pour lui.

« Quoi... C'est parce que je me suis évanoui ? »

Je ne réponds pas, je reste là, sur le dos, à regarder le ciel bleu en hoquetant. Je ne me retiens plus, ce serait vain, je laisse juste mon rire s'écouler, j'ai l'impression que c'est sans fin, que ça peut continuer plusieurs heures. Mon rire se nourrit à présent de lui-même. Sa cause première est déjà oubliée.

Au Sarek, le corps prend le dessus. Henrik avait besoin de s'évanouir. J'avais besoin de rire. Aucun de nous ne doit avoir honte de quoi que ce soit.

Au bout d'un moment, je ne sais pas combien de temps, Henrik se relève à côté de moi, et mon petit ouragan de rire très privé commence à s'estomper. Quelques dernières bourrasques et c'est fini. Mes larmes ont coulé sur mes joues et j'ai mal à des muscles du ventre que je n'avais pas utilisés depuis longtemps, mais je me sens libérée. Je suis pleine d'une énergie nouvelle.

Je me lève alors à mon tour et m'approche de Henrik, qui est en train de charger son sac à dos. Je pose la main sur son bras et je dis doucement :

« Qu'est-ce que tu veux faire ?

– Traverser.

– Tu n'es pas forcé.

– Si.

– Non. Nous pouvons redescendre. »

Sans me regarder, il rajuste son sac, attache la ceinture et la sangle pectorale.

« On peut quand même bien demander à Jacob de nous assurer ? Passer encordés.

– Pas pour moi. »

Henrik a un ton que je lui ai rarement entendu, sa voix est sourde, mais résolue. Il a l'intention de passer de l'autre côté. Ce n'est pas négociable.

Peut-être ma crise de fou rire l'a-t-elle rendu si furieux qu'il s'assied sur sa peur du vide ? Ou alors son évanouissement aura en quelque sorte réinitialisé tout le système. Ce qu'il pensait savoir sur son propre compte, qu'il était sujet au vertige, n'est peut-être plus d'actualité ?

Je suis étonnée. Et inquiète. Et un peu impressionnée.

Il s'approche du bord et Milena lance, depuis l'autre côté :

« Qu'est-ce qui se passe ? Tu vas traverser ? »

Il ne répond pas. Il se retourne et se met à genoux pour entamer la descente le long de la falaise, vers la lame et l'abîme. Je le suis.

« Doucement, Henrik ! » crie Milena. Elle semble à présent inquiète. « Jacob peut t'assurer ! »

Henrik semble ne pas entendre. Il se plaque à la paroi et tâtonne dans le vide du pied droit. Puis trouve une prise, déplace son centre de gravité, laisse son corps couler vers le bas. Il descend sa main gauche, la droite, puis le pied gauche. Descend, encore un peu.

« Henrik ! Dou-ce-ment ! » J'accentue chaque syllabe.

Il va trop vite. Henrik n'a pas du tout l'air d'avoir constamment trois points fixés à la paroi, il déplace pieds et mains presque en même temps. Certes, ce n'est pas de l'escalade bien compliquée, au fond, mais il n'a pas l'habitude, et les conséquences s'il lâche prise sont définitives. Chute libre de plusieurs centaines de mètres.

Milena a dû voir la même chose que moi.

« Attends, Henrik ! Ne bouge plus ! Jacob descend t'aider ! » Il y a une pointe de panique dans sa voix.

Jacob est déjà en train de redescendre encore une fois vers la lame, lui aussi rapide et souple.

Henrik n'écoute ni Milena ni moi, il continue de descendre, il a déjà atteint la lame. Je suis frappée par sa décontraction. Il n'y a chez lui plus rien de crispé ou d'apeuré, il fait ça avec la même évidence que s'il descendait d'un pommier par une échelle. Des mouvements bien pesés, un équilibre évident.

Jacob va à sa rencontre depuis l'autre côté. Henrik s'arrête pour reprendre un peu son souffle. Je lui dis :

« T'es un chef ! C'était super ! »

Il lève les yeux vers moi, nos regards se croisent, nous nous sourions.

« Mais s'il te plaît, vas-y plus doucement, je vais faire une crise cardiaque, là. »

Il a l'air presque heureux. Jacob n'est plus qu'à quelques mètres de lui.

« Attends, je vais t'aider », dit-il.

Nous nous regardons toujours, Henrik et moi, lui debout là-bas au-dessus de l'abîme, moi là-haut.

« Tu grimpes comme un champion, chéri », dis-je en souriant. Il sourit lui aussi, un sourire un peu triste, et nous restons encore quelques secondes comme ça, c'est bon d'être réconciliés.

Henrik inspire à fond et s'apprête à continuer sa progression le long de la lame. Il regarde l'abîme entre ses pieds. Des centaines de mètres d'air.

Arrête bordel, Henrik ! Ne sois pas présomptueux. Ne te lance pas de défi à toi-même, on s'en fout.

Il s'immobilise, se colle à la paroi et ferme les yeux. Quelques secondes passent.

Est-ce qu'il va à nouveau paniquer ? Est-ce que c'est là qu'il flanche ?

Jacob fait un pas vers Henrik et tend sa main.

« Là. Prends ma main. »

Henrik regarde Jacob mais je ne vois aucun signe de panique dans son attitude, rien de crispé. Il déplace le pied droit vers Jacob, puis la main droite, le pied gauche, et la main gauche.

Jacob lui tend toujours la main. Il lui fait un sourire engageant, presque en camarade.

Henrik n'a pas besoin de l'aide de Jacob, mais il tend quand même sa main, sans doute parce qu'il ne veut pas ignorer ce geste aimable.

Jacob la saisit.

Et il y a soudain quelque chose dans la posture de Jacob qui cloche complètement, il contracte son corps et semble s'agripper solidement à la roche de son autre main, comme s'il avait l'intention de

j'ouvre la bouche mais n'ai pas le temps de crier
Jacob tire Henrik à lui d'un coup sec
Henrik perd l'équilibre et bat l'air de l'autre main
Jacob lâche sa main
Henrik

tombe

Extrait de l'interrogatoire du témoin Anna Samuelsson 880216-3382, 19 septembre 2019, hôpital de Gällivare, conduit par l'inspecteur Anders Suhonen.

Silence. Sanglots.

« Voulez-vous que nous arrêtions pour aujourd'hui ? »

Silence. Sanglots.

« Non. Ça va.

– Voulez-vous un verre d'eau ?

– Non. »

Silence. Inspiration profonde.

« Je préfère continuer. Comme ça, je n'aurai pas... je ne veux pas revenir sur ça.

– Mm. Je comprends. »

Silence.

« Ce n'est pas très souvent que... qu'on vit quelque chose dont on sait que cela changera le reste de notre vie.

– Non.

– C'est pour ça qu'on n'y croit pas vraiment. Quand ça se produit. Je sais bien que c'est arrivé. Mais cela semble irréel.

– Oui.

– Parfois, je pense à autre chose, un bref moment... peut-être juste une minute... puis j'en viens à penser à ça, que Henrik est mort, que Jacob l'a tué, alors il y a une seconde où j'ai le temps de penser : quel cauchemar ce serait, si Henrik faisait une chute et mourait. Et puis le cerveau prend le train en marche et je me souviens que... que ce n'est pas un cauchemar. C'est arrivé.

– Oui. »

Silence.

« Je voudrais vous poser quelques questions sur l'événement en lui-même, si vous êtes d'accord.

– Oui.

– D'après vous, quel était le mobile de Jacob ?

– Quel mobile ?

– Oui.

– Eh bien... qu'il se sentait blessé. Et défié.

– Par Henrik ?

– Oui. Quand il a demandé à Jacob s'il était jaloux. J'ai senti immédiatement que c'était le cas. Henrik et Milena qui bavardent, couchés côte à côte, et Jacob qui se sent exclu.

– Mm.

– Si on est narcissique, et psychopathe... on ne peut pas laisser passer un pareil affront.

– Non... mais de là à tuer quelqu'un, le pas est assez grand.

– Pour une personne normale, peut-être. Mais je vous l'ai déjà dit.

– Oui.

– Même si vous retrouvez le corps, vous ne pourrez jamais prouver que Jacob l'a tué, n'est-ce pas ?

– Non, probablement pas. Et donc cela repose beaucoup sur votre témoignage.

– Si Jacob avait été l'unique survivant, comme il y comptait, il aurait naturellement déclaré que Henrik avait trébuché. Vous n'auriez pas pu prouver le contraire.

– Non. Mais si nous reprenions... Jacob a fait tomber Henrik de la falaise... que s'est-il passé ensuite ?

– J'étais choquée. J'ai crié. Et de l'autre côté… au-delà de ce passage à pic… Milena a crié elle aussi.

– Mm.

– J'ai vu Henrik tomber, mais… ensuite j'ai détourné le regard. Instinctivement. Je ne l'ai pas vu toucher le sol.

– Je comprends.

– Et j'ai couru.

– Pour quelle raison ?

– Loin de Jacob. Il n'y avait plus aucun doute. Maintenant, il allait être obligé de me tuer aussi.

– Et donc vous avez couru… ?

– En revenant sur mes pas.

– Et qu'a fait Jacob ? Il vous a couru après ?

– Oui. Et alors j'ai paniqué.

– Mm.

– Je crois que… si j'y étais allée plus calmement, j'aurais pu lui échapper. Mais je suis tombée et me suis cogné le genou. J'ai tenté de me relever et de continuer à courir, mais Jacob m'avait déjà rattrapée. Et tout est devenu noir. »

Je me réveille sous la tente, sans savoir comment j'ai atterri là. Ni combien d'heures se sont écoulées depuis que Henrik est tombé et que je me suis mise à courir.

En tout cas il ne fait pas encore nuit. Je suppose que c'est le crépuscule, car la toile de tente a une nuance particulière, à laquelle je ne suis pas encore habituée.

Cours pour ta vie.

Retour au précipice, Henrik vient de tomber et j'ai crié, ma bouche est un trou béant d'effroi, je regarde Jacob et ses yeux me disent à présent de fuir pour sauver ma vie.

Je recule de quelques pas, puis je tourne les talons et je me mets à courir, Jacob me hurle d'arrêter mais je n'obéis pas. Je laisse mon sac à dos derrière moi. Il s'agit pour commencer de survivre durant les dix prochaines minutes.

Cours comme tu n'as jamais couru.

Je ne sais pas combien de temps je cours. Le regard fixé au sol. Puis la chute, la douleur qui se propage du genou à travers tout le corps comme une pointe incandescente. Ma rotule est-elle fracturée ? Je tente de me relever, mais ma jambe se dérobe et je m'étale sur le ventre, j'entends les pas rapides de Jacob qui arrivent derrière moi, j'entends sa respiration, puis tout devient noir devant mes yeux.

J'essaie de tâter mon genou et je me découvre dans un sac de couchage. Comment suis-je arrivée là ? C'est sans importance pour le moment. Je baisse la glissière pour réussir à le toucher : non, la rotule a l'air en un seul morceau. Mais j'ai mal et c'est sensible.

Rewind. Play.

Mon cerveau est une tablette entre les mains d'un gamin de deux ans. Le gosse pianote comme un fou sur les touches du lecteur vidéo et des fragments de mémoire surgissent, sont coupés en plein milieu, passent en accéléré, se répètent. Sans aucun ordre chronologique.

Fast forward. Play. Rewind. Play.

Jacob tend la main à Henrik, Henrik la prend, Jacob tire Henrik vers lui. L'autre main de Henrik lâche le rocher, tente de le rattraper dans un mouvement violent, panique, mais n'a aucune prise. L'instant d'après, la main s'agite dans le vide.

Qu'éprouve-t-il alors ? Des centaines de mètres d'air sous lui, le balancier commence à pencher vers l'extérieur, il tente de s'agripper à la roche mais ses doigts la grattent en vain. Le déplacement de son centre de gravité est déjà trop important pour qu'il puisse se retenir à ce qu'il parvient à saisir du bout des doigts.

J'ai déjà failli perdre l'équilibre en me rattrapant de justesse, plein de fois. Une décharge traverse le corps jusqu'au ventre. La seconde d'après, quand on prend conscience de ce qui a failli se passer, un picotement à la racine des cheveux. On sent son cœur tambouriner aux tempes, dans la poitrine. On inspire à fond. On reprend le contrôle.

Qu'a éprouvé Henrik ?

Je ne devrais pas penser à ça, c'est absurde, ça ne mène à rien. Mais je ne peux pas m'en empêcher.

Qu'a éprouvé Henrik ?

L'étonnement, sûrement, il voit le visage souriant de Jacob et sent en même temps la secousse dans sa main se propager à son bras, à son corps.

Qu'est-ce que tu fais ?

Puis la décharge à travers son corps quand il sent qu'il est en train de perdre l'équilibre.

Nonnonnon.

Comme je l'ai vécu plein de fois.

Ça peut très mal tourner.

Jacob lâche sa main et Henrik tombe à la renverse, il mouline instinctivement des deux mains pour rétablir son assiette, tout son corps est à présent en l'air, à part un pied encore en contact avec la falaise, son cerveau tente de comprendre que l'inconcevable se produit.

Je sais que ça se passe, mais est-ce pour de bon ?

Ça ne va pas. Henrik est en l'air, il tombe à la renverse et tout en prenant de la vitesse, pivote lentement autour de sa propre épaule, la tête à présent vers le bas.

A-t-il le temps de voir le sol se précipiter vers lui ? Et après avoir fait encore un demi-tour, sa tête à nouveau vers le haut, a-t-il le temps d'apercevoir Jacob cinquante ou cent mètres au-dessus de lui ?

Le vent de la vitesse. L'accélération doit être tellement brutale quand on tombe en chute libre. Après quelques secondes, on doit sûrement atteindre cent kilomètres heure, ou plus. Qu'est-ce que ça fait de sortir la tête par la fenêtre de la voiture en roulant sur l'autoroute ? La peau se tend sur les pommettes, tremblote au vent, les cheveux s'envolent et partent dans tous les sens. Un grondement qui noie tous les sons.

J'ai regardé Henrik tomber pendant un bon moment, je l'ai suivi quelques secondes avant de détourner les yeux, et il était encore loin du sol. Sa chute aura duré cinq, six secondes.

Mais arrête ça, Anna. Arrête, arrête, arrête.

Qu'a-t-on le temps de penser en six secondes ? Ou tente-t-on juste, par pur réflexe, de retrouver l'équilibre, en s'agitant vainement en l'air, jusqu'en bas ?

La paroi n'est pas entièrement verticale, elle s'écarte de plus en plus à mesure qu'on descend. On rebondit probablement une ou plusieurs fois avant d'atteindre le sol. Le corps se déchire et éclate comme une pastèque mûre. Soudain, une jambe et la moitié de l'abdomen ont disparu. Ça se passe en une seconde. Tu répands en l'air une cascade de sang formant un élégant arc de cercle. Des intestins et d'autres organes dégringolent de ton ventre, mais sont encore retenus par des tendons et des membranes, tout ça ballotte au vent les dernières secondes avant le sol. L'estomac, un petit ballon qui brille au soleil.

Il y a quelqu'un devant la tente.

Soudain, je reviens à cent pour cent dans le présent. Mon cœur s'emballe. Quelqu'un ouvre l'auvent, j'entends le zip de la glissière, mais il n'est pas violent et décidé, plutôt un peu prudent. Comme si cette personne essayait de ne pas me réveiller.

Je l'entends se glisser à quatre pattes sous l'auvent. Pas de mouvements brusques, pas trop de bruit. Cette personne arrive en douce.

Je n'arrive pas à mettre le doigt dessus, mais quelque chose dans le bruit m'indique clairement qui c'est.

Jacob.

La peur m'active, mon cœur envoie de l'adrénaline à tous mes muscles, tout mon corps se tend, prêt à fuir ou à se défendre.

Fuir ? Mais comment, bordel ? Je suis dans un sac de couchage, sous une tente. Je suis coincée.

Appeler Milena ?

Milena est-elle même encore vivante ?

Je déglutis violemment, mes yeux se fixent sur la toile de tente, je respire sans bruit par la bouche.

Si j'appelle, je révèle que je suis réveillée et perds peut-être ainsi mon unique avantage, l'effet de surprise. En vain, s'il a déjà tué Milena.

Où est mon couteau multifonctions ?

Couchée sur le côté, je tâte aussi silencieusement que possible la poche accessible de mon pantalon. Pas de couteau.

Quelqu'un saisit à présent le curseur de la glissière et commence à ouvrir la tente, précautionneusement.

L'autre poche, alors ? Celle contre le sol, sur laquelle je suis couchée ? D'une main, je sens de l'extérieur la forme arrondie du couteau.

Lentement, le curseur fend discrètement la glissière. La personne va bientôt être dans la tente. Il faudra alors que je sois absolument immobile. Et avant, je dois avoir sorti le couteau de ma poche.

Aussi silencieusement que possible, je me tourne un peu pour accéder au rabat de ma poche

Pourquoi faut-il que tous les vêtements techniques et les sacs de couchage soient faits dans ces maudits tissus qui froufoutent ?

et évidemment, le rabat est fermé par un robuste bouton-pression en métal, un de ceux qu'il faut souvent ouvrir à deux mains.

Le curseur continue sa progression tranquille le long de la ligne courbe de la glissière. Son *ziip* se décompose en particules sonores élémentaires. Je peux presque entendre dent à dent l'ouverture s'élargir.

Avec l'âpre énergie du désespoir, j'enfonce l'ongle du pouce entre les deux parties du bouton-pression et je tire sur le rabat de la poche tandis que l'autre main résiste, et on finit par entendre un

Plac

quand le bouton-pression cède, ce bruit retentit sous la tente et je reste étendue, inerte, retenant mon souffle, impensable que Jacob ne l'ait pas entendu.

Mais le bruit discret de la fermeture éclair continue comme avant.

Vite, je plonge la main dans la poche et j'y pêche le couteau, je me positionne comme il faut, je tiens fermement le couteau dans mes mains, sur le ventre. Dans cette position, je vais pouvoir ouvrir la lame sans que ça se remarque. Ce que je crois.

À présent, je n'entends plus rien, tout est silencieux. À part la respiration. La personne respire par le nez, mais ce n'est pas une respiration calme, elle semble faire un effort pour ne pas respirer par la bouche. Beaucoup d'air doit entrer et sortir. Le pouls est élevé.

Bien sûr, c'est Jacob. Je l'entends très clairement à présent. Et à l'entendre, il sort d'un effort physique et il est en train de reprendre son souffle.

Ou bien… il est excité.

Mon visage est tourné vers la toile de la tente, mais je l'imagine devant moi, il est à genoux dans l'entrée et me regarde, allongée. Il réfléchit à la manière de s'y prendre cette fois.

Je tâte du bout des doigts le couteau multifonctions. De l'autre main, je le fais tourner. Où est la grande lame ?

Jacob entre dans la tente, et à présent je sens aussi son odeur. Vêtements humides et émanations de couches de sueur fraîche et sèche, une odeur à la fois aigre, âcre et amère. Et encore autre chose, qui doit être son odeur corporelle.

À l'abri de ma posture un peu recroquevillée, j'ouvre une lame du couteau, je la tâte du pouce. Oui, c'est la bonne. Dix centimètres de long. Je la déplie complètement, jusqu'à la butée.

Le silence est à présent total sous la tente. Ce qui doit signifier que Jacob est absolument immobile et qu'il retient son souffle.

A-t-il vu quelque chose ? Mon coude a-t-il un peu bougé quand j'ai déplié la lame ?

L'effroi me saisit et involontairement je retiens moi aussi mon souffle, jusqu'à m'aviser qu'il faut que je respire comme si je dormais, j'entends moi-même que ma respiration n'a rien de naturel, et je maudis mon foutu amateurisme, je m'attends à ce qu'il se jette sur moi d'un instant à l'autre, arrache le couteau et le presse contre ma gorge

Pauvre débile de petite connasse, tu crois que je n'ai rien remarqué ?

et je me sens privée de force, je ne vais pas m'en sortir, mais il recommence alors à respirer et à se déplacer, et surprise, je réalise que tout n'est pas encore fichu. Il n'a rien remarqué. On dirait qu'il s'étend sur le matelas à côté de moi.

Sans bruit, j'empoigne le couteau de la main droite. Le serre fort. Pose la main gauche à terre. Le moment venu, je compte me relever le plus vite possible, tout en roulant sur moi-même pour frapper de la main droite.

Je vise le visage, qui ne doit pas être protégé. Je frappe, frappe, frappe.

Je sens le corps de Jacob heurter le mien, j'entends sa respiration approcher. Son haleine me chatouille l'oreille.

J'inspire à fond. Maintenant.

Et au même instant, une voix dehors :

« Jacob ? »

Il se fige, et retient à nouveau son souffle.

« Jacob ? »

C'est Milena.

« Jacob ? »

Le ton de Milena est apeuré, presque suppliant.

Tu es en vie. Dieu merci.

Jacob reste immobile encore quelques instants, puis il soupire de frustration, se lève du matelas et rampe hors de la tente. Ses mouvements ne sont plus prudents et discrets, plutôt brusques et plus bruyants que nécessaire. Il est énervé.

Ah, Milena. Dieu merci.

Jacob disparaît dans l'auvent et referme la glissière derrière lui d'un seul long geste agressif.

ZIIII-IIII-IIIIP !

« Qu'est-ce qu'il y a ? » Sa voix est irritée entre ses mâchoires serrées. On dirait qu'il chuchote et crie en même temps. Il se dégage de l'auvent, il est donc à présent debout dehors, et une conversation étouffée commence.

« Je me demandais juste ce que tu... »

Jacob la coupe, agressif.

« Je cherche le briquet ! »

Le briquet. Ben voyons.

Ils s'éloignent de la tente, sans doute pour ne pas me réveiller, je n'entends plus ce qu'ils disent, mais l'intonation est sans ambiguïté. Jacob est fâché et dominateur, Milena défensive et suppliante.

J'inspire à fond puis je souffle.

Le danger immédiat est passé. Je n'ai pas encore à me

battre pour ma vie. Et Milena est vivante. Cela augmente sensiblement mes chances. Il me faut désormais orienter tous mes efforts pour la faire basculer de mon côté. Nous devons passer un pacte. Et elle doit rester sur ses gardes autant que moi.

Je replie mon couteau et le range dans ma poche, puis je change d'avis et le ressors, lame dépliée. Désormais, je le garderai prêt à toute éventualité. Si je dois défendre ma peau, je ne veux pas perdre de précieuses secondes à l'ouvrir. Je remets le couteau dans ma poche latérale, lame sortie.

Mon genou est sensible et me fait souffrir. Je déboutonne mon pantalon, je glisse une main pour tâter. Oui, la peau est écorchée, mais ça n'a pas l'air trop grave. Le bout de mes doigts est à peine humide. Ça ne saigne plus.

Je rampe hors de l'auvent et me relève. Le côté de mon genou droit me lance, mais je tiens debout. J'enfile mon blouson et remonte la fermeture éclair.

C'est le crépuscule sur le Sarek, d'ici une demi-heure tout sera plongé dans le noir. Nous sommes très haut à flanc de montagne, mais en dessous du champ d'éboulis. Tout en bas, le Rapaälven coule vers des régions plus basses. Au loin, on entend le grondement d'un puissant torrent.

À quelque distance, Jacob et Milena sont en train de préparer le repas. La flamme bleue du réchaud se voit nettement dans la pénombre. Milena m'aperçoit alors.

« Anna ! » Elle se lève et se dirige vers moi. « Comment tu vas ? »

Quand elle s'approche, je vois combien elle a l'air inquiète, triste et fatiguée, perdue. Naturellement, la mort de Henrik a dû être un choc atroce pour Milena aussi. Plus la révélation que Jacob, son petit ami, est un dangereux psychopathe. Qu'elle et moi sommes en danger de mort.

Car elle doit bien l'avoir compris, à présent ?

Milena me prend dans ses bras, me serre et se met à pleurer sans bruit. Je mets moi aussi les bras autour d'elle, mais je reste muette. Jacob, nous guette, sur ses gardes.

Je vous surveille. Ne vous faites pas d'idées.

Nous restons un bon moment ainsi, sans rien dire, il n'y a rien à dire. Ou plutôt, il y aurait beaucoup à dire, mais c'est impossible pour l'instant. Milena pleure.

Nous dînons à la lueur des lampes frontales. Il fait à présent presque nuit noire. Très peu de mots sont échangés. Je finis par poser la question qui me travaille depuis un moment.

« Comment suis-je descendue ? »

Jacob et Milena se regardent, mais ne répondent pas. Ils ont l'air légèrement interloqués.

« Je me souviens être tombée en courant, là-haut. Sur la crête. Puis tout est devenu noir. Et je me suis réveillée sous la tente. »

Jacob plonge les yeux dans sa gamelle, triture sa nourriture, en prend encore une bouchée, mais se tait. C'est Milena qui répond.

« Tu t'es remise à courir.

– Comment ça ?

– Tu t'es réveillée au bout d'un moment, on t'a aidée à te relever. Mais tu es repartie en courant.

– Je suis repartie en courant ?

– Oui.

– Jusqu'où ?

– Jusqu'au sommet. Le plateau. Et ensuite, au moment de redescendre sur ce versant-ci, tu es à nouveau tombée. »

Milena regarde Jacob à la dérobée, et j'ai la forte impression que quelque chose ne colle pas dans cette histoire. Milena poursuit :

« Après, tu étais dans les vapes. Alors on t'a portée un bout de chemin, et on a monté la tente. »

Ça tient à sa façon de la raconter. Ses regards du côté de Jacob. Comme si elle cherchait une confirmation de sa part.

Est-ce que je raconte bien ? C'est bien ce que nous avons décidé, hein ?

Comme si elle débitait une leçon apprise par cœur.

Que cachent-ils ? Que s'est-il vraiment passé pendant mon trou de mémoire ? Je mange en silence en réfléchissant intensément à des scénarios possibles.

Peut-être Jacob a-t-il tenté de m'assassiner moi aussi, et Milena a réussi à l'en empêcher ? Les regards qu'elle lui jette tout en racontant seraient là pour le calmer, faire acte d'allégeance, le rendre passif. Peut-être brode-t-elle un mensonge tout en parlant ? C'est le signe qu'elle a réalisé combien Jacob était dangereux, compris l'importance de le bercer dans une illusion de sécurité.

Mais j'ai l'impression que quelque chose ne colle pas dans ce scénario non plus, certaines informations n'entrent pas dans le cadre, sans que j'arrive à saisir lesquelles. Elles sont là, aux marges de ma conscience, mais se dérobent dès que je tente de m'en emparer.

Peut-être suis-je juste trop fatiguée pour reconstruire le puzzle ?

Nous avons mangé un long moment en silence, quand Jacob se racle la gorge. Il se prépare à dire quelque chose, je tends l'oreille. Après une courte pause, il lâche les quelques mots :

« J'ai essayé de le sauver. »

Ses paroles flottent en l'air, et je comprends que chaque seconde qui passe sans qu'elles soient contredites rend le mensonge de Jacob plus difficile à distinguer de la vérité. Mais ce serait une grave erreur tactique de pointer qu'il ment, de le provoquer frontalement avant d'avoir pu me concerter avec Milena. Nous devons passer un pacte et frapper quand il s'y attendra le moins.

Je reste donc silencieuse. Voilà la vérité que compte présenter Jacob.

J'ai essayé de le sauver.

Milena et moi savons bien ce qui s'est passé, mais à force d'entendre ce message en boucle, *j'ai essayé de le sauver*, peut-être finirons-nous par douter de ce que nous avons vu ? Est-il possible d'interpréter autrement le fait que nous ayons survécu ? Le doute s'immisce.

C'est un des attributs du pouvoir, comme le ver dans le fruit. La capacité à rendre fluctuante la frontière entre mensonge et vérité.

Milena se met à sangloter et éteint sa lampe frontale. Pour une raison obscure j'éteins aussi la mienne. Compassion diffuse, je suppose. Milena pleure sans bruit tandis que la dernière bande de lumière meurt à l'ouest par-delà les montagnes.

À présent, le noir est presque complet. Seule la frontale de Jacob émet son rayon dans l'obscurité. Le froid nocturne s'approche à pas de loup, rôde, affamé, autour de notre campement.

« Milena, tu peux m'aider un peu ? J'ai une plaie au genou, mais je n'arrive pas à bien voir. »

Je suis appuyée à un gros rocher un peu à l'écart de l'endroit où nous avons, à l'instant, mangé autour du réchaud. Mon pantalon est retroussé sur ma jambe droite. J'ai une coupure sur le côté du genou, et une assez vilaine écorchure. Accroupie devant moi, Milena coupe une bande de pansement dans un rouleau, à la lueur de sa lampe frontale. Je déchire l'emballage d'une lingette désinfectante et j'essuie la plaie et la peau tout autour. Ça pique, mais c'est supportable. Milena décolle le film protecteur et le positionne en l'air. Je tends ma jambe et elle y applique le pansement. Pendant qu'elle lisse du doigt les parties adhésives, je regarde en direction de Jacob, resté sur le lieu du dîner. Il a éteint sa lampe, je crois deviner sa silhouette, sans en être sûre. Peut-être a-t-il filé ailleurs pour pouvoir nous épier à la faveur de l'obscurité ?

Milena me regarde avec un sourire pâle.

« Voilà. C'est fini.

– Merci. »

Elle rabat ma jambe de pantalon et se relève. J'hésite une seconde : et si Jacob surgissait d'une direction inattendue ? Dois-je faire ça ? Mais je prends ses mains dans les miennes, je la regarde au fond des yeux et je chuchote :

« Milena... il faut qu'on fasse bloc. Il veut nous tuer. »

Elle me regarde, ses yeux s'agrandissent. Elle a l'air d'avoir peur. D'être terrorisée, même.

Extrait de l'interrogatoire du témoin Anna Samuelsson 880216-3382, 19 septembre 2019, hôpital de Gällivare, conduit par l'inspecteur Anders Suhonen.

« Et qu'en avez-vous pensé ? du fait qu'elle ait l'air d'avoir peur ? »

Silence.

« C'est-à-dire… j'avais espéré qu'elle me regarde dans les yeux en hochant la tête, en me montrant qu'elle avait compris. Qu'elle était arrivée à la même conclusion. Mais elle n'en a rien fait.

– Non ?

– Et… je ne savais pas, alors, si c'était parce qu'elle avait tellement peur de Jacob qu'elle n'osait pas opposer la moindre résistance, même si c'était sa seule chance de survivre, ou parce qu'elle avait subi un tel lavage de cerveau qu'elle gobait son mensonge… Peut-être aussi, je m'en rends compte maintenant, qu'elle n'avait pas vraiment vu ce qui s'était passé quand Jacob a tiré Henrik pour le faire tomber dans le vide ?

– C'est possible.

– Je sais qu'elle a crié, mais ça pouvait très bien être la seconde d'après. Quand Henrik était déjà en train de chuter.

– Je vois.

– Mais quoi qu'il en soit, c'était mauvais pour moi, je le comprenais. Car notre seule chance de survie était de faire bloc contre Jacob. »

Je suis à nouveau couchée sous la tente, et Milena est à côté de moi. Elle croit que je me suis endormie et essaie de cacher qu'elle pleure. Au bruit, je suppose qu'elle enfouit son visage dans le sac de couchage, mais j'entends malgré tous ses sanglots étouffés.

Henrik est mort.

Je le sais bien, c'est pour ça que Milena pleure. Mais je ne réalise pas. La mort de Henrik n'est qu'un fait, comme le fait que je m'appelle Anna, que je suis encore en vie.

Pour l'heure, toutes mes ressources sont mobilisées à cette fin. Rester en vie et me sortir du Sarek. Si j'y parviens, je pourrai ensuite pleurer Henrik.

J'aurais vraiment besoin de dormir pour reprendre des forces, mais mon corps est en position d'alerte. Au moindre bruit au-dehors, ma tête se redresse, je retiens mon souffle et tends l'oreille. Est-ce Jacob qui arrive pour frapper à travers la toile de tente et nous massacrer toutes les deux ?

Je comprends que ce n'est pas vraisemblable. Jacob n'est pas fou. Pas de cette façon-là, pas insensé. Il nous tient en son pouvoir, et veut certainement en profiter au maximum. Lui aussi doit être fatigué après cette journée. Il est probablement en train de dormir sous sa tente.

Pendant que je réfléchissais, sur le matelas gonflable à côté de moi, Milena s'est tue. Elle dort à présent, muette comme une carpe. Milena est une de ces rares personnes qui n'émettent pas le moindre bruit dans leur sommeil. Le sac de couchage se soulève et s'abaisse à un rythme calme et régulier.

Je ne sais toujours pas à quoi m'en tenir avec elle, mais nous sommes au moins couchées sous la même tente. Le fait qu'elle soit venue dormir près de moi doit malgré tout être un élément positif. J'ai transmis mon message et j'espère qu'il a commencé à faire son effet, comme la petite pilule rouge dans *Matrix*. La pilule de vérité.

Tout le reste de la soirée, nous ne nous sommes jamais éloignées à plus de quelques mètres l'une de l'autre. C'est désormais ma tactique, pour rendre la tâche plus difficile à Jacob. Nous voilà à présent couchées côte à côte sous la tente, et c'est une bonne chose.

Mais il y a un problème : je commence à avoir envie de faire pipi.

J'étais tellement appliquée à ne pas m'éloigner de Milena que lorsqu'elle s'est brossé les dents et couchée, j'ai fait pareil. Je n'avais pas envie alors, mais plusieurs heures se sont écoulées. J'ai commencé à y penser et maintenant je ne peux plus m'arrêter.

Vais-je pouvoir m'endormir dans cet état ? Non. M'assoupir quelques instants peut-être, mais un sommeil prolongé semble complètement exclu.

L'autre option ne me dit pourtant rien qui vaille. Me glisser toute seule hors de la tente, dans le noir et le froid. Jacob est peut-être réveillé. Jacob n'attend peut-être que ça.

Vais-je réveiller Milena pour lui demander de m'accompagner ? C'est une possibilité. Je me relève sur un coude et je la regarde, ou plutôt je regarde dans sa direction, car il fait noir comme dans un four et je n'y vois rien. Mais je me souviens alors comme elle sanglotait sans parvenir à s'endormir : elle a besoin de cette nuit de sommeil au moins autant que moi. Elle est épuisée, physiquement et psychiquement. Plus elle aura de temps pour récupérer, plus elle aura de chances de voir la réalité en face :

Nous devons faire bloc pour survivre au Sarek.

N'ai-je pas pensé voilà un petit moment que Jacob devait être en train de dormir profondément ? Si. Et je n'ai pas entendu le moindre bruit de son côté depuis qu'il s'est glissé sous sa tente, juste après nous, alors que j'ai tout le temps continué à tendre l'oreille. Le silence n'est troublé que par le grondement du *jokk,* un peu plus loin.

Dès lors que j'ai commencé à envisager la possibilité de sortir faire pipi, c'est comme si mon corps s'était fait à l'idée, et j'ai de plus en plus envie. Mon corps a tranché. Je n'ai plus le choix.

Lentement, très lentement, j'ouvre la glissière de mon sac de couchage. Tout aussi lentement, j'en sors une jambe. Comme une somnambule, je me retourne sur mon matelas gonflable, et je me traîne un peu plus près de l'ouverture de la tente. Je commence à tirer le curseur au ralenti – je ne veux pas le faire à bout de bras, cela prendrait trop de temps, et je ne veux pas risquer la crampe. J'opère ce geste beaucoup plus doucement que Jacob voilà quelques heures. Si lentement que je suis certaine que Milena ne se réveillera pas et que Jacob n'entendra rien depuis sa tente. Cela prend plusieurs minutes. Je dois changer de posture à mesure que le curseur suit la courbe de l'ouverture, ce qui prend aussi du temps. Mais bientôt, c'est ouvert sur l'auvent, et le froid nocturne entre dans la tente.

Je n'y avais pas pensé. Milena peut être réveillée par ce courant d'air glacé. Mais ça se serait déjà le cas. Si elle se lève, je peux toujours poser un doigt sur mes lèvres pour lui intimer de se taire, ou lui proposer de m'accompagner dehors.

Je franchis l'ouverture à quatre pattes, toujours comme une somnambule, je déplace une main, un pied à la fois, et je les pose très délicatement. Chaque pas que je fais accroupie me fait mal au genou, me pique au bord de la rotule. Je trouve à tâtons mes chaussures et me laisse tomber assise par terre pour les enfiler.

C'est fatigant de faire les choses lentement. Je suis un peu essoufflée. Et pourtant je ne suis encore qu'à moitié sortie de la tente. Toujours en prenant soin de ne faire aucun bruit, je me remets à quatre pattes, je rampe jusqu'à l'autre ouverture, et j'entreprends là aussi d'ouvrir la glissière sur le même tempo lent, épuisant. C'est encore plus important de ne pas faire de bruit cette fois, car Jacob peut plus facilement entendre cette glissière.

Milena a toujours l'air de dormir dans la tente, malgré le courant d'air froid de l'ouverture. Elle n'a pas bougé, pas émis un seul bruit.

Pendant le long trajet en arc de cercle du curseur, j'ai le temps de réfléchir : dois-je refermer les glissières derrière moi ? J'arrive rapidement à la conclusion que l'ouverture intérieure peut rester ouverte, mais que je dois fermer l'extérieure. Elle risque sans ça de battre et de faire du boucan au moindre souffle de vent.

Vais-je chercher du papier pour m'essuyer ? Je sais bien où est mon sac à dos sous l'auvent, mais pas exactement où j'y ai rangé le papier toilette. Il y a beaucoup de boutons-pression et de sangles à ouvrir pour pouvoir le fouiller. Et si je dois le faire sans bruit, j'en ai pour un moment.

Non. Il faudra faire sans papier ce soir.

Le ciel nocturne croît dans la fente qui se fait jour entre les dents de la glissière. Le ciel étoilé est clair, clair comme je n'en ai jamais vu. Difficile de trouver la moindre tache dans ce ciel tout noir. Partout des étoiles, proches et lointaines, certaines brillantes comme une ampoule de 100 watts, d'autres qui clignotent timidement. La Voie lactée comme une traînée laiteuse, semence de poisson répandue dans le cosmos. Des milliards d'étoiles, des milliards de galaxies.

C'est si beau et si unique qu'un bref instant j'oublie que je suis en danger de mort. Je lâche le curseur, je lève les yeux et je me sens toute humble devant cette immensité.

Voilà comment ça aurait dû être, le Sarek. C'était pour vivre de tels instants que nous sommes venus ici. Mais ça ne s'est pas passé comme prévu.

Je continue à tirer sur le curseur, et l'ouverture est bientôt assez grande pour que je me glisse dehors à quatre pattes. Avec la même patience infinie, je referme l'ouverture, pas jusqu'au bout, mais assez pour que la toile ne risque pas de battre dans le vent.

Enfin dehors.

Je me lève, m'étire le dos, le craquement de quelques vertèbres est sans doute le bruit le plus fort que j'ai émis depuis que j'ai quitté mon sac de couchage. Mais je suis soulagée. Le plus difficile est fait.

Je m'éloigne de la tente sur la pointe des pieds. La nuit n'est plus aussi noir d'encre, mes yeux ont eu le temps de s'habituer et la clarté des étoiles est comme une veilleuse vaporeuse. Je vois des contours noirs se dresser sur ma droite, des bouts de carton anguleux qui cachent le ciel nocturne. C'est le Skårki et les autres sommets. Les glaciers émettent une vague lueur, comme fluorescents.

Je vais derrière un rocher, je baisse mon pantalon et m'accroupis en écartant les jambes. Enfin.

J'entends alors du bruit du côté des tentes. Une glissière qui s'ouvre. Et en une seconde c'est le branle-bas, mon cœur bondit dans ma poitrine, mes cheveux se dressent sur ma nuque.

Je me relève doucement, doucement, sans un bruit je remonte ma culotte, mon collant et mon pantalon. Je le rattache. Je retiens mon souffle et tends l'oreille. Le silence siffle à mes tympans, longtemps. Pas de deuxième glissière.

Jusqu'à maintenant.

J'entends le zip de deux fermetures éclair, et des pas qui s'approchent. Je plonge la main dans ma poche et sors le couteau.

Les pas cessent, j'entends un petit clic, puis je devine la

lueur indirecte d'un cône de lumière un peu plus loin. Il a allumé sa frontale. C'est plus lumineux, puis plus sombre, et à nouveau plus lumineux. Jacob, car ce doit être lui, tourne sa lampe de-ci, de-là. Il regarde autour de lui, cherche.

« Anna ? » C'est un chuchotement, mais fort, un compromis entre deux objectifs inconciliables. Être entendu par moi, mais ne pas réveiller Milena.

Oh oui, c'est Jacob.

Comment diable a-t-il pu m'entendre quand j'ai quitté ma tente ? J'ai pourtant fait preuve d'un silence absolu. Ce n'est pas possible. Il devait me guetter.

Jacob me veut pour lui tout seul. Sans Milena pour le distraire. Et je réalise que je lui ai offert une occasion en or. Mais qu'aurais-je pu faire ?

J'aurais peut-être dû faire sous moi dans le sac de couchage, plutôt que de quitter Milena.

Les pas se rapprochent et le cône lumineux passe sur le gros rocher derrière lequel je me cache. Je lève mon couteau, prête à frapper, l'effort et la peur font trembler mes jambes, et c'est de justesse que je parviens à ravaler un sanglot qui me monte à la gorge.

Mon Dieu, faites qu'il ne me trouve pas.

J'ai si peur. Si terriblement peur.

Les pas cessent à nouveau.

« Anna ? » Encore un chuchotement intense, très près maintenant. Il est juste de l'autre côté du rocher. J'ai du mal à contrôler ma respiration : je suis sûre qu'il m'entend haleter.

Je n'y tiens plus.

Je cours.

C'est la panique totale, je m'élance à l'aveuglette droit devant moi, sans chercher à être discrète. Des pierres roulent, je trébuche, et ma fuite soudaine prend Jacob de court.

« Putain ! » l'entends-je cracher avec irritation derrière moi.

Je cours aussi vite que je peux et que je l'ose, mais mon genou m'élance à chaque foulée, j'avance en boitant sur des graviers et des pierres. La douleur me plombe. Jacob a fait le tour du rocher, et le cône de lumière de sa frontale commence par trouer l'air sur ma gauche, sur ma droite puis, quand il a rectifié sa visée, je le sens me brûler le dos comme un rayon de feu.

Meeerde.

Des pas lourds derrière moi quand il me prend en chasse.

« Anna, bordel ! Stop ! »

J'essaie de courir en zigzag pour échapper à la lumière, je suis comme un lièvre poursuivi par un renard, mais un lièvre blessé, sans aucune chance.

Le grondement du *jokk* augmente, je cours apparemment dans sa direction. Je me le représentais comme un assez petit cours d'eau, ruisselant paisiblement assez près des tentes. Mais comme je ne le vois toujours pas et que le bruit ne cesse de croître, je comprends que ce doit être un torrent plus grand, situé plus loin.

Beaucoup plus grand.

J'abandonne les zigzags, Jacob est de toute façon si proche qu'il doit deviner les contours de ma silhouette, et entendre le bruit de mes pas. Je cours tout droit aussi vite que je peux. Mon genou me fait moins mal à présent, l'adrénaline a sans doute neutralisé les signaux de la douleur.

Le *jokk* est une option. Je vais essayer de l'atteindre avant qu'il ne me rattrape. Plus il est grand et puissant, plus il égalisera les chances entre Jacob et moi. J'arriverai peut-être à le traverser, il sera peut-être emporté ?

Je cours, mon couteau à la main, en trouant à nouveau l'air à chaque foulée.

« Stop ! » Jacob crie, il doit penser que le grondement de plus en plus puissant du *jokk* cache sa voix, que Milena ne peut plus l'entendre.

Il est tout près à présent. Diable, comme il est près.

J'essaie d'accélérer encore, je manque à chaque pas de trébucher et tomber, mais je dois prendre ce risque, sinon Jacob va me rattraper. Je n'entends pas seulement son pas derrière moi, mais aussi son halètement, sa respiration lourde. Cette course forcée est éprouvante pour lui aussi. Furieux, il approche de plus en plus. C'est désormais une question de secondes. Il semble donner un coup de collier pour rattraper les derniers mètres.

Le *jokk* gronde de plus en plus fort, ça ressemble à de puissants rapides, je crois sentir un souffle de froid plus humide sur mon visage. Et tandis que le sol commence à descendre, je sens les doigts de Jacob tenter d'agripper le col de mon pull.

Noooon.

Je me tortille pour me libérer, mais il trébuche et s'étale en avant en tombant sur mes jambes, si bien que je perds moi aussi l'équilibre et nous boulons tous les deux dans la pente, je me réceptionne sur les mains en m'écorchant les paumes mais je le remarque à peine, car en même temps, Jacob a réussi à passer un bras autour de ma jambe, je tente de me libérer avec l'énergie du désespoir, mais ma jambe reste coincée, nous ne tombons plus mais nous nous battons, à mort, et je réalise que j'ai perdu mon couteau en tombant.

Merde merde merde.

L'autre bras de Jacob m'a accroché la taille, j'ai l'impression d'être sur le point de me faire capturer par une pieuvre ou dix boas. Je devine sa tête sur ma droite et je recule au maximum mon bras vers la gauche avant de lui décocher avec une force désespérée un coup de coude dans la tempe.

Aaahhhhh.

Je m'entends gémir, j'ai l'impression que mon bras a éclaté en son milieu, des étoiles dansent devant mes yeux et je me sens aussitôt faible et barbouillée, mais l'étreinte de Jacob se relâche un instant, assez pour me permettre de m'extirper et de tituber vers les rapides.

Car c'est bien de rapides qu'il s'agit, sur sept ou huit mètres de large, dans un grondement assourdissant, l'eau déferle sur les rochers avec une force brutale. Je ne peux pas estimer sa profondeur dans le noir, mais je comprends qu'y entrer est un projet suicidaire.

J'hésite un instant. Comment ai-je envie de mourir ? Noyée dans le torrent, ou sous les coups de Jacob ?

Je l'entends derrière moi se remettre debout.

Noyée, sans hésitation. J'entre donc dans l'eau, les premiers pas à l'abri de quelques gros rochers, où il n'y a pas de courant, mais ensuite quand j'arrive dans le torrent proprement dit, j'ai du mal ne serait-ce qu'à poser le pied au fond, tant le courant est terriblement puissant.

Jacob arrive en titubant derrière moi.

J'avance et l'eau inonde mes chaussures. J'ai à présent un étau glacé serré autour de chaque pied. C'est de plus en plus profond, et le torrent me tiraille les jambes, mon instinct me dit fais demi-tour, tu vas mourir, mais la peur de Jacob est plus forte. Je me force donc à continuer, pas à pas, sans assurer mon équilibre de l'un à l'autre, je vacille au hasard, et je suis bientôt condamnée d'avance à échouer.

Je tombe à la renverse.

Et je suis emportée par le courant violent, aussi simplement qu'une feuille sèche arrachée au sol virevolte dans une tempête d'automne. Le froid est un choc, il m'attaque de tous les côtés à la fois et me coupe le souffle. Désorientée, je roule sous la surface, plus aucune idée du haut et du bas. Les paquets d'eau m'entraînent, mon corps accélère jusqu'à ce que

Booum

le bruit d'un choc lourd et sourd qui se propage à travers tout mon corps jusqu'à mes tympans. Je me suis cogné le dos contre un gros rocher sous l'eau. Arrêtée net. Douleur nouvelle, violente, qui irradie depuis ma colonne vertébrale, j'ai l'impression que quelque chose s'est brisé.

Je ne suis plus que ma douleur. Le coude, le froid, le dos. Elle draine toute mon énergie.

Le torrent me plaque contre le rocher, tout en me tiraillant pour m'en détacher. Je ripe sur le rocher, me retourne, et me voilà soudain la tête hors de l'eau et les pieds touchant le fond.

J'ouvre la bouche, mais ça ne change rien. Mes poumons crient toujours après de l'air. Je suis étonnée. N'est-ce pas ainsi qu'on respire ? En ouvrant juste la bouche ? Ou y a-t-il autre chose, que j'ai oublié ? Le choc du froid retombe alors un peu et je parviens à nouveau à remplir mes poumons.

Inspirer expirer inspirer expirer inspirer expirer.

Je bâfre l'air, j'engloutis l'oxygène sans mâcher. Mais peu à peu je me mets à respirer plus calmement.

Inspirer. Expirer. Inspirer. Expi...

Du coin de l'œil, je sens quelque chose arriver. Je recule, mais trop tard, Jacob m'attrape à deux mains, m'arrache au rocher et m'enfonce sous l'eau.

Et j'abandonne.

Personne ne peut dire que je ne me suis pas battue. J'ai disputé un sacré match avec lui. Mais je n'avais aucune chance.

J'ai mérité de me reposer. Mon corps se détend, je cesse de lutter contre le froid et la douleur et vous savez quoi ?

C'est bon, si bon.

Jacob me maintient sous l'eau et je me sens légère, comme si je flottais librement. Sa poigne me paraît soudain presque tendre, comme un papa qui tient sa petite fille par les bras et la fait tourner, tourner, pour la faire voler.

Aucune peur, aucune haine, aucun combat. Pourquoi ai-je mis si longtemps à le comprendre ? La vie peut aussi être ainsi : se laisser emporter par le courant. Pourquoi n'ai-je pas vécu ainsi ? Pourquoi cette constante aspiration à mieux, à la performance, à maximiser ?

Qui sait ? J'aurais peut-être même été heureuse ?

Je pense à Henrik, à Erik, à papa.

Papa me maintient sous l'eau. Il essaie de m'abaisser,

comme il l'a fait toute sa vie, et ma colère ancienne déferle. Je sais qu'il veut me noyer.

Va te faire foutre, salopard.

Je cherche à tâtons sous l'eau. Trouve un genou. Je passe un bras entre les jambes de papa, j'entoure son tibia. Je cale un pied contre le rocher. Je m'arc-boute.

Je réussis à renverser papa, il rugit comme un ours furieux en disparaissant sous l'eau. Mais ce n'est pas la voix de papa, c'est quelqu'un d'autre, comment s'appelle-t-il déjà ? Il me lâche, et je suis emportée par le courant.

À présent, je ne lutte plus. Là, sous l'eau, j'ai compris que le torrent me voulait du bien. Un ami un peu maladroit qui peut me blesser par erreur, mais un ami malgré tout. Comme le monstre de Frankenstein.

Jacob. Voilà comment il s'appelle.

Je me laisse emporter par le torrent, je fais même quelques brasses pour aller plus vite. Quand Jacob sortira la tête de l'eau, je veux être le plus loin possible. Des pierres qui dépassent me freinent, me heurtent, cherchent à me couper. À un moment, la descente s'arrête, et je dois faire quelques pas pour rejoindre le centre du courant et être emportée plus loin. Je me suis éraflé le visage, je saigne peut-être, mais c'est le cadet de mes soucis. Quelques pas dans le torrent, puis je me détends et laisse le courant faire le travail.

C'est un jeu avec la mort qui peut me sauver la vie. Et je n'éprouve plus aucune crainte, plus du tout. Au contraire, je suis étrangement revigorée. J'ai accepté que j'allais mourir, et chaque minute supplémentaire m'apparaît comme un bonus. Alors autant en profiter pour s'amuser un peu avant que ce soit fini.

Je roule dans le courant. Combien de temps ? Je n'en ai

aucune idée, mais ça me plaît, peut-être cela n'est-il plus une *activité*, mais un *style de vie*. Soudain, le fond et l'eau se dérobent sous moi, j'ai le temps de penser *voilà une sensation nouvelle*, c'est comme flotter en l'air, et je me rends alors compte que c'est exactement ce qui est en train de m'arriver.

Une cascade, quelques mètres de haut seulement
assez pour que je me cogne
bordel, c'est foutu.

J'atterris sur l'épaule, me cogne la tête et me râpe tout un côté du ventre, puis je reste immobile contre un gros rocher, à moitié hors de l'eau.

Je reprends mon souffle un moment, ou un quart d'heure, ou une heure. J'ai perdu les notions de temps et d'espace. Je scrute l'obscurité au-dessus de moi, je m'efforce d'entendre si quelque bruit étranger perce à travers le grondement du torrent. Plus ou moins prête à voir Jacob voler par-dessus bord comme moi, une silhouette noire contre le ciel étoilé.

Mais Jacob n'arrive pas.

Je réalise que j'ai eu de la chance. J'aurais pu me casser une jambe ou un bras en tombant. Perdre connaissance et me retrouver la tête sous l'eau. Je suis gelée, couverte de bleus et saigne d'un peu partout, mais je suis en vie.

Mon seul problème est mon épaule. Non que j'aie mal, en fait rien ne fait mal. Mais je n'arrive pas à la bouger, ni le bras. Elle semble déboîtée.

J'en ai assez du torrent. Je me traîne donc sur le bord et me relève. En examinant mes vêtements déchirés et mes écorchures, en tâtant ma plaie à la tête, du sang chaud sur le bout de mes doigts engourdis, je m'étonne de l'absence de douleur. Encore une sensation exaltante. Je me sens invincible, merde. La meilleure sensation qui existe.

Je commence à remonter le torrent. Un de mes bras pend et ballotte contre mon flanc, mais je le remarque à peine.

Mon plan est de suivre l'eau jusqu'à l'endroit où je me suis battue à terre avec Jacob, et de là, regagner les tentes. Et après ? Difficile à dire. Je ne parviens pas à penser aussi loin.

Jacob est-il toujours vivant ? Je scrute l'eau tout en marchant, espérant voir surnager un bras ou une jambe sans vie. Le corps de Jacob tordu sur un rocher dans une position qui n'est pas naturelle, le crâne éclaté. Mais je guette aussi dans le noir au bord du torrent, vers la pente, sur la terre ferme. Il peut très bien être sorti de l'eau et s'être posté en embuscade.

Mes vêtements trempés se raidissent dans le froid glacial de cette nuit étoilée. Marcher devient de plus en plus inconfortable, mais assez curieusement, je n'ai pas froid du tout. Au contraire, j'ai chaud, je sue presque.

Je ne sais pas depuis combien de temps je marche, mais je devrais bientôt arriver sur le lieu de la bagarre. Ou bien ? Il fait toujours nuit noire, seule la lumière des étoiles me guide, et je réalise qu'il peut être difficile de retrouver le bon endroit. Vivement l'aube.

Je regarde vers l'est. Et je vois une bande de lumière à l'horizon, encore si faible qu'on ne la remarque pas du tout dans le reste du ciel, mais malgré tout, cette bande est bel et bien là.

J'ai demandé l'aube, et j'ai obtenu l'aube.

Je suis la créatrice de l'univers, je règne sur le soleil, la terre, la lune.

Tu n'auras pas d'autre Dieu que moi.

À l'est, le ciel noir devient bleu-noir, bleu foncé, bleu profond, bleu cobalt. L'aube grignote les étoiles, elles pâlissent l'une après l'autre. Je continue à monter à un rythme plus lent à présent, le regard fixé au sol. Était-ce ici ? Là-bas ?

Le noir et la lueur des étoiles sont remplacés par une pénombre bleutée. Le paysage apparaît devant mes yeux.

Soudain, je m'arrête. Je me repère. Ici, le *jokk* s'est enfoncé un peu plus profond dans la roche, le terrain est plus pentu autour des rives. Est-ce le bon endroit ? Je remonte le talus en m'éloignant du torrent qui gronde, je m'arrête et je regarde autour de moi.

Oui. Peut-être. Impossible d'être catégorique, cette pente-ci s'étend sur une centaine de mètres à flanc de montagne, le long de l'eau. Le sol est couvert d'éboulis, mon combat avec Jacob n'y a laissé aucune trace. Ni ici, ni ailleurs.

Je me remets en marche, mais mon regard s'arrête sur quelque chose de rouge qui se détache de cette mer de pierres grise et noire, la lumière bleue de l'aube est juste assez forte pour que je perçoive la différence de couleur. Un peu plus sombre, et ce rouge serait passé pour du noir.

C'est mon couteau. Mon couteau multifonctions.

Tout coïncide. C'est presque incroyable. Les étoiles pâlissantes sont au rendez-vous de ce matin clair et froid qui pourrait être le dernier de ma vie. Mais Sarek semble vouloir au moins me donner une chance honnête contre Jacob. Rétablir l'équilibre. Sarek m'a aidée à sortir du torrent, et à présent Sarek me montre le couteau.

Peut-être que Sarek veut juste assister à un combat égal ?

Je vais ramasser le couteau. En me relevant, j'ai la tête qui tourne, et les jambes qui se dérobent. La marche rapide pour remonter le torrent se fait sentir. Je me laisse glisser à terre pour reprendre un peu mon souffle. Un de mes bras est toujours complètement engourdi, comme si j'avais dormi dessus toute la nuit. Quand j'en saisis l'avant-bras de l'autre main pour le poser sur mes genoux, on dirait un bout de viande étranger. Je remarque, dans le brouillard, que cela n'augure rien de bon, mais mon bras ne me fait pas mal, alors je ne m'en inquiète pas.

Que personne ne vienne me dire que je ne vis pas dans le moment présent.

Assise sur les rochers froids, je suis encore en sueur. J'aimerais ôter mon pantalon déchiré et ensanglanté qui pendouille autour de mes jambes et ne sert à rien. Mais pour cela il me faudrait d'abord ôter mes chaussures, et je n'en ai pas la force.

J'éprouve une envie irrépressible de me coucher sur le dos et de me reposer un peu. Peut-être juste m'assoupir un court moment. Mais je comprends que cela ferait de moi une proie facile pour Jacob, je résiste donc et reste assise.

Je reste longtemps là, à me dire que je vais me lever et continuer jusqu'aux tentes. Mais mon corps refuse d'obéir, il semble faire mutinerie, le cerveau est rétrogradé au rang d'organe parmi les autres. Je relève désormais d'une organisation complètement horizontale. Le muscle de la cuisse est autant le chef que le cerveau.

Lève-toi et marche, ou meurs ici.

Je m'éloigne du torrent écumant dans la bonne direction. Je titube, les jambes raides, si lasse que j'ai à peine la force de lever les pieds. La nuit a été rude. Mais elle l'a aussi été pour Jacob. Il n'est sans doute pas au sommet de sa forme, s'il est encore vivant.

Au bout de plusieurs minutes, j'aperçois les tentes à quelques centaines de mètres, au pied du versant, blotties dans la lumière de l'aube. Serrées l'une contre l'autre, presque comme pour se protéger contre la montagne impitoyable. Ni Milena ni Jacob ne sont en vue.

J'avance encore un peu, pour m'abriter derrière un gros rocher. Je reprends mon souffle, je m'efforce de me concentrer. D'envisager les différentes options, pour savoir quoi faire en fonction de ce qui se passe là-bas, près des tentes. L'hésitation peut me coûter la vie.

OK. On y va.

Je m'imagine glisser vers les tentes. Vais-je essayer de réveiller Milena et de la rallier à moi ?

Dans quelle tente est-elle ?

Et si Jacob se réveille ?

Jacob est-il couché dans une des tentes ?

Déjà trop d'incertitudes. Je recommence, j'essaie encore de trier les scénarios possibles :

Je me glisse vers les tentes. J'essaie de trouver mes affaires. Où est mon sac à dos ?

Je jette alors un œil par-dessus le rocher. De là où je me trouve, mon sac n'est visible nulle part. L'ont-ils traîné sous un des auvents ? Dans ce cas, lequel ?

J'ai un vague souvenir de Milena et moi couchées dans une des tentes, c'est de là que je suis sortie en douce pour aller faire pipi. Mais en même temps, j'ai l'impression que l'autre ressemble à la nôtre, celle de Henrik et moi.

Alors où se trouve mon sac à dos ?

Et surtout, où est Jacob ?

Ressaisis-toi, Anna. Concentre-toi.

Je réessaie :

Je me glisse vers les tentes.

Je me glisse vers les tentes.

Je me glisse vers les tentes.

Et je n'arrive pas plus loin, c'est impossible, je suis trop fatiguée, des points blancs dansent devant mes yeux alors que je suis adossée au rocher, et je me mets à pleurer en silence car je comprends que c'est fichu pour moi. Je n'ai juste plus la force.

Je me glisse vers les tentes. C'est là tout mon plan. Et bien sûr, cela ne suffira pas, Jacob va se jeter sur moi et me tuer. Qu'il en soit alors ainsi. Je n'en peux plus.

Je renifle et essuie les larmes sur mes joues du revers de la main, je découvre qu'elle agrippe quelque chose, et que ce quelque chose est le couteau. Je l'avais oublié. J'ai l'impression que je ne pourrais plus lâcher le manche, même si j'essayais.

Je me glisse vers les tentes. La peur repousse la fatigue, du moins un peu, du moins provisoirement. Il reste apparemment quelque part une dernière petite goutte d'adrénaline à presser dans mon sang. Je ne sens plus mes genoux tout à fait aussi mous qu'un instant plus tôt. Mètre par mètre, je m'approche, le regard fixé sur les deux tentes, attentive au moindre mouvement. Les oreilles aux aguets. Mais je ne vois ni n'entends aucun signe de vie.

Soit Milena et Jacob dorment, soit ils ne sont pas là.

Je me glisse vers la tente que je pense être la nôtre, à Henrik et moi. Je m'arrête devant l'entrée refermée, couteau brandi. Mon cœur bat la chamade, je respire sans bruit, la bouche ouverte. Mais je ne vois rien de ce côté de la tente qui signale quelqu'un couché à l'intérieur. Pas de bosse contre la toile.

Je me penche en avant pour tendre l'oreille. Silence complet. Ne devrais-je pas entendre au moins respirer ?

Il semble n'y avoir personne.

Je contourne la tente sur la pointe des pieds, pas de bosse non plus derrière. Je me penche aussi silencieusement que je peux vers la toile de tente, elle n'est plus qu'à un décimètre de mon oreille, toujours aucun bruit.

Je fais le tour jusqu'au pignon où se trouve l'entrée de l'auvent. La glissière descend bien jusqu'au sol. Je dois l'ouvrir pour voir si mon sac à dos se trouve là. C'est presque impossible sans bruit, je le sais bien, mais je n'ai pas le choix, je dois essayer.

J'ai la forte impression que cette tente est vide. Mais si je me trompe, je peux me retrouver dans un combat à mort avec Jacob d'ici une demi-minute.

Je me penche, saisis le curseur de la glissière de la main qui tient le couteau. Je ne sais pas comment je parviens à l'attraper sans lâcher son manche. Je tire doucement, mais la toile de tente se plie, elle n'est pas assez tendue pour que je puisse ouvrir d'une seule main. Il faut que j'essaie de tenir en bas avec l'autre.

Aussi silencieusement et précautionneusement que je peux, je me laisse glisser à genoux, mais je m'affale sur les derniers décimètres, et ma rotule droite touche dans le mille un caillou pointu.

Aaaaahhh… merde…

Je pousse un gémissement sourd, la douleur remonte du genou et me donne un léger vertige, je suis à deux doigts de tomber sur le flanc, mais je reste droite. S'il y a quelqu'un dans la tente, cette personne aura à coup sûr été réveillée par mon gémissement, alors ça ne sert plus à rien de se retenir, de ma main valide je place l'autre en bas de la toile de tente, que je saisis entre le pouce et l'index. Je remonte alors la glissière sans me demander si ça s'entend ou non, d'un seul ziiip en forme d'arc, et l'auvent est ouvert.

C'est vide. L'auvent est vide.

La tente elle-même est elle aussi à moitié ouverte, et je vois qu'il n'y a personne.

Mon sac à dos, avec tout ce dont j'ai besoin pour survivre seule, doit se trouver dans l'autre tente.

Et à cet instant, j'entends à côté un long ziiip.

C'est Jacob, il va m'attraper.

Je me relève tant bien que mal, avec l'énergie du désespoir, juste à temps pour voir Milena débouler à l'ouverture de l'autre tente, elle se relève et me dévisage avec un regard farouche et terrorisé.

Dieu merci, c'est Milena.

Je titube vers elle.

Je siffle :

« Où est Jacob ? » mais elle ne répond pas, elle a toujours l'air morte de peur.

Je reprends :

« Il a tenté de me tuer cette nuit. » Je m'efforce de paraître calme et posée, mais c'est difficile, à bout souffle et les nerfs à vif. « Il est revenu ? Tu sais s'il est mort ? »

Milena me fixe, moi, puis le couteau dans ma main, puis secoue lentement la tête. Je continue :

« Écoute-moi bien, maintenant. » J'inspire à fond pour me calmer et parler plus distinctement, mais je ne pense pas y arriver très bien. « Jacob a tenté de me tuer cette nuit, il faut qu'on fasse bloc, toi et moi, sinon nous n'avons aucune chance, tu comprends ? Nous devons faire bloc s'il revient, mais d'abord il faut rassembler tout ce dont on a besoin et filer d'ici au plus vite… »

Je me tais.

Parce qu'à présent du bruit sort de la tente.

Un sanglier, ou plutôt un ours est en train de sortir, si violent et maladroit que toute la tente tremble et menace de tomber. La seconde suivante, Jacob débouche sous l'auvent, penché, une de ses épaules s'accroche dans l'ouverture, il arrache toute la tente en se relevant, mais s'en débarrasse d'une seule secousse, déjà en train de foncer sur moi en accélérant à fond. Le tout d'un seul mouvement, en quelques instants.

Bien deux mètres de haut, peut-être cent kilos, Jacob fonce sur moi pour me tuer.

J'ai le temps de brandir mon couteau et, tandis qu'il se jette sur moi, je l'enfonce sur le côté de sa cage thoracique. Sa propre force et son mouvement contribuent à faire pénétrer la lame tout entière.

Nous roulons à la renverse et je reçois sur moi tout le poids de son corps, mon bras inutilisable a été rejeté en arrière et se retrouve sous mon dos quand nous atterrissons. J'entends un

Crac

distinct quand il se brise comme une branche sèche, je suis écrasée sous Jacob et j'ai l'impression que toute ma cage thoracique est enfoncée

Plus d'air

Peux pas respirer

ne restent que des éclats de mes côtes, je réussis à extraire le couteau de la poitrine de Jacob et je le plante alors dans son cou, mais pas assez fort, ou alors les muscles de Jacob sont trop coriaces, la lame dérape et ça ne donne pas grand-chose

Mon Dieu, de l'air

De l'air

Milena se penche sur nous et essaie d'écarter Jacob mais il est trop lourd, trop fort, je fais une nouvelle tentative avec le couteau

N'y arrive pas, trop faible

avec un tout aussi maigre résultat, mais cela semble malgré

tout lui avoir fait mal, car il porte sa main à son cou et se tourne sur le côté, et je parviens alors à me dégager

Enfin de l'air

je boule et, affalée à genoux, je remplis mes poumons en toussant violemment, je pose un pied par terre pour me relever

Dois partir d'ici

mais je sens alors la main de Jacob autour de mon tibia et, un instant plus tard, il tire dessus, je m'étale de tout mon long en laissant échapper le couteau.

Nonnonnon.

« Aide-moi ! » Je halète en levant les yeux vers Milena. « Aide-moi ! »

Et voilà Jacob à nouveau sur moi, lourd, fort et ensanglanté. Il m'attrape à pleines mains par les cheveux et cogne mon crâne contre le sol, une, deux, trois fois. Ma tête explose de douleur et je n'y vois plus, tout n'est plus que rouge et jaune et palpitant, mais je sens qu'il me retourne sur le dos et s'assied à cheval sur moi. Ses grosses mains cherchent mon cou. Je retrouve la vue et je vois Milena à l'envers, elle me regarde, paralysée de terreur.

« Aide-moi ! » Je chuchote une dernière fois, puis Jacob me serre le cou.

Et il y va. De toutes ses forces.

Ce n'est pas seulement que je ne peux plus respirer.

Ça craque et casse dans mon cou.

Je crois qu'il a écrasé quelque chose.

Il me regarde d'en haut, le visage rouge, les veines des avant-bras gonflées. Ma main valide griffe à l'aveugle une des siennes, j'essaie d'attraper au moins un doigt pour desserrer sa poigne d'acier, mais en vain. C'est comme tenter de forcer un verrou à mains nues.

Le regard de Jacob est empli de détermination meurtrière. Ce n'est pas même de la haine, la haine aurait été humaine, non, c'est là quelque chose d'animal, de primal.

Là, tu vois. Là, tu vas mourir.

Nous descendons en titubant vers Rapaälven, ce matin clair et froid. La journée va être belle. Belle et impitoyable, comme le Sarek lui-même.

J'ai terriblement mal à la tête. Un traumatisme crânien, je suppose. Ma gorge me serre encore, quand je déglutis elle tire comme une plaie à vif. Ma peau est écorchée, tuméfiée, fendue en cent endroits. Mon épaule est démise et mon bras cassé. Les os se croisent au niveau du coude et celui du bas pousse sous la peau.

Mais je suis en vie. Je ne l'aurais jamais cru.

Milena titube derrière moi. Elle n'est pas aussi amochée que moi, mais elle a une assez vilaine coupure sur le côté du cou.

Milena a fini par choisir son camp. Et comment !

Ma vue s'est obscurcie, j'ai un moment perdu connaissance. Quand je me suis réveillée, je ne sentais plus sur moi le poids de Jacob. Je me suis redressée, à moitié assise, et je l'ai vu un peu plus loin étendu sur le sol, sans vie.

Une tige bizarre lui sortait de la tête.

Tout était un peu flou, j'avais du mal à focaliser. Péniblement, je me suis relevée et avancée de quelques pas vers le corps.

C'était une poignée qui sortait de la tête de Jacob.

Le piolet.

Milena ne l'avait pas frappé qu'une seule fois. La moitié de sa tête n'était plus qu'une bouillie de substance cérébrale, de sang, de cheveux et de bouts d'os. Le visage était intact et arborait une expression étrangement paisible. Un décor qui masquait le chaos.

Milena tournait en rond un peu plus loin, incapable de tenir en place. Tout son corps tremblait. Je me suis approchée d'elle, j'ai essayé de la prendre sous mon bras, mais elle se dérobait sans cesse, comme si sa vie dépendait de ce mouvement permanent. Du sang s'écoulait de son cou. Je lui ai fait comprimer la plaie de la main le temps que je trouve un pansement et des strips de suture adhésifs. Elle m'a laissée refermer la plaie, mais continuait à trembler de façon incontrôlée.

Je ne voulais pas rester là une minute de plus que nécessaire. J'avais bien sûr compris que Jacob était mort. Mais une partie de moi, pas si petite que ça, osait à peine quitter son cadavre des yeux. J'avais peur qu'il se relève, en dépit de toute raison, et qu'il se jette à nouveau sur moi, le crâne dégoulinant de substance cérébrale.

Il fallait rassembler les affaires dont nous avions besoin et filer d'ici. Le plus vite possible.

Et je devais changer de vêtements. Mon pull et mes sous-vêtements thermiques étaient en lambeaux, comme mon pantalon. J'ai demandé à Milena de m'aider, et cette mission concrète a semblé la ramener à la réalité. Elle a fouillé mon sac à dos pour me sortir de nouveaux sous-vêtements, un nouveau pull et un nouveau pantalon, elle a défait mes chaussures de marche et m'a déshabillée.

Pour enfiler mes vêtements, je n'étais pas bonne à grand-chose. Le haut du corps, surtout, était sensible à cause de mon bras cassé. Mais avec concentration, délicatement, Milena a réussi à faire passer ce bras dans le maillot de corps, le pull, puis le blouson. Elle m'a aussi aidée à enfiler mon bonnet. J'ai souri pour la remercier et elle m'a adressé elle aussi un sourire défait.

Ma tête était le centre d'une explosion qui semblait ne jamais devoir finir.

Nous avons replié la tente, celle de Henrik et moi. Là non plus, je ne servais pas à grand-chose. Je donnais des instructions que Milena exécutait. J'ai enlevé de mon sac tout ce qui n'était pas le strict nécessaire, car j'allais devoir à présent tout porter sur ma seule épaule valide. Milena a rangé le réchaud de Jacob et l'a fourré dans son sac à dos.

Nous allions et venions sur notre campement pour rassembler nos affaires, je ne voulais pas regarder directement Jacob, mais veillais à toujours le surveiller du coin de l'œil. Pour m'assurer qu'il ne bougeait pas.

Enfin, nous étions prêtes à partir. Nous laissions derrière nous, une tente, un cadavre et un piolet.

Nous titubons à flanc de montagne. Nous marchons à présent dans l'herbe, il y a des broussailles de saules et quelques bouleaux noueux tordant leurs branches rhumatiques. Le soleil brille dans un ciel sans nuages, sans rien réchauffer. L'air d'automne est glacé.

J'ai commencé à avoir froid. Et voilà que ça vient : au mal de crâne et de gorge se joint la douleur lancinante de mon épaule et de mon bras cassé, une douleur qui ne va faire que croître dans un insoutenable crescendo.

Nous nous arrêtons, je sors d'une poche latérale un sachet plastique de médicaments. Je remplis mon quart dans un petit *jokk*, et j'y dissous deux Treo. Je prends aussi un Ipren, pour être sûre. J'ignore complètement si la combinaison des deux a un effet positif ou négatif, ou si je risque des lésions rénales ou autre, mais je m'en fiche. Je veux bien m'abîmer les reins si ces cachets parviennent à briser le tsunami de douleur en train de déferler sur moi.

Ni Milena ni moi n'avons faim. Je sais qu'il faudrait manger, et avaler quelque chose de chaud, surtout moi. Mais nous sommes bien trop fatiguées pour avoir la force de monter le réchaud. Ça attendra plus tard dans la journée.

Je sors de mon sac une barre énergétique dont je propose la moitié à Milena, mais elle n'en veut pas, murmure qu'elle a la nausée. Elle se plie alors et vomit dans l'herbe. Elle a dû se vider le ventre plusieurs fois sans que je le voie. Peut-être pendant que j'étais hors jeu au campement, quand elle a défoncé le crâne de Jacob ?

Elle a vraiment l'air épuisée. Je la force à boire un peu d'eau, puis elle se couche sur le dos dans l'herbe et ferme les yeux. Nous devrions sans doute continuer encore un peu avant de faire une plus grande pause, mais je m'assois moi aussi, c'est terriblement bon. Je laisse mon sac glisser de mon épaule, il roule par terre.

Je ne devrais pas me coucher, je le sais bien. Je risque moi aussi de m'endormir. Il faut que nous progressions encore. Alors pas question que je me couche.

Peut-être pourrais-je m'étendre sans fermer les yeux ? Ce pourrait être un compromis. Mais dans ce cas, je ne dois absolument pas fermer les yeux, je m'en fais la promesse.

Doucement, je me laisse glisser en arrière, je me cale sur le dos dans l'herbe. C'est une torture. Le moindre mouvement, le moindre choc dans le bras ou l'épaule, tandis que je m'étends, font si mal que ma vue s'obscurcit. Et des éclairs éclatent dans le nuage d'orage de cette douleur lancinante.

Mais je finis par être couchée, et je lève les yeux vers le ciel bleu clair. J'inspire à fond, mais avec précautions, pour ne pas faire bouger mon bras ou mon épaule ne serait-ce que d'un millimètre. Je n'ai pas la force de me demander comment je vais faire pour me relever. Pour le moment, la douleur s'est un peu calmée, mon mal de crâne est un peu émoussé, moins vif. J'ai froid, mais je me dis que c'est bien, le risque que je m'endorme est moindre. Absolument immobile, je regarde le ciel.

Maintenant, il s'agit juste de ne pas fermer les yeux. À aucun prix.

Quand je me réveille, c'est déjà l'après-midi. Le pâle soleil d'automne est orienté différemment que lorsque je me suis endormie. J'ai tellement froid que je tremble.

Dès la première seconde je suis sur le qui-vive, je tente rapidement de me relever, mais mon bras cassé proteste et je me laisse retomber avec un long gémissement. Je peux au moins lever le cou et regarder alentour. Milena est exactement au même endroit que quand je me suis endormie.

Bien. Mon pouls ralentit un peu. Peut-être n'est-ce pas une catastrophe d'avoir dormi quelques heures, après la nuit que nous avons eue toutes les deux. Et la veille…

Henrik est mort.

Ces douze dernières heures, j'ai été tellement concentrée sur ma propre survie que j'ai pu refouler cette pensée. Mais à présent, cette évidence me percute de plein fouet. Henrik, mon fiancé et meilleur ami depuis dix ans, est mort.

Revécu, le choc est presque aussi violent que lorsqu'il est tombé de la falaise.

Henrik, assassiné par Jacob.

Je me mets à pleurer parce que j'ai froid, que mon bras me fait un mal de chien, parce que Henrik est mort, je sanglote fort sans pouvoir me contrôler. Je me sens totalement abandonnée et sans défense. Tout ça est trop pour moi.

On ne doit pas s'apitoyer sur son propre sort, c'est ce que j'ai toujours affirmé, il faut plutôt faire quelque chose pour remédier à la situation, ou accepter les choses comme elles sont. Mais là, je me laisse aller à m'apitoyer sur mon sort. Et je trouve que je l'ai bien mérité.

Couchée sur le dos, je sanglote et renifle un bon moment, jusqu'à ce que je me rende compte que Milena pourrait m'entendre. Comme auparavant avec Henrik, je sais qu'il dépend de moi que Milena et moi nous nous tirions de là en vie.

Je me fais violence. Elle ne doit pas me voir vaciller dans le doute. Je lève la tête pour jeter un nouveau coup d'œil dans sa direction. Elle est toujours couchée dans la même position, semble presque inanimée.

Dans notre relation, j'ai toujours été l'active, la forte, l'optimiste. Et ce rôle a encore une emprise sur moi. C'est comme s'il galopait tout seul et me forçait à lui emboîter le pas.

Ce n'est peut-être que pure vanité. Mais en l'occurrence une vanité qui pourrait nous aider à survivre à tout ça. Avec une peine infinie, je me hisse en position assise et me retourne à demi.

« Milena ? »

Aucune réaction.

À présent, je m'inquiète. Je bascule à genoux et j'envisage de ramper à quatre pattes jusqu'à elle, mais je réalise que mon bras cassé traînera alors à terre et que ça fera si mal que je perdrai probablement connaissance. Alors, vacillant sur des jambes en coton, je me lève et fais les quelques pas qui me séparent d'elle.

« Milena ? »

Elle est très pâle. Le gros pansement sur le côté de son cou est rouge, trempé, et s'est décollé d'un côté. Son cou est rouge, l'herbe sous sa tête, sombre et humide.

« Milena ! »

Je m'affaire à côté d'elle, soulève le pansement pour regarder, oui, la plaie est ouverte, mais elle ne saigne plus.

Je touche son front blanc. Elle est très froide.

« Milena ! Milena ! »

Je pose les doigts sur son cou, du côté sans plaie, à la recherche de son pouls. Un instant, il me semble percevoir quelques faibles battements, et je commence à lui pratiquer un bouche-à-bouche, je me penche sur elle comme pour lui redonner vie par un baiser et souffle de l'air dans sa gorge.

« Réveille-toi, Milena ! Allez… réveille-toi ! »

Aucune réaction. Elle est toujours étendue, pâle et froide et inaccessible. Je répète la procédure, plusieurs fois, sans qu'il ne se passe rien. J'essaie à nouveau de prendre son pouls au cou, mais cette fois je ne sens rien, j'essaie le poignet, du bout des doigts je tâte et cherche dans un début de panique à capter le moindre mouvement, la moindre vibration.

Rien.

J'essaie de lui faire un massage cardiaque. Je pose ma main valide sur sa cage thoracique et j'appuie en aidant de mon poids. Mais ça reste sans force, mon bras cassé m'en empêche. Ça reste une sorte de tripotage qui me fait un mal infernal dans l'épaule.

Milena, ne me quitte pas.

Je réessaie le bouche-à-bouche. Puis je repasse au massage cardiaque.

C'est le crépuscule sur le Sarek, et je ne sais pas combien de temps j'ai passé à tenter de réanimer Milena, mais je sais que tant que je n'ai pas perdu tout espoir, elle reste vivante d'une certaine façon. C'est quand j'abandonne que Milena meurt pour de bon. Dès lors, c'est sans retour : jamais plus nous ne nous enverrons de messages, jamais plus nous ne déjeunerons ensemble pour préparer la randonnée de l'été, jamais plus nous ne nous retrouverons à la gare centrale de Stockholm pour prendre le train vers l'aventure. Jamais plus nous ne partagerons une casserole de minestrone allongée de macaronis précuits au pied d'une montagne majestueuse. Jamais plus nous ne rirons en connivence de quelque remarque de Henrik révélant sa manie des gadgets.

En cet instant, Milena, ma très chère et vieille amie, devient une partie de mon passé. Et cela semble insoutenable.

Ne me quitte pas.

À la fin, je n'en peux plus. Je suis restée plusieurs heures agenouillée auprès d'elle à essayer de la réanimer, et à présent, je me retourne péniblement et m'assois sur les fesses.

J'ai la tête qui tourne, je ferme les yeux en inspirant à fond. Je crois que je vais m'évanouir, mais ma crise de vertige passe.

Quand je rouvre les yeux, j'ai le Sarek devant moi. La vallée de Rapadalen est dans l'ombre à mes pieds, mais quelques sommets de l'autre côté sont encore dans la lumière, et leurs pentes couvertes de neige scintillent comme de l'or au soleil couchant.

Beau et impitoyable.

Je prends la main de Milena, elle est glacée. C'est malgré tout comme si nous vivions ensemble cet instant. Un dernier instant de complicité. Je la regarde. Elle paraît si paisible.

« Milena… » Ma gorge se noue. Je serre sa main en essayant d'étouffer mes sanglots. Il me faut un moment avant de pouvoir poursuivre.

« Il faut que je te laisse, à présent, je dois aller chercher de l'aide. Mais je reviendrai. Je promets de revenir. Alors ne meurs pas. Promets-moi de continuer à te battre. »

Un dernier mensonge à moi-même pour réussir à la laisser derrière moi. Parfois, l'instinct de conservation doit emprunter d'étranges détours.

C'est alors que cela me frappe : le tracker de Jacob, son téléphone d'urgence. Pourquoi ne pas l'avoir pris avec nous ?

Mon Dieu que c'est idiot.

J'aurais pu rester là et appeler à l'aide.

Nous voulions juste nous éloigner au plus vite du cadavre de Jacob, de son crâne en bouillie. Nous n'avons pas bien réfléchi. Nous avons oublié le tracker.

J'envisage de retourner le chercher, mais… non. Il faudrait remonter, et je dois vraiment économiser mes forces. Retrouverais-je seulement l'endroit, dans l'état second où je suis ? Et puis il y a cette inquiétude irrationnelle.

Et si ce salaud était encore vivant

Non. Je ne veux pas.

Mieux vaut continuer à descendre vers le fleuve, et le suivre vers l'est, en direction d'Aktse.

Il me faut un temps fou rien que pour remettre mon sac à dos. Et la chose faite, je m'avise que j'aurais dû prendre d'autres cachets antalgiques. J'ai eu si mal à l'épaule et au bras, et à cent autres endroits, que j'ai douté qu'ils aient eu le moindre effet. Ce n'est que maintenant, alors que leur action se dissipe, que je comprends à quel point ils ont écrêté les pics de douleur. Ma tête va exploser. Le moindre choc qui traverse mon bras cassé me met les genoux en compote.

Mais je ne peux pas reposer mon sac pour chercher des cachets. Je serais encore là pour une heure. Peut-être pour toujours. Je dois continuer.

Un dernier regard à Milena, puis je continue, chancelante, à descendre vers le bord du Rapaälven.

Extrait de l'interrogatoire du témoin Anna Samuelsson 880216-3382, 19 septembre 2019, hôpital de Gällivare, conduit par l'inspecteur Anders Suhonen.

« Jusqu'où êtes-vous arrivée, ce jour-là ?

– Je ne sais pas.

– Car si je réfléchis bien, nous vous avons retrouvée le lendemain.

– Oui. Je suis sans doute redescendue… j'étais presque arrivée au bord du fleuve.

– Et donc… vous avez dormi à la belle étoile ?

– Oui. Dans mon sac de couchage. Mais j'étais assez mal en point.

– Je vois.

– Et j'avais oublié le réchaud en quittant Milena, alors je n'ai pas pu me faire à manger. Mais je n'aurais pas eu la force de toute façon. Alors je me suis contentée de quelques noix, de pain, et j'ai bu de l'eau.

– Vous aviez mal ?

– Oui. Terriblement. Je n'ai pas beaucoup dormi. J'étais dans un état second.

– Oui.

– J'ai encore du mal aujourd'hui à… Je crois que cette nuit-là j'ai rêvé que je continuais le long du fleuve et que je tombais sur des randonneurs. Donc quand ça s'est produit pour de bon, le lendemain, j'avais l'impression d'une répétition.

– Le *déjà-vu*.

– Oui… et pourtant pas complètement. C'était comme deux versions du même événement, elles se ressemblaient, mais n'étaient pas exactement identiques.

– Non ?

– Je ne sais pas comment l'expliquer.

– Peu importe… le jour suivant, vous vous remettez en marche et juste avant Nammasj, vous rencontrez un couple d'Allemands, Robert et Steffi Zimmer, qui donnent l'alarme avec leur tracker. Et vous êtes évacuée par hélicoptère environ une heure plus tard.

– Oui. J'ai un vague souvenir de l'hélicoptère.

– Mm… alors voilà, je me demandais… »

Silence.

« Est-ce qu'il y a autre chose dans ce que vous avez raconté pour lequel vous vous dites maintenant : "ça, je ne l'ai pas assez bien formulé" ?

– Non.

– Je comprends. Mais prenez un petit moment, réfléchissez-y. »

Silence.

« Oui… Non, je ne vois pas.

– C'était juste une question. Nous parlons depuis plusieurs jours, maintenant, et je vois bien que vous allez de mieux en mieux. Vous avez récupéré physiquement d'une façon complètement incroyable, je dois le dire. Vous êtes très forte.

– Peut-être.

– Alors je me disais, il y a peut-être quelque chose que vous m'avez raconté au début qui s'est clarifié après-coup, en quelque sorte… je veux dire, que la mémoire vous est revenue, que vous vous souvenez différemment des choses, peut-être… Mais rien de tel ?

– Non.

– Non… »

Silence.

« Nous avons fini ?

– Non, pas tout à fait… J'aimerais revenir un peu en arrière, au matin où Jacob est mort, pour être sûr d'avoir bien compris.

– Oui. Bien sûr.

– Vous avez déclaré avoir eu un blanc.

– Oui. Parce que Jacob était en train de m'étrangler.

– Alors voilà, ce que je me demandais… parce que vous avez décrit d'autres occasions, pendant ces quelques jours, où vous n'étiez pas certaine de ce qu'il s'était passé, dans quel ordre, etc., que vous aviez eu des trous de mémoire.

– Non.

– Je vois… Mais si je…

– La dernière nuit, j'en ai eu.

– Mm.

– Et seulement à ce moment-là. »

Silence.

« Vous avez aussi mentionné que vous ne vous souveniez pas exactement comment vous étiez redescendue de la montagne. Après la chute de Henrik.

– Oui… mais non. Ça n'est pas la même chose.

– Ah bon ?

– Non. Je suis tombée, je me suis cogné le genou puis j'ai perdu connaissance à cause de la douleur. Ça n'est pas la même chose qu'un trou de mémoire.

– Mm…

– Ce n'est quand même pas ce qu'on a l'habitude d'appeler un trou de mémoire, non ? quand on perd connaissance ?

– Non…, mais c'est justement ça, Anna, je veux dire… ce serait bien si nous pouvions revenir sur un certain nombre de points, pour que je sois bien certain d'avoir compris ce que vous voulez dire.

– Bien sûr.

– Très bien… Comme je disais, j'aimerais bien revenir à ce matin où Jacob est mort. Vous avez eu un blanc, ou un trou de mémoire, ou comme vous voudrez l'appeler… Y aurait-il un autre enchaînement des événements qui pourrait expliquer ce qui s'est passé ? Qui vous viendrait à l'esprit ? »

Silence.

« Vous pouvez prendre autant de temps que vous voulez pour y réfléchir. »

Silence.

« Anna ?

– Non. Ce que j'ai raconté, c'est bien ce qui s'est passé.

– Mm…, mais le point central pour moi, dans ce qui est arrivé ce matin-là, c'est que Milena a tué Jacob. Et cela s'est produit pendant votre blanc. Donc votre récit n'est bien qu'une hypothèse.

– Mais ça n'a pas pu se passer autrement. »

Silence.

« J'en déduis que vous n'avez rien à ajouter à ce sujet ?

– Non.

– Alors je voudrais vous informer… que nous avons retrouvé Milena. Et qu'elle est en vie. »

Silence.

« Milena est vivante ?

– Oui. »

Silence.

« Et elle raconte une histoire qui diffère de la vôtre. Sur des points essentiels. »

DEUX JOURS PLUS TÔT

Extrait de l'interrogatoire du témoin Milena Tankovic 871121-0140, 17 septembre 2019, hôpital de Gällivare, conduit par l'inspecteur Anders Suhonen.

« Bonjour, Milena. Je m'appelle Anders. »

Silence.

« J'ai juste quelques questions, puis vous pourrez vous reposer.

– Vous avez retrouvé Anna ?

– Oui. Elle est vivante. »

Silence.

« Est-il exact que vous étiez en compagnie d'Anna Samuelsson, Henrik Ljungman et Jacob Tessin ? »

Sanglots.

« Milena ? »

Sanglots.

« Oui.

– Et Anna et vous, vous vous connaissez depuis longtemps, depuis vos études, c'est ça ?

– Oui.

– Et vous connaissez aussi Henrik depuis longtemps ? »

Sanglots. Silence.
« Milena ? Vous connaissiez déjà Henrik ? »
Silence.
« J'ai connu Henrik avant Anna. »

UPPSALA, OCTOBRE 2009

C'est la première vraie journée d'automne depuis mon arrivée à Uppsala en août. Pluvieuse et froide. La chaleur de l'été s'est prolongée quelques jours en septembre avant de laisser place à la fraîcheur. Il a commencé à pleuvoir cette nuit, et ce matin l'averse continue impitoyablement. Les arbres ont perdu leurs premières feuilles jaunes qui collent sur les trottoirs mouillés. Le ciel est gris sombre, et ce sera sans doute une de ces journées où il ne fait jamais vraiment jour.

J'ai l'habitude de me rendre à vélo à mes cours de la faculté de sciences éco, c'est une petite trotte depuis Norby, mais c'est agréable par beau temps d'automne. Aujourd'hui, je prends le bus pour la première fois. Je porte mon imperméable jaune pétard en coton ciré. Dans la boutique, j'ai adoré la couleur, mais chaque fois que je le porte, je me sens un peu mal à l'aise. Je trouve qu'il attire un peu trop le regard des gens. Je me fais peut-être des idées.

Il fait chaud dans le bus, et les vitres sont couvertes de buée par les vêtements fumants des passagers. Je sens l'odeur de laine mouillée et de radiateur chaud. C'est un assez long trajet jusqu'au centre-ville, et il reste quelques places libres. Tandis que le bus se tortille pour quitter l'arrêt, je m'installe près d'une fenêtre et je sors mon manuel de droit constitutionnel. Le cours du jour traite des textes garantissant la liberté d'expression. J'ouvre mon livre au bon chapitre et j'entreprends de parcourir le texte.

La classe va être assurée par un jeune docteur, Henrik Ljungman. J'avais déjà entendu parler de lui avant qu'il ne dispense son premier cours. On disait que certains vieux pontes étaient si ennuyeux que les montres s'arrêtaient pendant leurs cours magistraux, alors qu'il ne fallait pas rater ceux de Henrik Ljungman. La première fois que je l'ai eu comme professeur, il a disserté sur les ordonnances de la liberté de la presse, et la rumeur ne mentait pas. Il était brillant.

Quand il est monté en chaire devant la centaine d'étudiants en droit enthousiastes tassés sur les bancs très pentus de l'amphithéâtre, j'ai été un peu déçue. Était-ce vraiment là le fameux Henrik Ljungman ? On disait qu'il n'avait que vingt-sept ans, mais il faisait plus vieux. Certes, je le voyais d'assez loin, mais j'aurais pu lui donner quarante-cinq ans. Son visage était quelconque et il avait une mine renfrognée, presque ennuyée, quand il a ouvert sa serviette pour en sortir son ordinateur portable. Mais alors, il a commencé à parler, et ses traits se sont animés, son enthousiasme pour le sujet illuminait son visage. Sa voix était plutôt grave, timbrée et belle. Il se déplaçait avec aisance et assurance et faisait à présent plutôt moins que son âge. Sa manière de parler, les mots qu'il utilisait : un langage vivant et riche, avec un goût presque puéril de la belle formule. Un humour pince-sans-rire et une autodérision capables de faire éclater de rire tout l'amphi.

Henrik est un des auteurs du manuel de droit constitutionnel que je suis en train de lire dans le bus. J'ai hâte d'assister au cours du jour.

Le bus se rabat et stoppe à un arrêt d'Eriksberg, quelques autres passagers montent à bord. Plongée dans le manuel, je ne lève pas les yeux quand quelqu'un s'assied à côté de moi. Je devine un pantalon sombre aux confins de mon champ visuel, j'entends la personne secouer son parapluie dans l'allée centrale. Le bus déboîte sur la chaussée et continue à rouler vers le centre. La lecture, la chaleur et l'odeur de laine m'ont un peu donné la nausée, je lève les yeux le temps que ça me passe. Je jette un coup d'œil à la personne assise à côté de moi.

N'est-ce pas lui ? Henrik Ljungman ?

Oui, je crois bien. Il est à demi tourné, je ne peux pas en être certaine. Je ne veux pas le dévisager de façon trop intrusive. Mais je crois que c'est Henrik.

Et je suis là, son livre ouvert sur les genoux. Il l'a probablement vu en s'asseyant. Est-ce pour cela qu'il regarde ailleurs ? Pour éviter d'avoir à engager la conversation avec une inconnue ?

J'envisage de refermer et ranger le livre, mais ce serait signaler que je l'ai reconnu et que je trouve la situation gênante. Cela pourrait presque paraître impoli. Je reste donc avec le livre ouvert sur les genoux, regardant devant moi pour ne pas avoir à nouveau mal au cœur, irrésolue. Mon voisin se tourne un peu et regarde lui aussi vers l'avant, je lorgne à nouveau de son côté, oui, c'est Henrik Ljungman. Il me jette un coup d'œil avec un sourire timide, un peu coupable. Je souris en réponse.

« C'est un bon livre », dis-je, au bout de ce qui me semble une minute d'attente. Après un tel temps de réflexion, était-ce vraiment là la meilleure réplique que je puisse trouver ? « C'est un bon livre. » La honte me brûle le visage. Cela dure si longtemps que je me demande s'il compte même répondre.

« Merci », finit-il par lâcher. Nouvelle longue pause. Henrik paraît avoir autant de mal que moi à trouver quelque chose de percutant à dire. Il finit par reprendre :

« Allons-nous au même cours ? »

Et nous commençons à bavarder, du temps exécrable, du bus, de là où nous habitons. Henrik est originaire de

Stockholm, il vient de s'installer à Uppsala dans un appartement, à Eriksberg. Je lui raconte que je viens de Norrköping et que je loge chez un couple de retraités à Norby. Il pleut toujours des cordes quand nous changeons de bus à Slottsbacken, et Henrik me propose de partager son parapluie. Je décline l'offre, puisque j'ai mon imperméable, mais j'apprécie le geste. Quand nous nous dépêchons d'entrer à l'abri dans le bâtiment de la fac de sciences éco et que nous nous séparons devant l'amphi, je lui dis que j'ai hâte d'assister au cours, le précédent était vraiment excellent. Henrik me répond par un grand sourire : à nouveau, il fait moins que son âge.

Je suis sur un petit nuage quand je m'installe dans la salle de cours à côté d'Anna, ma nouvelle amie, en attendant l'arrivée de Henrik. Je lui raconte que j'étais dans le bus avec Henrik Ljungman et que nous avons parlé pendant presque tout le trajet. Elle n'a pas l'air spécialement intéressée ni impressionnée.

Anna et moi nous sommes retrouvées côte à côte au moment de l'appel le jour de la rentrée, et ne nous quittons plus depuis. Nous faisons partie du même groupe et préparons ensemble les séminaires. Anna est d'une compagnie agréable, toujours gaie, positive et énergique. Elle est ma première vraie amie à Uppsala.

La pluie continue de tomber pendant plusieurs jours et je prends le bus tous les matins pour aller à la fac. Je passe mon temps à bûcher dans les grandes salles convertibles en abris anti-atomiques, au sous-sol.

Souvent, je croise Henrik dans le bus. J'ai l'impression que nous sommes déjà amis, je ne pense plus au fait qu'il est professeur et moi étudiante. Que nous soyons tous les deux de nouveaux venus à Uppsala nous met sur un pied d'égalité et nous donne de nombreux sujets de conversation. La bise traîtresse qui souffle en permanence des plaines environnantes. Quelle Nation propose le meilleur goûter le dimanche. Comment se repérer dans Carolina Rediviva, la fameuse bibliothèque universitaire.

Je lui parle un peu de ma jeunesse à Norrköping avec mes parents, réfugiés de la guerre des Balkans, pour qui il était toujours allé de soi que je profite de toutes les possibilités d'études supérieures qu'offrait notre nouveau pays.

Henrik me parle de l'aversion qu'il sent à son égard chez certains collègues plus âgés, qui le considèrent comme un arriviste ayant obtenu un doctorat en chocolat. Je le console en l'assurant que parmi les étudiants, on ne parle que de lui. Je vois que ça le flatte, même s'il essaie de le cacher.

Un matin, je ne change pas de bus à Slottsbacken, comme je le fais d'habitude, et je lui explique que je dois me rendre dans une des salles des nouveaux locaux de l'université pour préparer un séminaire avec mon groupe. Certes, c'est la vérité, mais je suis en avance de deux bonnes heures. J'ai commencé à régler mes trajets en bus sur la possibilité d'y rencontrer Henrik.

Un autre jour, nous parlons des curiosités d'Uppsala que nous n'avons pas encore visitées. Je ne suis encore jamais allée à la cathédrale, Henrik si. Et ce week-end il y retourne, à un concert, pour écouter l'orchestre et la chorale de l'université interpréter le *Requiem* de Mozart. Il marque une petite pause, semble hésiter. Mais me propose alors de l'accompagner. Je suis bouleversée, et heureuse, et je me dépêche de bafouiller que oui, volontiers.

Plus le dimanche approche, plus je suis nerveuse. Entre Henrik et moi, dans le bus, ça a commencé par hasard, et c'est peut-être à cela que tient cette impression d'une relation sans contrainte ? Mais ce n'est plus un hasard si nous nous retrouvons dans le bus presque chaque matin, et peut-être est-ce pareil pour Henrik. En tout cas, nous faisons comme si. La question est maintenant de savoir si nous réussirons à être aussi détendus à l'occasion de ce qui ressemble à un *date*.

Je n'aurais pas dû m'inquiéter. Mon trac s'évanouit dès que nous franchissons les imposantes portes de la cathédrale. J'aime les hautes voûtes, cette odeur particulière d'église, mêlant vieux meubles en bois, livres de psaumes et cierges, la pénombre, l'écho solennel. Un seul coup d'œil à Henrik m'indique qu'il éprouve la même chose. Nous n'avons pas besoin de beaucoup parler, nous trouvons ça beau tous les deux et nous réjouissons d'avoir quelqu'un avec qui partager ce moment.

Les bancs de la cathédrale se remplissent peu à peu, et nous devons nous serrer, Henrik et moi. Nous sommes assis l'un contre l'autre. Là-bas, dans le chœur, l'orchestre et la chorale prennent place. Je me penche légèrement pour lui indiquer une camarade de cours que je découvre dans le pupitre des sopranos. Il ne la reconnaît pas et me demande en chuchotant comment elle s'appelle. Nous nous penchons l'un vers l'autre. Je sens son discret parfum masculin, je devine la chaleur de son corps.

Quand le brouhaha du public cesse et que les cloches commencent à sonner, je dois presque me faire violence pour ne pas prendre la main de Henrik dans la mienne.

Le concert débute. C'est grandiose et digne, triste et beau. La musique est hors du temps, comme cette nef où nous sommes. Il y a quelque chose de consolateur de penser que d'autres personnes ont écouté le *Requiem* de Mozart sur ces bancs longtemps avant ma naissance, et continueront à le faire longtemps après ma mort.

Après le concert, nous prenons une bière et un toast au bar Snerikes, puis nous traversons les allées sombres du parc devant l'université pour rejoindre l'arrêt du bus. Je lui dis que je vais aller écouter Melissa Horn dans quelques semaines, dans la toute nouvelle salle de concert de la ville. Elle vient de sortir un disque et fait une tournée. J'écoute son album en boucle depuis un mois.

Henrik ne connaît pas Melissa Horn. Je lui explique que c'est une songwriter suédoise. Il ne sait pas ce qu'est une songwriter. Je lui demande s'il connaît un instrument appelé « guitare ». Henrik prend l'air préoccupé, semble chercher à se souvenir, puis dit qu'il pense en avoir déjà entendu parler. C'est bien cet instrument en laiton, de forme pliée ? Je ris qu'il ne sache pas qui est Melissa Horn, qu'il ne connaisse presque rien à la musique pop en général, et il se prête volontiers à la moquerie. Je n'ai même pas le trac quand je lui propose de m'accompagner au concert. Henrik me sourit, dit qu'il doit vérifier son agenda, mais que ce serait sympa. Nous échangeons nos numéros de portables.

Quand il doit descendre du bus, nous nous donnons une accolade, assis à nos places.

« C'était chouette que tu viennes, dit Henrik de sa voix grave et chaude.

– C'est chouette que tu l'aies proposé », dis-je avec un sourire, en lui adressant un long regard tandis qu'il se lève et se dirige vers la porte du bus.

Rentrée chez moi dans ma triste chambre qui sent la cave, j'ôte mon blouson et mon bonnet et me regarde dans le miroir. Je ne peux pas arrêter de sourire. Je vais aller écouter Melissa Horn, et Henrik va sans doute m'accompagner, et pendant le concert je vais peut-être oser prendre sa main, ou, peut-être, il sera derrière moi dans la foule et me prendra soudain dans ses bras, et après le concert il me proposera de passer chez lui boire un thé, et nous finirons dans le canapé de son petit séjour, où nous nous embrasserons. J'imagine même à quoi ressemble son canapé. Un canapé de cuir assez laid.

Je n'arrive pas à cesser de penser à Henrik. Il me plaît tellement. Et je crois que je lui plais aussi.

Extrait de l'interrogatoire du témoin Milena Tankovic 871121-0140, 17 septembre 2019, hôpital de Gällivare, conduit par l'inspecteur Anders Suhonen.

« Donc vous connaissez Henrik depuis aussi longtemps qu'Anna ? Plus longtemps, même ?

– Oui.

– Je comprends… et Jacob Tessin, c'est votre petit ami ? »

Silence.

« Oui.

– Savez-vous où se trouvent Henrik et Jacob ? »

Silence. Sanglots.

« Ils sont morts.

– Henrik et Jacob sont morts ?

– Oui.

– Vous en êtes certaine ?

– Ah, mon Dieu… »

Sanglots.

« Il a sauté.

– Qui a sauté ?

– Henrik. »

Je suis face au précipice. Jacob a déjà commencé à descendre la paroi presque verticale. Des deux côtés de la lame étroite qui conduit à l'autre bord, il y a des centaines de mètres de vide. Mes genoux se dérobent, il faut que je recule de quelques pas, j'ai l'impression que je vais tomber.

« Non… Jacob, sérieux… » Je ne finis pas ma phrase. Je ne le vois pas, mais j'entends sa voix monter de l'abîme.

« Qu'est-ce qu'il y a, chérie ? » Sa voix est aimable, presque aimante. Peut-être suis-je la seule à y percevoir de l'ironie ? Mais j'entends un reproche sous-jacent.

C'était toi qui voulais ça, maintenant assume les conséquences.

Jacob avait-il oublié l'existence de ce passage ? Peut-être que cela remonte à des années. Ou bien c'est qu'il est tellement habitué aux sommets qu'il n'arrive pas à imaginer à quel point traverser le long de cette lame est affreux pour nous autres ?

Peut-être pas pour Anna, mais au moins pour Henrik et moi.

Jacob est déjà de l'autre côté. Par-dessus le précipice, il me regarde avec une mine qui dit : « Ça se fait les doigts dans le nez, qu'est-ce que tu attends ? »

Anna me parle à mi-voix.

« Il est complètement barge. Vraiment, ce truc, c'est dingue. Nous devons nous assurer pour franchir ça.

– Allez, viens ! » me lance Jacob. Il me hèle de la main.

« Nous devons nous assurer ! lui répond Anna.

– On va perdre plein de temps, inutilement ! Je t'assure, ça n'est pas dur !

– Il est complètement barge, putain », me chuchote-t-elle à nouveau. Comme si elle cherchait à me convaincre, à me gagner à sa cause.

Jacob pose son sac à dos et commence à retraverser la lame.

« Il faut qu'on redescende dans la vallée avant la nuit, lance-t-il. Sinon, ce sera dangereux pour de bon. »

Il y a du vrai dans ce qu'il dit. Marcher dans le noir le long de cette crête, même si elle fait quelques mètres de large, serait très désagréable.

Le voilà revenu de notre côté, il se hisse d'un seul mouvement puissant et athlétique.

« Allez viens, Millan, on le fait, dit-il à voix basse en s'approchant de moi. Je vais t'aider pas à pas. » Il sourit et me prend légèrement le bras, et un peu de son calme et de son assurance déteint sur moi. C'est presque comme si ce n'était plus à moi de décider, et c'est assez agréable. Après tout, je préfère peut-être surmonter mon vertige plutôt que m'opposer à Jacob ?

Il me précède vers la pente, se tourne de côté et commence à descendre tout en disant :

« Ne regarde pas en bas. Seulement le rocher. Et concentre-toi sur ce que je vais te dire. Où mettre le pied, où mettre la main. »

Je me tourne à mon tour, me mets à genoux puis je m'étends sur le ventre. Je me plaque au sol et cherche une prise en tâtonnant des pieds. Jacob me guide et je trouve bientôt un petit rebord où poser le pied gauche. Puis le pied droit, la main gauche et la main droite. Tout mon corps est tendu et j'agrippe mes mains crispées aux fissures dans la roche.

La paroi n'est en réalité pas aussi verticale qu'il n'y paraît au premier abord. On arrive sans mal à garder son centre de gravité côté montagne, je n'ai à aucun moment la sensation d'être sur le point de basculer à la renverse dans le vide. Mais mes genoux sont en gelée et mes chevilles me démangent, je voudrais donner un grand coup de pied en l'air. Je me force à n'en rien faire. D'une voix calme, Jacob me donne des indications pas à pas.

Se concentrer. Un pas après l'autre. Ne pas regarder vers le bas.

Je me déplace à présent latéralement le long de la lame, j'avance toujours le pied droit en premier, puis je rapproche le gauche, puis à nouveau le droit. Comme une larve qui rampe. Lentement, mais sûrement. Il n'est pas difficile de trouver des prises stables pour les pieds. Je sens que je me détends un peu, je me crispe moins en m'agrippant à la falaise.

Jacob est déjà parvenu de l'autre côté. Il me fait un grand sourire et me tend la main. Je la prends, il me hisse. J'ai réussi. Je me sens soulagée et fière. Nous nous étreignons.

« T'a assuré, petite ! »

Anna nous regarde depuis l'autre bord. Sa mine est fermée, ses bras croisés sur sa poitrine. Je sens que j'arbore un sourire ridicule en lui lançant :

« Ce n'est pas si difficile, en fait ! » Je lève même le pouce, je crois. Aïe, bonjour l'enthousiasme téléphoné !

Je vois Henrik se relever derrière Anna pour venir à sa hauteur. Il se penche précautionneusement, son centre de gravité bien calé sur sa jambe arrière, et jette un œil dans l'abîme. Puis il recule en titubant, on dirait qu'il va perdre l'équilibre mais il tend les mains et tombe sur un genou, puis les fesses. Il se couche de tout son long sur le dos, dans l'herbe. Anna s'accroupit à côté de lui et lui touche le front. Henrik dit quelque chose, Anna lui répond, mais je ne saisis pas quoi.

Oh mon Dieu, le vertige. Henrik !

Je suis violemment tentée de retraverser, ma propre peur du vide est comme balayée, je voudrais m'asseoir à côté de lui, lui prendre la main, lui caresser le front et lui dire que tout va bien se passer.

Jacob et moi, côte à côte, regardons en direction d'Anna et Henrik.

« Mais qu'est-ce qu'il fabrique ? » demande Jacob.

Je ne réponds pas. Henrik ne bouge plus, on dirait qu'il dort par terre. Je lance vers l'autre bord :

« Qu'est-ce qui se passe ? » Anna me répond en criant :

« Le vertige. Ça peut prendre un moment. »

Jacob trépigne de frustration en se passant la main dans les cheveux, mais ne dit rien.

« Il vaudrait mieux l'assurer, dis-je.

– Non, je n'assure pas, s'énerve-t-il. Ça va prendre des plombes. »

Moi aussi, je m'énerve alors :

« Et ça, ça va prendre combien de temps, à ton avis ?

– Est-ce que tu sais seulement ce que ça veut dire, s'assurcr ? cc que ça implique ?

– Non, pas en détail, mais...

– Ben voilà.

– Mais ça signifie bien qu'on passe avec une corde, d'une façon ou d'une autre, et donc que si on tombe, on ne meurt pas. Non ? »

Jacob se tait, je vois les muscles de ses mâchoires travailler. Je continue pourtant.

« On peut rester comme ça des heures. On doit faire traverser Henrik.

– Tu y es arrivée sans problème. Pourquoi il n'y arriverait pas, putain ?

– Parce qu'il a le vertige. Tu le vois bien ! »

Henrik est toujours étendu là-bas, inerte, Anna à ses côtés.

« Oui, je suis désolée, Jacob, et je comprends bien que ça n'est pas... »

Jacob me coupe en me crachant :

« Mais arrête donc de rabâcher, bordel, d'accord, je le fais. »

En quelques pas rapides, furieux, il va ouvrir son sac à dos, le secoue, en tire des choses qu'il jette démonstrativement par terre à la recherche de cordes, mousquetons et pitons. Comme un enfant en colère.

Je ne dis rien, je le laisse bouillir. Il s'agit à présent de Henrik.

« J'en ai tellement ma claque de tes crétins de potes. Cette virée, c'était une putain d'erreur. Des brêles comme ça, ça n'a rien à faire au Sarek, bordel ! »

Jacob crache et grommelle alternativement. Je pense que c'était son idée qu'on aille au Sarek, qu'il n'a qu'à s'en prendre à lui-même. Mais je ne dis rien, naturellement. Je regarde plutôt de l'autre côté et je vois Henrik bouger par terre. Bien. Il est peut-être en train de se ressaisir.

Mais que fait Anna ? Elle se détourne de lui, avec un air bizarre. Elle pleure ? Non on ne dirait pas. On dirait…

Mais ce n'est quand même pas possible.

Et au même moment, le rire qu'Anna a tenté de retenir franchit ses lèvres, elle s'esclaffe tant et si bien qu'on l'entend distinctement de notre côté. Jacob cesse ses recherches frénétiques dans son sac et regarde lui aussi en direction d'Anna.

« Mais qu'est-ce qu'elle fait ? Elle se marre ? »

Je ne réponds pas. Anna rit si fort qu'elle s'étouffe, elle se tord en avant en poussant des hoquets bizarres. Voilà longtemps que je ne l'ai pas entendue éclater de rire sans aucune retenue, mais je me rappelle que c'était comme ça.

Henrik se redresse lentement, assis à côté d'elle. Il dit quelque chose que je ne saisis pas. Anna pose une main devant sa bouche, mais continue à rire éperdument. Sans me tourner vers Jacob, je comprends qu'il me regarde.

« Elle a complètement perdu les pédales ? » Sa question est sincère, il ne comprend vraiment rien à ce qui est en train de se passer de l'autre côté de l'abîme. Je me contente de secouer la tête.

Anna rit à s'étouffer, et la mine de Henrik qui la regarde faire me fend le cœur. Il est rare qu'on puisse lire les émotions de Henrik sur son visage, mais à présent il a l'air absolument vulnérable. Et il y a aussi la honte, la tristesse et le découragement.

Je crois vraiment que je hais Anna en cet instant. Elle est forte, cruelle et dénuée d'empathie.

Elle pose sa main sur le bras de Henrik, et je suppose que c'est un geste d'excuse, mais il est trop tard. Henrik se lève et va mettre son sac à dos. Anna le suit, ils se disent quelque chose que je ne peux pas entendre. Elle comprend à présent qu'elle est allée trop loin, elle tente de demander pardon. Il ne la regarde pas. Il harnache son sac à dos avec détermination.

Que compte-t-il faire ? Rebrousser chemin et redescendre seul ? Je lance :

« Henrik ! Ça va ? »

Mais il ne repart pas dans l'autre sens, il se dirige vers la lame. Et il y a quelque chose dans sa détermination qui me terrifie. Je le connais depuis si longtemps que je vois bien qu'il n'est pas dans son assiette. Il commence à descendre la pente, et ça va beaucoup trop vite, il ne contrôle pas. Il va tomber. Mon Dieu, il va tomber.

« Jacob, s'il te plaît..., dis-je, je crois qu'il va... tu peux l'aider ? »

Jacob entend la peur dans ma voix. Je le supplie :

« Dis ? »

Jacob ne répond rien, mais se dirige vers le bord et entreprend de descendre vers la lame.

« Attends, mec ! Je vais t'aider ! »

Je suis soulagée, reconnaissante envers Jacob, mais toujours morte de peur.

Henrik dévale la pente de son côté, Jacob est encore plus

rapide du sien. Ils se dirigent l'un vers l'autre, tandis qu'Anna et moi, de part et d'autre de l'abîme, nous regardons.

Henrik marque une pause et lève les yeux vers Anna, ils échangent quelques mots, mais je n'entends pas ce qu'ils disent. Anna lui sourit. Je ne vois pas si Henrik sourit lui aussi.

Jacob se dépêche d'avancer le long de la lame pour rejoindre Henrik. Et il crie :

« Attends, je vais t'aider. »

Henrik s'immobilise, regarde vers le bas.

Pourquoi regarde-t-il vers le bas ?

« Henrik ! » Je crie, terrorisée, saisie par un mauvais pressentiment.

Jacob tend la main. Henrik semble envisager de la saisir, mais la main de Jacob reste tendue dans le vide. Et ils demeurent ainsi, un instant où le temps semble se figer.

Puis Henrik tombe à la renverse, et plonge dans le vide.

Extrait de l'interrogatoire du témoin Milena Tankovic 871121-0140, 18 septembre 2019, hôpital de Gällivare, conduit par l'inspecteur Anders Suhonen.

« Je voudrais revenir sur ce que vous m'avez dit hier, que Henrik avait sauté.

– Mm.

– En êtes-vous absolument certaine ? qu'il a sauté ?

– Oui.

– Jacob n'a jamais touché Henrik ?

– Non... enfin si, il l'a touché, mais parce qu'il tentait de l'attraper.

– Vous voulez dire... pour le retenir ?

– Oui... il lui a un peu attrapé le bras, je crois, mais... »

Silence.

« Mm... mais Henrik a sauté volontairement, pour vous ?

– Oui.

– Mais il aurait tout aussi bien pu tomber, trébucher, ou perdre prise...

– Non. C'était... non.

– C'est exclu, vous voulez dire ?

– Ça n'y ressemblait vraiment pas.

– Je vois.

– Ce n'était pas un accident.

– Il y a bien sûr une troisième possibilité que je me dois de soulever »

Silence.

« Jacob aurait pu faire en sorte de provoquer la chute de Henrik. »

Silence.

« Anna dit ça ?

– J'aimerais entendre ce que vous pensez de cette possibilité.

– Ça ne s'est pas passé comme ça. Absolument pas.

– Je voudrais seulement que vous envisagiez cette possibilité.

– Ça ne s'est pas passé comme ça.

– Vous avez bien dit que Jacob a touché Henrik ?

– Oui.

– Et ne pouvez-vous pas avoir mal interprété ce geste ? Et si en réalité Jacob avait tiré Henrik pour le faire tomber ?

– Non.

– Mais vous éticz un peu plus loin ? Et j'imagine que Henrik était en partie caché par Jacob ? »

Silence.

Inaudible.

« Que dites-vous, Milena ? »

Silence.

« Pouvez-vous répéter ? un peu plus fort ?

– Pourquoi Jacob aurait-il voulu tuer Henrik ?

– Eh bien… »

Silence.

« Vous êtes fatiguée ? Vous voulez qu'on arrête ?

– Je crois qu'Anna a vu ce qu'elle avait besoin de voir.

– Oui… mais vous affirmez que Henrik a sauté volontairement. Dans votre bouche, on dirait presque que Henrik s'est suicidé parce qu'Anna avait ri de lui. En gros.

– Non…

– Je simplifie un peu. Je veux dire, je comprends bien qu'il était épuisé, etc., mais... normalement, quand même, on ne se suicide pas pour des motifs aussi faibles. »

Silence.

« Ce n'était pas pour ça.

– Qu'il s'est suicidé ? C'est ce que vous voulez dire ?

– Henrik était déprimé. »

« Parfois, j'essaie de penser : qu'est-ce qui me plairait ? Qu'est-ce que je voudrais faire ? Qu'est-ce que j'espère ? Et je ne trouve absolument rien. Rien qui me fasse envie. Rien dans mon agenda qui me fasse dire : "ça, ça va être chouette". »

C'était le deuxième jour de la randonnée. Le soleil brillait dans un ciel sans nuages, l'air était léger et pur. Nous marchions d'Alggavagge vers Sarvesvagge, la montée était assez raide, Anna et Jacob étaient loin devant nous. Nous les apercevions encore, petits points quelques centaines de mètres plus haut sur le versant. La pente allait bientôt s'aplanir pour eux et ils disparaîtraient alors de notre champ de vision.

Henrik et moi marchions à notre rythme. Il parlait et j'écoutais. Au cours du printemps, il avait eu la confirmation définitive qu'il ne pourrait jamais être nommé professeur, du moins pas à Uppsala. Il avait beau être depuis longtemps maître de conférences, et chargé de cours depuis plus longtemps encore, il n'avait encore jamais pu diriger de thèse, ce qui était une condition pour pouvoir prétendre à une chaire de professeur. Quand il avait demandé au doyen ce qui l'en empêchait, on lui avait répondu que c'était sa relation avec Anna. Non la relation en elle-même, mais le fait qu'il ait entamé une liaison avec une de ses étudiantes et qu'il ait cherché à la cacher pendant plusieurs années. Cela le rendait inapte à encadrer des doctorants. Et c'est la raison pour laquelle il ne serait jamais professeur.

J'étais choquée.

« Mon Dieu ! Ils savent pourtant bien que tu ne colles pas tes étudiantes ? Ils te connaissent, quand même ! Ce n'est pas du tout ton genre ! »

Henrik a souri avec amertume.

« Certains trouvent que les choses ont été un peu trop faciles pour moi, au début de ma carrière. Mais au fond, ils ont raison. J'ai enfreint les règles. Et j'ai cherché à le cacher. »

Il était rongé par le doute depuis plusieurs années mais il était tant bien que mal parvenu à le contenir. Il pensait qu'en devenant professeur, il prouverait que ce doute n'était que le fruit de son imagination. Et quand il avait été clair pour lui que cela n'arriverait jamais, il avait été aspiré dans une spirale d'idées noires et de mépris de soi. Il se torturait à imaginer les ragots qui pouvaient se colporter dans son dos : « Eh bien, ce fameux enfant prodige, ça n'aura pas donné grand-chose. » « Il n'est plus aussi bon en cours, c'est fini, les étudiants le trouvent barbant. » « Henrik ! Lui qui était une telle star ! C'est incompréhensible. »

Le seul fait de se rendre au travail, de risquer de croiser un collègue dans les couloirs de la faculté avant de se mettre aux abris dans son petit bureau, lui demandait un effort surhumain. Il se sentait comme un somnambule, tout était laborieux, prenait du temps. Le monde devenait gris et sombre, malgré le printemps qui penchait vers l'été. Il était sans cesse fatigué et ne voulait que dormir.

« Ça a été comme ça tout l'été, a dit Henrik. Je n'avais le courage de rien faire. C'était comme... patauger dans la boue. »

Ce qu'il me racontait m'oppressait, j'étais si triste pour lui.

« Henrik... mais c'est affreux. »

Je lui ai pris le bras et proposé de faire une pause-café. Bientôt, nous étions assis chacun sur un rocher, une tasse à la main, à profiter du paysage. L'Alggavagge s'étendait vers le cœur du Sarek à plusieurs dizaines de kilomètres de là. La falaise verticale du Härrabakte surplombait majestueusement le fond de la vallée où flamboyaient les couleurs de l'automne. Le soleil chauffait dans un ciel d'un bleu intense.

« Je n'avais pas compris que tu étais si mal, ai-je dit en soufflant sur mon café brûlant. Il faut que tu te sortes de là. Tu es la personne la plus intelligente que je connaisse, Henrik. La plus intelligente que j'aie jamais rencontrée. Tu pourrais être professeur n'importe où. »

Il n'a d'abord rien répondu, se contentant d'embrasser d'un regard morne le sublime panorama qui s'étendait devant nous, tout en sirotant son café du bout des lèvres. Il a soupiré.

« Je ne sais pas. C'est un tout petit monde. Les rumeurs circulent.

– Et à l'étranger, alors ?

– Peut-être. Mais c'est difficile avec le droit constitutionnel. »

Le silence s'est installé un petit moment. C'était comme ça, entre Henrik et moi : aucun de nous deux n'était embarrassé par le silence quand nous étions ensemble. Je l'appréciais, même. Pour moi, c'était un signe de complicité entre nous, et je crois que Henrik éprouvait la même chose.

« Et Anna, qu'est-ce qu'elle dit de tout ça ? » ai-je fini par demander.

Henrik a tardé à répondre. Il a détourné le regard.

« Ah... » a-t-il lâché d'une voix traînante, avant de se taire à nouveau.

Je n'ai rien dit. Je me doutais de ce qu'il en était, comprenais qu'il était douloureux pour lui de l'évoquer, alors je l'ai laissé prendre son temps.

« Je ne lui en ai pas parlé, a fini par poursuivre Henrik, d'une voix sourde et brisée.

– Mais..., ai-je commencé, est-ce qu'il ne faudrait pas qu'elle sache pourquoi tu déprimes ?

– Pour être honnête, eh bien… Je ne veux pas lui paraître plus raté que je ne le suis déjà à ses yeux.

– Henrik, non. Tu n'es pas un raté. Arrête, avec ça.

– Mais si, a-t-il insisté en haussant à présent un peu la voix, si, c'est la vérité, Milena. C'est… tu n'es pas obligée d'essayer de me consoler.

– Je t'en prie…, ai-je tenté, mais il m'a interrompue.

– Si on revient dix ans en arrière, à l'époque de notre rencontre, à l'idée que je me faisais de l'avenir, à l'idée qu'Anna se faisait de l'avenir… Tout ce qu'Anna imaginait, tout ce dont elle rêvait, elle l'a atteint. Mais pour moi, rien.

– Est-ce que tu as parlé de tout ça avec un professionnel ? ai-je demandé. De ton moral ? »

Henrik semblait ne pas avoir entendu ma question. Il a continué à parler :

« Nous sommes fiancés depuis une éternité, mais j'ai arrêté de lui demander si on allait bientôt se marier, je sais bien que je n'obtiendrai jamais de réponse… et des enfants, je ne peux pas non plus aborder le sujet, elle se fâche presque. » Il a poussé un profond soupir.

« Elle veut me quitter. Ça fait longtemps que je le sens.

– Non, Henrik, vraiment, je ne crois pas. »

Mais qu'est-ce que j'en sais, au fond ?

« Si.

– Mais comment le sais-tu ? En avez-vous parlé ? Vous devriez peut-être aller en parler ensemble à quelqu'un ? Une thérapie de couple, ou… »

Je me suis tue.

« Pendant toutes ces années, une seule fois, j'ai vraiment, vraiment senti qu'elle avait besoin de moi. C'est au moment de ce qui est arrivé à son frère, il y a neuf ans. Et je crois bien que c'est là que… j'étais sous le charme, j'étais amoureux, mais ça, le fait qu'elle ait vraiment besoin de moi, ça… c'est là que je me suis attaché pour de bon. Mais c'était une situation extrême. Depuis, je ne me suis plus jamais senti nécessaire à ses yeux, au fond.

– Écoute…, ai-je dit doucement.

– Le fait est que… Anna a cru choisir un gagnant. Mais elle a misé sur le mauvais cheval. Je… je ne suis vraiment pas un gagnant. »

La voix de Henrik tremblait, il s'est mordu la lèvre inférieure pour ravaler un sanglot, mais son visage s'est défait et une larme a doucement coulé le long de sa joue. Il a tourné la tête pour que ne le voie pas, mais c'était trop tard, je pleurais moi aussi. Et je me suis approchée pour le prendre dans mes bras. Henrik pleurait en silence. Il s'est appuyé contre moi et a fini par me prendre à son tour dans ses bras.

Et nous sommes restés enlacés, moi debout et Henrik assis, un bon moment, le Sarek à nos pieds. J'ai été frappée de constater que nous pleurions de la même façon. Sans faire de vagues. Nous reniflions en chœur, mais tout doucement.

Je lui ai caressé les cheveux, il m'a laissée faire.

« Pardon », a-t-il fini par souffler en poussant un profond soupir. Il m'a lâchée.

Je me suis assise sur le rocher à côté de lui.

« Pousse-toi un peu. »

Henrik a souri en me faisant de la place. Il a essuyé une larme au coin de son œil.

« Pardon. Et voilà, j'ai parlé de moi sans interruption pendant deux heures.

– Tu en avais besoin.

– Tu sais… tout à l'heure, j'ai dit que je ne voyais pas un seul truc qui me fasse envie. À quoi j'aspire. Mais ça, là, j'en avais envie. Marcher en montagne en parlant avec toi. »

Quelque chose a jubilé en moi. Tout au fond, je savais que ce n'était pas pour entretenir une amitié avec Anna que je faisais chaque année cette randonnée en montagne. C'était à cause de Henrik. Ces heures où nous avancions à notre rythme dans un paysage grandiose, Anna loin devant nous. Une conversation qui avançait en serpentant comme un sentier de rennes à travers la bruyère. Ou un silence confortable et complice.

Mais je ne lui ai pas dit que c'était réciproque, que j'attendais moi aussi avec impatience ces heures en tête à tête avec lui. Cela me démangeait, mais je n'ai rien dit. Cette année, j'avais Jacob avec moi. Je ne voulais pas passer pour déloyale.

Comme si Henrik m'aurait dépréciée si je lui avais avoué combien ces heures que nous passions ensemble comptaient pour moi. C'est tellement idiot, que c'en est presque risible.

Mais je n'ai rien dit. Je me suis contentée de sourire et, au bout d'un moment, il s'est levé et cet instant s'est envolé.

« On y va ?

– Mm. »

Nous avons rangé le réchaud et repris l'ascension. Le sol s'est bientôt aplani et nous avons fini par arriver sur un névé. Nous savions que nous approchions du col.

Je lui ai parlé de mon travail, qui était le même que la dernière fois, et de mon logement, qui était le même que la dernière fois, et de mes amis qui, en gros, étaient les mêmes que la dernière fois. J'avais commencé le badminton une fois par semaine, le samedi matin, avec ma copine Jennie. J'ai recommandé à Henrik quelques groupes de pop. C'était une blague récurrente entre nous, je lui indiquais quelques groupes obscurs avec lesquels il tentait d'impressionner ses étudiants, sans se donner la peine de les écouter. Et souvent en prononçant mal leurs noms.

Rien de révolutionnaire dans ma vie. À part Jacob.

Nous étions forcés d'aborder le sujet, tôt ou tard. Mais j'hésitais, je me sentais mal à l'aise. C'est donc Henrik qui a fait le premier pas.

« Tu sais, je voulais te demander pardon pour mon comportement dans le wagon-restaurant.

– Mm.

– J'ai honte, si tu savais. Je ne sais pas quelle mouche m'a piqué.

– T'inquiète », ai-je mollement répondu. Heureusement que j'avais déjà le visage rouge à force de marcher dans la neige. Henrik ne pouvait pas voir la chaleur qui me montait aux joues.

« Il a dû penser que j'étais le type le plus idiot de la planète.

– Il n'est pas rancunier.

– Comment vous êtes-vous rencontrés ?

– Sur internet. » Je me suis tue, c'était à moi de voir si je voulais continuer, développer et lui en dire davantage, mais je me suis abstenue. Henrik a fini par dire :

« Bon, très bien, comme ça, je sais tout.

– Mais qu'est-ce que tu veux que je te dise ? C'est mon petit ami.

– Ah oui, je m'en serais presque douté. »

Et nous avons continué un moment ainsi, sur le ton de la plaisanterie. Henrik posait des questions, et j'esquivais.

Car que lui dire ? Tout ? Que j'avais assidûment fréquenté les sites de rencontre ces dernières années, non pas pour rencontrer la bonne personne, mais pour me « remettre en selle » ? Qu'en voyant Jacob à notre premier rendez-vous, je l'avais trouvé si mignon que j'avais cru à une erreur, qu'il attendait quelqu'un d'autre ? Qu'il était tellement irrésistible dans son chinos moulant et sa chemise blanche cintrée, bien repassée et un peu déboutonnée sur son torse bronzé ? Que nous bavardions facilement, qu'il semblait intéressé et attentionné mais que, dès cette première rencontre, j'avais eu une légère, très légère impression qu'il jouait la comédie ? Quelque chose dans la façon dont ses yeux brillaient en me regardant.

Plusieurs fois au cours de la soirée, son portable avait vibré, il s'était excusé, prétextant un appel du boulot, qu'il était malheureusement obligé de répondre. Après la troisième fois, il avait mis son portable sur silencieux et m'avait promis de me consacrer le reste de la soirée. Je lui avais demandé ce qu'il faisait.

« Je suis consultant chez BCG, avait-il dit. Les clients s'attendent à ce que je sois joignable vingt-quatre heures sur vingt-quatre. »

Je suis sûre à cent pour cent qu'il avait dit BCG. À cent pour cent.

Jacob m'avait raccompagnée et nous avions couché ensemble dès le premier soir. Il était bon amant, patient et à l'écoute, fougueux et puissant quand je le permettais, quand je l'exigeais. Il n'était pas resté dormir, et nous ne nous étions pas revus avant le milieu de la semaine suivante. Entre-temps, je n'avais pas fait grand-chose d'autre que fantasmer à son sujet.

Jacob avait appris que j'allais bientôt partir randonner en montagne avec deux vieux amis. Tout feu tout flammes, il m'avait expliqué que lui-même adorait la montagne, qu'il y avait passé beaucoup de temps, été comme hiver. Il avait proposé de venir avec moi. Je lui avais promis d'en parler à mes amis, mais j'avais attendu plusieurs semaines avant d'aborder la question avec Anna. Quelque chose m'en empêchait.

Un soir, nous étions dans un agréable restaurant de la vieille ville. Au milieu de l'entrée, le portable de Jacob avait vibré, il s'était excusé, « le boulot, il faut que je réponde, je reviens tout de suite ». Il était sorti dans la rue. Je m'étais levée pour aller aux toilettes, c'était près de l'entrée dont la porte s'était mal refermée, j'avais surpris sa conversation. « Non, je ne peux pas ce soir, je dois rester au boulot. » Je m'étais figée au milieu d'un pas, retenant mon souffle, je voulais écouter la suite. « Ah bon… mais tu sais quoi ? Est-ce que ça te va si je passe tard ? »

Je m'étais enfermée aux toilettes pour rassembler mes idées, des larmes de déception aux yeux. Je l'avais senti venir, mais quand même. J'avais inspiré à fond. Maintenant, il ne s'agissait plus que d'arriver au bout de cette soirée.

J'avais rejoint Jacob, qui m'avait alors promis avoir coupé son téléphone pour de bon. J'avais hoché la tête en souriant. Il n'avait rien remarqué.

Ce soir-là, il s'était excusé, il était fatigué et devait être au boulot à sept heures le lendemain, est-ce que ça allait s'il ne me raccompagnait pas ? Nous nous étions séparés avec un baiser devant le restaurant, c'était un soir d'été terne, la chaleur du jour rayonnait encore des façades dans les ruelles étroites, le ciel était une trace bleu sombre tout là-haut et je m'étais dirigée vers le métro, en me disant que je ne voulais plus jamais revoir Jacob.

Mais quelques jours étaient passés. Je savais bien que je n'allais pas rencontrer le prince charmant sur internet, alors pourquoi étais-je déçue, au fond ? Ne passions-nous pas ensemble des moments agréables ? Si. N'était-il pas le meilleur coup que j'aie jamais connu ? Si. Ne pouvions-nous pas continuer cette comédie encore quelque temps ? Si. Bien sûr que oui.

Jacob me tannait à propos de la randonnée : qu'en disaient mes amis ? Je faisais des réponses évasives. Mais j'ai commencé à me dire que ce serait peut-être bien qu'il m'accompagne. Qu'il fallait que je surmonte ma peur des situations sociales inconfortables. Qu'il fallait que je m'habitue à ne pas avoir honte de ce que faisaient les autres, même s'ils m'étaient proches. Que ma relation avec Anna s'était figée dans un vieux schéma, où elle était à jamais Fifi Brindacier qui menait la danse et moi une Annika soumise, et qu'elle gagnerait à être bousculée : peut-être Anna commencerait-elle ainsi à me considérer avec un regard neuf ?

Que Henrik serait secoué. Qu'il me verrait lui aussi avec un regard neuf. Pas seulement comme une vieille amie éternellement célibataire.

Une semaine avant notre départ, j'avais donc raconté à Anna que j'avais rencontré un garçon, en lui demandant s'il pouvait venir en montagne avec nous. J'espérais presque qu'elle dise non. Mais ça n'avait pas été le cas. C'était donc à moi de décider : allais-je dire à Jacob qu'Anna était d'accord, ou lui mentir ?

J'y avais réfléchi une journée avant de lui en parler. Il avait aussitôt commencé à planifier une expédition au Sarek, et assez bêtement j'avais mentionné le fait qu'Anna en rêvait depuis longtemps, ce qui ne l'avait rendu que plus enthousiaste. Évidemment.

Les yeux de Jacob qui s'étaient mis à briller en regardant Anna, dès notre rencontre dans le hall de la gare, puis à bord du train et dans le wagon-restaurant. Anna, avec ses manières franches et un peu insolentes, si irrésistibles pour la plupart des garçons. La jalousie, que je refusais d'accepter, mais qui était là malgré tout. J'avais déjà vécu ça. Était-elle vraiment obligée ?

Et puis la scène au wagon-restaurant, si gênante et désagréable. La carte de visite, « BCV ». Le regard de Jacob fixé sur moi. « Pourquoi tu racontes aux gens que je bosse chez BCG ?

Il m'avait dit, à moi et sûrement a beaucoup d'autres, qu'il travaillait chez BCG, un cabinet de conseil parmi les plus prestigieux au monde. Mais il n'était pas bête au point de ne pas se douter que quelqu'un pouvait flairer son mensonge. Il s'était donc fait imprimer une carte de visite avec le logo « BCV », à utiliser pour se défausser.

Je le savais déjà menteur, mais toute cette préméditation me laissait sans voix.

Henrik avait percé à jour Jacob, mais il ne l'avait pas encore réalisé. Et je ne l'y avais pas aidé. Le soir même, dans ma couchette, j'avais décidé de rompre avec Jacob aussitôt rentrée à Stockholm.

Allais-je raconter tout ça à Henrik ? Jouer cartes sur table, abattre mon jeu, être tout à fait sincère avec lui sur ce que je pensais et voulais vraiment ?

Non. Je n'osais pas. J'espérais avoir encore du temps devant moi.

Donc je lui ai plutôt demandé :

« Qu'est-ce que tu en penses, toi ?

– De Jacob ?

– Oui. »

Il avait tardé à répondre. Nous avions passé le col, entre de hautes montagnes. Le névé commençait lentement à descendre. Nous apercevions au loin, en contrebas, la vallée de Sarvesvagge.

« Il est sympathique. Il sait beaucoup de choses sur la montagne.

– "Il sait beaucoup de choses sur la montagne" ? C'est tout ce que tu arrives à sortir sur Jacob ? »

Henrik a ri, gêné, puis a marqué une nouvelle pause.

« Je peux comprendre ce qui t'attire chez lui.

– Ah oui ? Et c'est quoi, alors ?

– Mais enfin, il est mignon, c'est sûr, et il a la classe, un vrai mec, quoi...

– Un vrai mec ? Tu crois que c'est ça que je recherche ? Un vrai mec ? »

Henrik a souri, un peu mélancolique.

« Qu'est-ce que j'en sais, de ce que tu recherches ? » a-t-il murmuré.

Je distinguais à présent l'extrémité du névé, et un peu plus bas Anna et Jacob qui nous attendaient. Ils avaient l'air en pleine conversation. J'ai ralenti le pas.

Une dernière occasion de parler avec Henrik de mon rapport avec Jacob, ou d'autres sujets. La dernière avant un moment, puisque nous allions bientôt être à nouveau réunis, tous les quatre.

« C'est assez neuf, ai-je dit, un peu dans le vague. On verra bien ce que ça donne.

– Tu sais, a dit Henrik en ralentissant à côté de moi, la voix un peu rauque et brisée, comme s'il avait la gorge sèche.

J'ai beaucoup écouté Melissa Horn cet été. Je regrette de ne pas être allé l'écouter à Uppsala quand j'en ai eu l'occasion. Tout aurait peut-être été différent. »

Il m'a regardée à la dérobée avant de continuer à descendre vers Anna et Jacob. Je suis restée un moment en arrière, tandis que les larmes me montaient aux yeux.

Extrait de l'interrogatoire du témoin Anna Samuelsson 880216-3382, 20 septembre 2019, hôpital de Gällivare, conduit par l'inspecteur Anders Suhonen.

« Bien, Anna, reprenons là où nous nous étions arrêtés hier. »

Silence.

« Il y a quelques passages de votre récit que je souhaiterais éclaircir.

– J'ai d'abord quelques questions à vous poser.

– Ah ?

– Vous m'avez menti.

– Non. C'est faux.

– Vous m'avez laissée croire que Milena était morte.

– Non. C'est vous qui m'avez dit qu'elle était morte.

– Mais vous ne m'avez pas contredite.

– Non, mais le fait est que...

– Donc vous m'avez caché la vérité. Ce qui en pratique est la même chose que mentir.

– Non, je n'ai pas...

– Je ne me souviens pas exactement quels textes régissent un interrogatoire de police. Mais je vais me renseigner. Et je suis à peu près certaine que ce qu'un témoin déclare en étant maintenu dans l'ignorance n'a aucune valeur juridique.

– Anna, en réalité...

– Ce qui signifie que vous êtes incompétent en matière d'interrogatoires.

– Tout d'abord, je ne vous ai entendue qu'à titre informatif. Vous n'êtes suspectée d'aucun crime. »

Silence.

« Ensuite… quand je vous ai parlé pour la première fois, nous n'avions pas encore retrouvé Milena. J'ai donc supposé qu'elle était morte. Comme vous l'aviez déclaré.

– Quand l'avez-vous trouvée ?

– Euh… nous l'avons trouvée… laissez-moi réfléchir, que je ne me trompe pas… nous avons retrouvé Milena en vie le 16. »

Silence.

« Et hier, quand vous me l'avez annoncé, nous étions le 19.

– Oui.

– Vous avez donc attendu trois jours pour me dire qu'une de mes meilleures amies était vivante ?

– Oui.

– Vous n'avez pas honte ? Hein ? Vous n'avez pas honte ? »

Sanglots.

« Je comprends, Anna ce que… Je comprends ce que vous ressentez. »

Sanglots.

« En réalité… j'ai constaté très tôt que Milena et vous aviez des versions différentes du déroulé des faits. Et nous enquêtons sur un potentiel meurtre. Un crime très grave. Nous avons donc considéré qu'il était pertinent de vous laisser exposer votre version jusqu'au bout. »

Silence.

« Je connais quelques avocats pénalistes très compétents à Stockholm. Je vais leur parler de la manière dont tout ceci a été géré.

– Mais je vous en prie.

– Vous n'avez pas le droit de faire ça.

– J'en ai discuté avec la direction de la police à Luleå,

qui a validé ma méthode. Mais il va de soi que vous pouvez demander une assistance juridique si vous souhaitez vérifier qu'aucune erreur n'a été commise.

– Je n'y manquerai pas.

– Je considère aussi que le fait que Milena soit vivante ou non ne change en rien la véracité de ce que vous m'avez raconté. »

Silence.

« N'est-ce pas, Anna ? À part pour la toute fin, quand vous avez cru Milena morte. Et dans cette partie, il n'y a aucune suspicion d'acte criminel, donc ça n'a aucun intérêt. »

Silence.

« Prétendre que vous avez fait des déclarations faussées parce qu'on vous a maintenue dans l'ignorance n'est pas exact. Mais quoi qu'il en soit, je voudrais à présent vous donner la possibilité de préciser ou de compléter votre témoignage. Encore une fois, je comprends parfaitement qu'avec le traumatisme que vous avez subi, les souvenirs peuvent changer ou se clarifier a posteriori. »

Silence.

« Je voudrais parler du moment de la mort de Jacob.

– Je n'ai rien à ajouter à ce sujet. Je vous ai raconté exactement ce qui s'est passé.

– Mais il demeure des points peu clairs.

– Que dit Milena à ce propos ?

– Concentrons-nous pour le moment sur votre récit. »

Silence.

« Mm… Alors je ne peux que répéter ce que j'ai déjà dit. Milena était complètement sous l'influence de Jacob.

– D'accord.

– C'était comme si elle voyait le monde à travers ses yeux.

– Entendu.

– Donc ce qu'elle vous raconte, c'est la version de Jacob. Et c'est un mensonge, de A à Z. »

Extrait de l'interrogatoire du témoin Milena Tankovic 871121-0140, 19 septembre 2019, hôpital de Gällivare, conduit par l'inspecteur Anders Suhonen.

« Je voudrais juste vérifier la chronologie, Milena… ce dont nous avons parlé hier, quand Henrik et vous avez marché ensemble, c'était le 9 septembre.

– Je ne sais pas.

– Si… et le jour suivant, le 10 septembre, vous vous êtes séparés ?

– Oui.

– Jacob et vous avez continué vers le Sarek, Anna et Henrik ont fait demi-tour.

– Oui.

– Pourquoi ? »

Silence.

« L'ambiance était devenue mauvaise. Le soir précédent. Nous devions jouer à un jeu de société, et nous avons eu un différend.

– Vous étiez tous présents ?

– Non, Anna était déjà allée se coucher.

– Quel était l'objet de ce différend ? »

Silence.

« C'est… Jacob était de mauvaise humeur. Il perdait.

– Et ?

– Il a haussé la voix, tout ça, et Anna s'est alors réveillée, elle est sortie, et ça n'a fait qu'envenimer la situation.

– Jacob en est-il venu aux mains ?

– Que voulez-vous dire par “venu aux mains” ?

– A-t-il poussé Henrik à la renverse ?

– Non. Anna a dit ça ?

– Comment avez-vous perçu la situation ?

– Jacob était très en colère. Mais il n'a jamais touché Henrik.

– Vous en êtes certaine ?

– Oui. Et il est venu s'excuser le soir même.

– Je comprends.

– Et je croyais qu'on avait tourné la page.

– Mm… donc vous avez eu cette grande dispute et le lendemain matin, vous avez décidé de vous séparer ?

– Oui. Anna et Henrik voulaient regagner Staloluokta.

– Avez-vous pu échanger avec Anna ce matin-là ?

– Oui. Nous avons parlé. »

Silence.

« Euh… et nous nous sommes fâchées. »

Silence.

« À quel sujet ? »

Silence.

« Anna a entre autres affirmé que… Jacob lui avait fait du rentre-dedans. La veille, alors qu'ils marchaient ensemble.

– Comment avez-vous réagi ?

– J'étais en colère, et triste.

– Parce que vous pensiez qu'Anna mentait ?

– Non. »

Silence.

« Je savais que cela pouvait être vrai. »

Silence.

« Je savais bien que, de ce côté-là, Jacob n'était pas… fiable.

– Mm… j'ai aussi des indications selon lesquelles… cette nuit-là, Jacob s'en serait pris à vous sous la tente.

– Hein ?

– Oui, qu'il… avait eu avec vous un rapport sexuel non consenti.

– Non, c'est complètement faux.

– Anna déclare qu'elle vous a entendue pleurer.

– Pleurer ?

– Oui. Elle dit aussi qu'elle a vu comme des marques d'étranglement à votre cou le lendemain matin. »

Silence.

« Sérieusement ?

– Oui. Quel est votre commentaire face à ces allégations ?

– Que c'est complètement faux. C'est tout ce que je peux dire.

– Vraiment ?

– Oui. Jacob et moi avons eu un rapport sexuel. C'est exact. Mais il était… parfaitement consenti.

– Soit.

– Anna n'a aucune idée du bruit que je fais quand je fais l'amour.

– Non. »

Silence.

« Et puis cette histoire de marques d'étranglement… Je ne sais pas où elle est allée chercher ça. J'avais peut-être le cou rouge parce que je portais un polo neuf et que j'avais sué dedans toute la journée de la veille. Je ne sais pas.

– Non… mais il est important que vous puissiez commenter la version d'Anna.

– Je comprends. Mais encore une fois, c'est totalement faux. »

Silence.

« Enfin, en tout cas, ce matin-là, vous vous êtes séparés.

– Oui.

– Et Jacob et vous avez continué vers l'intérieur du Sarek.

– Oui. Nous avons dormi deux nuits d'affilée au pied d'une montagne. Jacob a fait un peu d'escalade pendant que je me reposais sous la tente. Le lendemain, nous sommes repartis pour Rovdjurstorget.

– Et vous avez traversé le fleuve ?

– Oui. Jacob a mis longtemps à trouver un passage. Puis, après avoir marché un bon moment, j'ai aperçu Anna de l'autre côté de l'eau. Sur l'autre rive.

– Donc ils avaient fait demi-tour.

– Oui. Ils étaient tous deux assez mal en point. Surtout Henrik. Il était au bout du rouleau. Jacob et Anna ont dû rebrousser chemin pour aller le chercher. Alors j'ai estimé que... que nous devions partir de là au plus vite.

– Mm... qu'en a dit Jacob ?

– Il s'est mis dans une colère noire. Selon lui, Anna et Henrik nous avaient lâchés, ils n'avaient qu'à se débrouiller. Mais j'ai insisté.

– Et il a changé l'itinéraire ?

– Oui. Mais il y a eu une discussion à ce sujet aussi. Anna était très remontée. J'ai commencé à comprendre que... »

Silence.

« Pardon, il faut juste que je boive un peu d'eau.

– Oui, oui, prenez votre temps, nous pouvons aussi marquer une pause si vous voulez. »

Silence.

« Je n'avais pas mesuré à quel point Anna était éprouvée. Psychiquement. Elle avait presque l'air paranoïaque quand nous parlions de ça. C'était... elle a accusé Jacob d'avoir volé une cartouche de gaz... Et il y avait aussi cette impression qu'elle n'était pas là... D'une certaine façon, elle semblait perdue dans son monde.

– Donc, à ce moment-là, il vous a semblé qu'Anna n'était pas vraiment elle-même ?

– Oui. Et j'ai pensé à quelque chose qui s'était produit des années auparavant, quand nous étions étudiantes à Uppsala. Je l'avais déjà vue comme ça. »

UPPSALA, JUIN 2010

C'est un des premiers jours de juin, les feuilles des arbres portent encore leur vert printanier, mais une pluie froide arrose la ville depuis plusieurs jours. De petits ruisseaux dévalent la colline de la bibliothèque. Toutes les bouches d'égout bouillonnent. Ce matin, il faisait 8 °C. L'été se fait attendre.

Je n'y accorde aucune importance. Dans trois jours, nous avons le dernier grand partiel avant les vacances : du matin au soir, je révise dans les grandes salles de lecture de Carolina Rediviva. Il faut arriver tôt pour être sûr de trouver une place. Vers neuf heures ça commence à sérieusement s'engorger, à neuf heures et demie c'est fini. Étant plutôt matinale, j'ai l'habitude de m'installer vers huit heures et demie. Le plus souvent, j'arrive avant Anna, alors je lui garde une place à côté de moi, même si en principe on n'a pas le droit. Elle se pointe normalement sur le coup de neuf heures.

Mais aujourd'hui, c'est différent. Il va être dix heures moins le quart et Anna n'est toujours pas arrivée. Ça me stresse. La chaise où j'ai pendu mon pull au dossier est à présent la seule de la salle restée inoccupée, et plusieurs étudiants sont déjà venus demander si c'était libre. J'ai répondu en chuchotant : « Non, désolée. » La dernière fois, une fille assise sur le côté devant moi s'est retournée en me fusillant du regard. Elle n'a rien dit, mais je sais ce qu'elle pensait. Ça ne se fait pas, surtout en période de partiels. Tu vas la libérer, cette place ?

J'ai honte et n'arrive pas à me concentrer sur mes révisions. Pourquoi Anna n'arrive-t-elle pas ?

Je sors mon portable pour lui demander par sms si je dois encore lui réserver le siège, mais j'entends alors des pas rapides traverser la salle de lecture, et je sais aussitôt que c'est elle. Je me retourne vers Anna avec un sourire de soulagement.

« Salut ! Tout va bien ? dis-je en chuchotant pour ne pas déranger mes voisins de table, tout en enlevant mon pull de la chaise.

– Euh… oui », répond Anna à haute voix sans me regarder. Elle a les cheveux et le visage mouillés, elle est visiblement venue sans parapluie. Son pull a l'air sec, il a dû être protégé par un manteau, je suppose, les vêtements extérieurs et les sacs ne peuvent pas entrer dans les salles de lecture. Mais son pantalon est sombre. Elle pose ses livres et sa trousse sur la table, ses mains gouttent. Anna ne s'assied pas, elle piétine sur place, tournicote sur elle-même comme si elle n'arrivait pas à décider quoi faire.

Cela ne lui ressemble tellement pas. Venir jusqu'à la bibliothèque, sous la pluie, sans parapluie ? Je lui chuchote :

« Il s'est passé quelque chose ?

– Non, non, merci », répond-elle sèchement, à nouveau plus fort, plus qu'il n'est accepté dans cette salle d'étude. La fille de devant se retourne à nouveau, l'air encore plus irrité que la fois précédente, et marmonne :

« S'il vous plaît, vous pouvez baisser d'un ton ?

– Pardon », réponds-je tout bas, presque soulagée par sa remarque qui m'a donné l'occasion de manifester que je ne trouvais pas ça normal moi non plus.

Anna ne dit rien, elle recule la chaise en la faisant bruyamment racler par terre, s'y affale et étale ses livres et ses feuilles sur la table. Une attitude un peu nerveuse, bruyante.

C'est un manque de tact, presque une provocation, après le rappel à l'ordre qu'elle vient de s'attirer, il serait facile de faire tout ça plus discrètement. Mais je ne crois pas qu'elle cherche à montrer qu'elle se fout ostensiblement de ce que pense cette fille – Anna n'est pas comme ça.

Elle n'est juste pas vraiment là, c'est l'impression que j'ai.

Ça ne ressemble tellement pas à Anna.

Je me tourne vers le livre ouvert devant moi, j'essaie de me concentrer sur mes propres révisions, mais impossible de rentrer dedans.

Je regarde Anna à la dérobée, à côté de moi. Elle a ouvert un livre, elle semble lire, mais elle tourne les pages trop vite, personne ne peut lire aussi rapidement. Elle est assise, le dos droit, et je l'entends respirer, le souffle court, comme si elle était essoufflée.

Soudain, elle se lève d'un bond, à nouveau les pieds de sa chaise raclent bruyamment le sol, elle rassemble ses livres et ses feuilles. Je l'interroge du regard.

« Tu t'en vas ?

– Oui, je vais faire un tour », répond-elle bruyamment.

Je chuchote : « Qu'est-ce qu'il y a ? Anna ? » mais elle se dirige déjà vers la sortie. Elle laisse des taches humides sur la table.

Décidément, il y a quelque chose qui cloche. J'hésite un peu : ne devrais-je pas l'accompagner ? Mais je lui ai demandé plusieurs fois s'il s'était passé quelque chose, et elle n'a pas répondu, il n'y a pas de raison qu'elle me réponde davantage à l'extérieur. Et à cause d'elle j'ai déjà perdu une précieuse heure de révisions. Le partiel me stresse. Alors je reste.

Peu de minutes s'écoulent avant qu'un autre étudiant, un garçon que j'ai déjà vu en cours sans jamais lui avoir parlé, ne vienne occuper la place libre à côté de moi. Il fait un tour aux toilettes, revient avec des serviettes en papier, essuie la table et s'installe. Le silence et le calme studieux s'installent enfin. Je m'y absorbe.

Cela dure peut-être dix minutes. Puis j'entends à nouveau les pas pressés à travers la salle de lecture. Anna revient.

S'il te plaît, arrête. Mon Dieu, il faut que je révise !

Elle marche droit vers la place à côté de moi et apostrophe mon voisin d'une voix forte et distincte :

« C'est ma place. »

Le garçon lève les yeux vers Anna, dont les cheveux pendent en mèches dégoulinantes sur ses vêtements trempés. Il a l'air très surpris.

La fille assise devant moi perd son calme. Elle se retourne et dévisage Anna, et lui parle fort cette fois.

« C'est quoi, ton problème ? »

Je me lève, je prends Anna par le bras.

« Viens, on s'en va, lui dis-je aussitôt.

– Mais c'est ma place. J'y étais à l'instant.

– Oui, mais tu en es repartie. Allez, on sort. »

À mon grand soulagement, elle n'oppose pas de résistance, me suit sans protester. Nous regagnons l'entrée.

« Je vois bien que ça ne va pas, lui dis-je. Il s'est passé quelque chose ? Tu te sens malade ?

– Oui, on peut le dire, on peut vraiment le dire », répond Anna d'un ton sec, presque fébrile. Je pose la main sur son front. Il est froid et mouillé, aucun signe de fièvre.

« Mais que s'est-il passé ?

– Erik est mort.

– Erik ? Ton...

– Oui, mon frère Erik, il est mort, oui. Et c'est moi qui avais pris le vélo, mais je ne l'ai pas dit, et maintenant je regrette terriblement, mais il est mort et on ne peut rien y faire. Il faut que je révise. Il faut que je révise. »

Je réussis à la faire asseoir sur un banc, puis j'appelle Henrik. Par chance, il n'est pas en cours ni en séminaire, et répond tout de suite.

Henrik et Anna sont ensemble depuis six mois environ, et ça fait toujours mal, mais là, je n'y pense pas.

« Il faut que tu viennes, lui dis-je. Anna a un comportement très bizarre... elle dit que son frère Erik est mort.

– Quoi ? fait Henrik.

– Oui. Elle ne va pas bien.

– J'arrive. »

Dix minutes plus tard il est là, il semble inquiet et concentré, il comprend que c'est sérieux. Il s'assied tout contre Anna et la prend sous son bras.

« Dis-moi... Qu'est-ce qui s'est passé ?

– Erik est mort. »

Henrik ne dit rien pendant un bon moment, il prend une des mains d'Anna dans les siennes, la serre. Il finit par demander :

« C'est arrivé quand ?

– Cette nuit. Maman a appelé. »

Nouveau silence prolongé. La présence de Henrik a calmé Anna, sa respiration n'est plus aussi agitée, elle s'est tassée sur le banc, ne semble plus vouloir aller nulle part.

Elle n'a jamais eu autant l'air d'une petite fille, avec ses cheveux trempés, son pantalon mouillé et son air un peu perdu. Henrik, son bras autour d'elle, qui lui tient la main. Elle a besoin de sa présence, et il la lui donne.

Il lui caresse la joue.

« Tu ne veux pas qu'on aille chez moi ? lui dit-il doucement.

– Il faut que je révise. On a notre partiel jeudi.

– Tu peux réviser chez moi. Tu seras au calme. »

Anna reste d'abord silencieuse, puis hoche la tête.

« Oui, ce serait peut-être bien. »

Henrik et moi échangeons un regard entendu. Anna ne va rien réviser pendant un bon moment, j'en suis à peu près sûre, mais il s'agit juste à présent de la conduire chez Henrik. Il va de soi que je l'accompagne.

Henrik a un deux-pièces à Eriksberg, dans un immeuble des années cinquante de trois étages. Une cuisine étroite avec ses placards d'origine, parquet en point de Hongrie dans le séjour. Un petit balcon. Son mobilier est encore spartiate, même s'il y vit depuis bientôt un an. Il a acheté un canapé et une table, avec un téléviseur et une bibliothèque qui ne suffit pas pour contenir tous ses livres. Ils s'empilent par terre. À la fenêtre, quelques géraniums avec de belles feuilles et beaucoup de fleurs, il semble s'en occuper avec soin.

Quand Anna va aux toilettes, il me dit tout bas :

« J'appelle le 1177.

– D'accord. »

Je vais à la cuisine, je cherche un filtre pour la cafetière. En entendant la porte des toilettes s'ouvrir, je lance à Anna que je fais du café. Elle me rejoint, paraît préoccupée.

« Où est Henrik ? » Le perdre de vue suffit à l'inquiéter.

« Il avait un coup de fil à passer, mais il revient tout de suite. »

Henrik s'est enfermé dans la chambre, sa voix assourdie s'entend à travers la cloison.

La cafetière tousse, crachote, siffle. Anna s'assied à la table de la cuisine, je trouve des tasses dans un placard, sors un pack de lait du réfrigérateur. Je m'assieds aussi et l'interroge calmement :

« Comment est-ce arrivé ? Tu veux me dire ?

– Quoi ?

– Erik. Mais on n'est pas obligées d'en parler, si tu ne veux pas. »

Anna ne répond pas, elle regarde sans voir par la fenêtre. Longtemps. La cafetière a le temps de se taire. Elle siffle un peu, à moins que ce ne soit un soupir ? Puis, c'est à nouveau le silence. On n'entend que la pluie froide qui tambourine discrètement sur le rebord de la fenêtre.

Elle dit alors, d'une voix détimbrée :

« Il a foncé dans une paroi rocheuse. Avec la Ferrari de papa. »

Nous buvons du café, et Henrik arrive bientôt dans la cuisine. Il tire une chaise pour s'asseoir tout près d'Anna, lui demande comment elle va.

« Pas terrible. Je me sens un peu bizarre.

– Tu sais, je crois que tu as besoin de te reposer.

– Il faut que je révise.

– Oui, mais peut-être que tu as besoin d'abord de te reposer.

– Mm. »

Henrik se lève et me demande de l'accompagner.

« Où tu vas ? demande Anna.

– Il faut juste que je parle un peu à Milena, je suis dans le séjour. Tu veux encore du café ? Je t'en ressers ? »

Nous allons dans le séjour devant la porte du balcon, aussi loin de la cuisine que possible.

« J'ai parlé à une infirmière, dit Henrik d'une voix sourde. Elle a dit qu'il n'y avait pas lieu d'aller à l'hôpital ou quoi que ce soit, mais Anna ne doit pas rester seule.

– Non.

– Et j'ai aussi appelé un ami médecin, qui m'a fait une ordonnance pour des calmants, qu'on peut aller chercher.

– Tu veux que j'y aille ? »

Henrik me regarde intensément, droit dans les yeux, soupire.

« Tu aurais le temps ?

– Bien sûr, ça va de soi. »

Il me sourit avec gratitude et me caresse doucement le bras.

Il est là pour Anna, et je suis là pour lui.

Munie du permis de conduire d'Anna, je me dépêche d'aller à la pharmacie de la place Västertorg. La pluie tombe toujours : on se croirait plus en avril qu'en juin. Je récupère le médicament, un anxiolytique, et je regagne au pas de course l'appartement de Henrik. Quand j'entre, j'entends la voix d'Anna dans la chambre, elle pleure fort, un son plaintif qui me glace le sang. Sa voix est familière, mais avec un accent absolument inconnu. Henrik est auprès d'elle, je reconnais son timbre grave qui console et apaise.

Je l'imagine en train de la serrer contre lui, de la bercer doucement, de chuchoter à son oreille.

Je ne veux pas déranger, et je suppose que Henrik a entendu la porte d'entrée s'ouvrir et se refermer, il sait que je suis revenue. Je file donc directement à la cuisine, où j'essuie la table, histoire de m'occuper, un geste inutile, car il n'y a ni miettes ni taches.

J'ai honte de ce que j'éprouve.

Une personne normalement constituée ne devrait-elle pas être envahie d'empathie pour son amie qui vient de perdre un frère bien-aimé ?

Si. Et je le suis presque, le chagrin que j'éprouve pour Anna domine, sa douleur est la mienne.

Mais une toute, toute petite partie de moi pense que c'est moi qui devrais être là-bas dans le lit, dans les bras de Henrik.

La jalousie. Même dans un moment pareil.

Tu n'as pas honte ?

Je reste dans la cuisine. Au bout d'une heure environ, Henrik sort de la chambre. Il remplit un verre d'eau, prend quelques-uns des cachets que je suis allée chercher et retourne auprès d'Anna. Quelques minutes plus tard, il revient. Il inspire à fond et souffle.

« Et voilà. Je crois qu'elle va dormir un peu. »

Il s'effondre sur une chaise, semblant soudain mort de fatigue.

Je propose d'aller chercher des pizzas pour le déjeuner, mais Henrik ouvre son congélateur, y trouve du poisson pané que nous faisons chauffer au four, avec des pommes de terre. Henrik nous sort une bière chacun.

Je lui dis qu'Anna m'a raconté qu'Erik avait foncé dans un rocher. Henrik hoche lentement la tête.

« Elle est certaine qu'il s'est suicidé. Il y a eu une violente dispute entre Erik et son père au déjeuner, dimanche dernier.

– Ah mon Dieu...

– Son père était convaincu qu'Erik lui avait pris son vélo.

– Elle en a parlé à la bibliothèque. Quelque chose à propos d'un vélo.

– Je n'ai pas tout de suite compris de quoi parlait Anna, c'était tellement incohérent... mais je crois avoir compris, maintenant. Erik a emprunté le vélo vendredi dernier, et l'a remis au garage. Ensuite Anna l'a pris le samedi, sans que personne ne le remarque. Elle a oublié de le rentrer. Et il a disparu. Quelqu'un l'a fauché, probablement.

– Non...

– Et Anna n'a pas osé avouer que c'était sa faute. »

Henrik soupire en secouant la tête.

« Son père n'est pas... il ne tourne pas rond. Anna n'est pas elle-même quand elle est en famille. C'est comme si elle redevenait une petite fille.

– Mon Dieu...

– Alors son père a accusé Erik. Et maintenant, il est mort. »

Le sentiment de culpabilité d'Anna.

Je peux à peine en imaginer l'ampleur.

Nous prenons un café après le déjeuner, Henrik sort du chocolat noir, mais ensuite il m'incite à rentrer. J'en ai déjà fait plus que ce qu'on peut exiger de qui que ce soit, et il ne veut pas me retenir plus longtemps. Anna dort. Il a l'intention d'appeler l'université pour se mettre en arrêt maladie. Le couple qu'il forme avec Anna est encore un secret bien gardé.

Sur le pas de la porte, j'ai droit à une longue accolade, je sens la chaleur de son corps et son parfum.

« Tu es la meilleure amie qu'on puisse avoir », dit-il.

Entendre cela me fait chaud au cœur, et m'attriste.

Une fois dans la rue, sous la pluie froide, j'aimerais retourner dans l'appartement, retrouver la chaleur et la complicité nées au voisinage de la catastrophe. Les voix étouffées, les échanges de regards, les contacts. Et je pressens que ceci va nous lier plus intimement, tous les trois. Anna et Henrik, Henrik et moi, moi et Anna. Que c'est peut-être déjà fait.

Contre toute attente, je trouve une place libre à la bibliothèque. J'y reste réviser jusqu'à la fermeture. Au moment où je rentre, Henrik m'appelle, pour me dire qu'Anna a dormi tout l'après-midi, et qu'il va essayer de la réveiller pour voir si elle veut manger quelque chose.

Le lendemain matin, je suis là à l'ouverture de Carolina Rediviva. Je révise avec concentration toute la journée, même si mes pensées vagabondent le plus souvent vers l'appartement de Henrik, vers Anna et lui. Dans la matinée, je l'appelle et lui parle longuement. La situation demeure la même, Anna dort le plus clair de son temps, mais elle s'est au moins levée pour manger un peu au petit déjeuner. Son frère Gustaf a appelé, mais elle n'a pas eu la force de lui parler. Je demande à Henrik s'il a besoin d'aide, a-t-il de quoi manger, par exemple ? Veut-il que je lui fasse des courses ? Non, il a déjà tout ce qu'il lui faut. Merci en tout cas.

Dans la soirée, il me fait un rapport. Anna prend ses cachets et dort une bonne partie de la journée, mais elle a brièvement parlé au téléphone avec un psychiatre. L'impression de Henrik est que la phase la plus aiguë est passée.

Le lendemain matin, il m'appelle à sept heures et demie, je suis encore en train de prendre mon petit déjeuner. J'entends d'emblée qu'il est dans tous ses états.

« Tu sais où est Anna ? Est-ce qu'elle est chez toi ?

– Quoi ? Non.

– Elle a filé. »

Extrait de l'interrogatoire du témoin Milena Tankovic 871121-0140, 19 septembre 2019, hôpital de Gällivare, conduit par l'inspecteur Anders Suhonen.

« Elle avait filé pendant la nuit, pendant que Henrik dormait.

– Je vois.

– Et elle s'est rendue au domicile de ses parents à Stocksund, près de Stockholm, et a menacé son père avec un couteau. Alors ils ont appelé… je ne sais pas qui ils ont appelé. La police ou les services psychiatriques.

– Mm.

– Mais en tout cas, Anna a été prise en charge.

– Anna a menacé son père avec un couteau ?

– Oui. Sa mère l'a raconté à Henrik.

– Y a-t-il eu dépôt de plainte ?

– Je ne crois pas. Il s'agissait quand même de leur fille.

– Je vois.

– Anna a été internée pendant quelques semaines en psychiatrie. Quelque chose de ce genre. Puis elle est sortie, et a habité un temps chez Henrik. Il s'est occupé d'elle.

– Je vois.

– Mais elle était aussi suivie par un psychologue, évidemment. Et elle a sans doute pris des médicaments pendant un moment.

– Je comprends.
– À l'automne, elle était à peu près redevenue comme avant.
– Et le comportement que vous avez observé chez elle cette fois-là, quand elle a été en crise… vous pensez l'avoir revu dans le Sarek ?
– Oui. À nouveau, elle est redevenue comme inaccessible. Comme si on ne pouvait pas vraiment entrer en contact avec elle.
– Je comprends… si nous avancions un peu à présent, après la chute de Henrik… vous avez retraversé la lame rocheuse, m'avez-vous déclaré.
– Oui. Anna a commencé à s'enfuir. Et Jacob lui a couru après.
– Pourquoi a-t-il fait ça ?
– Pourquoi ?
– Oui.
– Parce qu'Anna pouvait se faire du mal. Nous étions toujours sur cette crête. Elle aurait pu se tuer.
– D'accord. »
Silence.
« Et j'ai moi aussi retraversé la lame. Je ne sais pas bien comment j'ai fait.
– Ensuite ?
– Anna courait, puis elle est tombée, alors nous l'avons rattrapée, mais elle s'est débattue et s'est remise à courir… elle était complètement… »
Silence.
« Mais nous avons fini par la rattraper. Alors nous sommes descendus un peu avant d'installer les tentes. Et… nous lui avons laissé la nôtre, parce que c'était la plus sèche.
– Et ?
– Anna a dormi quelques heures, puis il y a eu un moment, le soir, où nous nous sommes retrouvées toutes les deux. Je devais l'aider à nettoyer une plaie. Et là, elle m'a sorti que nous devions faire bloc, parce que Jacob voulait nous tuer.

– Mm… et qu'avez-vous pensé alors ?

– J'ai eu peur. J'ai senti qu'elle faisait une psychose.

– Je vois.

– Et plus tard, dans la nuit, Jacob m'a réveillée, il dormait dans l'autre tente… »

Silence.

« Vous étiez dans la même tente qu'Anna ?

– Oui… mais elle avait disparu. Et Jacob était complètement trempé. Et tellement furieux.

– Pour quelle raison ?

– Il avait été réveillé en pleine nuit par quelqu'un qui sortait de notre tente, alors il était allé voir qui c'était. Quand il a vu que je dormais toujours, il a compris qu'il s'agissait forcément d'Anna.

– Tout ça, c'est Jacob qui vous l'a raconté ?

– Oui, quand il est revenu. Après.

– Mm.

– Et… il s'est inquiété de ce qu'elle pouvait faire. Qu'elle se fasse du mal. Ou nous en fasse.

– Mm.

– Il l'a donc appelée, mais elle s'est enfuie en direction d'un torrent. Et s'est jetée à l'eau. Elle était en train de se noyer et Jacob a essayé de la sortir de là, mais Anna a résisté et fait tomber Jacob à la renverse. Il a failli se noyer lui aussi.

– Je comprends.

– Alors il m'a dit en gros “maintenant, plus rien à foutre d'elle, si elle meurt cette nuit, ce n'est pas ma faute”. Quelque chose comme ça.

– Je vois.

– Je suis partie en direction du torrent, à la recherche d'Anna. Mais je ne l'ai pas retrouvée. Il faisait nuit noire, j'avais une lampe, mais je ne voyais que dans le faisceau lumineux. J'ai suivi le torrent vers l'aval, assez longtemps, mais… sans la voir.

– Et après ?

– J'ai fini par regagner la tente. Jacob avait mis des vêtements secs et s'était couché. Ce que j'ai fait moi aussi. J'étais complètement épuisée. Je me suis assoupie.

– Je vois.

– Et puis Anna est revenue. »

Je ne sais pas si je suis éveillée ou si je rêve. Mais j'entends le bruit d'une fermeture éclair, quelqu'un qui s'affaire là-bas, près de l'autre tente.

Jacob est couché, le bras sur moi, je le déplace et tente de le réveiller :

« Jacob ! Jacob ! » Je l'appelle à voix basse, je le secoue, mais il ne réagit pas. Il est apparemment encore plus épuisé que moi après la journée d'hier et cette nuit.

Cela ne peut être qu'Anna, qui est revenue.

Je m'extirpe du sac de couchage, je rampe jusqu'à l'auvent, puis dans l'air glacé. C'est encore l'aube.

Je l'aperçois dans la pénombre du matin, et mon cœur manque de s'arrêter.

Ses vêtements sont déchiquetés. Elle a des bleus, des coupures et des écorchures sur tout le corps et le visage. Ses cheveux sont enduits de sang séché et de saleté. Un de ses bras pend en ballottant bizarrement contre son flanc. Elle tient un couteau, qu'elle brandit.

Elle tourne à présent les yeux vers moi et son regard est indescriptible. À la fois terrorisé et agressif. Comme un animal sauvage prêt à se battre pour sa vie. Elle se dirige dans ma direction, le couteau toujours levé, prête à frapper, et je reste comme gelée dans le sol, paralysée, impossible de bouger.

« Où est Jacob ? demande-t-elle en regardant autour d'elle, il est revenu ? Il est vivant ? » Lentement, je secoue la tête.

« Il a tenté de me tuer cette nuit, continue Anna d'une voix qui n'est pas la sienne, une voix sombre, rauque et caverneuse. Il faut... il faut qu'on parte d'ici, Milena, il faut rassembler tout ce dont on a besoin et filer d'ici avant qu'il... »

Au même instant, j'entends du bruit dans la tente derrière moi, j'avais peut-être malgré tout réussi à tirer Jacob de sa torpeur en le secouant, car il est en train de sortir, et je voudrais lui crier de se calmer mais je suis muette de terreur, aucun son ne sort de mes lèvres. C'est comme un mauvais rêve. Jacob manque d'arracher toute la tente en frayant un passage pour son grand corps à travers les petites ouvertures, mais il surgit bientôt à quatre pattes et regarde fixement vers Anna et moi. Elle est devant moi, le couteau toujours brandi, Jacob se met debout avec un cri et se précipite vers nous.

« T'approche pas d'elle ! » hurle-t-il, et je ne sais pas s'il s'adresse à Anna ou à moi, mais le sens est le même, il croit qu'Anna me menace avec son couteau. Est-ce le cas ? Est-ce moi qui ai mal interprété la situation ? Je recule rapidement de quelques pas, et Jacob se jette sur Anna.

Ils s'étalent tous deux, un bruit affreux retentit quand Anna touche le sol, Jacob sur elle. Il crie de douleur, je vois le couteau planté dans son flanc, tout en haut de la cage thoracique, la lame est entrée tout entière. Anna en ressaisit le manche, elle tente de l'extraire, mais il résiste, tandis que Jacob se plie et se tord. Le couteau reste là où il est.

Je les regarde à terre, figée de terreur, toujours paralysée.

Anna a une expression que je ne lui ai jamais vue, une détermination meurtrière. Quelques violentes secousses, et le couteau est arraché. Jacob tente de se protéger, à plat ventre sur elle, une de ses mains tâtonne dans le vide à la recherche du couteau, en vain. Son autre main se dirige vers le cou d'Anna.

C'est à présent une lutte désespérée, silencieuse et intense, Anna ne devrait bien sûr avoir aucune chance, mais elle a déjà infligé à Jacob une blessure profonde avec son couteau. Elle essaie à présent de le frapper au cou.

Et enfin, mon état de choc cesse.

Je me précipite sur le bras d'Anna juste avant qu'elle ne frappe à nouveau, je la freine, elle ne réussit qu'à égratigner Jacob. Elle tente de dégager son bras, son regard fou se dirige à présent vers moi et sans crier gare elle attaque mon cou. Instinctivement, j'écarte la tête, ce qui me sauve la vie, car la lame glisse sur ma peau. Cinq centimètres plus à droite, le couteau se plantait dans ma gorge. Je perds l'équilibre et tombe à la renverse, sur les fesses. Anna essaie de frapper à nouveau le cou de Jacob qui, pour échapper au couteau, roule sur le côté.

Je me touche le cou et mes doigts rougissent, visiblement je saigne mais la plaie ne me semble pas profonde.

Anna et Jacob continuent leur combat à mort, Anna rampe et est sur le point de lui échapper, mais il l'attrape par la jambe et la renverse. Elle lâche le couteau dans sa chute. Il se hisse sur elle, la saisit par les cheveux et lui cogne la tête contre le sol, plusieurs fois. Je crie :

« Jacob ! Arrête ! »

Mais c'est comme s'il n'entendait pas, Anna cherche à le tuer, il est à la fois mort de peur et furieux, il la retourne et lui attrape le cou. Je me relève.

« ARRÊTE ! JACOB ! »

Je le pousse loin d'Anna, ou plutôt je lui tombe dessus et il roule à la renverse, en tout cas il lâche son cou et nous restons l'un sur l'autre à terre, un tas qui tousse, gémit et saigne.

« Tu ne dois pas… tu ne dois pas… » dis-je, sans parvenir à terminer ma phrase. Hors d'haleine, je sanglote. Sur le dos, Jacob tâte son côté. Lui aussi est au bord des larmes, sa lèvre inférieure tremble :

« Elle essaie de me tuer. Putain… elle essaie de me tuer… »

Le sang déborde entre ses doigts et il regarde sa plaie,

moi aussi. Le sang coule abondamment, chaque battement de cœur en déverse une petite giclée hors de son corps.

« Tiens ta main dessus, lui dis-je, comprime ! » Je comprends que c'est urgent, nous devons faire cesser l'hémorragie. Je me relève et titube jusqu'au sac à dos d'Anna. J'en éparpille le contenu jusqu'à trouver des compresses et des pansements, les mêmes que j'ai utilisés pour bander le genou d'Anna.

Jacob me suit en boitant, le visage blême, la panique dans les yeux. Il tient sa blessure à deux mains.

« Putain, ce que ça saigne…

– Tu ne dois pas bouger, Jacob. Couche-toi par terre.

– Je ne veux pas mourir.

– Couche-toi.

– Je ne veux pas mourir.

– Tu ne vas pas mourir. Couche-toi. Sur le côté. »

Il fait ce que je dis, il s'étend sur le côté et remonte son pull, puis remet la main sur la plaie, le sang passe entre les doigts. J'ôte sa main et pose une compresse sur la plaie, puis remets sa main dessus. Je déroule une longueur d'adhésif que je coupe avec les dents, j'écarte la main de Jacob et place la bande en travers de la compresse. Une autre bande, la compresse est à présent fixée, mais elle est déjà trempée de sang. Est-ce que tout ça sert seulement à quelque chose ?

« Tu dois appuyer avec la main, Jacob », lui dis-je, des sanglots dans la voix. La compresse ne semble pas stopper l'hémorragie, mais je n'ai pas de meilleure solution, alors j'en glisse une autre, sous la main de Jacob, et je tire encore de la bande adhésive du rouleau, et au moment où j'y plante les dents j'entends des pas racler le sol dans mon dos. Je fais volte-face et voilà Anna, piolet brandi, et elle l'abat.

Un cri de terreur, mon cri, et je rampe et titube loin de Jacob.

Je n'ai pas vu si Anna l'avait touché, mais j'ai entendu le bruit.

Mon Dieu, j'ai entendu le bruit.

Extrait de l'interrogatoire du témoin Milena Tankovic 871121-0140, 19 septembre 2019, hôpital de Gällivare, conduit par l'inspecteur Anders Suhonen.

Sanglots.

« Avez-vous la force pour encore quelques questions ? »

Sanglots. Silence.

« Milena ?

– Oui.

– Donc Anna a tué Jacob.

– Oui.

– Et que s'est-il passé ensuite ? »

Silence.

« Nous avons quitté cet endroit.

– Anna et vous ?

– Pendant un petit moment. Je n'osais pas...

– Elle vous menaçait ? »

Silence.

« Pas directement. Mais elle avait... Elle avait tué Jacob, j'étais choquée.

– Mm.

– Et elle m'avait coupée avec son couteau.

– En effet.

– Alors j'avais peur. Très peur. Elle était psychotique.

– Mais… ensuite, vous vous êtes séparées. Apparemment. Car Anna a été retrouvée avant-hier, à proximité de Nammasj. Et vous, aujourd'hui. À presque dix kilomètres de là. Sous la tente.

– Au bout d'un moment, nous avons fait une pause. Je me suis endormie. Et quand je me suis réveillée, Anna était en train de me réanimer… en me faisant, comment ça s'appelle…

– Du bouche-à-bouche.

– C'est ça. »

Silence.

« J'ai compris qu'elle me croyait morte. Elle essayait de prendre mon pouls. Alors j'ai fait la morte.

– Et elle n'a pas senti votre pouls ?

– Non.

– Mm.

– Elle a fini par abandonner et s'en aller.

– Je comprends. Et vous, vous êtes restée là ?

– Oui. J'étais trop fatiguée pour… je n'avais aucune idée d'où j'étais, ni de la direction à prendre. Alors j'ai monté la tente sur place, et je me suis couchée.

– Je vois… Puis nous vous avons retrouvée, deux jours plus tard… Mais vous savez, j'aimerais revenir en arrière, et parler un peu plus de quand Henrik a sauté de la falaise.

– Oui.

– Vous affirmez qu'il s'est suicidé.

– Oui.

– Parce que voilà, Milena, je me demande si je ne vois pas une analogie là-dedans. »

Silence.

« Ah ?

– Vous dites que Jacob n'a pas essayé de noyer Anna dans le torrent, cette nuit-là. Mais qu'il a essayé de la sauver.

– Je ne peux évidemment pas en être certaine, puisque je n'y étais pas.

– Non. Mais là, vous faites confiance au récit de Jacob.

– Oui.

– Et ce n'est pas non plus Jacob qui a fait chuter Henrik de la falaise.

– Non.

– Mais vous vous trouviez à une certaine distance et vous admettez que Jacob a touché Henrik, et pourtant, vous êtes certaine qu'il ne l'a pas tué.

– Oui.

– Ce que je cherche à dire, c'est que dans toutes ces situations vous avez pris le parti de Jacob, et fait confiance à ce qu'il vous racontait. Alors je me demande s'il ne se pourrait pas que vous ayez été très influencée par lui. À vous écouter, vous comme Anna, Jacob avait une personnalité assez dominatrice et intense.

– Non.

– Il n'y aurait rien eu d'étonnant. Vous étiez dans une situation de grande vulnérabilité au Sarek, à peu de chose près entièrement abandonnée à son bon vouloir. On peut comparer cela à une situation de prise d'otages : vous dépendiez d'une personne pour survivre. Et dès lors, il est tout à fait normal, d'un point de vue psychologique, de se plier à la façon dont cette personne voit et décrit les choses. Ce n'est pas forcément conscient. Mais c'est quelque chose qu'on fait intuitivement, pour ainsi dire, afin de survivre.

– Non.

– Je voudrais donc vous demander de réfléchir à nouveau à ces situations que nous avons abordées. Y a-t-il une possibilité d'interpréter ces événements d'une autre façon ?

– Vous savez bien que oui. Anna a sûrement une autre version des faits.

– Mais qu'en pensez-vous ?

– Je pense que… Anna a vu ce qu'elle avait besoin de voir, pour arriver à vivre après ça.

– Que voulez-vous dire ? »

Silence.

« Elle n'a pas perçu que Henrik était déprimé.

– Sans doute.

– Et quand il s'est suicidé, c'était la deuxième personne très proche d'elle qui passait à l'acte.

– En effet.

– Je sais qu'elle a ressenti de la culpabilité quand son frère s'est suicidé. Une très grande culpabilité.

– Mm.

– Donc tout ça, c'était juste trop pour elle. Ça l'aurait été pour n'importe qui.

– Je vois.

– Elle a besoin d'un coupable, et Jacob est le candidat parfait. Elle prend une partie de ses défauts, qu'elle exacerbe au maximum… puis elle ajoute quelques éléments purement imaginaires, ou alors qu'elle emprunte à son père, peut-être. Et voilà Jacob transformé en psychopathe. Il a tué Henrik, et Anna s'est battue pour sauver sa vie. »

Extrait de l'interrogatoire du témoin Anna Samuelsson 880216-3382, 20 septembre 2019, hôpital de Gällivare, conduit par l'inspecteur Anders Suhonen.

« Je dois vous informer que nous avons eu le temps d'enquêter sur quelques points. »

Silence.

« Pour commencer, nous avons vérifié le casier judiciaire de Stefan Jakob Johansson. Et il n'a fait l'objet d'aucune condamnation. D'aucune sorte. »

Silence.

« Et le fichier des suspects ?

– Pareil. »

Silence.

« Et Jacob Tessin ?

– Il n'existe pas. C'est seulement un nom qu'il se donne. On ne le trouve dans aucun fichier. »

Silence.

« Combien de temps reste-t-on dans le fichier des suspects ?

– Ça dépend du degré de suspicion.

– Ça remonte peut-être à suffisamment longtemps pour qu'il en ait été effacé ?

– Sauf que l'affaire à propos de laquelle vous dites avoir

reconnu Jacob a fait l'objet d'un procès, et son auteur a été condamné, d'après vos dires.

– Mais je vous ai dit que je m'étais trompée. Ce n'était pas l'affaire que je croyais. Je ne suis pas en mesure de dire exactement dans quelle affaire je me souvenais de lui.

– C'est vrai...

– Il se peut que... ça remonte quand même à des années, il se peut que je me souvienne de lui dans une affaire qui n'a pas donné lieu à une condamnation.

– Peut-être.

– Donc cela ne prouve rien, ni dans un sens, ni dans l'autre.

– Non... Nous avons eu le temps de reconstituer sa vie, dans une certaine mesure. Ses emplois, entre autres. Et il se trouve que, pendant une courte période, quatre mois, je crois, il a travaillé dans un établissement dénommé Grimp'Passion, à Telefonplan, à Stockholm. Principalement à la caisse. Il y a cinq ans. »

Silence.

« Connaissez-vous Grimp'Passion, à Telefonplan ?

– Oui.

– Je vois. Et forcément, ça a un peu éveillé ma curiosité, puisque je savais que vous pratiquez aussi l'escalade. Alors j'ai vérifié s'ils vous connaissaient, et c'était le cas. Vous y avez eu une carte de membre pendant assez longtemps. »

Silence.

« Alors... il n'est pas impossible que ce soit là que vous ayez croisé Jacob. À la caisse de Grimp'Passion. Et non dans une salle de tribunal. »

Silence.

« Qu'en pensez-vous ?

– Je n'ai aucun commentaire à faire. C'est peut-être vrai, mais peut-être pas.

– Je vois.

– Au fond, c'est un détail sans grande importance. J'ai cru

reconnaître Jacob de l'époque où je travaillais au tribunal, mais c'est peut-être faux. Cela n'invalide en aucune manière le reste de mon témoignage.

– Non.

– Et je suis un peu étonnée que vous consacriez tant d'énergie à un détail si négligeable.

– J'ai trouvé ça intéressant, c'est tout.

– Oui, j'avais compris.

– Et vous estimiez vous-même l'autre jour qu'il fallait que je vérifie ces informations.

– Qu'il avait été condamné, oui. Pas si j'étais ou non membre de Grimp'Passion à Telefonplan.

– Rassurez-vous, contrôler cette information a été assez rapide. »

Silence.

« Nous avons aussi vu que début juin 2010, du 3 au 11, vous avez été internée aux urgences psychiatriques de l'hôpital Sankt Göran à Stockholm. »

Silence.

« D'après une indication notée au moment de votre admission, vous vous étiez comportée de façon confuse chez vos parents, et, entre autres, vous aviez menacé votre père avec un couteau de cuisine. »

Silence.

« On y lit : "La patiente ne garde aucun souvenir de l'événement en question." Avez-vous un commentaire à ce sujet ?

– Non, je n'ai rien à dire.

– Bien.

– Et je ne comprends pas en quoi cela peut être intéressant aujourd'hui. C'était il y a neuf ans. »

Silence.

« Par ailleurs, nous avons examiné les empreintes digitales présentes sur le piolet utilisé pour tuer Jacob. On n'y trouve que les empreintes de Jacob et les vôtres. »

Silence.

« Pour cette raison, vous êtes soupçonnée du meurtre, ou de l'homicide de Stefan Jakob Johansson. Avez-vous compris de quoi vous êtes accusée ? »

Silence.

« Avez-vous quoi que ce soit à dire concernant le fait que vos empreintes digitales se trouvent sur le piolet qui a été utilisé pour tuer Stefan Jakob Johansson ? »

Silence.

« Anna ? Avez-vous la moindre chose à dire ?

– Je veux un avocat.

– Très bien, nous allons arranger ça.

– Et je veux passer un appel téléphonique. À Jan Samuelsson.

– C'est malheureusement impossible. Mais vous allez avoir un avocat, bien entendu. »

Silence.

Sanglots.

« Je veux parler à papa. »

UPPSALA, NOVEMBRE 2009

Après le concert à la cathédrale, il s'écoule une semaine avant que je revoie Henrik. Mais je pense à lui sans arrêt. Je fantasme sur ce qui va se passer quand nous irons écouter Melissa Horn. Uppsala est froid, pluvieux et sombre, chaque jour semble plus court que le précédent. Mais en ce qui me concerne, tout m'apparaît à travers une lueur rose.

Le jour arrive enfin où Henrik doit donner une nouvelle conférence à la faculté de sciences éco. Tandis que nous attendons le début du cours, je raconte à Anna que Henrik et moi sommes allés ensemble à un concert à la cathédrale. J'ai hésité à en parler, j'ai l'impression de suggérer que nous formons un couple, comme si je voulais m'en vanter. Mais Anna est ma meilleure amie à Uppsala, ça me semblerait étrange de ne pas l'évoquer, dans la mesure où elle sait qui est Henrik. Et puis je veux vraiment parler de Henrik avec quelqu'un. Je veux tout le temps parler de lui.

« Cool », dit Anna, en souriant distraitement. Son absence de réaction me déçoit un peu, à vrai dire. « Au fait, je pensais aller lui demander s'il voudrait être notre orateur du jeudi, tu pourrais venir avec moi ? »

À la fin du cours, elle se fraie un chemin jusqu'à la chaire, en remontant le flot d'étudiants qui quittent la salle, et je lui emboîte le pas. Henrik est en train de rassembler ses papiers et son ordinateur, et semble un peu dérouté quand Anna le salue.

« Quel cours passionnant ! Je voudrais savoir si vous accepteriez de venir faire une conférence à la Nation de Stockholm. Un jeudi. Ah oui, bonjour, enchantée, Anna. »

Elle tend la main et Henrik la serre, toujours avec un air un peu confus. Il m'aperçoit alors, cachée derrière Anna, et son visage s'adoucit d'un sourire.

« Oui… Euh… » lâche-t-il, indécis. Être indécis en présence d'Anna se paie.

« Voulez-vous déjeuner avec moi, que je vous en dise davantage ? Milena, tu viens aussi, hein ? »

Sa volubilité me fait honte. De ce que je crois connaître de Henrik, il va trouver inconfortable de décliner l'invitation s'il n'a rien d'autre de prévu. Et en effet, il accepte du bout des lèvres.

Nous allons dans le réfectoire bruyant et agité de la faculté de sciences éco, avec nos plateaux, nous nous installons autour d'une table ronde. Anna lui débite un laïus visant à établir quel immense honneur c'est d'être l'orateur du jeudi à la Nation de Stockholm. Henrik avale son repas, lâche quelques « hum » et me regarde de temps en temps à la dérobée par-dessus la table. Il contrôle bien l'expression de son visage mais, à un moment, alors qu'il me regarde, il me semble y saisir un éclat amusé, comme pour me montrer qu'il ne prend pas vraiment au sérieux le boniment d'Anna. Nous partageons une complicité, lui et moi. Ça me fait tellement chaud au cœur.

Le déjeuner terminé, Anna a arraché à Henrik la demi-promesse, ou peut-être un peu plus, de venir comme orateur du jeudi en huit. Ils se séparent avec une poignée de main. Henrik et moi échangeons gauchement quelque chose entre la poignée de main et l'accolade. La dernière chose qu'il me glisse, avant que nous partions chacun de notre côté, est qu'il n'a pas encore eu le temps de vérifier son agenda au sujet de Melissa Horn, mais qu'il va le faire.

« On s'appelle », dit-il en souriant. Je lui souris à mon tour.

J'essaie de brider mes fantasmes, mais j'ai tellement hâte d'être à ce concert. Je crois que c'est là que ça va se passer. Tout mon corps désire Henrik. Le bout de mes doigts désire ses cheveux et sa tête, mon cou ses lèvres, mes jambes veulent se lover autour des siennes.

La salle des fêtes de la Nation de Stockholm est pleine à craquer le jeudi où Henrik doit faire sa conférence. C'est une salle ancienne, belle, quoiqu'un peu décrépite, avec des lustres sous de hauts plafonds et des portraits d'anciens inspecteurs de la Nation aux murs. Le parquet en chêne est usé par des décennies de fêtes étudiantes et de bals du printemps. Tout autour de moi bourdonnent les filles et les garçons membres du club, tous beaux, minces et propres sur eux comme s'ils fréquentaient Harvard ou plutôt, à mon avis, conformes à une idée suédoise du look de Harvard. Ils s'embrassent sur les joues, se font des accolades et rient. À en juger par leur diction, ils semblent tous originaires des quartiers chics, Lidingö ou Djursholm. Je me sens particulièrement mal assortie, mais Anna a estimé comme allant de soi que je souhaitais venir pour écouter Henrik parler, et elle avait bien sûr raison. Je m'assieds à un des derniers rangs et plonge le nez sur l'écran de mon portable en attendant que ça commence.

Anna monte sur scène et présente Henrik tambour battant. Sous un déluge d'applaudissements et de hourras, il monte sur scène. La conférence d'à peine une heure porte sur les origines de l'ordonnance sur la liberté de la presse au XVIIIe siècle. Henrik avait déjà rapidement abordé le sujet dans son cours, mais il entre à présent dans les détails, donnant entre autres de savoureux exemples de satires à Stockholm, à l'époque de Bellman. Après la conférence proprement dite vient un long temps de questions. Henrik est intéressant, amusant et détendu, il a comme d'habitude mis le public dans sa poche.

Quand tout est terminé, on doit servir de la soupe aux pois et du punch dans une salle voisine plus petite. J'espère avoir la possibilité d'échanger quelques mots avec Henrik, pour le remercier de sa belle conférence, mais Anna et lui semblent ne jamais devoir se pointer. En attendant, je reste seule dans mon coin à tripoter nerveusement mon portable. Il ne s'écoule pas tant de minutes, mais cela me semble durer une éternité. Plus d'une des jolies filles du club me lorgne au passage, l'air de se demander ce que je fais là.

Henrik arrive enfin, flanqué d'Anna, et tous prennent place autour d'une longue table dressée pour environ quinze personnes. Henrik et Anna sont placés côte à côte au milieu de la tablée. Je prends place moi aussi, tellement obnubilée par ma personne et mal à l'aise que je ne remarque pas, à côté de chaque verre à vin, les petits cartons indiquant le nom des convives. Mon voisin de table, un garçon en chemise blanche et blazer, une raie latérale parfaite, m'adresse un regard légèrement interrogatif avant de lorgner rapidement vers le carton près du verre. Je le découvre alors, au nom de « Sofia D. ». Les joues pivoine, je m'excuse, mon voisin me touche le bras en disant poliment que ce n'est pas grave. Je fais un tour de la table à la recherche d'un carton à mon nom, mais n'en trouve pas. Anna et Henrik sont absorbés dans une conversation quand je passe près d'eux, Henrik m'adresse un coup d'œil, puis se tourne à nouveau vers Anna.

Je finis par comprendre qu'il s'agit de la table d'honneur, réservée à l'orateur du soir, aux officiels du club, aux membres d'honneur et assimilés. Je n'y ai évidemment pas ma place. Il y a trois autres tables dressées pour d'autres personnes désireuses de manger.

Mon Dieu, quelle idiote.

Je voudrais m'enfoncer sous terre, ou du moins rentrer tout de suite chez moi. Mais je donnerais alors l'impression d'être contrariée de ne pas avoir eu ma place à la table d'honneur. Et je n'ai toujours pas abandonné l'espoir d'un moment de conversation avec Henrik. Je trouve alors une place tout au fond, au coin d'une des autres tables. Je mange ma soupe de pois, bois mon punch. Tout autour, les Stockholmois se tournent poliment vers moi pour échanger quelques mots, avant de regagner leur monde commun de connaissances et de ragots.

Je regarde vers la table d'honneur. Anna et Henrik sont toujours profondément absorbés par leur conversation. Anna lui effleure le bras. Henrik a un grand sourire, qui lui donne à nouveau un air si jeune, enfantin. Je sens une intense pointe de jalousie.

Un bref instant plus tard, je m'éclipse du dîner, sans dire au revoir à Henrik ni à Anna. Je ne me sens pas très bien et j'ai peur qu'elle insiste pour que je reste.

Je n'arrive pas à dormir ce soir-là. Tout a été tellement raté, tellement différent de ce que j'espérais. J'ai honte de ma jalousie. Je n'ai aucune prérogative à faire valoir sur Henrik, et pourtant, elle est bien là. Je me persuade que la longue conversation de Henrik et Anna pendant la soirée ne veut rien dire. Il était l'orateur invité, elle son hôtesse, qu'ils soient placés côte à côte et parlent beaucoup, c'était la chose la plus naturelle du monde.

C'est ce que dit la raison. Le cœur pressent tout autre chose.

Le lendemain, j'envoie un message à Henrik : « Tu as été bon hier ! Comme toujours. » Plusieurs heures passent avant que je reçoive pour toute réponse un émoji souriant.

Je vais acheter des billets pour le concert de Melissa Horn. La caissière me dit que les billets partent comme des petits pains, et qu'on prévoit un concert complet. Je n'ai toujours pas de nouvelles de Henrik, mais par prudence j'achète deux billets.

Je ne revois pas Anna avant la semaine suivante. Nous abordons au passage la conférence du jeudi précédent, mais pour elle, cela semble déjà du passé. Elle ne me demande pas pourquoi je suis partie si tôt, sans dire au revoir. J'aurais aimé en savoir davantage sur cette soirée, mais voilà deux autres étudiants membres de notre groupe de travail, et nous nous mettons à plancher.

Un matin, je prends le bus pour me rendre à l'université. Il a gelé pendant la nuit, les flaques sont transformées en miroirs de glace. Le froid mord les joues, comme un avant-goût de l'hiver, et les gens soufflent des plumeaux de vapeur. Le ciel prend des nuances rose pâle et bleues. La journée va être belle, froide et claire.

Dans le bus, pourtant, il fait chaud. Je prends la même place que le premier matin où j'ai rencontré Henrik. C'est un peu pour conjurer le sort. Et ça marche : à son arrêt d'Eriksberg, il monte. Il balaie le bus du regard et semble me chercher. Je lui fais signe en souriant, et son visage s'éclaire. Il vient tout de suite s'asseoir à côté de moi.

Nous bavardons de tout et de rien. Comment s'est passé mon premier examen, comment Henrik est réveillé tous les matins à sept heures par les ouvriers qui ravalent son immeuble, un nouveau film que j'ai vu au cinéma. Je retrouve notre relation complice et chaleureuse, comme avant cette soirée à la Nation de Stockholm.

Je suis amoureuse de toi, Henrik. L'as-tu compris ? Je crois que je t'aime.

Je lui dis que j'ai deux billets pour aller écouter Melissa Horn, s'il est toujours intéressé.

Les traits de Henrik se figent, il se tait. Il regarde droit devant lui dans le bus tandis qu'il cherche ses mots. Il a l'air très mal à l'aise.

« Euh… c'est que… j'ai été invité à la fête de Sainte-Lucie à la Nation de Stockholm… c'est sans doute parce que j'y suis allé parler.

– Sans doute.

– Euh… et ça tombe pile à la même date, malheureusement.

– Oui, oui, je comprends. C'est clair, tu dois y aller.

– Mais… on peut peut-être prévoir autre chose. Au printemps, je ne sais pas.

– Bien sûr. »

Un court silence se fait. Puis je pose la question, il faut que je sache.

« C'est Anna qui t'a invité ?

– Euh… oui. »

Je hoche la tête, et nous demeurons silencieux encore un moment, avant de reprendre notre bavardage poli. Henrik se doute bien de ce que je ressens, et il m'aide à garder le masque. Une attention qui ne fait qu'empirer les choses.

Nous nous séparons à Slottsbacken. J'avais prévu de me rendre à la faculté de sciences éco, mais je ne veux pas rester avec lui plus que nécessaire. Je ne sais pas combien de temps je vais tenir sans m'effondrer. En se levant de son siège, il me touche le bras avec un regard plein de chaleur et de compassion.

Je descends du bus et rentre à pied chez moi, dans ma chambre de Norby. Je pleure une demi-heure, sans pouvoir m'arrêter. Les larmes sont chaudes sur mes joues glacées.

Le lendemain tombe la première neige.

Remerciements

Je veux remercier mes amis Mathias Konnebäck et Johan Norberg, qui sont partis avec moi au Sarek pour la documentation de ce livre. Merci pour votre patience avec mon programme bien trop optimiste et ma tente défectueuse. Nous avons constaté après la randonnée qu'entrés cinquantenaires au Sarek nous en étions sortis quelques jours plus tard septuagénaires.

Tant que nous sommes au Sarek : dans une certaine mesure, la topographie a dû s'adapter aux besoins dramatiques du récit. Des parties de l'itinéraire que suivent les personnages du livre n'existent donc pas dans la réalité.

Dans l'ensemble, je déconseille de se rendre au Sarek sans une grande habitude de la montagne. Mes amis et moi randonnons tous les ans depuis vingt ans mais nous avons pourtant été surpris de la différence entre marcher sur un sentier et sur un terrain non balisé (bon, d'accord, *j'ai* été surpris, je ne veux pas me défausser ici).

C'est laborieux d'accéder au Sarek. Prévoir un ou deux jours de vacances supplémentaires pour y aller et en revenir. Pour rendre cette randonnée un tant soit peu confortable et sûre, il faut aussi se procurer un certain nombre d'équipements qu'on ne possède pas forcément au préalable, par exemple, une balise de détresse.

Que reçoit-on en échange de cet investissement en temps et en argent ? Eh bien, le privilège de pouvoir déféquer trois fois par jour derrière un rocher. Si on trouve que c'est là la vie de château, le Sarek est la bonne destination (avec comme bonus la certitude de le faire quelques fois sous une pluie battante et par une température en dessous de zéro). Sinon : allez plutôt à Abisko, ou à Jotunheimen en Norvège. Il y a dans ces montagnes bien des paysages aussi dramatiques qu'au Sarek, et pour le coup servis (en comparaison) sur un plateau d'argent.

Je voudrais remercier Anders de la Motte, Sofia Schmidt, Janis Gotsis et Torbjörn Andersson pour leurs conseils qui ont amélioré ce livre.

Merci aussi à Federico Ambrosini, mon agent de la Salomonsson Agency, pour avoir guidé mon entrée dans le monde littéraire et donné de nombreux et précieux avis sur le manuscrit. Ainsi que pour de nombreux sympathiques petits-déjeuners au salon de thé Delselius à Enskede.

Un grand merci à mon éditrice Helene Atterling et à ma correctrice Katarina Ehnmark Lundquist chez Albert Bonniers. Votre enthousiasme, vos commentaires avisés à petite et grande échelle ont grandement fait progresser le texte.

Et merci aussi à tous ceux, chez Bonniers, qui œuvrent à faire que ce livre rencontre ses lecteurs. Je sens qu'il n'aurait pas pu tomber en de meilleures mains.

Et enfin, merci à Pia, ma chère épouse, ma première et plus importante lectrice, pour ton soutien et ton amour.

Ulf Kvensler, le 3 mars 2022

Chacun de nous possède en lui une part d'ombre. Venez découvrir la vôtre en plongeant dans les romans de La Martinière Noir.

À qui la faute
Ragnar Jónasson

Quatre amis. Un huis clos au cœur de ce que l'Islande a de plus sauvage. Survivront-ils tous à cette nuit ?
Alors qu'ils partent chasser dans les hauts plateaux islandais, une violente tempête de neige oblige quatre amis d'enfance à se réfugier dans une cabane abandonnée, isolée du reste du monde. À l'intérieur, une découverte macabre changera à jamais le cours de leur existence – et de leur amitié. C'est le début d'une longue nuit, où les quatre amis voient ressurgir ce qu'ils ont de pire en chacun d'eux.

Les garçons qui brûlent
Eva Björg Ægisdóttir

Dans la petite ville islandaise d'Akranes, au nord de Reykjavík, l'inspectrice Elma enquête sur la mort d'un jeune homme de vingt ans, disparu dans un mystérieux incendie. Rapidement, elle découvre qu'il ne s'agit pas d'un accident : on a voulu profiter du feu pour dissimuler un meurtre. La communauté de la ville est dévastée... en apparence, car tous les habitants semblent avoir quelque chose à cacher.
Mais l'enquête se complique. Quelques mois avant l'incendie, une jeune fille au pair étrangère avait elle aussi disparu, et les deux affaires semblent liées. Alors qu'Elma se rapproche de la vérité, sa vie est mise en danger – quelqu'un est prêt à tout pour protéger ses secrets.

UN LIVRE A
LE MÊME PRIX
PARTOUT

En France, un livre a le même prix partout. C'est le « prix unique du livre » instauré par la loi de 1981 pour protéger le livre et la lecture.
L'éditeur fixe librement ce prix et l'imprime sur le livre. Tous les commerçants sont obligés de le respecter.
Que vous achetiez votre livre en librairie, dans une grande surface ou en ligne, vous le payez donc au même prix.
Avec une carte de fidélité, vous pouvez bénéficier d'une réduction allant jusqu'à 5 % applicable uniquement en magasin (les commandes en ligne expédiées à domicile en sont exclues). Si vous payez moins cher, c'est que le livre est d'occasion.

La
Martinière
littérature s'engage à
imprimer ses livres en France
pour réduire la production de
CO_2 ; à imprimer sur du papier PEFC
qui garantit une gestion durable
des forêts ; à ne faire appel qu'à des
imprimeurs appliquant la charte Imprim'vert.
La certification Imprim'vert impose la collecte
et l'élimination des déchets en conformité
avec la réglementation, un suivi régulier
des consommations d'énergie et
interdit
l'utilisa-
tion de
produits
toxiques.

En 2023, La Martinière Noir poursuit son effort pour plus de vertu écologique.
Nous imprimerons nos livres avec des encres végétales.
Nous renonçons au pelliculage et au vernis sur nos couvertures.
Longtemps vus comme un enrichissement des couvertures qui offrent
un rendu mat ou brillant, ils sont en effet constitués d'une fine couche de plastique.
Notre but : des romans moins polluants qui se recycleraient entièrement.

RÉALISATION : NORD COMPO À VILLENEUVE-D'ASCQ
ACHEVÉ D'IMPRIMER SUR ROTO-PAGE
PAR L'IMPRIMERIE FLOCH À MAYENNE
DÉPÔT LÉGAL : MARS 2023. N° 152546 (102150)
IMPRIMÉ EN FRANCE